EL SEQUERÓN

Planeta Actual

PILAR CERNUDA
Y FERNANDO JÁUREGUI

EL SEQUERÓN

OCHO AÑOS DE AZNARATO

Planeta

Diagonal, 662-664, 08034 Barcelona (España)

Ilustración de la sobrecubierta: © Rafa Sámano / Cover
Ilustraciones del interior: fotos EFE y Flash Press

Primera edición: febrero de 2004
Depósito Legal: M. 3.554-2004
ISBN 84-08-05118-0
Composición: Foto Informàtica, S. L.
Impresión y encuadernación: Brosmac, S. L.
Printed in Spain - Impreso en España

Índice

Un prólogo definitivo. «Te irás de Moncloa sin un solo amigo» 9

1. El Sequerón 19
2. «Al final, resulta que es humano» 53
3. El triunfador (I) 83
4. Casi todos los hombres y mujeres del presidente 107
5. La asignatura que Aznar no supo aprobar 139
6. El cambio tranquilo... ¿o no tanto? 171
7. Vacas locas y educación cuerda 203
8. Algunas patatas calientes 221
9. La vuelta al mundo en tres mil días 265
10. El triunfador (II) 305

Epílogo. Un personaje que no cuida las formas 333

Apéndice. Cronología 339

Índice onomástico 369

En este libro ha participado de una manera decisiva como documentalista, corrector e inspirador de ideas, el periodista Enrique Gómez del Prado, a quien los autores quieren agradecer de manera expresa su inestimable colaboración. Este libro no habría sido posible, o habría resultado algo muy diferente, sin él.

Igualmente queremos agradecer la cooperación de las muchas personas que se prestaron a una entrevista con destino a lo que iba a ser publicado en este libro. No damos sus nombres por evidentes razones de reserva y de protección de las fuentes.

UN PRÓLOGO DEFINITIVO

«Te irás de Moncloa sin un solo amigo»

El posaznarismo

Miguel Ángel Rodríguez, acaso uno de los hombres que mejor ha conocido a José María Aznar, la persona de quien Ana Botella llegó a decir que era su «cuarto hijo, o casi», se lo advirtió alguna vez: «Te irás de Moncloa sin un solo amigo».

El propio carácter del presidente, cada vez más retraído, y el proceso de sucesión, lleno de silencios hasta para los interesados, estuvo a punto de hacer que el vaticinio se cumpliese. Tanto Jaime Mayor como Rodrigo Rato pasaron algunas semanas lamiéndose las heridas provocadas por la forma tan personalista como su amigo José María había llevado las cosas, tan en secreto.

Luego todo pareció mejorar, aunque aquel grupo de íntimos que convirtió un sueño político en una maquinaria formidable de poder iba a ir, poco a poco, desgranándose. El 30 de agosto de 2003, día en el que el presidente del PP y del Gobierno anunció que su sucesor se llamaba Mariano Rajoy, comenzó el posaznarismo, y ya nada iba a ser, en adelante, igual. Aunque en apariencia, y mientras Aznar permaneciese en la Moncloa, no se moviese ni una hoja.

Y sin embargo, la foto de Rato ha estado siempre ahí, en la estantería del comedor privado. Rodrigo está solo y sonríe abiertamente; en otras fotografías salpicadas por la misma estantería aparecen personajes ilustres de la política internacional y alguna personalidad española del mundo político, social y cultural; en el cuarto de al lado, el de los sofás y la mesa baja, el cuarto de charla, de tomar una copa o el aperitivo, hay muchas más fotos, casi todas ellas familiares.

No deja de sorprender al visitante esa foto de Rodrigo Rato, y alguno de esos visitantes, cuando tanto se especulaba sobre la sucesión, en cuanto tenía oportunidad de acceder al primer piso del palacio de la Moncloa invitado por el presidente, lo primero que hacía era echar un ojo a ver si Rato continuaba en su sitio. Nunca dejó de encontrarlo, incluso cuando después de separarse de Gela empezó a rumorearse por el PP que Ana Botella nunca aceptaría que Rodrigo fuera el sucesor. Pues allí estuvo su foto los ocho años del «aznarato», en un lugar de honor. Y, para que nadie se llamara a engaño, el mes de agosto en el que supuestamente Aznar decidiría el nombre del sucesor, Ana Botella declaraba que la vida privada de la gente de su partido no afectaría en nada a su carrera política.

Y es que Rato ha sido el mejor amigo de Aznar en sus ocho años de gobierno, su amigo de máxima confianza. Tanto que, tras ganar las elecciones de 1996 e iniciar las negociaciones con CiU, única posibilidad de formar Gobierno, pidió a Rato que le «prestara» su acogedor molino de Carabaña, donde la familia Aznar había pasado tantos días con la familia Rato, para mantener una reunión secreta con Jordi Pujol y limar los últimos escollos del camino que habían marcado ya el propio Rato, Rajoy y los catalanes Joaquim Molins, Duran i Lleida y Sánchez Llibre. Aznar y Rato no sólo mantenían una perfecta sintonía personal, sino que, además, Aznar le debía mucho a Rodrigo, uno de los principales impulsores de su carrera, en Alianza Popular primero y en el Partido Popular después.

Aunque, en el Madrid cotilla en cuyos mentideros se acaba sabiendo todo, no han pasado inadvertidos ciertos gestos del vicepresidente y «superministro» económico, una vez que ya se sabía apartado de la carrera de la sucesión; definitivamente, la relación Aznar-Rato dejó de ser la misma desde el mismísimo día 1 de septiembre. O quizá antes.

Le debe mucho Aznar a Rato, y también, evidentemente, Rato a Aznar. Porque seguramente alguien de las características del actual presidente era el ideal para poner en marcha, a partir del legado incompleto de Fraga, la gran empresa, que lleva ocho años de andadura, con bastante buena salud hasta ahora. La gran empresa para muchos que ha supuesto participar en una apasionante aventura política. Sí, algunos deben bastante a Aznar, pero Aznar, para llegar a ser lo que fue y lo que es, y sin duda lo que será, también debe bastante a algunos.

Por supuesto, también le debe mucho a Jaime Mayor Oreja, igualmente un buen amigo personal del presidente, el hombre con quien ha compartido alguna botella de vino en circunstancias especialmente difíciles —como la crisis de Perejil—, y a Mariano Rajoy. Aunque de Rajoy es, posiblemente, menos amigo; con él ha compartido menos confidencias íntimas. El propio Rajoy contestaba a su gallego modo a una pregunta, en entrevista inédita en *El País*: «¿Usted diría que el presidente del Gobierno, José María Aznar, es íntimo amigo suyo?»: «Esto de la definición de amigo íntimo... A Aznar lo conozco desde los años ochenta, pero la relación directa la tengo desde los años noventa». Y luego, exacerbando el galaico modo citado, se lanzaba a una disquisición sobre el mar y los peces. Pero no, no decía que Aznar era uno de sus íntimos. No lo es.

Y, sin embargo, Mariano fue el elegido.

El más gris, pero...

En aquella legislatura de 1982, en la que el grupo parlamentario de AP se nutrió de gente joven criada a los pechos políticos de Miguel Herrero de Miñón —Rato, García Tizón, Juan Ramón Calero, José María Aznar—, era Aznar quien parecía el carácter más gris de todos ellos, mientras que Rato se hizo hueco enseguida y a las pocas semanas se había hecho amigo de los portavoces de los otros partidos y de los más destacados periodistas parlamentarios. Periodistas que todavía recuerdan cómo, en aquellos tiempos, Rato les organizaba encuentros con Aznar tras decirles que debían conocerle más y mejor, porque detrás de aquel aspecto de «pijo» de pelo engominado y risa forzada —cuando había risa— se encontraba un hombre muy preparado y con gran futuro político.

Aquello no parecía creíble. Eran tiempos en los que Trillo, Álvarez Cascos, García Tizón, Isabel Tocino, Hernández Mancha,

Calero y el propio Rato parecían darle mil vueltas a un Aznar aparentemente mucho menos político que ellos. Sin embargo, fue José María Aznar quien llegó hasta lo más alto.

Manuel Fraga fue quien finalmente le señaló con su dedo poderoso, pero fueron cuatro compañeros de partido, Federico Trillo, Juan José Lucas, Rodrigo Rato y Francisco Álvarez Cascos, quienes consiguieron que Fraga eligiera a José María Aznar candidato a la presidencia de su partido; el ya entonces viejo político gallego quería designar a Isabel Tocino, y así se lo hizo saber a los cuatro dirigentes del partido cuando le visitaron en Perbes durante el verano de 1989.

En la reunión hubo rayos y truenos; con su terquedad habitual, Fraga se resistía y hasta soltó algún venablo verbal ante la insistencia de sus interlocutores. Dejaron Perbes convencidos de que su capacidad de convicción era nula ante el empecinamiento del fundador del partido. Su sorpresa fue mayúscula cuando, al día siguiente, Aznar les llamó para comunicarles que Fraga le había telefoneado a Quintanilla y le había propuesto que se hiciera cargo de la dirección de AP.

A esos cuatro hombres, ninguno de los cuales acabaría siendo su sucesor, les debe Aznar su carrera política y siempre ha sido consciente de ello. Es verdad que se hizo un nombre, un nombre importante, como presidente de Castilla y León; sin ese marchamo de eficacia, Fraga no habría dado su brazo a torcer, pero ni Fraga ni ninguno de los que viajaron a Perbes desmienten que era la cántabra Isabel Tocino la elegida por el fundador para capitanear la nave del PP. Es posible que Aznar hubiese llegado algún día a la presidencia del Gobierno español, a la Moncloa, por otros derroteros, pero sin esa reunión de Perbes el camino habría sido mucho más largo y el recorrido infinitamente más espinoso.

Los de Valladolid y algún otro

A ese cuarteto debe Aznar, como decimos, la presidencia del Gobierno. Pero no son los únicos a los que tendría que colocar en la lista de agradecimientos, ni mucho menos. Evidentemente, están todos los que formaron parte de su equipo de gobierno en Castilla y León, el famoso «Clan de Valladolid», que nunca fue clan, pues no todo era unidad y concordia en aquel equipo.

Pero el éxito de Aznar en el Gobierno castellano-leonés está muy vinculado al trabajo que realizaron Juan José Lucas, Jesús Posada y, en el círculo más cercano al presidente autonómico, el periodista Miguel Ángel Rodríguez, al que Aznar «retiró» de la carrera, que ejercía en el periódico *El Norte de Castilla*, para llevarlo consigo como responsable de Comunicación. Además, están Miguel Ángel Cortés, hombre más importante en la vida de Aznar de lo que aparenta, o el propio Carlos Aragonés, siempre en el despacho contiguo al de Aznar, primero en Valladolid, luego en Génova 13 y finalmente en Moncloa, un hombre que convirtió a Aznar y la carrera de Aznar en su propio objetivo y destino. Y que a nadie (o casi nadie) ha dicho nada, porque su obsesión por la «clandestinidad» es casi legendaria, pero que presumiblemente se irá con Aznar.

Capítulo aparte merece, por supuesto, Mariano Rajoy. Su trayectoria política se había desarrollado en Galicia y todas las quinielas le señalaban como sucesor de Fraga, con permiso de José Cuiña. Sin embargo, cuando Aznar fue designado presidente del partido, apareció por la sede central de Alianza Popular un Mariano Rajoy al que los «hombres del presidente» calificaban abiertamente como el «enchufado» de Fraga, la persona a la que el político gallego había colocado en la sede central. No había acuerdo sobre cuáles eran las razones para enviarlo a Génova 13: según parte de los colaboradores de Aznar, para vigilar que el nuevo presidente no se alejara de la línea marcada por Fraga; según otra parte, porque las relaciones entre Fraga y Rajoy habían sufrido cierta quiebra por las maldades propiciadas por Cuiña —que, al cabo de los años, acabaría cayendo en total desgracia—, y a Fraga le convenía alejar a Mariano del escenario gallego.

En cualquier caso, Rajoy logró romper las reticencias iniciales sin mucha dificultad y, mientras Aznar se deshacía poco a poco de la guardia pretoriana fraguista colocada en la sede de Génova y hacía una renovación completa de cargos y cuadros, Mariano

Rajoy iba subiendo en la escala «genovesa» gracias a su carácter, su forma de abordar serenamente las cuestiones políticas más delicadas, su socarronería y su mano izquierda para iniciar nuevas relaciones.

Estas características vencieron las últimas resistencias del siempre desconfiado castellano viejo Aznar, que, en el año 1996, cuando debía afrontar unas elecciones que iban a ser fundamentales para él, puso la campaña electoral en manos de Mariano Rajoy.

Eran fundamentales porque, aunque se daba por hecho que el PP ganaría las elecciones, Aznar no las tenía todas consigo. Sin embargo, sí había estado seguro de ganarlas en 1993, con la credibilidad de Felipe González bajo mínimos después de anunciar que no se presentaría como candidato, y con escándalos de corrupción que habían conmocionado a la opinión pública española. Una opinión pública que veía caer destrozada la imagen de importantes políticos del PSOE que fueron miembros de gobiernos de González y también veía caer destrozada la imagen de importantes financieros que se habían convertido en un ejemplo a seguir en los tiempos socialistas. Y no hablamos solamente de Mario Conde, ni de Javier de la Rosa.

En el PP daban crédito a las encuestas que aseguraban que Aznar ganaría ampliamente a los socialistas, desmoralizados y con problemas de corrupción. Javier Arenas, responsable de Comunicación del partido y también de aquella campaña electoral de 1993, estaba convencido de que su presidente sería presidente de todos los españoles. La noche electoral fue algo más que un jarro de agua fría: fue una catástrofe.

Arenas, ingenuamente, entregó a Aznar semanas después un informe en el que se recogía que una de las causas de la debacle era el rechazo a su propia persona, aparte de que la razón principal era el voto consolidado de los socialistas, voto leal aún a pesar de los escándalos y corrupciones. Arenas fue enviado por Aznar a Andalucía como candidato a la presidencia de la Junta.

Nunca se sabrá si fue un favor o un castigo, pero era evidente que Arenas dejó de tener protagonismo en la sede central. Sin embargo, Aznar le llamó al cabo de tres años para su primer gobierno, y para ocupar una cartera relevante, la de Trabajo. Empezaba una carrera fulgurante para el sevillano, a la sombra de Aznar. Una carrera que alcanzaría su cima con la vicepresidencia del Gobierno.

Con estos datos sobre la mesa y el temor a que los votos nuevamente contradijeran los sondeos, Aznar amarró muy bien la campaña de 1996, convencido de que era su última oportunidad de hacerse con el Gobierno. Y, como se decía, para dirigir esa campaña eligió a Mariano Rajoy, que había rematado con éxito espectacular su particular «travesía del desierto», dejando atrás el sambenito de hombre de Fraga para convertirse en uno de los principales hombres de Aznar.

Ahora bien, no sólo se pueden incluir hombres en el capítulo de «catapultas» de Aznar a la fama. Aznar debe mucho a un puñado de mujeres que trabajaron de forma intensa para conducirle hasta la Moncloa. Dos de ellas habían hecho su carrera muy cerca de Fraga: Isabel Tocino y Loyola de Palacio. Las dos se volcaron en Aznar, con gran mérito por parte de Isabel Tocino, consciente de que, sin la presión de la gente de Aznar, ella habría sido elegida candidata a dirigir el partido y sería candidata a la presidencia del Gobierno.

A pesar de que siempre se la ha tenido por díscola y de carácter difícil, Tocino ha sido de una lealtad incuestionable a Aznar. Y entre las mujeres hay que incluir además a Celia Villalobos —sin olvidar el papel fundamental de su marido, Pedro Arriola, en la carrera de Aznar—, Teófila Martínez y Luisa Fernanda Rudi; las tres formaron parte, junto a Rita Barberá, del equipo de mujeres al frente de importantes alcaldías que cambiaron la imagen del PP y que, con su eficaz trabajo municipal, aportaron un buen puñado de votos al partido en las elecciones de 1996.

Amado, odiado, respetado, temido

Hoy, Aznar sigue más ligado a unos que a otros; ha cerrado algo su carácter, nunca demasiado abierto, parece sobrevolar el mundo de los simples mortales.

Pero no cabe duda de que, aunque algunos se han pasado ya al futuro a base de criticar el pasado, sigue siendo un hombre querido por los suyos, que se han mantenido fieles hasta el extremo, y básicamente es respetado por su oposición, pese a los ataques que ha recibido en estos ocho años. Aznar tiene defensores acérrimos y detractores secretos aun en su propio partido. Es amado, aborrecido, respetado, temido. Raramente despreciado, aunque algunos humoristas, algunos columnistas y muchos políticos, comenzando por Felipe González, cometieron el error inicial de minimizar a aquel «charlotín» de aspecto peculiar y sonrisa extraña y difícil.

Sobre él se han escrito hagiografías, alguna de ellas algo sonrojante por lo excesivas, y también casi libelos insultantes sin demasiada causa. Nos hemos encontrado con pocos trabajos, aunque algunos sí ha habido, que buscasen la objetividad y la independencia de criterio: el aznarato no ha facilitado precisamente estos afanes. Pocos políticos españoles habrán recibido más lisonjas y adulaciones que Aznar. Pero pocos habrán sido más aborrecidos por sus adversarios, rivales y, cómo no, enemigos.

Y el aznarato, que con este libro pretendemos entrar a contar en sus extremos que nos parecen interesantes, más que realizar un análisis que corresponderá a historiadores distanciados en mayor medida de los árboles para poder ver el bosque, ha sido un período que entendemos de claroscuros, como todos, pero acaso con más claros que oscuros. Cuando el lector llegue al epílogo, juzgará por sí mismo acerca de la herencia que José María Aznar nos deja. Confiamos en mantener, hasta dicho epílogo, la ecuanimidad que nos hemos propuesto para narrar este auténtico aznarato (despójese a la palabra de cualquier connotación peyorativa; ni siquiera quiere tenerla humorística).

Un aznarato lleno de «baraka» —su hermano mayor, Manuel, dice que José María se ha llevado la suerte de toda la familia—, pero también de voluntad de hierro, de tozudez al límite, de valor a veces escalofriante. Y de empecinamientos. Y de algunos tics autoritarios. Y, cómo no, de aciertos. Y de errores, quizá menos pero acaso importantes y puede que trascendentes. Ya decimos: el lector será el encargado de juzgar.

El Aznar que retratamos a continuación está, pues, lleno de matices. Es una personalidad más compleja de lo que aparenta a primera vista. Pero no somos nosotros quienes debemos retratarlo, sino los hechos, algunos desconocidos o no demasiado conocidos, que aquí relatamos. Ha concluido el aznarismo y en la primavera de 2004 concluye el aznarato. No sabemos si ha concluido también la «aznarmanía», que fue el título con el que los autores comenzamos a relatar en un libro[1] la primera parte de este aznarato. Un libro que casi era la primera parte de cuanto ahora contamos aquí. Comienza una nueva era. ¿Empieza la leyenda?

LOS AUTORES

Enero de 2004

1. *Aznarmanía*, de Pilar Cernuda y Fernando Jáuregui, Temas de Hoy, 1997, 1998.

CAPÍTULO 1

El Sequerón

Adiós en Quintanilla

Pasaban bastantes minutos de las nueve de la noche, aún tórrida, aún de día, cuando el Audi de Aznar con su escolta entró en el aparcamiento de las Bodegas Arzuaga, convertidas en un lujoso hotel de cinco estrellas, situadas a la salida del pueblo vallisoletano de Quintanilla de Onésimo.

Era el 27 de agosto de 2003, y dos días antes Aznar se había despedido de las gentes del PP en Menorca con duros ataques al PSOE.

«Aznar no dice nada de la sucesión», titularon los periódicos. Nadie sabía entonces que comenzaban dos semanas de especial agitación política, dos semanas que iban a influir no poco en el futuro de España. Claro que cuando Aznar —camisa rosa pálido, bronceado envidiable tras sus veinte días baleares— empezó a estrechar las manos de sus entusiastas seguidores castellano-leoneses en Arzuaga ya sabía perfectamente qué iba a hacer y casi cuándo iba a hacerlo.

Aznar estuvo sonriente —no para la prensa, a la que ignoró bastante, según una inveterada costumbre— con los suyos, con esas buenas gentes que, venidas de toda Castilla y León, pagaban treinta euros para sentarse en la misma cena que él, la última cena de Quintanilla, toda una tradición rota por la firme, tozuda, decisión presidencial de abandonar la Moncloa tras las elecciones de 2004, a las que él ya había dicho años antes que no se presentaría.

Los periodistas estuvieron atentos a la pantalla que habían colocado en una sala aparte —no les dieron de cenar, aunque sí unos bocadillos y unas botellas del buen vino de la Ribera del Duero— y alguno de ellos pudo percibir algo parecido a una furtiva lágrima escaparse por un ojo del «sequerón» Aznar. Él mismo se había calificado así en un discurso sobrio, contenido, inequívocamente de despedida, ante sus queridos paisanos. Sequerón. Lo que equivale a un hombre adusto, poco simpático, parco en palabras.

Cualidades que quienes le querían, y eran muchos quienes le querían, contraponían a otras como la fidelidad a la palabra dada —una obsesión en Aznar—, la honradez, el trabajo, la seriedad. Él, Aznar, siempre confundió la seriedad con el no sonreír; y eso, incluso los muchos que le querían lo pensaban y hasta lo decían, era un error.

Pero allí estaba Aznar con Ana y con el alcalde de Quintanilla y con Juanjo Lucas, el hombre que posiblemente influyó más, desde una operación montada allí, en Quintanilla, casi quince años antes, para que Aznar llegase a ser lo que era, lo que es, lo que será. Allí, en el hotel de las Bodegas Arzuaga, estaba José María Aznar López despidiéndose del poder ante cerca de trescientos paisanos que habían venido de toda la comunidad para compartir con él aquella especie de última cena.

Tal vez resulte extraño, pero son bastantes los periodistas que han seguido las últimas peripecias de Aznar y algunos de ellos dicen que, pese a no pocos desplantes, pese a su indudable cualidad de sequerón, Aznar puede resultar entrañable. Un día, Jesús Posada, entonces ministro de Administraciones Públicas, también presente esa noche en Quintanilla, se encontraba a las puertas del Congreso de los Diputados; pasó por allí el presidente y, como otras veces, se dirigió, cabizbajo, pasillo abajo, hacia el hemiciclo. Sin saludar, sin un gesto amable. «Oye, ¿tú crees que éste sabe que somos sus ministros?», preguntó con humor Posada a un compañero del Ejecutivo que se hallaba a su lado. La anécdota, claro, se ha hecho famosa.

Pero los suyos le quieren y los suyos son muchos. Y le respetan. Y, por supuesto, le temen. Los periodistas, en estos ocho años de trayectoria aznariana, más los de travesía del desierto, se han desesperado buscando disidencias en el otrora gallinero que era Alianza Popular, luego Partido Popular. Nada. Desde que tomó las riendas en el Congreso de Sevilla, 1990, desde que Fraga, la voz rota por la emoción ya algo senil, rompió la carta de dimisión que le había enviado su cachorro Aznar en aquel clamoroso congreso, el sequerón ha tomado las riendas con pulso firme. Se acabaron las cosas de Osorio, de Miguel Herrero, de Hernández Mancha, los sanchises y los naseiros. Quien se moviera no volvía a salir en la foto. Y, encima, no protestaban.

En el PP, formación de lealtades y silencios casi militares, nadie protesta, todos asumen el destino que el jefe les marca. Y lloran, pensamos que sinceramente, su prematura partida, cumpliendo escrupulosamente una promesa que hiciera antes incluso de ganar las elecciones que le llevarían a la Moncloa.

Aquella cita de Quintanilla en agosto de 2003 era una despedida y todos lo sabían. El dueño del restaurante en Riaza, venido con la esperanza de que su mujer pudiese apenas cumplir su empeño de rozar la mano del líder. El alcalde de aquel pueblo de Palencia que aseguraba que Aznar «se había portado tan bien» con él y los suyos. Gentes sobrias, de trayectorias conservadoras en sus gustos personales y políticos, gentes a las que la vida les había ido bastante bien, y bastaba con ver las marcas y modelos de los coches allí aparcados para comprobarlo. Gentes tostadas por los soles agrícolas. Las gentes a las que Aznar quiere de verdad.

Quiere, por ejemplo, a Juanjo Lucas. Aunque días después no le citase por su nombre ante la Junta Directiva Nacional del PP, congregada para despedirle y dar la bienvenida a su sucesor. Seguramente Juanjo Lucas, recompensado por su trayectoria con la presidencia del Senado, lo que no es ninguna tontería, debió de sentirse algo mortificado porque no le mencionara. ¡Con lo que él había hecho por José María! Por ejemplo, abrirle la carrera política, primero hacia la sucesión de Fraga, lo que, a su vez, posibilitó opositar frente a Felipe González para ocupar el mejor sillón de la Moncloa. Y, luego, ocho años mandando sobre todos los españoles.

Todo había empezado una noche de 1989, cuando Lucas y su mujer cenaban con los Aznar en Villa Creces, el chalet donde el entonces presidente de la Junta castellano-leonesa pasaba alguna temporada, precisamente en Quintanilla. Lucas había abandonado la vicepresidencia de la Junta para irse a Madrid, como vicesecretario general en el partido. Algo bullía en su cabeza: él era más necesario en Madrid que en Valladolid.

La sucesión de Fraga estaba presente en todas las esquinas políticas. ¿Quién, quién, sucedería a don Manuel? Quien don Manuel quisiese, desde luego, faltaría más. Pero había que convencer a Fraga, susurrarle otros nombres distintos a los que él barajaba. Y el nombre que el león de Perbes barajaba era, sobre todo, el de Isabel Tocino, la mujer de hierro, fidelidad y eficacia a toda prueba, nada de bromas. Como a don Manuel le gustaba la gente: seria, honrada. Y, encima, una mujer: un pelotazo político. Cierto que el nombre de Tocino no acababa de entusiasmar a todos en Alianza Popular. Demasiado rígida, quizá. Y ¿estaba España preparada para que una mujer opositase a la presidencia del Gobierno frente a, nada menos, Felipe González? Y ¿convenía alguien que se proclama abiertamente miembro del Opus Dei?

El de José María Aznar, el joven presidente de Castilla y León, era uno más de los nombres que se barajaban como alternativa. Uno más. Puede que demasiado joven. Demasiado poco conocido en el resto de España. Demasiado poco carismático.

Lucas, durante la cena, le anima: tienes que dar el salto, tú eres el sucesor. Y Aznar, que no; que no es el momento, que estaba bien en la presidencia de la Junta en Valladolid, que este partido es una cosa de locos, Juanjo... Y Juanjo, insistiendo: tienes que ser tú, tienes que ser tú. Hasta que Aznar, cansado, ya, pregunta: «Y si yo me voy, ¿a quién ponemos aquí?» Analizan distintos nombres y sólo salen dos: Javier León, entonces alcalde de Valladolid, o Jesús Posada. Sería, como se sabe, Posada, el aristócrata tranquilo y lleno de bonhomía y humor, fumador de habanos, como el propio Aznar y algo, también, Lucas.

Seguro que José María Aznar, cuando regresaba a casa —si es que la Moncloa es aún «casa»—, aquella noche de finales de agosto de 2003, iba rememorando todo lo sucedido. La cumbre de Perbes. Precedida por aquella reunión en la sede de la calle Génova, de la que Lucas le tuvo puntualmente informado, durante la cual el vicesecretario propone que lleven a Perbes el nombre de Aznar. Cierta sorpresa entre los reunidos, Cascos, Trillo, Rato. «¿Tú crees, Juanjo?», pregunta Cascos. Y Lucas: que sí, que a Fraga hay que llevarle un solo nombre, no varios, porque entonces no nos haría ni caso. Trillo es el primero que lo ve claro: debe ser Aznar. Los demás dudan aún un poco. Pero a Perbes acabarían llevando el nombre de José María Aznar.

Probablemente el aún presidente, en el asiento trasero de su Audi blindado, conducido por Estanis, Estanislao Cumplido, compañero —silencioso, claro; no es Aznar hombre que hable mucho, y menos en el coche, como saben tantos de sus pasajeros— de tanto viaje y tanta fatiga, se acordó en aquella última noche de Quintanilla de todo aquello. Las horas de angustia a la espera de la decisión de don Manuel. La proclamación final. El Congreso de Sevilla. La dura oposición, no tan dura si bien se mira. El «váyase, señor González». La victoria primera, cuando, abajo, en la calle Génova, los fieles cantaban «Pujol, enano, habla castellano», sin saber que habría, indefectiblemente, que pactar con Pujol. Las dudas acerca de si era él, José María Aznar, quien debía ser propuesto para presidir el Gobierno por el PP. La victoria por mayoría absoluta. La amistad con Blair, con Bush, las decisiones duras, tremendas, como la de Irak. La huelga general. O Perejil: aquella noche eterna en la que podría haber tenido que dimitir.

Cuántos secretos saben las paredes de la Moncloa, cuántos conoce el búnker inaccesible para casi todos; cuántos, que nunca contarán, los colaboradores silenciosos y fieles a toda prueba. Cuántos secretos sabe, y tampoco contará jamás, Ana, allí, a su lado, empezando a dormitar con el ronroneo del motor.

Verde pistacho

Ana. La mujer que tanto ha significado en la vida del presidente. Sin duda, en aquella noche de despedida en Quintanilla, José María Aznar no pudo evitar tampoco, durante ese repaso a su vida, recordar aquella mañana de comienzos de mayo de 1996.

Avanzaban cogidos de la mano hacia el Palacio de la Moncloa. Era la primera vez que entrarían en palacio como nuevos inquilinos, como presidente y esposa, para ocupar con su familia el antiguo pabellón de caza de los reyes españoles que servía de alojamiento a los jefes de Gobierno desde el año 1977. Dos días antes había tenido lugar la sesión de investidura. Un duelo de guante blanco en el que González no había querido fajarse ni Aznar hacer sangre del vencido. Pero al fin habían llegado a la investidura, tras los difíciles pactos, que duraron varias semanas, con los nacionalistas catalanes y vascos.

Y ahora, allí estaban los Aznar estrenando su nueva casa, el palacio de estucos de la Moncloa. Ana vestía un traje de chaqueta verde pistacho; José María acababa de jurar su cargo ante el Rey, e iba, por tanto, de oscuro. Una fila de fotógrafos y cámaras de televisión seguía sus pasos, recogía cada uno de sus gestos. A José María Aznar y a Ana Botella se les notaba forzados, algo incómodos aunque aparentaban naturalidad, nerviosos. Vivían uno de los momentos más importantes de su vida, si no el más importante: habían alcanzado el objetivo por el que Aznar, ayudado por Ana, luchaba desde hacía siete años, desde que Fraga le eligiera presidente del partido.

Para que esa escena se desarrollara exactamente como se estaba desarrollando, un grupo reducido de personas había trabajado intensamente en los últimos días, desde que el acuerdo con Pujol dejó a José María Aznar el camino libre para formar gobierno. El responsable de Comunicación de Aznar y del PP, Miguel Ángel Rodríguez, que en realidad era mucho más que responsable de Comunicación de Aznar y del PP, llevaba un par de semanas en contacto con Enrique Serrano, jefe de Gabinete de Narcís Serra, vicepresidente del Gobierno en funciones de Felipe González, con mando en plaza en el complejo de la Moncloa.

La Moncloa... Ahora ya, para Aznar, apenas un conjunto de edificios. Pero, cuando llegaron para habitarlo, un impresionante conglomerado que albergaba, entre otras construcciones, la Presidencia del Gobierno, la sede del Consejo de Ministros, la Vicepresidencia del Gobierno, el Ministerio del Portavoz y la residencia oficial del presidente y de su familia, aparte de una residencia más en el llamado Edificio Semillas, que se construyó por razones de seguridad cuando Gutiérrez Mellado era vicepresidente primero y ministro de Defensa en tiempos de Adolfo Suárez.

De todo ello necesitaba hablar Miguel Ángel Rodríguez con los socialistas, para organizar el acomodo de Aznar en Moncloa y también para conocer aquel complejo y comunicarle a Aznar cuál era la infraestructura y los medios con que podrían contar.

La sintonía personal y política entre Felipe González y José María Aznar era nula. Se detestaban mutuamente, y era impensable que, como había ocurrido entre Suárez y Calvo Sotelo o entre Calvo Sotelo y Felipe González, el ex presidente y el futuro presidente mantuvieran un intercambio previo de impresiones e incluso se transmitieran algunas claves, algunos mensajes, con datos que el nuevo responsable del Gobierno debería conocer.

González, después de perder las elecciones, dio instrucciones de que se hiciera un inventario exhaustivo de todo lo que había en Moncloa, indicó a sus colaboradores que preparasen carpetas con lo que debían dejar a sus sucesores y pidió a su mujer que se hiciera cargo del listado de regalos oficiales que habían recibido en los últimos catorce años y los clasificara, para que los nuevos inquilinos de Moncloa decidieran cuáles quedaban en palacio y cuáles debían ir a las dependencias que indicara Patrimonio Nacional. Carmen Romero pasó días dedicada a esa tarea de clasificación; algunos de los regalos eran de gran valor, otros auténticos horrores, de pésimo gusto. Lo hizo personalmente, entre otras razones para que a nadie le quedaran dudas de que la familia González no se quedaba con ninguno de esos objetos de tan variada procedencia.

La enemistad entre González y Aznar obligó a hilar muy fino y puso en manos de Miguel Ángel Rodríguez la responsabilidad de una serie de asuntos que a veces deciden los propios presidentes o incluso sus esposas, que en una charla informal intercambian impresiones sobre el funcionamiento de una casa que no les es propia pero que deben conocer a fondo para que todo marche como un reloj.

Se celebraron, por tanto, tres o cuatro reuniones con Rodríguez en el despacho de Enrique Serrano, alguna de ellas acompañado de algún miembro de la Secretaría de Organización del PP. MAR, lo reconoció desde el primer momento, no tenía «ni idea» de cómo debía organizarse un complejo como Moncloa y, sobre la marcha, después de ganar las elecciones, los dirigentes del PP también se vieron obligados a ir modificando sus planes iniciales sobre la estructura del nuevo Gobierno.

Gracias a Serrano y a Alfredo Pérez Rubalcaba, ministro Portavoz en funciones y con una cabeza política muy bien estructurada, aparte de una gran capacidad de —buena— comunicación, Rodríguez se hizo una idea bastante aproximada de lo que encontrarían José María Aznar y Ana Botella en su primer día en Moncloa.

Ese primer día, Ana no pudo acudir a Zarzuela a la jura de su marido. No estaba recogido en el protocolo. Llegó, por tanto, a Moncloa antes que Aznar y le esperó en el edificio del Consejo, situado cerca de la entrada. La acompañaban los dos jefes de gabinete de Aznar, Carlos Aragonés y Antonio Cámara, así como uno de los principales colaboradores y amigos del nuevo presidente, Miguel Ángel Cortés.

Aznar salió de Zarzuela, después de la jura y, tras despedirse del Rey, en el mercedes oficial del presidente, al que subía por primera vez, acompañado de Miguel Ángel Rodríguez. Aparentemente tranquilo, como siempre, en ese momento el peso de la responsabilidad pasó a segundo plano ante la novedad de encontrarse con la parafernalia propia de un presidente: ni él ni Rodríguez eran capaces de hacerse con los botones que inundaban la parte posterior del automóvil; querían abrir una ventana y se les inclinaba el respaldo del asiento o se disparaba la calefacción. En una de las curvas de Zarzuela, se cayó la bandera del mercedes. El policía que iba sentado al lado del conductor preguntó al presidente si paraban, pero Aznar pensó que eso obligaría a la caravana a detenerse, con el consiguiente revuelo, así que lo dejaron y entraron en Moncloa sin banderín.

Al llegar, se detuvo el coche oficial ante el edificio del Consejo, tal y como habían organizado Miguel Ángel Rodríguez y Enrique Serrano. Aznar recogió a Ana y, de la mano, recorrieron los apenas cincuenta metros que les separaban de palacio, con una nube de fotógrafos, cámaras y redactores que recogían en imágenes aquellos primeros pasos. Ana, de verde pistacho —verde botella, se decía en broma— y con el rostro resplandeciente, Aznar más serio aunque dedicando alguna sonrisa a las cámaras y unas frases a los redactores.

En la escalinata de palacio, Serrano y Miguel Gil Peral, uno de los principales colaboradores de Felipe González en materia de Comunicación, les esperaban. Tras un saludo de apenas unos segundos, se marcharon para que Aznar y su familia tomaran posesión del edificio que iba a ser su casa en los próximos años, además del lugar de trabajo del presidente.

En el vestíbulo, el personal de servicio de Moncloa, en fila como en las películas británicas, esperaba a los nuevos inquilinos. Aznar y Ana dieron la mano a todos y cada uno de ellos y pasaron al Salón de Columnas, que cruzaron para salir al jardín. Se acercaron a la piscina y preguntaron por la Bodeguilla. Les podía la curiosidad: querían conocer aquel lugar donde, decían, se celebraban las más importantes reuniones de González con sus invitados y amigos. Hacía tiempo que la Bodeguilla había dejado de ser utilizada, pero de cualquier modo quisieron verla ese primer día. Olía a humedad por la falta de uso, y tampoco parecía muy acogedora en aquel momento, sin vida. Entraron nuevamente en palacio para subir al primer piso y conocer su residencia. Llegaron los hijos y por primera vez la familia almorzó en la que sería su nueva casa al menos durante cuatro años.

También comieron allí aquel día Miguel Ángel Rodríguez, Miguel Ángel Cortés, Carlos Aragonés y Antonio Cámara. Nueva novatada que provocó la risa fácil en los cuatro: cuando descolgaron el teléfono para avisar en sus casas de que no les esperaran a comer, no había tono y empezaron a pulsar el 9 y el 0 para intentar encontrar línea, sin éxito. No sabían cómo funcionaba el gabinete telefónico de Presidencia.

Al día siguiente, reunidos los cinco en Moncloa, lo primero que hicieron fue conocer todo aquello de lo que habían oído hablar durante años: las famosas llamas, la mesa de billar —que ya no estaba—, los bonsáis de Felipe González, el búnker... Casi todo dejó de tener protagonismo en las semanas siguientes: parte de los bonsáis los había regalado ya González a algunos de sus amigos y colaboradores y los restantes los donó al Jardín Botánico de Madrid. La Bodeguilla apagó sus luces y el fuego de su chimenea definitivamente; las antipáticas y escupidoras llamas pasaron al zoo de Madrid, y sólo continuó en activo el búnker, lugar donde trabajaban unas setenta personas y que Aznar nunca utilizó, afortunadamente, como refugio, sino como lugar para celebrar videoconferencias con dirigentes de otros países, debido a sus espléndidas instalaciones y avanzada tecnología.

A partir de las tensiones bélicas con Irak, fue lugar de reuniones del Gobierno de crisis y de encuentros con altos mandos militares, como lo fue también durante la llamada «crisis de Perejil». Miguel Ángel Rodríguez sugirió la posibilidad de construir allí una pequeña sala de prensa por si había que utilizarlo en momentos de emergencia, pero no consiguió el presupuesto, que apenas llegaba a tres millones de pesetas de entonces.

La «invivible» Moncloa

El búnker fue el único símbolo del felipismo que permaneció en Moncloa. Aznar y su familia cambiaron hasta los muebles. Algunos, incluso, como los también simbólicos sofás rojos, se los llevaron de casa. De esa manera, Ana Botella dejaba claro que asumía la frase que pronunció el primer día en Moncloa, y que fue muy criticada: «No comprendo cómo ha podido vivir aquí una familia durante catorce años». Un sitio «invivible», comentó a sus amistades.

La nueva familia que llegó a Moncloa tenía poco que ver con la anterior, con la de Felipe González. A la discreción y talante huidizo de Carmen Romero les sustituyó el protagonismo expansivo de Ana Botella, demasiado según sus detractores, e incluso también según algunos militantes del PP. Una Botella simpática y extrovertida, volcada en la promoción política y personal de su marido, dispuesta a participar en cualquier acto del partido y, finalmente, dedicada de forma activa a la política cuando era todavía esposa del presidente, ella que tanto criticó que Carmen Romero diera el paso a la política. Aunque es cierto que, cuando asume la Concejalía de Madrid, a Aznar le quedaban ya pocos meses en la Moncloa.

Tampoco la actitud de los hijos de Aznar fue parecida a la de los hijos de Felipe González mientras ocuparon la Moncloa. Alonso, el pequeño, se convirtió en uno de los niños más fotografiados de España, era acompañante fijo de sus padres en cuanto acto organizaba el PP e incluso apareció en algún acto oficial. José María, el mayor, más discreto en los primeros años en los que terminó el colegio —con los jesuitas de Chamartín, donde estudiaron también Rato y Arias Cañete, y refugio de los hijos de buena parte de la clase política del PP, como Ruiz Gallardón o Álvarez del Manzano—, estudió luego Cunef, la elitista carrera de los futuros líderes empresariales y bancarios. Empezó a adquirir protagonismo al terminar la universidad.

Antes ya se había filtrado que pasaba los veranos ganándose unas pesetas trabajando en una gran superficie comercial. Cuando finalmente se instaló en Nueva York para trabajar en una sociedad financiera, empezó a moverse en política hasta conseguir la presidencia del PP en la ciudad de los rascacielos tras una metedura de pata verbal, en plan racista, de su antecesor. Por otra parte, en sus viajes a Madrid acudía a lugares y fiestas de moda con su espectacular novia italiana y, en verano de 2003, sorprendió la noticia de que había sido multado por los *carabinieri*, que le retiraron el carnet al conducir un porsche por una autopista del norte de Italia con exceso de velocidad (180 kilómetros por hora). Desde fuentes cercanas al joven se filtró de inmediato a los medios de comunicación que el porsche no era suyo, sino prestado.

En cuanto a Ana, siempre fue una niña discreta que apenas provocaba noticias, que difícilmente aparecía en las fotografías, pues su timidez la llevaba a situarse en segundo plano. Se sabía que tenía un novio de adolescencia, que formaba parte de su pandilla en los veranos de Oropesa y también trascendió en la primavera de 2001 que había roto con ese novio, por lo que su familia decidió cambiar de lugar de descanso en el mes de agosto; abandonó el «chalet Porcelanosa» y buscó casa en Menorca.

Allí acudió Alejandro Agag, que había trabajado como ayudante del presidente (no dependiente del Gabinete) en Moncloa y que paseó por la isla a una Ana a la que conocía desde que era una niña. El día de Fin de Año, en Baqueira, Ana le dijo a su padre que se casaba con Agag; la noticia apareció al día siguiente en *El Mundo*, lo cual causó un fuerte malestar en el presidente, pues tuvo la impresión de que su futuro yerno había telefoneado al periódico antes de que él mismo se enterase de sus proyectos de boda. Ese malestar lo transmitió a uno de sus colaboradores que, al enterarse de la boda por el periódico, telefoneó a Baqueira para preguntar al presidente qué debía decir a los medios de comunicación: «¿Qué coño vamos a decir? Que se casan», le respondió un Aznar enfadadísimo por la filtración.

La boda cambió a Ana Aznar de Agag, quien desde entonces se convirtió en asidua, junto a su marido, de las revistas del corazón, cuyas páginas recogían sus idas y venidas, en las que alternaba con modelos y empresarios de la jet española e internacional y acudía a toda clase de fiestas de la llamada gente con *glamour*.

Aznar sólo ha querido estar ocho años al frente del Gobierno. Fue una promesa que, en la oposición (1993), le recomendó que hiciera su asesor de mayor confianza, Miguel Ángel Rodríguez. MAR, siempre MAR. El argumento: que no quería caer en el llamado Síndrome de Moncloa; que no quería olvidar su procedencia, que quería disfrutar de su familia y amigos; que quería ser él mismo. Sin embargo, en esos ocho años cambió mucho, probablemente más que cualquier otro de sus predecesores en el cargo. Cambió Aznar, cambió Ana, su mujer, y sobre todo cambiaron sus hijos. Y ni Aznar ni Ana Botella hicieron nada por evitarlo. Seguramente, porque no pudieron.

Y allí estaba José María Aznar en agosto de 2003 atado por una promesa en la que las gentes de su partido no creían, dando vueltas a la manera como anunciaría su relevo y el nombre del sucesor, que solamente él y Ana sabían que sería Mariano Rajoy. ¿Cómo no recordar en aquellos momentos, regresando desde Quintanilla a la Moncloa, con las emociones a flor de piel —él, que ha sido humorísticamente calificado como «corazón de madera» por algunos de sus colaboradores—, cómo no recordar aquella otra noche, también de verano, pero de 2002, en la que podría haber tenido que dimitir, en medio del desastre?

La noche en la que Aznar pudo verse obligado a dimitir

Casi nadie lo sabe, quizá sí algunos íntimos, Trillo desde luego, pero aquella noche de julio de 2002, Aznar, el triunfador, el hombre siempre con la suerte a favor, el impasible, pudo haber tenido que dimitir. Dejar la Presidencia. Hasta se lo insinuó a algunos de quienes le rodeaban.

Fue en la noche del 16 al 17 de julio de 2002. La crisis del islote Perejil atravesaba su peor momento. Una vez más, las relaciones con Marruecos estaban a punto de causar un importante viraje en la política española. Madrid y Rabat llevaban casi un año sin embajador (desde que Abdesalam Baraka fuera llamado por Rabat en octubre para consultas), con las relaciones diplomáticas virtualmente cortadas, las guerras comerciales de la pesca y de los productos hortofrutícolas a flor de piel. Y, encima, los marroquíes invaden el islote de Perejil, poco más que un pedrusco situado frente a Ceuta, un peñón cuya propiedad nadie se había planteado seriamente hasta entonces, quizá porque jamás interesó, aunque los documentos mostraban que era territorio español. Incluso se rescató un legajo de Unamuno, de 1902, en el que sostenía que el peñasco se denominó originalmente Hispania, y que de ahí venía el nombre de toda la Península, nada menos.

El caso es que España tomó posesión de Perejil en 1808, y desde entonces hubo algún rifirrafe diplomático, una vez que Marruecos se independizó en 1956, acerca de a quién pertenecía el peñasco, que no el Peñón. Pero nadie se había tomado nunca demasiado en serio la disputa. Y nadie, en efecto, se tomó muy en serio, al principio, la «invasión». Contenciosos de pacotilla como ése hay muchos en el mundo: el más reciente el que, según cree la CIA en sus muy secretos documentos, enfrenta a España y Portugal por un pueblo llamado Olivenza, un enclave español donde, en verdad, reina la armonía con el país vecino.

El peñasco, dijeron algunos aficionados al buceo que lo conocían, no merecía ni una segunda mirada: la costa marroquí frente a Perejil es escarpada, yerma, rocosa. El mayor poblado que hay en los alrededores del islote, Ben Younech, está habitado por un puñado de gente con un bajísimo nivel de vida, cuya subsistencia depende de las cabras y poco más. Ese mes de julio de 2002, cuando Aznar acaba de provocar la crisis más profunda de su Gobierno y ha llevado a Exteriores a la casi desconocida Ana Palacio, los habitantes de Ben Younef se divierten con la que se ha montado en el peñasco de Perejil, al que ellos, y el ministro de Información marroquí, llamaban, y llaman, Leila. Todos los días llega una caravana de taxis, con periodistas a bordo. Una informadora que cubrió el evento dijo a los autores, no sin cierta gracia, que «cuando una ve el islote en liza deja de confiar en los políticos».

Pero lo cierto es que Marruecos había llegado demasiado lejos, «tomando» ese minúsculo territorio de nombre curioso, debido al perejil que naturalmente crece entre sus rocas y que servía de alimento a unas cuantas cabras que por allí pastaban. Encima, el Ministerio de Información marroquí había convocado una rueda de prensa para el día 17, a la que iban a asistir varios medios de carácter nacional como la Agencia Efe o Radio Nacional. Había que actuar sin demora, decidió quien podía hacerlo: Aznar.

Una semana antes de la intervención armada, el Gabinete de Crisis (DISC) se reunía en el búnker del Palacio de la Moncloa por un motivo grave: un pequeño grupo de soldados de Marruecos, en número difícil de precisar por el momento, acababa de tomar el islote, «para luchar contra la emigración ilegal y el terrorismo en el estrecho de Gibraltar», según una nota emitida por Rabat. Era el 11 de julio de 2002.

El ministro de Defensa, Federico Trillo, presenta un papel insistiendo en la vía diplomática para solventar el conflicto, aunque con una coletilla secreta en la que anunciaba, sólo para los ojos del presidente, que preparaba un dispositivo por si debía procederse a una intervención militar. Aznar se pone en contacto con el primer ministro marroquí, Yusufi, quien le dice que no sabe de qué le está hablando. «Os tenéis que ir de allí y el asunto se resuelve sin más», le conmina Aznar, pero Yusufi da largas. Aznar habla con el presidente de turno de la Unión Europea y con Javier Solana, responsable de Seguridad y Política Exterior de la UE, y le dice al ministro de Defensa que vaya pensando en poner en marcha la operación militar.

Federico Trillo, por su parte, llama al secretario general de la OTAN, y a algunos ministros de Defensa europeos y Ana Palacio inicia por teléfono la que sería una muy buena relación con el secretario norteamericano de Estado, Colin Powell. Sólo buenas palabras, pero el conflicto seguía.

«Espero que el segundo punto esté preparado», le dice Aznar a Trillo al cabo de algunas horas, refiriéndose a la parte secreta del papel que el ministro le ha presentado. Es decir, la intervención militar. Dos días después, en el búnker que tiene el Ministerio de Defensa, en el paseo de la Castellana de Madrid, el general Pedro María Andréu, entonces de cincuenta y cinco años, jefe de Operaciones Especiales, llegado desde la base de Rabasa, en Alicante, presenta el operativo que tiene diseñado.

A continuación se presentan en Moncloa junto con el JEMAD (Jefe del Estado Mayor de la Defensa), almirante Moreno Barberá; el JEME (Jefe del Estado Mayor del Ejército), general Pardo de Santayana, y el propio Trillo; Andréu comparece aún vestido con el uniforme de camuflaje. Incluso ha tenido que ponerse un abrigo, «para no llamar la atención con ese uniforme de campaña». Lástima que fuese el mes de julio, porque la extrañeza de quienes vieron entrar al militar en el complejo monclovita fue aún mayor.

En el comedor de Moncloa se monta una gran pantalla para explicar la operación a Aznar. Rajoy, allí presente, era partidario de la intervención militar. Rato, también. El JEMAD, almirante Moreno Barberá, tiene una de sus meteduras de pata: «Yo soy partidario de agotar la vía diplomática; el ejército marroquí es un ejército amigo», dice, ante el pasmo general.

Se organiza un turno de intervenciones. Iniciada por Aznar, que pregunta, a nadie en particular:

—¿Qué pasa si la operación fracasa?

Hay unos segundos de silencio, finalmente roto por la voz segura del general Andréu, por otra parte hombre de pocas palabras. Un militar casi de libro. Un ex «boina verde». Con la ropa de camuflaje, parece salido de una película.

—El fracaso no está previsto, señor presidente —responde el general, cuadrándose.

Agustín Pardo de Santayana, Jefe del Estado Mayor del Ejército (JEME), parece ser de la misma opinión, pero se limita a decir:

—Si fuéramos británicos, la isla ya estaría tomada.

—Y ¿qué nos diferencia de los británicos? —pregunta Aznar.

—Que los británicos no temen las bajas —respondió el general Pardo de Santayana, miembro de una familia militar tan ilustre que, durante una época, en los cuarteles se bromeaba diciendo que en la OTAN creían que «Pardo» era un aditamento especial con el que los españoles conocían a los generales. Tal era la cantidad de Pardos de Santayana que, con los galones de general, frecuentaban los círculos atlánticos.

—Pues alguna vez tendremos que ser como los británicos —concluyó Aznar, despidiendo a todos, a la vez que les decía: «Ya os comunicaré mi decisión.»

La decisión estaba tomada. Pero Aznar cree que la operación sólo podía hacerse después del debate sobre el estado de la nación.

Aquel mes de julio estaba siendo un mes especialmente intenso desde el punto de vista político: se había realizado una importante remodelación ministerial y los periódicos estaban ávidos de titulares. En ese contexto, el debate, frente a un Rodríguez Zapatero crecido, amenazaba con resultar caótico, excesivamente lleno de temas de rabiosa actualidad, lo cual impediría un repaso sereno de lo ocurrido a lo largo de todo el año.

El 15 de julio iba a ser un día clave. El buque *Castilla* sale hacia el Estrecho dispuesto a colocarse en las inmediaciones del islote. Una persona de su confianza advierte a Aznar de que se detectan maniobras dilatorias por parte de quienes no creían en la operación militar contra las tropas marroquíes. Entre quienes parecen reticentes se encuentra el propio Jefe del Estado Mayor de la Defensa, el mismo almirante Moreno Barberá con quien Trillo no acababa de entenderse.

Claro quc Trillo no las tenía todas consigo. Moreno Barberá, al fin y al cabo, es un marino, del «clan gallego» de las Fuerzas

Armadas, en el que militan ilustres militares como el interventor de las FAS o el Jefe del Cuarto Militar del Rey. Para colmo, los sectores más conservadores del sector castrense, como la Hermandad de Veteranos de las Fuerzas Armadas y la Guardia Civil, presidida nada menos que por el teniente general Agustín Muñoz Grandes, no dejaban de hostigar la política del ministro, que, decían, había convertido a las Fuerzas Armadas «en una ONG». Así lo insinuaba en un artículo en la revista de la hermandad, *Tierra, Mar y Aire*, nada menos que el polémico coronel retirado Eduardo Fuentes Gómez de Salazar, el hombre al que los sectores más progresistas de la milicia vinculaban al golpe del 23 de febrero de 1981 e incluso, probablemente de manera injusta, a las actuaciones delictivas de los GAL. Así que, de sustituir a Moreno Barberá, nada: habría sido demasiado traumático.

Trillo, por su parte, opina que hay que intervenir durante la noche, entre los días 16 y 17. Lo tiene todo preparado, incluso ha pensado en las fotografías que habría que hacer de la toma del «pedrusco» por los soldados españoles. Sólo aguardaba, le dijo al presidente, la orden. Se necesitan dieciséis horas para poner la operación en marcha y hasta los siete minutos últimos, se podía parar, se podía dar la orden de detenerla antes de que fuera irreversible.

—Da la orden de inicio —dijo Aznar, seco como siempre.

Ya no quedaba otro remedio. Los marroquíes no se ponen al teléfono. El Rey había intentado hablar con Mohamed VI, sin conseguirlo. Rabat había convocado a los periodistas dentro de pocas horas frente al islote para darles su versión de las razones por las que Marruecos había decidido recuperar «su» isla, estratégica, decían, para garantizar la seguridad en la zona.

A las 17.30 h comienza el despliegue. Incluyendo los helicópteros, informa Moreno Barberá, que se dirigen a Morón, «porque los americanos...».

—¿Qué americanos? —le interrumpe Trillo, horrorizado.

—Los aliados americanos —balbucea el almirante.

—¡Pero si éste es un tema bilateral! ¡Los americanos no tienen que saber nada! ¡Que vuelvan a la base de Armilla esos helicópteros! —grita Trillo.

Sin embargo, ya no se puede evitar que la Agencia Reuters emita una nota, diciendo que se habían avistado dos helicópteros de ataque españoles y que se dirigían hacia Morón. La nota establecía cierta relación entre ese movimiento y la crisis de Perejil. La noticia de Reuters, que, desde luego, no llega ni a imaginar que está a punto de producirse la invasión, es analizada en el comedor de la Moncloa, convertido en sala de reuniones del Gabinete de Crisis ampliado.

—Si la operación no se hace esta noche, ya no se hace. Porque ya lo saben los americanos —dice Trillo.

—¿Y si fracasamos? —pregunta Aznar por segunda vez en pocos días.

—No está previsto, presidente —dice Trillo, emulando al general Andréu.

—¿Qué quieres decir? —pregunta Aznar, siempre desconfiado.

—Que la isla se toma, haya bajas o no —responde el ministro de Defensa.

—¿Y si hay bajas?

—Entonces, presidente, mi cabeza está a tu disposición —responde, marcial, el oficial jurídico Federico Trillo Figueroa, ministro de Defensa del Reino de España.

—Si la cosa se quedara ahí... —concluye Aznar.

Y todos entendieron que el presidente se refería a que sería su propia cabeza política la que rodaría si la cosa concluyese con un derramamiento excesivo de sangre. No cabe duda de que el presidente pensó aquella noche en dimitir si la invasión del islote salía mal, por unas u otras razones. Así lo creen todos los que estuvieron presentes y escucharon la inconclusa frase de Aznar, que salió durante unos minutos de la habitación, probablemente para contribuir a disipar aquellos momentos de máxima tensión.

A las 11.43 h de la noche, el presidente vuelve al comedor monclovita, donde los demás le aguardaban. «Ministro de Defensa, dé orden a las unidades para que tomen la isla. Comunique a los jefes de Estado Mayor que el Gobierno de España confía en sus Fuerzas Armadas. Esperamos que el triunfo les acompañe y que Dios les proteja. Voy a informar al Rey.»

Tal fue, tomada casi textualmente por uno de los asistentes, la solemne manifestación de Aznar. Lo que no impidió que los intentos de diplomacia telefónica continuasen. Ana Palacio había telefoneado de urgencia a su colega marroquí, Benaissa:

—Tenéis que abandonar Perejil antes de las nueve de la mañana y cancelar la excursión de los periodistas. Si no, ateneos a las consecuencias —le dijo.

Benaissa responde que él no cancela nada. Y eso que, según supieron los agentes del Centro Nacional de Inteligencia español, ex Cesid, la embajadora norteamericana en Rabat había advertido al rey Mohamed VI de que España estaba preparando «algo», sin poder especificar más.

A las tres de la mañana, Aznar, con voz tranquila, pero algo más ronca de lo habitual, telefonea al ministro de Defensa: «Han llamado los moros. Creo que los primos [los americanos] les han dicho algo, y ahora Benaissa dice que ya se irán, pero que nosotros nos vayamos de las islas ocupadas». La respuesta de «los moros», como coloquialmente los llamó entonces Aznar, era una clara provocación. Porque las islas «ocupadas», en las que España había colocado alambre de espino para evitar una posible ocupación militar marroquí, no eran otras que Alhucemas y los peñascos adyacentes, que, como las Chafarinas, siempre habían sido españolas.

A las cinco y media de la mañana empieza la operación, seguida en una gran pantalla desde el búnker de Defensa. Aznar permanece en contacto a través de las vías telefónicas protegidas tecnológicamente para que no sean violadas las comunicaciones ni captadas las conversaciones.

A las seis, llega una voz desde la distancia.

—Estamos en tierra. Sólo hay tres de vigilancia. Ya están reducidos.

—¿Qué pasa? —pregunta Aznar, que ha percibido desde su inalámbrico que algo ocurre en el búnker de Defensa.

—Que ya están en la isla, presidente. Aunque no sabemos cuántos soldados hay en la tienda de campaña.

—Joder, pues llamadme más —corta Aznar.

A las siete, como si fuese una película en directo, los reunidos escuchan la misma voz distante:

—Salgan con las manos en alto. Ríndanse. No queremos hacerles daño.

—Hace mucho calor —dice la voz, como hablando a un micrófono.

—Son cuatro, y van desarmados —agrega la voz.

Cuarenta y cinco minutos después, y no sin que se produjesen numerosas llamadas de un Aznar inquieto interesado en saber qué pasaba, el almirante Bringas, desde el buque *Castilla*, lanza un lacónico mensaje:

—Operación terminada.

A Trillo se le escapa, según ven algunos de los reunidos, una lágrima de emoción. Llama a Aznar. Llama al Rey. Luego, todos desayunaron. El director general de Política (Digenpol) del Ministerio de Defensa, general Rafael de Lorenzo; el subsecretario del Departamento, Fernando Díez Moreno, el secretario general Javier Ugarte y el jefe de Prensa de Defensa, el periodista Alberto Martínez Arias.

Uno de ellos relató que Trillo había desayunado... Un par de huevos.

El relato oficial de De Lorenzo comenzaba: «Al orto, y con viento fuerte de Levante...» Fueron las palabras que Trillo utilizó en la famosa comparecencia parlamentaria en la que explicó a Sus Señorías el desarrollo de la operación. Sólo que al ministro le pareció que aquello del «orto» parecía un término excesivamente castrense, y lo sustituyó por «al alba».

Sentado en el asiento trasero de su Audi blindado, en aquella noche de finales de agosto de 2003, Aznar rememoró aquellos momentos en los que, al final, se saboreó el triunfo. Recordó cómo, el día de Santiago Apóstol, había invitado a cenar en la Moncloa a los jefes de Estado Mayor, y cómo le entregaron la bandera que los soldados, victoriosos sin haber derramado una sola gota de sangre, habían colocado aquella mañana sobre los peñascos, momento recogido en una fotografía memorable que Trillo, previsor, se había cuidado muy mucho de propiciar y distribuir entre las agencias de noticias.

No distribuyó, en cambio, otras que mostraban a los famélicos, cansados y desmoralizados soldados marroquíes tras haber sido capturados por las bien preparadas y entrenadas tropas especiales españolas.

Realmente, eran unos momentos que merecían la pena de ser recordados durante aquella noche agridulce de la despedida. Y allí, a bordo del Audi, en el largo viaje desde Quintanilla hasta Moncloa, Aznar no pudo evitar pensar en lo que preparaba para los días siguientes.

«Pido tu apoyo para»...

La cena de despedida en Quintanilla fue el miércoles. El viernes, todo iba a acelerarse. Y mucho. Iban a ser, de hecho, los dos días más intensos que vivieran muchos de los informadores políticos que aguardan, expectantes, la resolución de la Operación Sucesión que Aznar llevaba, presumiblemente, incubando. «No te voy a decir el nombre del sucesor, pero te pido tu respaldo, tu apoyo, por el bien del partido».

Uno a uno, José María Aznar fue llamando a sus más próximos colaboradores y a todos les dijo exactamente lo mismo. Con esa frase, en la que demostraba que la decisión sobre el sucesor ya la tenía tomada, daba a entender que toda la responsabilidad de la sucesión era suya, para bien o para mal. Si acertaba, el partido saldría ganando porque su propuesta tenía el respaldo solidario del PP. Si se equivocaba, él era quien asumía las consecuencias, ya que él era quien había decidido y sólo había pedido a los miembros de la dirección del PP que avalaran a su candidato.

El viernes 29 de agosto, tras presidir el Consejo de Ministros con el que ponía punto final a las vacaciones de verano, José María Aznar se dirigió al Gobierno y, sin alterar el tono de voz, tratando de «usted» a sus ministros, como ha hecho siempre en las reuniones del Consejo, les dijo: «Se acaba la reunión del Consejo, pero les pido que se queden unos minutos más. Soy un hombre que cumple su palabra y antes de asumir el Gobierno anuncié que si tenía la confianza de los ciudadanos sólo permanecería dos legislaturas al frente del Gobierno, lo que recordé hace dos años. Por tanto, pido al secretario general que convoque el lunes a la Ejecutiva Nacional y el martes a la Directiva Nacional para que aprueben mi propuesta de candidato a la Presidencia del Gobierno».

Los ministros se miraron con desconcierto, sin pronunciar palabra. Mariano Rajoy, portavoz del Gobierno, que debía comparecer ante los periodistas en rueda de prensa, sólo le hizo una pregunta al presidente: «¿Y esto es para contar o para no contar?».

—¿Tú qué crees? —responde el presidente, sequerón.

—Para contar —dijo Rajoy.

—Pues eso.

Aznar, a continuación, pidió a Piqué y a Federico Trillo que antes de marcharse pasaran un minuto por su despacho.

Rajoy, mientras tanto, se sentía nervioso porque tenía que comparecer en rueda de prensa, y no sabía qué explicar a los periodistas una vez trascendiera que el presidente había iniciado el proceso que se esperaba desde hacía dos años. Porque Aznar había indicado que, efectivamente, aquello con lo que finalizó el Consejo era «para contar».

¿Pero qué podía contar el ministro excepto que el lunes estaba convocada la Ejecutiva del PP y el martes la Junta Directiva Nacional?

Llamó a Arenas, ministro de Administraciones Públicas y secretario general del partido: «¿Qué les digo a los periodistas? ¿Tú sabes algo de la sucesión, por dónde carallo van las cosas?». Pero no, Javier Arenas no sabía nada. Absolutamente nada.

Silencio en Menorca

El mes de agosto de 2003 había sido muy tranquilo. Aznar lo pasó en Menorca, procurando que se respetara escrupulosamente su descanso veraniego. Los medios de comunicación habían recogido que, antes de iniciar las vacaciones, había dicho a sus leales que era más conveniente que no aparecieran por allí, para evitar especulaciones sobre la sucesión.

Y no aparecieron, a pesar de que Zaplana y Rajoy estuvieron en Baleares invitados por Jaume Matas, que acababa de volver a la Presidencia del Gobierno balear, al conseguir en las elecciones de mayo una mayoría absoluta que impedía el gobierno «pentapartito» con el que Antich le respondió en la convocatoria anterior. «Cualquiera se atrevía a acercarse por Mahón», comentó luego uno de los citados.

Los ministros sabían también que el nombre del sucesor se conocería en septiembre, pero ignoraban la fecha exacta. Habían sido convocados para el 29 de agosto para poner fin a sus vacaciones con el primer Consejo de Ministros del nuevo curso y el que más y el que menos creía que quedaban dos o tres semanas por delante antes de que Aznar pusiera en marcha el proceso.

Aznar se despidió de sus ministros antes de vacaciones sin adelantarles nada. Y cuando llamó a Jaime Mayor para desearle buenas vacaciones, le dijo que estuviera tranquilo hasta septiembre. Y, efectivamente, todos se fueron tranquilos respecto a que sus vacaciones no iban a ser interrumpidas, pero con los nervios a flor de piel, aunque disimulados, porque no tenían ningún dato sobre quién podría ser el sucesor.

Con Piqué, Aznar tenía que hablar aquel viernes de su futuro inmediato más que de la sucesión, pues debía cesar la siguiente semana como ministro de Ciencia y Tecnología para presentarse como candidato a la Presidencia de la Generalitat. La relación entre Aznar y Piqué era muy estrecha, de plena confianza; no en vano había sido ministro de Asuntos Exteriores durante dos años y, antes, ministro Portavoz y de Industria, lo que obligaba a un contacto muy directo y permanente entre los dos.

En su encuentro tras el Consejo de Ministros en el que advirtió que estaba a punto de concluir el proceso de sucesión, Aznar trató a Piqué con deferencia pero sin adelantarle el nombre del candidato, pidiéndole un análisis de la situación. La conversación, como con el resto de los ministros a los que vio aquel mediodía, duró apenas diez minutos.

Antes de que pasara Trillo a su despacho, y pese a que el ministro de Defensa permaneció en Moncloa tal como le indicó

Aznar, el presidente recibió a Álvarez Cascos. Ya no ocupaba un cargo de relevancia en el PP, pero Aznar suele ser correcto con las formas, y dio un trato especial a quien había sido secretario general del partido durante muchos años, precisamente cuando la maquinaria del partido se puso a toda marcha para que él llegara a la Presidencia del Gobierno.

A pesar de que desde hacía meses los comentarios y la mayoría de los comentaristas apuntaban a que sólo había dos posibles candidatos en liza, Rato y Rajoy —«el candidato empieza por Ra», se decía en los círculos habitualmente bien informados—, algunos «aznarólogos» no las tenían todas consigo.

No veían probable que hubiera sorpresas tipo Acebes, Zaplana, Ruiz Gallardón o Loyola de Palacio, por distintas razones y distintas circunstancias. A Zaplana y Acebes aún no les «tocaba», Ruiz Gallardón todavía debía purgar algo más sus pecados, el desencuentro que tuvo con Aznar en el año 1993 por razones estrictamente personales, que no políticas; y a Loyola no la veían en Moncloa.

Sin embargo, sí pensaban varias personas cercanas al presidente que Jaime Mayor Oreja tenía oportunidad de ser candidato. Es cierto que había entrado en una dinámica casi obsesiva con el País Vasco, demasiado a juicio de muchos, pero era un hombre de una absoluta y demostrada lealtad a Aznar y al partido, que sacrificó su cargo de ministro para presentarse como candidato a lehendakari, sabiendo que las posibilidades eran escasas y las dificultades muchas, y que tenía una gran aceptación en el partido e incluso fuera del partido. Era uno de los políticos mejor valorados por la ciudadanía.

Y por si eso no fueran suficientes méritos, mantenía una excelente relación personal con Aznar, una fluida relación que no se cortó cuando dejó el ministerio. Más de un ministro que fue a Moncloa a despachar con Aznar fuera de horario «oficial», en fines de semana o en días de fiesta, al salir o entrar de la reunión encontraron a Mayor Oreja que venía de charlar con el presidente o que iba a charlar con el presidente. Lo que demostraba una gran confianza mutua y, sobre todo, un intenso y constante intercambio de opiniones.

Uno de aquellos días, poco después de la reunión con Bush y Blair en las Azores, cuando era inminente el inicio de la guerra contra Irak, Aznar vivía uno de los momentos más delicados de su mandato, con centenares de miles de personas sumándose a las manifestaciones en contra de la política de gobierno; un ministro que acudió a Moncloa coincidió con Jaime Mayor: «Hay que darle ánimos —le dijo—: pasa días difíciles», y le enseñó una botella de excelente vino que traía para compartir no sólo con quien era su presidente, sino también con una persona a la que quería y a la que deseaba demostrar su respaldo en una situación política muy complicada.

Por tanto, había que contar con Mayor Oreja en las quinielas de la sucesión. Al ex ministro de Interior también le pilló por sorpresa el calendario de Aznar para resolver el asunto. Como el resto de sus compañeros de partido, pensó que Aznar iniciaría los trámites de consulta y la propuesta del candidato bien entrado el mes de septiembre, y cuando recibió la llamada de Miren, su secretaria, de que debía estar en Moncloa a las seis de la tarde del viernes 29 de agosto, Mayor Oreja se encontraba dando un largo paseo en bicicleta por los alrededores de Zahara de los Atunes, donde veraneaba.

Era imposible estar en Moncloa a las seis: el primer avión de Jerez a Madrid salía precisamente a esa hora. Miren le indicó entonces, después de hacer unas llamadas, que el presidente le recibiría en cuanto llegara, fuera cual fuese la hora. A esas alturas, Mayor Oreja estaba al tanto de las noticias y del anuncio de que se había puesto en marcha la maquinaria de la sucesión.

La entrevista, a las ocho, fue idéntica a la de las otras personalidades consultadas por Aznar: «¿Tienes algo que decirme respecto al posible sucesor? Debo advertirte que tengo ya formada mi opinión, aunque te pido que no me preguntes el nombre, como tampoco voy a decir a nadie qué es lo que me habéis sugerido cada uno de vosotros. Y también quiero pedirte que, sea cual sea el nombre del designado, le prestes todo tu apoyo, para el bien del partido y el bien de España».

Tras escucharle, le pidió que acudiera al día siguiente, sábado, para almorzar a las dos de la tarde a la Moncloa.

Esa misma noche llamó Mayor a Javier Arenas, que no sabía nada sobre el sucesor, y le contó que Aznar se había entrevistado por la tarde con él mismo, Zaplana, Ruiz Gallardón, Acebes, Rajoy y Rato. Mayor le comentó que le habían convocado para un almuerzo, y Arenas le respondió que a él también. No le dijo, porque no lo sabía, que la conversación más larga fue la que mantuvo con Rodrigo Rato, aunque el vicepresidente económico tampoco fue informado sobre el sucesor. Pero se quedó con la sensación de que Aznar ya lo tenía decidido. Ninguno de ellos sabía, claro, que el presidente se lo había comunicado al Rey la semana anterior, durante la tradicional cena de despedida de las vacaciones baleares en Marivent.

En Moncloa, al día siguiente, el primero en llegar fue Rodrigo Rato, generalmente hombre de impuntualidad conocida. Está solo cuando aparece Mayor Oreja. Ninguno de los dos sabe nada. Ni Javier Arenas, que llega casi inmediatamente. Por lo que deducen que es Mariano Rajoy el elegido. Pero tampoco les dice nada cuando finalmente entra por la puerta.

El presidente les saluda afectuosamente y conduce a los cuatro a su despacho. «Es la decisión más dura que he tomado en mi vida...». Hay quien interpreta que con esa frase quiere justificar que no sea Rodrigo Rato el sucesor, su amigo Rodrigo, su entrañable amigo Rodrigo, que además de amigo es una de las mejores cabezas políticas del partido, y que no había ocultado su deseo de ser candidato. Aznar les dice, con escasas palabras, que «creo que el candidato debe ser Rajoy», al que hace un gesto para que se dirija a sus compañeros, pero Rajoy continúa callado.

Es Jaime Mayor quien toma la palabra entonces para expresar su apoyo a Mariano y le recuerda a Aznar que ya el día anterior le había prometido acatar lealmente su decisión. Luego, dirigiéndose a Rajoy, añade: «Estoy a tu disposición allí donde me necesites». En los mismos términos se expresó Rodrigo Rato, con palabras llenas de emoción y diciendo que Rajoy era un gran candidato; a continuación fue Javier Arenas quien manifestó que estaba a las órdenes de Mariano Rajoy para ayudarle desde donde fuera más necesario.

Aznar no les explicó por qué era Rajoy el elegido, ni tampoco qué reflexiones se había hecho antes de tomar esa decisión. A las 14.20 h había terminado todo y Aznar les invitó a pasar al jardín, donde estaba preparada la mesa, advirtiéndoles que antes de las tres se haría oficialmente pública la decisión, momento que Rajoy aprovechó para pedir unos minutos de tiempo a fin de avisar a su familia; no quería que se enterasen por los medios de comunicación.

¿Hubo tensión en el almuerzo? No, según los asistentes, aunque uno de ellos calificó el ambiente de «denso».

«Estamos en condiciones de afirmar que el sucesor es...»

Antes de ir a comer, Aznar retiene a Rodrigo Rato, con el que se queda hablando en un aparte. Arenas y Mayor salen al jardín y se sientan a la mesa. Comentan que se nota cierta incomodidad en Aznar, que no se siente a gusto porque la decisión ha sido muy difícil y sabe, además, que ha decepcionado a Rato.

Llega Mariano Rajoy y luego Aznar con Rato, que se despide pronto de todos porque debe ir a Oviedo a recoger a sus hijos. Los demás se quedan, hablan de cosas intrascendentes, hacen bromas, sintiéndose ya más relajados.

Al finalizar el encuentro, Aznar le pide a Mayor Oreja que le acompañe un momento a su despacho. Y le dice a Mariano Rajoy que sería conveniente que él y su mujer, Elvira, a la que los amigos llaman Viri, pasasen con los Aznar el fin de semana en Quintos de Mora, para resolver las cuestiones que quedan pendientes, hablar del partido y de las reuniones de la Ejecutiva y de la Junta Directiva Nacional, que se van a celebrar el lunes y el martes para ratificar el nombramiento del sucesor.

El fin de semana con los dos matrimonios solos se desarrolló en un ambiente casi familiar, a pesar de que Ana y José María, Elvira y Mariano, nunca habían sido especialmente amigos, y no mantenían por tanto la relación de los Aznar con los Rato o, en menor grado, con los Mayor Oreja o los Arenas. Sin embargo, no sirvieron esos dos días sólo para hablar de la sucesión y del futuro del partido y del Gobierno, sino para estrechar lazos personales.

En ningún caso Ana y Elvira hablaron de Moncloa como el futuro domicilio de una familia que debía utilizarlo además como residencia oficial, con una infraestructura que Ana Botella había conocido muy bien a lo largo de siete años largos. Elvira no hizo ninguna pregunta que pudiera sugerir que se veía ya de «presidenta», y tampoco Ana Botella le habló en esos términos. La estrategia electoral de los meses siguientes, con las elecciones de Madrid, Cataluña y las generales de marzo, ocuparon gran parte de la conversación entre Aznar y Rajoy, aunque sobre todo hablaron del PP, puesto que Rajoy iba a dirigir el partido a partir de la semana siguiente como nuevo secretario general. Rajoy asumiría, además, las responsabilidades y atribuciones que hasta ese momento tenía Aznar como presidente del PP. En Quintos, Aznar le anunció que le dejaba las riendas del partido por entero: no quería presidir nuevas reuniones de dirección, tampoco los maitines, y tendría él, Rajoy, todas las competencias y plenos poderes para tomar cualquier tipo de decisión.

¿Cuándo supo Mariano Rajoy que era el elegido? Él responde que «poco antes», sin concretar fechas ni horas. Entre los máximos responsables del partido, y en función de cómo vivieron aquellas horas llenas de incógnitas, y sobre todo cómo vieron vivirlas a Rajoy, la sensación más general es que lo supo la noche del viernes, una vez que Aznar finalizó la ronda de consultas personales y llamó por teléfono a los responsables del partido en las distintas regiones, para explicarles el proceso de sucesión.

Sin embargo, un compañero de Gobierno que habló con Rajoy esa noche en la que los teléfonos echaban humo, y todos y cada uno de los ministros se intercambiaban informaciones, cuenta que Rajoy no sabía nada, o casi nada, y que cuando le comentó: «Creo que vas a ser tú», el entonces vicepresidente primero le confesó: «Yo también lo creo por una serie de datos que me indican que puedo serlo; en la conversación que he tenido esta noche con el presidente me ha hablado como si lo fuera, pero no me ha dicho ni una palabra que me confirme que lo seré».

Aznar habló con Rajoy apenas una hora antes que con sus compañeros del llamado G-4, el secretario general y los vicesecretarios. Algunas fuentes refieren que le llamó por teléfono para decirle de forma muy escueta: «Te ha tocado, vas a ser tú», y que eso habría sido todo. Pero no: fuentes muy cercanas al sucesor aseguran que la conversación fue mucho más larga, mucho más «razonada».

De todas maneras, había razones para las dudas. El sábado, el nombre de Acebes empezó a circular con fuerza. El periódico *ABC*, dirigido por José Antonio Zarzalejos, hermano de Javier, el secretario general de la Presidencia, que es probablemente el hombre más cercano en el día a día a Aznar en la Moncloa, publicaba en su portada la fotografía del ministro de Justicia.

Y, por si no fuera suficiente, la Cadena SER, citando fuentes de la máxima solvencia, a última hora de la mañana decía que «estaba en condiciones de afirmar» que el candidato era Ángel Acebes.

Probablemente nunca se sabrá qué ocurrió dentro de la prestigiosa cadena de radio para que se cometiera un error tan monumental. La dirección guardó un prudente silencio sobre la identidad de esa fuente y, por lo que ha trascendido a través de redactores, la información vino de «muy arriba». El secretario de Estado de Comunicación, Alfredo Timmermans, estuvo hablando con una redactora de la SER poco antes de que la cadena lanzase a los vientos el nombre de Acebes y, sin embargo, nada le dijeron al secretario de Estado de Comunicación acerca del «notición» que pensaban dar a continuación.

Y así en la SER insistieron en su pronóstico, lo que significaría que alguien muy por encima de la redacción creía estar en el Gran Secreto e impuso su criterio. La cadena, sin embargo, carga las tintas precisamente en Timmermans, y alega que su empecinamiento primero en que Acebes no podía ser descartado como candidato y, después, en que no dieran el nombre de Acebes como sucesor, les hizo pensar que quería evitar que la cadena diera un *scoop* de tanta envergadura. Parece, no obstante, que no hay tal: de hecho, fuentes muy próximas a Timmermans insisten en que, en sus conversaciones con la cadena radiofónica, no se barajó ningún nombre.

En su momento se achacó la filtración al presidente del Real Madrid, el poderoso constructor Florentino Pérez; pero Pérez negó tajantemente a los autores de este libro que hubiese sido el «informante» de la cadena de Polanco. Y no falta en esa cadena quien opine que Aznar quiso, en realidad, colocar a Acebes, y que en tal sentido se habría pronunciado ante el Rey en su despedida en el Palacio de Marivent; pero luego comprobó que la presión de los «históricos» del partido impediría que la sucesión recayese en alguien relativamente «nuevo» como Ángel Acebes. Claro que son versiones de parte, interesadas.

También secretario general

Rumores aparte, siguiendo con el hilo de los acontecimientos, una vez que Rajoy supo por Aznar que era el candidato, los dos políticos decidieron llamar a Fraga para adelantarle la noticia. Tanto Aznar como Rajoy han mantenido una relación especial con Fraga, de respeto incuestionable al fundador y a quien les colocó en la parrilla de salida de una importante carrera política, pero nunca se sintieron dependientes del viejo dirigente gallego. Sin embargo, los dos pensaron que éste debía saber antes que nadie cuál era la decisión de Aznar.

La decisión de llevar a Rajoy a la Secretaría General del partido y cederle todas las competencias ejecutivas de la presidencia, Aznar la consultó previamente con Arenas, con quien almorzó el viernes de la crisis, tras el Consejo de Ministros en el que había anunciado que en un par de días se resolvía la cuestión del candidato a sucederle. En dicho almuerzo, Aznar y Arenas coincidieron en la idea de que el candidato, fuese quien fuese, no debía estar en el Gobierno, para evitar la imagen de subordinación a Aznar. Y tampoco podía estar a las órdenes del secretario general del partido. Luego debía ser el secretario general del PP.

Aquel mismo día, Javier Arenas empezó a recoger sus cosas, sin saber siquiera quién era el candidato, pero sabiendo ya que se haría cargo de la Secretaría General. El lunes, después de la reunión de la Ejecutiva Nacional, el despacho estaba a punto para ser ocupado por Rajoy, que sin embargo no lo pisó hasta el jueves, hasta que su cese apareció en el BOE.

Arenas y Aznar no hablaron de nombres durante el almuerzo posterior al consejo, pero sí de cómo tendría que llevarse a cabo la operación de sucesión y el relevo en la Secretaría General del partido. En esos momentos, comentaría Arenas más tarde, tenía la convicción de que el candidato era Rajoy, de la misma manera que dos años antes tenía la convicción de que el candidato era Rodrigo Rato. Pero la forma como Aznar había ido colocando a Rajoy en distintos ministerios hasta llevarlo a la vicepresidencia primera, y también la forma como había ido dejándole al frente de las cuestiones más delicadas con que debía enfrentarse el Gobierno, no daban pie a muchas dudas.

La Operación Sucesor no se había urdido precisamente en pocas semanas: era fruto de una larga meditación, de mucho probar al candidato.

Tras el almuerzo a cuatro del sábado, Aznar, a solas ya con Mayor Oreja, le indica que puede pedir lo que quiera y ocupar el lugar que quiera dentro del Gobierno. Pero el ex ministro de Interior le explica que no se ve en el Gobierno, que en su momento tomó la decisión de defender un proyecto en el País Vasco para poner freno a los afanes soberanistas del nacionalismo y que cree que su papel está allí, con la gente que le respalda en su política contra un plan, el de Ibarretxe, que puede provocar en el pueblo vasco la situación más grave de su historia. «Haría el ridículo si me fuera precisamente ahora para ser ministro», le dice a Aznar. Hay quien señala que, en privado, Mayor se mostró aquellos días algo molesto con Aznar, aunque la guardia pretoriana de los amigos que rodean al ex ministro de Interior siempre lo haya negado.

Aznar llevaba años obsesionado con la sucesión. En uno de sus raros momentos de confidencias a sus más inmediatos colaboradores, comentaba los problemas internos del PSOE a causa de la difícil «cohabitación» entre Joaquín Almunia y José Borrell. El primero de ellos había sido elegido por Felipe González como candidato a la Secretaría del partido tras su renuncia, y gracias al respaldo de González logró apoyos suficientes para hacerse con el cargo más importante del PSOE. Unas primarias, sin embargo, lo desbancaron de la posibilidad de ser candidato a la Presidencia de Gobierno, pues la mayoría de los militantes socialistas se inclinó por otro candidato, Borrell.

La dualidad estuvo plagada de tensiones y desencuentros, con un alto coste para el partido, que en cierto sentido respiró con alivio cuando Borrell dimitió al descubrirse irregularidades en la Delegación de Hacienda de Barcelona protagonizadas por dos inspectores que en el pasado habían sido estrechos colaboradores suyos.

En un momento inhabitual de relajado intercambio de opiniones con un amigo, Aznar dijo casi como para sí mismo: «Esto de la sucesión es una cosa muy complicada», y añadió a continuación: «Tú y yo lo sabemos muy bien». Se refería sin duda a su caso personal, cuando Fraga tuvo que volver a hacerse cargo de Alianza Popular tras el desastre de la gestión de Hernández Mancha, y puso en marcha un proceso sucesorio que conducía inexorablemente a Isabel Tocino, pero que finalmente aupó a Aznar a la presidencia del partido gracias al empeño del secretario general y a los vicesecretarios generales, que hicieron cambiar de opinión a Fraga en la histórica reunión de Perbes.

Para Aznar sería un fracaso personal que la operación Rajoy saliera mal, que tuviera un mal resultado en las urnas, que su designación provocara roces en el partido a pesar del respaldo unánime que tuvo en el proceso de elección. Pero Aznar sabía y sabe que la apuesta ha sido suya y sólo suya, y que en caso de error sólo él será el culpable. Porque, naturalmente, en el PP, tras haberse pasado todos al bando de los «marianistas», pronto comenzaron a circular los eternos sambenitos, propios de un país cainita como es a veces España: que si Mariano es algo pusilánime, que si no trabaja demasiado... Sin embargo, en general, la designación de Rajoy fue muy bien recibida, no solamente en el PP, sino en ambientes periodísticos, económicos y sociales.

La prueba de que Aznar piensa así es que, durante el proceso de consulta, que no fue tal pues ya tenía la decisión tomada desde meses atrás, lo primero que decía a quienes llamaba, como hemos mencionado, era precisamente que ya tenía la decisión tomada pero que no les daba el nombre hasta haberles escuchado previamente. Con esa frase se estaba echando responsabilidades sobre los hombros.

No obstante, quien llevaría el peso de la responsabilidad máxima era Mariano Rajoy, obligado a ganar unas elecciones en marzo de 2004 para el partido y a repetir mayoría absoluta. «Cuento con todos vosotros —dijo a Rato, Arenas y Mayor cuando Aznar les comunicó que era el designado—, y espero que me ayudéis.» Pero, claro, todo esto ocurriría dos días después de aquella cena de despedida en Quintanilla, de aquel viaje nostálgico desde Quintanilla de Onésimo a la Moncloa, donde iba a consumir sus últimos meses como presidente del Gobierno. Nadie, nadie sabía —excepto Ana, claro, ahí acurrucada en el asiento trasero— lo que iba a ocurrir dos días después.

CAPÍTULO 2

«Al final, resulta que es humano»

Rato y la pierna presidencial

«Al final, resulta que es humano.» El ex ministro, amable y sonriente, que ha visto la furtiva lágrima a punto-a punto de asomar en el ojo derecho de José María Aznar al final de la cena en Quintanilla, bromea sobre el tema. A veces, es cierto, nadie diría que Aznar no sea un robot perfectamente programado para ejercer sus difíciles funciones. Sonríe poco, habla menos y sus gestos de ternura son medidos con economía escocesa. Y es que ha supeditado esos gestos de humanidad, que él piensa, dicen, que son muestras de debilidad, al ejercicio presidencial, la meta de su vida.

«Ahora ya podemos ser amigos», le dijo al despedir en Moncloa a uno de los más destacados miembros de su Gobierno, que no continuaría tras la remodelación que acababa de realizar.

Se trataba de uno de sus colaboradores más próximos, aparentemente muy amigo, con el que Aznar había mantenido una relación muy estrecha. Pero las apariencias engañaban: con él, como con la mayoría de los ministros, Aznar se mostraba parco en palabras; más que austero, distante en sus gestos; en algunas ocasiones, incluso hosco. Éstas eran parte de las reglas del juego no escritas y no explicadas: su trato con los miembros del Gobierno estaría marcado por la frialdad más que por la calidez, con excepciones. Pero en el momento en que alguno de ellos volvía a la vida «civil», no sólo buscaría un hueco para él en un cargo público bien remunerado, sino que pasaba a engrosar la nómina de amigos.

Aquel a quien le dijera «ahora ya podemos ser amigos», ha recibido al matrimonio Aznar en su casa en varias ocasiones; ha sentado a su mesa a un Aznar, para variar, cordial, ameno, extrovertido... que no estaba dispuesto a abordar ni uno sólo de los temas de actualidad, ni una sola de las cuestiones que ocupaban las primeras páginas de los periódicos.

Ejemplo de la poca confianza que da a sus colaboradores cuando despachan con él es lo que vivió Rodrigo Rato, como hemos dicho, uno de los más íntimos amigos de Aznar, si no el que más —al menos hasta que «cuajó» la sucesión—, en los tiempos en que el responsable de Economía compartía fines de semana y vacaciones familiares con la familia Aznar. Analizaron cuestiones de gobierno y Aznar se despidió de su ministro, que se marchó poco antes del mediodía.

Durante el almuerzo, Rato conoció por el Telediario la noticia de que Aznar, inmediatamente después de reunirse con él, había acudido a una clínica para ser sometido a una pequeña intervención quirúrgica en una rodilla. Contaba Rato que, dos días después, cuando volvió a verle, le pagó con la misma moneda: a pesar de encontrar a un Aznar escayolado y apoyado en una muleta, no le preguntó ni una sola vez por la operación, como si no hubiera ocurrido absolutamente nada.

Los amigos íntimos de Aznar ajenos al partido eran pocos cuando fue elegido presidente del Gobierno. Villalonga y Blesa, Blesa y Villalonga, eran los nombres que se repetían cuando se preguntaba por las amistades del nuevo presidente. Se trataba de sus amigos más próximos, con los que pasaban vacaciones familiares, iban unos días de viaje con sus hijos, compartían fechas señaladas. Ana Botella siguió junto a la madre de Juan los debates que mantuvo su marido con Felipe González en la campaña de 1993, dos momentos clave de su carrera hacia la presidencia, y fue Pilar la que introdujo a Ana Botella en círculos que hasta entonces le estaban vedados a la mujer de Aznar.

Pilar —en Valencia, su tierra de origen, la llamaban Maruja— estaba casada en segundas nupcias con un importante oncólogo, Severino Pérez Modrego. Era una mujer arrolladora, abierta, extrovertida, que celebraba almuerzos para Ana Botella en los que reunía a mujeres relevantes de muy distintos campos, que pronto engrosaron la fila de las amistades de Ana, quien las invitó con frecuencia a Moncloa cuando su marido fue presidente. Sin embargo, Ana siempre consideró como sus mejores amigas a sus compañeras de colegio, con las que se reúne periódicamente y no dejó de hacerlo durante sus años de Moncloa.

Pilar falleció de un cáncer meses después de que su hijo Juan se alejara afectivamente del matrimonio Aznar y fuera obligado a abandonar finalmente la presidencia de Telefónica. Su marido, Pérez Modrego, moría también poco después.

El comportamiento de Blesa no tuvo nada que ver con el de Villalonga y siempre se mantuvo como una de las personas más cercanas a Aznar. Su cargo de presidente de Caja Madrid no influyó en esa relación.

El primero que sugirió a Aznar el nombre de Juan Villalonga para presidir Telefónica fue Jesús Polanco. El segundo, el entonces director de la Caixa, Josep Vilarasau y el tercero, el entonces presidente del BBV, Emilio Ybarra, un hombre destinado a sufrir una dura caída profesional, moral y de imagen algunos años después. Que lo hicieran porque sabían que Juan Villalonga era el mejor amigo del presidente es algo que quedará en el secreto del sumario, pero lo cierto es que tres de los más relevantes hombres del mundo financiero y empresarial español le dijeron al recién elegido presidente del Gobierno que Juan Villalonga era la persona indicada para hacerse cargo de la empresa pública más importante del momento, que en los meses siguientes sería privatizada.

Aseguran estas tres personalidades que Aznar no estaba muy convencido de que fuera Juan Villalonga el designado; demasiado amigo, demasiado marcado. Pero, finalmente, con el empujón de Rodrigo Rato, aceptó la idea. Aunque Rato niega haber presionado en favor de Villalonga, que se había «trabajado» bien al BBVA y a la Caixa para lograr su nombramiento. Villalonga era además un hombre con experiencia en el mundo internacional: había colaborado siempre con multinacionales, tenía en aquel momento despacho en Mac Kinsey, una consultora que mantenía relaciones con la Caixa y con el BBV, lo cual explica la intervención de Ybarra y Vilarasau.

Villalonga, hombre muy seguro de sí mismo, según demostró una vez que se puso al frente de Telefónica, solía decir a sus colaboradores, en los tiempos iniciales, que «la gente cree que no sé de esto, pero sé. No tengo ni idea de cuestiones técnicas ni de telefonía, pero sé cómo se debe dirigir una empresa».

Es difícil poner fecha a la fractura de su relación con Aznar, como es difícil afirmar cuáles fueron las razones exactas de esa fractura. Desde el entorno de Villalonga se cree que su separación matrimonial fue decisiva, mientras que en el entorno del presidente afirman que a José María Aznar llegó a escandalizarle la ostentación de la que hacía gala su amigo, su ritmo de vida, su afán de dinero y, sobre todo, el asunto de las *stock options*, que no eran ilegales, pero que socialmente fueron recibidas con absoluta repulsa. Y es que a Aznar siempre le preocuparon los excesos de ostentación de sus próximos, incluso los de aquellos a los que él había contribuido, inevitablemente casi, a hacer ricos.

El motivo de la fractura es probablemente una suma de cuestiones personales y económicas, aunque el matrimonio Aznar tuvo incluso un gesto de aceptación de la situación personal de Villalonga cuando le invitaron con Adriana Abascal, la ex mujer del mexicano Emilio Azcárraga, recién fallecido, a Quintos de Mora. Este gesto disparó los rumores de que Villalonga aún mantenía la amistad y la confianza del presidente y de su esposa. No era así, y Aznar lo dejó caer, o más bien impulsó su caída, pocas semanas después de que la polémica sobre las *stock options* provocara una fuerte animadversión social contra el presidente de Telefónica, azuzada fundamentalmente por el periódico *El Mundo*, cuyo director, Pedro J. Ramírez, apenas unos meses antes había mantenido una estrecha relación de amistad con Villalonga, con quien realizó incluso un viaje de vacaciones por Extremo Oriente acompañados de sus respectivas mujeres.

Juan Villalonga fue de las pocas personas que valientemente se pusieron de forma incondicional del lado de Ramírez cuando éste fue víctima de una grave operación de desprestigio personal al hacer circular por los despachos más influyentes un vídeo de fuerte contenido sexual en una maniobra organizada por personajes indeseables. Cuando Pedro J. apenas podía aparecer en público sin que alguien hiciera algún comentario en voz alta sobre el vídeo, Villalonga le organizó una cena en Moncloa con Agatha

Ruiz de la Prada, el matrimonio Aznar y el propio matrimonio Villalonga y filtró además a los medios de comunicación dicho encuentro para demostrar que el presidente del Gobierno y su esposa se sentían solidarios con el periodista en los que probablemente eran los momentos más difíciles de su vida.

Y aún fue más lejos: como principal accionista de *El Mundo* a través de Telefónica, le indicó a Pedro J. que se marchara durante dos años a Estados Unidos con su familia para estudiar sobre los medios de comunicación del futuro, respetando su sueldo y que, al regreso, tendría un cargo aún más relevante en Telefónica relacionado con las empresas periodísticas.

Pedro J., sin embargo, decidió aguantar el tirón, dar la cara, y continuó al frente de *El Mundo*. Desde el diario se querelló contra quienes habían puesto en marcha la operación de acoso y derribo contra él haciendo circular el vídeo. Y, bien entrado ya el año 2003, de la misma forma que a Rato se le vio cenando en un restaurante con Villalonga, también el director de *El Mundo* mantuvo algún encuentro con el ex presidente de Telefónica, a pesar de que en un momento dado hizo todo lo posible por llevarlo a los tribunales y, desde luego, contribuyó de forma efectiva a que perdiera su puesto en Telefónica. Sin embargo, siempre se ha dicho que los hombres verdaderamente influyentes acaban por reencontrarse, por recomponer relaciones. Les va mucho en ello.

Villalonga fue, según uno de los colaboradores de Aznar, «su principal decepción tras la de Pimentel (un caso único durante el "aznarato" y del que hablaremos extensamente)» y hay quien lo define como un «traidor» al presidente, algo a lo que desde el bando del ex presidente de Telefónica se responde de forma bastante contundente. Desde luego, su nombramiento sólo provocó quebraderos de cabeza en la Moncloa por su desmedido afán de dinero y de notoriedad y por su política de designación de cargos en la empresa, con constantes variaciones, ceses, dimisiones y traslados; aparte de que en un momento determinado se negó a seguir las instrucciones del Ministerio de Economía respecto a inversiones en otros países o a decisiones que afectaban al mercado español.

La decisión de repartir *stock options* entre la cúpula directiva, que le proporcionarían a él mismo ingresos de miles de millones de pesetas, fue un escándalo que salpicó al propio Aznar; pero la ruptura se había producido mucho antes.

Uno de los miembros del equipo de Aznar, amigo personal de Villalonga, le dijo en una ocasión que debería intentar mejorar sus relaciones con el Gobierno. Ante su sorpresa, Villalonga, con aire chulesco, le respondió: «¿Qué gobierno? Me llevo muy bien con el de Brasil, donde Telefónica tiene fuertes intereses».

Cuando las cosas llegaron muy lejos, Aznar dejó de comunicarse personalmente con Villalonga, y puso el asunto en manos del vicepresidente económico, Rodrigo Rato, buen amigo también del presidente de Telefónica. Rato intervino en varias ocasiones para tratar de detener iniciativas de Villalonga que perjudicaban la imagen del equipo de Aznar. La perjudicaban porque, no era ningún secreto, se trataba del Amigo de Aznar, el amigo con mayúsculas, aquel que había compartido primero pupitre en el colegio, y después vivencias, complicidades, vacaciones familiares y confidencias.

Fue Rato quien le expresó a Villalonga el malestar monclovita por las *stock options*, le transmitió su preocupación por la compra de Endemol, una productora holandesa de televisión, a un precio infinitamente superior al de mercado, hecho que puso en circulación el rumor de que existía un contubernio entre dirigentes de Endemol y de Telefónica para llevar a sus cuentas corrientes esos millones del sobreprecio. Y sobre todo quiso parar a Villalonga cuando decidió que Telefónica adquiriera la empresa de telefonía fija holandesa KPN, una compra que finalmente el Gobierno tuvo que frenar enviando cartas a miembros del equipo económico del Ejecutivo holandés para impedirlo.

Rato no consiguió que Villalonga diera marcha atrás en decisiones que estaban causando un profundo desgaste en la imagen del Gobierno, con un sector de la opinión pública convencida de que Aznar amparaba negocios poco claros de sus amigos y hacía la vista gorda a la corrupción. El propio Aznar llegó a coger el teléfono, aunque no quería hacerlo, para transmitir determinadas indicaciones al que hasta hacía poco tiempo era su amigo. Se encontró entonces a un Villalonga que le transmitía una supuesta sorpresa ante el malestar de Aznar y le explicaba que no había recibido ninguna indicación del vicepresidente económico en el sentido de que debía reflexionar sobre algunas de las iniciativas empresariales que estaba tomando.

Aznar llegó a dudar de Rato, hasta que el propio vicepresidente le explicó que sus conversaciones con Villalonga habían sido muy claras, añadiendo que el presidente de Telefónica ya no se atenía a ningún tipo de razonamiento y su único afán era enriquecerse. Aznar y Rato, finalmente, consiguieron provocar la dimisión de Villalonga. Éste se marchó de España y se instaló en Estados Unidos, donde siguió enriqueciéndose a costa de los contactos y relaciones que había establecido durante su época en Telefónica, más los que aportaba su nueva esposa, Adriana Abascal, viuda del legendario *tigre* Emilio Azcárraga, presidente de Televisa y uno de los hombres más ricos de México.

Tras su salida de Telefónica, un proceso ya contado en *Aznarmanía*, Villalonga regresó ocasionalmente a España, donde uno de sus antiguos altos empleados en Telefónica, Manuel García Durán, continuaba «representándole» oficiosamente. Incluso se dijo que quería entrar en el proceloso mundo de los medios de comunicación españoles, nostálgico acaso de aquellos tiempos en los que, desde Telefónica, trató de aglutinar un gran hólding contra Prisa (ver capítulo 5). Los rumores de que quería adquirir algún medio a través de García Durán, nunca se concretaron. Y no consta que volviese jamás a visitar a Aznar. La relación había quedado irremediablemente rota.

Una cierta dosis de vanidad

Las decepciones personales aparentemente no hacen mella en Aznar. Sin embargo, sí muestra síntomas de inseguridades que en ocasiones se traducen en lo que podría ser una exacerbada vanidad. «Yo soy el milagro», llegó a declarar a un estupefacto periodista del *Wall Street Journal*, que le preguntaba, en 1997, por el secreto de ese famoso «milagro español» que había hecho despegar económicamente a nuestro país en muy poco tiempo (incluida la última parte del mandato socialista). Y eso que hay que admitir que tal tipo de declaraciones no es frecuente en el comportamiento de Aznar. Esa grandilocuencia no va con él. La vanidad —que tampoco es su característica dominante: simplemente, en este caso ha habido un atracón de poder— se traduce más bien en gestos que en palabras.

Por ejemplo, desde el primer día presumió de mantener excelentes relaciones con los más importantes políticos internacionales, que iban más allá de los contactos habituales entre jefes de gobierno. Varios cronistas políticos invitados a almorzar a Moncloa a las pocas semanas de que Aznar fuera elegido presidente, se quedaron sorprendidos por la forma en que explicaba un encuentro con Helmut Kohl en su ciudad de origen. Es cierto que el entonces canciller alemán fue especialmente amable con el presidente español, pero a nadie en aquella mesa se le escapó que Aznar ofrecía detalles absolutamente intrascendentes sobre aquel encuentro porque trataba de transmitir la idea de que se había hecho amigo de quien era muy amigo de su predecesor, Felipe González. Hasta llegó a contar a los periodistas, orgulloso, que Kohl le pidió que le llamara Helmut y él que le llamara José.

En la época de Clinton solía presumir de que el presidente americano le preguntaba por su hijo Alonso cuando le llamaba a Moncloa y, cuando años más tarde fue invitado por Bush a su rancho tejano, el acento de aquella reunión que se celebraba en un momento especialmente importante lo ponía Aznar en el hecho de que él y Ana habían acudido al lugar al que Bush invitaba a sus amigos. Se explayaba en explicaciones sobre el bungalow que les acogía, cómo Laura Bush se había ocupado personalmente de la preparación de la cena o describía, con deje casi portorriqueño, el paseo de los dos matrimonios por los dominios tejanos del presidente Bush.

Capítulo aparte merece la reunión del G-8 celebrada en Canadá en un lugar prácticamente inaccesible, elegido cuidadosamente para evitar los disturbios que en aquellos tiempos protagonizaban los movimientos antiglobalización.

Aznar acudió como presidente de turno de la Unión Europea y se le notaba especialmente satisfecho por compartir jornadas y decisiones con los hombres más poderosos e influyentes del mundo, un grupo al que España deseaba pertenecer y en el que Aznar puso todos sus anhelos, sin conseguir finalmente que se abriera la puerta para el jefe del Ejecutivo español. Pero en esa ocasión estaba allí, aunque no representando a España.

Finalizada la reunión, varios periódicos internacionales publicaron unas fotografías en las que se veía a los nueve «grandes» tomando una copa después de una de las reuniones. Aparecían sin corbata, en torno a una mesa, fumando y aparentemente en una conversación muy fluida y hasta divertida. No aparecían en imagen los habituales colaboradores de los jefes de Gobierno ni tampoco los traductores.

Las fotos llegaron a *El Mundo*. Telefonearon a Moncloa advirtiendo de que las tenían y preguntaron si podían ser completadas con alguna más realizada por el fotógrafo de Moncloa. Povedano, el fotógrafo, no había hecho fotos de esa reunión restringida, pero sí tenían en Moncloa algunas de las realizadas por un profesional norteamericano, que mostraban a José María Aznar en actitud de compadreo con los miembros del G-8, los pies sobre la mesa, junto a los pies de George Bush (los demás los tenían en el suelo), y fumándose un espectacular puro.

El propio presidente autorizó a que se facilitaran esas fotografías al periódico, que las publicó al día siguiente con gran alarde y, se supone, con gran satisfacción de Aznar por aparecer ante la opinión pública en el grupo de los hombres más importantes del planeta. Y, encima, con los pies sobre la mesa, actitud y posición que parece gustar especialmente al presidente norteamericano, que ha aparecido retratado muchas veces en su Despacho Oval de la Casa Blanca reclinado en su silla, con los zapatos sobre la mesa de trabajo, ante la sonriente actitud de una Condoleezza Rice, por ejemplo.

Fue una de las fotos del «aznarato», qué duda cabe.

El atleta

Días después, un periodista le preguntó por el motivo de su risa en esa reunión. Y Aznar, ni corto ni perezoso, explicó que Bush había dicho que era capaz de correr los cien metros en determinado tiempo, a lo que Aznar le advirtió que él los hacía en nueve segundos, aparentemente menos que el campeón del mundo. A Aznar le encantó que le hicieran esa pregunta y, se notaba mucho, le encantó aún más que le dieran la posibilidad de que se conociera su respuesta. Una vez más apareció ante los españoles como un dirigente que se trataba de tú a tú, incluso en los momentos de relax, con los políticos de mayor talla internacional. Y que, encima, le ganaba una carrera al mismísimo Bush.

Ayudantes del presidente explican que Aznar tiene muy claro que «hay que colocar a España en el lugar que le corresponde», y que la normalidad en el trato, como uno más, entre los grandes del mundo, es una de las exigencias para que nuestro país deje de ocupar «un sitio en el gallinero, en parte por propio complejo».

Claro que no fue la de los pies sobre la mesa, luego muy comentada, la única fotografía que mostraba las vetas de vanidad de un presidente crecido hasta en el terreno deportivo: días después de la Cumbre de Canadá, desde la Moncloa se filtraba otra imagen del presidente, esta vez iniciando una carrera de cien metros lisos con algunos chavales participantes en la Ruta Quetzal, la excursión europeo-americana que cada año organiza para adolescentes de varios países el periodista Miguel de la Quadra Salcedo. «Y ganó», afirmaron algunos portavoces oficiosos monclovitas.

Y es que José María Aznar, un joven abuelo, está, probablemente a justo título, orgulloso de su forma física. Un día, los autores le preguntaron, atrevidos, si usaba alzas en los zapatos, porque parecía estar más alto. «Sí, soy más alto que Juninho», acertó a bromear algo desconcertado el presidente, acordándose de pronto del futbolista que, en esos momentos, protagonizaba las polémicas de los aficionados.

Algún día, Lombao, el preparador físico de Aznar, que se ha convertido en un obseso por estar en forma, contará los récords batidos por su cliente. Y sus rivales en el pádel también hablan y no paran de las hazañas presidenciales...

Bernardino Lombao apareció en la vida de Aznar durante su segunda legislatura en el Gobierno. Habló con el presidente, y el ex atleta y ex jugador de fútbol, de carácter abierto y extrovertido, le dijo a José María Aznar que no lo veía muy en forma. Poco después fue invitado, junto con un grupo de deportistas y ex deportistas, a la Moncloa. El presidente le preguntó entonces, medio en serio medio en broma, si estaba dispuesto a ayudarle a recuperar esa forma física que, según Lombao, había perdido. Sin pensárselo dos veces, respondió que sí, con una condición: continuidad. «Hecho», fue la respuesta de Aznar. A partir de ese momento tuvo a Lombao como preparador personal, al menos durante cinco días a la semana. Lombao acudía a Moncloa a primera hora, antes del desayuno del presidente, y cuando había viajes al extranjero ampliaba las horas de deporte para compensar los días de inactividad.

La relación entre los dos es de gran cortesía, dice el entrenador. El presidente tutea a Lombao, Lombao «ustea» al presidente, y las sesiones suelen transcurrir entre bromas y retos. Aznar ya le echa en cara a Lombao que él está en mejores condiciones que el preparador, corre más que él, más deprisa y con mayor resistencia, y Lombao acepta la situación. En más de una ocasión recurre al «usted siga mientras yo miro» y, con su campechanía, ha aconsejado a más de un ministro que debía hacer ejercicio, o que debía beber más agua, como hizo con Rajoy —no, con los puros de Rajoy no se ha atrevido, como tampoco se ha atrevido la ministra de Sanidad, antitabaquista convencida.

También Pilar del Castillo ha recurrido a los servicios de Lombao, que ha ayudado a la ministra de Educación a hacer las largas marchas y escaladas que realiza con estudiantes, rectores o, como el presidente, con los muchachos de la Ruta Quetzal. Con éstos subió hasta lo alto del Mulhacén, dejando rezagados a algunos de los jóvenes, que no tuvieron resistencia suficiente para llegar hasta el final.

Casi un jefe de Estado

Pero volvamos, tras el paréntesis deportivo, a la gran escena internacional. Tony Blair fue, desde el principio, uno de los objetivos de Aznar. Es verdad que era importante mantener buenas relaciones con el primer ministro británico, pero, curiosamente, se trataba de un primer ministro laborista, cercano por tanto, en teoría, al PSOE más que al PP. Luego resultó que Blair apenas se trataba con Zapatero, lo que Aznar no dejaba de recordar cuando explicaba sus primeros encuentros con el premier británico.

Es como si necesitase desesperadamente transmitir la idea de que era capaz de ir más allá en sus relaciones internacionales de lo que había ido Felipe González, un jefe de Gobierno que tuvo un especial protagonismo en la política iberoamericana, que se mojó de forma indudable en Oriente Medio, que mantenía muy buenas relaciones con la mayoría de los políticos europeos y que, una vez dejó la presidencia, se volcó precisamente en cuestiones internacionales, con encargos de la Unión Europea, la OSCE y la Internacional Socialista para que realizara informes sobre delicados asuntos e hiciera de intermediario entre estas organizaciones y algunos dirigentes de zonas en conflicto.

Aznar detesta a Felipe González, un sentimiento por otra parte que tiene igual respuesta. Los dos políticos no ocultan sus nulas relaciones y recíprocas antipatías, pero mientras González ataca a Aznar, por ejemplo en sus artículos periodísticos en *El País*, siempre desde la descalificación profesional e incluso personal, con aire de superioridad, Aznar, en cambio, trata de demostrar que él es capaz de llegar más allá de donde llegó su predecesor en la Presidencia del Gobierno. Y en algunos aspectos, ha llegado más allá. Pero, que se recuerde, Aznar jamás ha citado en público a su predecesor en la Presidencia del Gobierno. Ni para bien ni para mal.

González, un hombre de trato fácil en la distancia corta, que invitaba a la confidencia y que era capaz de seducir dialécticamente incluso a su principal adversario por su especial carácter, cuando perdió el Gobierno fue adoptando una deriva vindicativa, rencorosa con quienes, real o imaginariamente, se habían portado mal con él. Su antipatía e incluso desprecio hacia Aznar, que había osado ganarle en las urnas, era patente e ilimitado. Un desprecio claramente correspondido por un Aznar que, durante sus últimos meses en la Moncloa, fue igualmente retrayéndose y cerrándose al exterior.

Pero es cierto que Aznar jamás ha querido entrar a descalificar algunas actuaciones de su predecesor. Ni las relaciones de éste con el mexicano Carlos Slim, el hombre más rico de su país y probablemente de toda América Latina, y sus mediaciones negociadoras entre Slim y gentes como el presidente argentino Kirchner, unas mediaciones que, sospechaba el Gobierno Aznar, poco tenían que ver con los intereses empresariales españoles en Argentina. Ni, que se recuerde, ha entrado nunca Aznar —otros en el PP sí, y abundantemente— en el ataque a la, para muchos, escandalosa ausencia de Felipe González de su escaño de diputado para dedicarse a otras tareas muy variadas, pero ajenas a la cosa pública.

La batalla dialéctica comenzó desde el primer día, aunque hay que reconocer que, como se explica en otra parte, el debate de investidura, por el que Aznar sustituía a González, fue bastante caballeroso. Pero alfilerazos sí hubo. Por ejemplo, cuando Aznar, en una de sus no demasiado frecuentes declaraciones abiertamente desafortunadas, dijo que en la Moncloa no se podía vivir (antes había declarado que él no viviría en la Moncloa cuando llegase a la Presidencia). «El 99 por ciento de los españoles vive peor de lo que se vive en la Moncloa» le replicó González, abriendo las hostilidades.

No hubo siquiera traspaso personal de poderes entre ambos, como hemos contado. Ni se saludaron, que se recuerde, cuando pocas semanas después de la victoria en las urnas, el ya presidente Aznar acudió a una fiesta de aniversario del periódico *El País*, a la que también asistía González, sempiterno protegido de este periódico. Por cierto que Aznar, que luego no volvería a conceder una entrevista al diario de Polanco, declaró allí: «Ojalá haya muchos más aniversarios como éste. *El País* es un pedazo de historia». No mucho después, se iniciaría la gran guerra contra el imperio de Polanco.

Y, al igual que ocurre con los políticos de otros países, Aznar ha intentado demostrar que mantenía unas relaciones con el Rey que iban más allá de lo que marcan las normas no escritas.

Por ejemplo, a los pocos días de acceder a la Presidencia del Gobierno, los Reyes invitaron a almorzar en la Zarzuela a la familia Aznar. Lo mismo hicieron con Adolfo Suárez, Felipe González o Leopoldo Calvo Sotelo, pero desde Moncloa se dio una relevancia a esta invitación que, desde luego, no dieron los anteriores presidentes. Un dato: Rodríguez Zapatero también ha acudido con su familia a la Zarzuela, sin que desde su partido se haya ofrecido esa información, que el líder de la oposición consideraba de ámbito privado. Y se ha entrevistado con el Rey en bastantes más ocasiones de lo que se ha que anunciado oficialmente, incluso con arranques de simpatía muy especial por parte del monarca hacia las hijas de Zapatero. Sin embargo, a lo largo de sus años de mandato, Aznar ha hecho todo lo posible por demostrar que su relación con los Reyes era excepcional, mejor que con nadie. Ahora, eso sí, mandando, quizá como corresponde al Ejecutivo con respecto al jefe del Estado.

Una de las frases que mayor malestar produjo entre quienes siguen la política internacional y quienes siguen la información de la Casa Real fue la que pronunció Aznar cuando, a raíz de la Cumbre Iberoamericana de La Habana, se le preguntó por el viaje oficial que los Reyes iban a realizar a Cuba antes de esa reunión. Aznar respondió que «no tocaba», dando a entender que era *su* Gobierno quien decidía sobre los viajes del jefe del Estado. Lo que es verdad, pero la forma como se expresó fue «sorprendente», admitieron incluso algunas fuentes cercanas al Rey, por supuesto que en privado.

Aunque desde Zarzuela no hubo ningún comentario, sí trascendió la incomodidad del Rey por la forma como Aznar se había referido a ese viaje, que don Juan Carlos creía necesario, pues pensaba que un encuentro suyo con Castro podría limar las asperezas que en ese momento existían entre los gobiernos de ambos países y que se prolongaban desde hacía años. Y, lo que también era importante, serviría para que el Rey hiciera en La Habana una denuncia pública de la dictadura castrista, al igual que había hecho el Papa en su reciente visita a dicho país y al igual que el propio Rey había hecho en los viajes oficiales realizados a países donde no se respetaban los derechos humanos y sus cárceles estaban plagadas de presos políticos. No obstante, Aznar no quiso que se realizara ese viaje y algunos observadores, no precisamente críticos con Aznar y con el PP, quisieron ver en esa decisión un afán del presidente de no dar mucho protagonismo al Rey, algo que ya había ocurrido en anteriores ocasiones.

Causó cierta sorpresa, por ejemplo, que desde el inicio de su mandato José María Aznar apareciera en muchos de los actos oficiales presididos por el Rey o por los Reyes, cuando, hasta entonces, los presidentes habían sido más discretos en tal sentido, y sólo habían aparecido junto al Rey en actos en los que era obligada la presencia, para dejarle a don Juan Carlos todo el protagonismo. En las recepciones celebradas en el Palacio Real o en la Zarzuela a distintos sectores de la sociedad, en actos culturales o sociales, ni Adolfo Suárez, ni Leopoldo Calvo Sotelo, ni Felipe González acompañaban al Rey, que tenía al lado al ministro de turno. Sin embargo, en el Gobierno del PP ha sido rara la ocasión en que José María Aznar o Ana Botella han dejado solos al Rey o a la Reina. Hecho éste que se matiza desde Moncloa, diciendo que siempre ha consultado con la Zarzuela sobre los actos oficiales o el protocolo en temas que pudiesen ser delicados.

En el caso de la esposa del presidente, llegó a adelantarse a algunas iniciativas de doña Sofía. Así, cuando se daba por seguro que la Reina acudiría al centro de refugiados albano-kosovares creado en Sigüenza tan pronto los responsables sociales y psicólogos decidieran que ya habían pasado los días mínimos de adaptación, apareció Ana Botella antes de transcurridos esos días.

En cualquier caso, nadie podría decir que las relaciones de Aznar con el Rey no hayan sido correctas. Y hasta es posible que cordiales en algunos momentos, pese a las patentes diferencias de carácter entre ambos. Que ha habido recelos por parte de Aznar ante la personalidad arrolladora del Rey y su inevitable protagonismo es evidente. Tan evidente es ese recelo que, incluso en momentos en los que el presidente actuaba con naturalidad, se quiso ver en su actitud un afán de «robarle» plano o titulares a don Juan Carlos.

Es lo que ocurrió durante la mencionada Cumbre Iberoamericana de La Habana, cuando los Reyes y Aznar daban un paseo por la Zona Vieja de la capital cubana. El presidente se quitó la chaqueta, agobiado por el calor, y se la echó al hombro continuando el recorrido en mangas de camisa. En España, las críticas fueron casi unánimes: se trataba de una falta de cortesía; si el Rey aguantaba el calor, también el presidente estaba obligado a hacerlo, el gesto se debía al deseo desmedido de notoriedad de Aznar... Hasta el propio Rey tuvo que salir a la palestra para restar importancia al gesto, ante el cúmulo de comentarios negativos que provocó.

Pero, protocolo aparte, no ha habido, dicen, un solo problema serio entre Zarzuela y Moncloa durante los ocho años de gobierno de Aznar. Con todo, en el entorno del Rey no se ocultó el malestar que provocó que, desde el círculo aznarista, se filtrara a la prensa que el presidente había «metido mano» a uno de los discursos de Navidad del Rey, el único discurso que, dicen, se redacta en Zarzuela y en el que don Juan Carlos vierte opiniones propias. Aseguran que no habla en nombre del Gobierno, como ocurre en el resto de sus intervenciones públicas. Aunque, desde siempre, el texto del discurso se envía al presidente del Gobierno antes del 24 de diciembre, por cortesía, y en alguna ocasión desde Presidencia se hacen algunas sugerencias, como ocurrió en tiempos de Felipe González cuando se incrustó una frase en el discurso real con una fuerte crítica al papel de los medios de comunicación. Aznar cayó al menos en una ocasión en esa misma tentación, al devolver a Zarzuela el discurso con algunas frases de respaldo a la política de su Gobierno. Aunque es obligado recoger aquí que algunas fuentes de la Moncloa afirman rotundamente que el mensaje navideño de don Juan Carlos tradicionalmente «también» se redacta, o supervisa, en Moncloa.

El Rey, sin embargo, jamás ha demostrado la menor frialdad o distanciamiento hacia Aznar. Fiel a su principio, lógico e inevitable por otra parte, de mantener las mejores relaciones con el jefe de Gobierno, el que sea y del partido que sea, don Juan Carlos ha dispensado un trato excelente, muy cercano, a José María Aznar. El matrimonio ha sido invitado a cenar o almorzar en Marivent durante las vacaciones de verano; los Reyes no han escatimado los gestos de amistad hacia el matrimonio en sus apariciones públicas y, por supuesto, aceptaron desde el primer momento la invitación a la boda de Ana Aznar con Alejandro Agag y, además, se quedaron a la cena y baile posterior; ello a pesar de la polémica provocada por esa boda que, para muchos españoles, fue desproporcionadamente ostentosa.

No acudió, sin embargo, el príncipe Felipe aunque había sido invitado. Y no deja de resultar curioso el hecho de que el Príncipe, que tiene una política de comunicación que, por otros conceptos, en no pocas ocasiones ha sido criticada, no haya sido fotografiado jamás ni con Agag ni con ningún miembro del llamado «clan de Becerril», el grupo de jóvenes, muchos coetáneos de don Felipe, que constituyeron y constituyen las «Juventudes de Aznar», al margen de las Nuevas Generaciones del PP.

En un momento dado, José María Aznar habría sugerido al Rey la idea de mantener despachos periódicos con el heredero, lo cual fue bien recibido en Zarzuela. Sin embargo, en la primera reunión, Aznar se habría permitido, según algunas fuentes, hacer un comentario aparentemente considerado torpe acerca de las relaciones que el Príncipe mantenía entonces con Eva Sannum. Aquellos encuentros, que en principio, y aunque nadie había tasado periodicidad alguna, debían celebrarse cada poco tiempo, nunca se concretaron después de la primera audiencia.

Siempre se mantuvieron las relaciones con el Príncipe en el terreno de la cortesía, de lo que mandan los cánones, pero no se puede decir que haya habido cordialidad entre don Felipe de Borbón y el presidente Aznar.

No ayudaba a esas relaciones el carácter de uno y otro, la torpeza de Aznar en el primer despacho concertado con el Príncipe de Asturias ni tampoco la falta de discreción de Aznar en algunos de sus encuentros con dirigentes internacionales, que con toda seguridad habían llegado a oídos del Príncipe, un hombre que se siente incómodo ante aquellos que piensa que están tentados de hacer comentarios sobre sus conversaciones privadas.

Porque Aznar, por ejemplo, hizo uso de la conversación que mantuvo con el Rey y con Clinton a bordo del *Fortuna* antes de que se celebrara en Madrid la cumbre sobre la OTAN: Clinton se quedó de piedra cuando Chirac le contó de principio a fin lo que se había hablado en aquel encuentro absolutamente privado. Como se quedó de piedra el jefe de gobierno italiano cuando, a los pocos meses de acceder a la presidencia Aznar contó en un periódico el contenido de la conversación —también privada— que habían mantenido en el curso de una Cumbre Mediterránea.

Con don Juan Carlos fue más fácil para Aznar mantener unas relaciones corteses, que en algunos momentos fueron incluso cordiales, aunque nunca tan estrechas como las del Rey con Felipe González; con el Príncipe en cambio, han sido muy superficiales. Y el intento de profundizar en ellas resultó, como decimos, fallido.

«No ha habido un solo problema, que yo sepa, entre el Rey y Aznar», decía uno de los ministros del Gobierno PP, muy próximo a Aznar. Y comentaba otro: «Las relaciones son correctas, ortodoxas. No sé si hay mucho calor entre ellos». Seguramente los dos tenían razón.

La boda de Anita

Entre los ministros precisamente más próximos, siempre han destacado Rodrigo Rato y Jaime Mayor, sobre todo y por encima de todo el primero, aunque finalmente haya sido Mariano Rajoy el elegido por Aznar para sustituirle al frente del partido y del Gobierno. Tanto Rato como Mayor pertenecen a ese modelo en el que las relaciones han sido ampliadas a la familia, como ya comentamos.

Los Aznar han pasado muchos fines de semana en el molino de Rato, en Carabaña. Jaime Mayor y su familia han pasado durante varios años algunos días de vacaciones con los Aznar; con la excepción del verano de 2003, cuando Aznar advirtió que no quería visitas de ningún tipo en Menorca para no dar pie a especulaciones sobre la sucesión. Esta actitud demostraba, una vez más, su empeño en aparecer ante la opinión pública como un hombre que tomaba las principales decisiones sin interferencias y sin consultar con el partido. Aunque, eso sí, se sometía a lo que marca el reglamento de hacer pasar esas decisiones por la aprobación posterior de la Ejecutiva y de la Junta Directiva Nacional, donde nadie, en los ocho años de Gobierno, le ha levantado la voz ni siquiera tímidamente y ha dado por válido todo cuanto el presidente ha decidido en solitario.

La boda de su hija fue tratada con el máximo respeto por los periodistas españoles, no sólo por aquellos que se consideraban más cercanos a Aznar. Aunque también es cierto que aquel verano de 2002, cuando algunos y algunas columnistas sociales y políticos empezaron a poner el acento en la exageración de los preparativos y escribían que Aznar pretendía casar a su hija como si fuera una infanta, la propia Ana Botella llamó por teléfono a varios de ellos para pedirles que suavizaran los términos de sus crónicas y entendieran que unos padres quisieran lo mejor para su única hija.

Ana consiguió, efectivamente, parar los comentarios y, al ordenar Rodríguez Zapatero que desde las filas socialistas no se hiciera la menor declaración sobre los fastos de la boda, se logró que la familia Aznar pudiera disfrutar de aquella ceremonia en El Escorial en la que Agag saludó al Rey como si fuera uno de sus amigos, la novia hizo esperar a los Reyes y los invitados desfilaron por la Lonja con sus mejores galas, atrapados por los flashes de las cámaras.

Pero aquella boda y la espectacular pedida de soltera, por no hablar de la fiesta de despedida de solteros, en la discoteca Gabana de la calle Velázquez, en la que incluso se cortaron dos carriles de la céntrica calle «por acto oficial» prohibiéndose además el aparcamiento en las calles más próximas, marcaron un antes y un después en la apreciación popular de los Aznar, que invitaron a jefes de Gobierno —incluidos Bush y el ex presidente Clinton, que no acudieron— como si la boda de su hija fuera un acontecimiento de Estado.

Mucho se ha hablado, en fin, en revistas del corazón, en crónicas frívolas y en análisis sesudos sobre aquella «boda de Estado», a la que fueron invitados algunos personajes poco recomendables. «Aquí hay varios que acabarán en la cárcel», comentó un asistente a la ceremonia, al ver a gentes como los primos Alcocer y Cortina, «los Albertos», que protagonizarían, con su procesamiento y su no ingreso en prisión, parte del final de la segunda legislatura aznarista. Y hubo, también, mucha frivolidad en las compañías femeninas de ciertos invitados...

La crónica social está más que publicada, y nada nuevo podría añadirse en este libro a lo ya escrito en otras partes.

Cuando algún periodista expresaba su extrañeza a personas del entorno de Aznar por el planteamiento de esa boda, sobre todo tratándose de una persona aparentemente austera como Aznar, la respuesta era casi siempre la misma: «Ana manda mucho. Y sobre todo Agag manda mucho». Ana Botella, efectivamente, estaba dispuesta a echar la casa por la ventana, aunque eso provocara críticas a su marido. Ya pasarán, era su filosofía cuando alguien le hacía ver que las cosas se estaban extralimitando y arreciaban los comentarios negativos: «A ver quién le niega la mejor boda posible a su hija», añadía, no sin cierta razón.

Alejandro Agag, por su parte, se tomó la boda como una operación de lanzamiento de su imagen dentro y fuera de España. Invitó a empresarios y hombres de influencia españoles y de los países donde pretendía montar su vida profesional, y lo mismo le daba incluir en la lista de invitados a modelos que a financieros procesados por irregularidades económicas obligando a los Reyes a compartir con ellos mesa y mantel.

Agag, hombre extremadamente abierto y simpático, no da puntada sin hilo y aprovecha cuanto está en su mano para su propia promoción. Prácticamente se ofreció a trabajar en el equipo de ayudantes del presidente cuando Aznar entró en Moncloa y, una vez allí, se convirtió en uno de los hombres indispensables: era él quien contactaba con gente a la que no había forma de encontrar; él quien establecía algunas conversaciones internacionales; él quien mejor garantizaba que las audiencias se celebrasen en tiempo y hora. No era un miembro de ese Gabinete que dirigía Carlos Aragonés, pero era quien hacía, y lo hacía con gusto, todo el trabajo pesado que comprende desde llevar el maletín al presidente hasta asegurarle una comunicación con el primer ministro italiano. Y es que, dentro del equipo de ayudantes, un grupo de personas jóvenes entre las cuales hubo, ya desde los tiempos de Julio Feo con Felipe González, un diplomático y un militar, siempre existió también la figura del «chico para todo». Ése era Agag.

Congenió muy bien con Aznar y con Ana Botella y también con su hijo José María. A Ana, a Anita, apenas le hacía caso;

era muy niña cuando su padre fue elegido presidente. Pero sí se fijó en ella cuando, teniendo Ana 19 años, Agag fue a visitar a la familia Aznar en Menorca.

Una vez Agag abandonó la Moncloa para ser eurodiputado mantuvo unas relaciones muy tensas con el portavoz del Grupo Parlamentario Popular, Gerardo Galeote, debido al afán de protagonismo de Agag y a su hilo directo con Moncloa. Sin embargo, tanto en Bruselas como en Estrasburgo, donde discurre la vida de los parlamentarios europeos, Agag se reveló como un extraordinario relaciones públicas y pronto se hizo con un círculo de amigos en el que se encontraban desde destacadas personalidades de su partido hasta importantes empresarios de casi todo. O el propio Berlusconi.

Agag, además, era un excelente anfitrión de los miembros del PP que viajaban a Bruselas o a Italia, donde se codeaba con personalidades que dejaban boquiabiertos a los miembros del PP que se desplazaban a Milán o Roma. Consiguió tener contactos en los más inauditos sectores, hasta el punto de que antes incluso de contraer matrimonio con Ana, Aznar recibió más de una llamada de distintos ministros españoles que le pedían que Agag hiciera de intermediario ante políticos y empresarios que tenían en su mano la llave de decisiones que afectaban a intereses españoles en Europa.

En aquella boda se vio no sólo el «poderío» de Aznar, sino el de Agag, con un cúmulo de empresarios españoles e italianos de primer rango, trufados por empresarios que son objetivo permanente de la prensa «rosa» más que la económica. Se vio también a modelos espectaculares y a personajes de la noche madrileña que, evidentemente, estaban encantados de formar parte de una lista de invitados presidida por los propios Reyes, y que desfilaron con aplomo por el irregular enlosado de la Lonja del monasterio, ante las docenas de cámaras que seguían en directo el acontecimiento, más social que político para seguro malestar de Aznar.

El problema, la ostentación de la boda, se pudo haber evitado con un mínimo de planificación. Se sabía que los invitados iban a ser importantes, pero lo que más irritó fue el «paseíllo» por la Lonja de El Escorial de centenares de invitados de los que jamás se pensó que pudieran acudir a una boda de tales características, en la que se mezcló a los Reyes con modelos de atrevidos escotes, banqueros, actores y actrices, jóvenes demasiado bien conocidos de la noche madrileña y *playboys* que se mueven con soltura en los círculos internacionales.

Por la Lonja, con docenas de cámaras recogiendo cada detalle, algunas de ellas transmitiendo la boda en directo, desfilaron en apoteosis de diseño de grandes firmas Inés Sastre y Elena Cue, considerada la mujer más espectacular de la *jet set*, esposa de Alberto Cortina, quien pisaba firme el enlosado sin saber que pocas semanas después un juez le condenaría, junto a su primo, a pasar más de tres años en prisión. Cue apareció más discreta que en la fiesta de despedida, donde provocó gritos de entusiasmo al aparecer en la entrada de la discoteca con un traje de Roberto Cavalli que difícilmente podría ponerse una mujer no acostumbrada a las pasarelas. Cue y su marido ofrecieron una fiesta de despedida de solteros a los Agag en su palacete de Madrid que tuvo su punto de morbo, porque sólo acudió el novio.

A la boda asistió la plana mayor del Clan Becerril, como no podía ser menos: desde Carlos Aragonés, jefe del Gabinete de la Presidencia, con su entonces novia, la bella e inteligente Lucía Figar, que luego fue nombrada secretaria de Estado de Asuntos Sociales, hasta Gabriel Elorriaga, uno de los más altos cargos del partido, que luego sería jefe de campaña de Rajoy, o el portavoz parlamentario en la Comisión de Control de RTVE, Alejandro Ballesteros, o Adolfo Suárez Illana, Gerardo Camps o Tomás Burgos, todos ellos catapultados a la fama política directamente desde Becerril, por mor y gracia de Alejandro Agag, hombre influyente antes de casarse con Anita Aznar, y mucho más influyente todavía después de su matrimonio con la hija del presidente, aunque abandonó sus cargos públicos y declaró que abandonaba el ejercicio de la política para dedicarse a los negocios en Portugal.

En la boda de Ana Aznar y en la despedida de solteros de Gabana, la discoteca de moda de la «gente guapa», apareció José María Aznar Botella con su espectacular novia italiana, Tania Paessler, a la que Miguel Ángel Rodríguez ofreció trabajo en su central de medios, Carat Sport, a propuesta de Rafael Cortés Elvira, director de la empresa. Tania va y viene entre Madrid, Nueva York y Milán, entra en Moncloa como en su propia casa, pues se la considera casi de la familia y se ha integrado perfectamente en el mundo de empresarios de la *jet*, modelos y políticos jóvenes que frecuenta su novio. Tanto en España como en Italia o Estados Unidos, donde, como ya comentábamos, el hijo del presidente consiguió ser elegido presidente del PP tras el relevo de quien llevaba hasta entonces el partido en la ciudad de los rascacielos que había hecho unas declaraciones inoportunas. De Tania se sabe que es amiga de los hijos de Berlusconi, el gran aliado europeo de Aznar, de quien Aznar, sin embargo, tiene una opinión «bastante mala», según sus allegados en Moncloa. No le hizo ninguna gracia al presidente la filtración de la noticia de que su hijo José María había sido detenido en Italia, conduciendo un porsche a velocidad excesiva. En realidad, la noticia había sido «detectada» por los sabuesos de *El Mundo* escondida en un diario italiano y estalló, lógicamente, en España.

Detrás de todo gran hombre...

Detrás de todo gran hombre, hay una gran mujer... incluso cuando él es soltero, dicen quienes tergiversan el proverbio. Ana Botella, la persona que preparó la boda junto a Alejandro Agag, merecería capítulo aparte en la biografía de José María Aznar. De hecho, merecería biografía propia, y tiene un par de libros que la recogen, al menos en parte. Es el *alter ego* de Aznar, su confidente, amiga, cómplice y, al decir de quienes conocen bien a la pareja, es la principal impulsora de la carrera política de su marido.

Compartieron curso en la Facultad de Derecho de la Complutense, pero no se trataron hasta el viaje de fin de carrera, cuando la casualidad les obligó a hacer el vuelo Madrid-Atenas en asientos contiguos. Ana Botella tiene personalidad propia, arrolladora como la mayoría de las mujeres educadas en el seno de una familia numerosa, en su caso muy numerosa. Es abierta, extrovertida, simpática, y atrajo inmediatamente a un José María Aznar infinitamente más tímido e incluso taciturno.

Es y ha sido la compañera perfecta de Aznar a lo largo de su vida política. Aznar no oculta que en ella ha tenido la mejor confidente y asesora y consulta con ella las más delicadas decisiones políticas. Ana es de esas mujeres que, aunque ha ejercido su carrera hasta que Aznar fue elegido presidente, antepone los intereses laborales propios a los de su marido. En ella se ha visto cierto afán de insistir en una imagen absolutamente contraria a la de su antecesora, Carmen Romero, quien no ocultaba su incomodidad por ser «esposa de» y dejó que Felipe González acudiera solo a más de un acto oficial en el que, hasta última hora, se esperaba a la esposa del presidente. Ana Botella, por el contrario, pidió excedencia en Hacienda, donde trabajaba, cuando Aznar llegó a Moncloa y le acompañó en todos sus viajes y actos oficiales hasta que ella misma decidió dar el salto a la política activa.

Se le adivinaban inclinaciones políticas cuando, en el año 1995, aceptó la oferta de ser comentarista de Telecinco, en el telediario de la noche que dirigía y presentaba Luis Mariñas. Lo aceptó inmediatamente, en el curso de una cena en la que también estaba presente su marido, Aznar, y los periodistas Mariñas, Fernando Jáuregui y Fernando Ónega. Puso como condición tratar cuestiones de tipo social, en ningún caso político.

Su imagen fue la de una mujer desenvuelta, segura de sí misma, que sabía qué decía y conectaba muy bien con el público, al menos con el que podría calificarse como conservador. Los primeros días ocultaba su nerviosismo tras unos textos muy elaborados que se aprendía casi de memoria y en los cuales metía mucha pluma Miguel Ángel Rodríguez, por entonces jefe de Comunicación del PP pero, sobre todo, persona de la máxima confianza personal de Aznar y de la propia Ana Botella, como todo el mundo sabe.

Después de Telecinco vino un protagonismo cada vez más evidente en el partido, donde Ana Botella era invitada a participar en muchos actos, la mayoría de ellos relacionados con la situación y las vivencias de las mujeres y también con los problemas de los más desfavorecidos, donde finalmente encontró su vocación.

Una vez en Moncloa, dedicó tiempo y esfuerzo precisamente a estos sectores, sobre todo de la mano de dos personas con experiencia importante en el mundo de los marginados y de las ONG, dos sacerdotes de biografía atípica, el padre Garralda, que empezó su andadura social dedicado a los presos, y el padre Ángel, que inició su vida de prestación social creando hogares para niños con deficiencias físicas y psíquicas y que amplió su campo de acción a los mayores, convirtiéndose pronto en una figura omnipresente en los actos sociales madrileños. Ana Botella trabajó de forma activa con las organizaciones de estos dos sacerdotes, que se convirtieron en amigos personales y con los cuales colaboró implicándose personalmente en sus proyectos.

Cuando faltaba un año para que Aznar dejara la Moncloa, tras reafirmar que no pensaba presentar su candidatura a la Presidencia, Ana Botella decidió que había llegado el momento de dedicarse a la política. Lo consultó con su marido; éste estuvo de acuerdo, y juntos pensaron en la fórmula más idónea.

Lo fácil era ser candidata al Senado o al Congreso de los Diputados, pero Ana no quería repetir la experiencia de una Carmen Romero a la que tanto se había criticado cuando decidió dar ese paso siendo su marido el jefe del Gobierno. Por otra parte, quería que su paso en política empezase en cuestiones relacionadas con Asuntos Sociales. Poco a poco se fue concretando el proyecto, que finalmente cuajó con la idea de ser concejal en Madrid.

Aznar se lo propuso a Alberto Ruiz Gallardón cuando le dijo que había pensado en él para ser candidato a la alcaldía de Madrid, en lugar de presentar de nuevo su candidatura a la presidencia del Gobierno autonómico. Gallardón, sorprendido, respondió que lo pensaría, aunque en principio se mostró de acuerdo. No tuvo tiempo: la noticia se filtró a la prensa, aunque con alguna modificación: decía que era Gallardón quien había ofrecido a Ana Botella esa posibilidad, y que ella había prometido una respuesta antes de fin de año. El resto es conocido. Durante semanas, el hábil Ruiz Gallardón hizo declaraciones expresando su esperanza de que Ana aceptase su oferta, y ella respondía diciendo que necesitaba cierto tiempo para tomar la decisión. Que finalmente fue positiva, como se sabía desde el principio. Una vez el PP ganó las elecciones con un triunfo espectacular de Ruiz Gallardón, que obtuvo más concejales de los que auguraban las encuestas previas más optimistas, Ana Botella fue nombrada teniente-alcalde, con responsabilidad en Asuntos Sociales y Trabajo.

De Ana Botella se dice que es la cara amable de la familia —cosa que, en la mayoría de los casos, es evidente— y también la más conservadora de la pareja, citándose sus relaciones con algunas damas y amigas de talante escasamente progresista. Si está o no influenciada por los Legionarios de Cristo es un rumor no comprobado que ella nunca ha comentado. Entre sus asiduos está el padre Ángel, de Mensajeros por la Paz, que, como señalábamos, se ha convertido en uno de los personajes más influyentes de la situación, siendo frecuente verle en actos políticos de claro signo PP.

En algunos ámbitos del PP no deja de causar cierta preocupación la dedicación a la política de Ana Botella, precisamente en el lugar que ha elegido. Algunos dirigentes populares gustan bien poco de Gallardón, de algunos de sus métodos, de su afán por las grandes obras, que le lleva a fuertes endeudamientos así como de sus salidas de tono en el partido.

Cierto es que en las elecciones del 25 de marzo de 2003 los resultados que obtuvo como alcalde fueron tan brillantes como los que antes había logrado como presidente de la Comunidad. Pero sus primeras medidas como regidor de la capital, subir los impuestos cuando la campaña electoral del PP se había basado en bajarlos, le atrajeron cierta impopularidad, sobre todo dentro de su partido, donde cuenta con enemigos legendarios, como Francisco Álvarez Cascos.

Algunos dirigentes del PP de la primera hora —entre los cuales figura el propio Gallardón, que ocupa cargos de responsabilidad en el partido en el que entró de la mano de su padre, un hombre de talla humana inolvidable— no perdonaban alguna «trapisonda» del joven Alberto. Por ejemplo, que, como pusieron de manifiesto algunos medios de prensa en aquellos días de incertidumbre de marzo de 1996, Gallardón se había dejado morder fugazmente por la tentación de mover fichas por si Aznar fracasaba. El diario *El País*, con el que es fama que Gallardón ha mantenido desde siempre unas relaciones tan buenas como Aznar malas, no dejó, desde luego, de sembrar cizaña para la ocasión. Inteligente, brillante, carismático, no demasiado fiel a la palabra dada ni a las ideas antiguas y ortodoxas sobre militancia en un partido, hacia algunas de cuyas actitudes se ha mostrado ocasionalmente crítico, Alberto Ruiz Gallardón ha tropezado más de una vez con la misma piedra: la que hace que en el «aparato» se pregunten si es del todo fiable. Y es que es muy ambicioso: nunca descartó del todo la posibilidad de convertirse en el sucesor de Aznar. Otros también tenían aspiraciones pero las ocultaban.

Resultaba inevitable la comparación del flamante alcalde con la actitud de Esperanza Aguirre, la nueva presidenta de la Comunidad de Madrid, salida de las urnas en las elecciones repetidas en la Comunidad, en octubre. Lo primero que hizo Aguirre en su discurso de investidura en la Asamblea de Madrid, mirando directamente a los ojos de Gallardón, fue prometer que bajaría los impuestos a los madrileños. Momento en que Ana Botella, que figuraba entre los espectadores, bajó la mirada para que nadie notara cuál era su reacción. Luego habría otros episodios entre Aguirre y Gallardón a los que la tropa periodística no dejó de sacar punta. Claro que, dicen los populares, un enfrentamiento entre Gallardón y el PP no es sino la consecuencia de un axioma que nunca falla: cuando no hay una oposición que merezca el nombre de tal, las disensiones y discrepancias se trasladan al interior del partido gobernante.

La baraka

Aznar es un hombre de suerte, un hombre de *baraka*, como dirían los árabes. Tuvo suerte al casarse con una mujer que le condujo hacia el partido en el que podría hacer carrera en lugar de empeñarse en defender el proyecto de UCD, como hizo al principio; tuvo suerte al caer en gracia a los dirigentes del PP que podían influir sobre Fraga respecto a la sucesión; tuvo suerte al salir con vida de un atentado de ETA que parecía mortal de necesidad y tuvo suerte de que la corrupción de algunos miembros del PSOE llevara por primera vez a muchos españoles a votar a otro partido.

Además, sería injusto no reconocerlo, tiene buena cabeza política y generalmente acierta con los colaboradores, que le son de una lealtad absoluta, sin fisuras. Es un hombre que no se arredra ante las dificultades, sino que, por el contrario, se crece; posee fuertes convicciones personales y políticas, por lo que no da nunca marcha atrás y cumple sus promesas, otra de sus virtudes.

En una de sus campañas electorales se empeñó en defender un eslogan que parecía inaudito, incomprensible, inapropiado: «Palabra». Tan inapropiado que había que explicarlo. «Significa que el PP y Aznar cumplen lo que dicen, tienen palabra.»

La tiene. Ha seguido sus programas electorales al pie de la letra, echando por tierra la tesis del viejo profesor Enrique Tierno Galván, que decía que los programas electorales se sabe de antemano que no se cumplen. Y, además, respeta a rajatabla los calendarios marcados de antemano. Cuando anunció que no se presentaría a la reelección después de ocho años de Gobierno, una promesa electoral sugerida por cuestiones de imagen por Miguel Ángel Rodríguez durante la campaña de 1993, quienes le conocen bien se echaron las manos a la cabeza: sabían que no habría vuelta de hoja, nadie le convencería de la necesidad de repetir candidatura.

Entre sus virtudes políticas, según quienes le siguen desde hace años, figura la de manejar muy bien los tiempos, algo que a veces ha provocado problemas a sus adversarios, a los que ha «pillado» con el pie cambiado. Aunque uno de sus más fieles colaboradores mantiene la teoría de que Aznar no maneja bien los tiempos, sino los calendarios. Que no tiene flema británica, sino cachaza. Que lo suyo no es mero sentido común, sino impasibilidad. Que no es buen negociador (solamente), sino valiente casi hasta el suicidio. Hubiese sido un gran jugador de póker, pero él, que no juega tampoco al mus, prefiere el dominó.

¿Qué le pierde? Aparte de su empeño en imponer su criterio por encima del de sus compañeros, aparte de su fascinación por las grandes figuras internacionales, fascinación que a veces cae en el ridículo, y aparte de su sectarismo y de su inflexibilidad, uno de sus defectos era definido muy gráficamente por una de las personas que ha trabajado muy cerca de él durante muchos años y que siente un gran afecto por Aznar: «Le pierde lo lúdico, la falta de gracia, el chiste fácil, el creerse gracioso, la provocación chusca». Existe un muestrario de algunos de los chistes (algunos, por cierto, algo verdes y muy machistas) que Aznar suele contar, pero no es éste el lugar para tal exposición.

Pero, claro, no sólo de suerte vive el hombre. Y Aznar tiene virtudes clave. Le atribuyen una cualidad esencial para el éxito, aparte de la calma que ha evidenciado en tantas ocasiones, comenzando por los momentos posteriores al atentado que sufrió por parte de ETA: una voluntad de hierro. Cuentan que dejó de fumar bruscamente, un día en Amsterdam. Por cierto que tomó la decisión tras haber acudido, en plan estrictamente privado —¿quién iba a conocer entonces al que aún no era sino jefe de la oposición española?—, a visitar la «Zona Roja» de la ciudad holandesa, esa zona donde las prostitutas se exhiben tras cristaleras. Zona donde, por supuesto, había un grupo de turistas españoles que le reconocieron, sin que faltaran algunas frases chuscas.

Dejó de fumar sus Winston, pero no dejó, en cambio, de fumar puros habanos, un placer que ha compartido incluso con presidentes norteamericanos que hacían una bandera del anticastrismo. Y no los comparte con mucha más gente. Definitivamente, hay que reconocer, y lo hacen incluso quienes más le quieren, que José María Aznar es tacaño.

Y sí, es cierto que ha evolucionado bastante desde aquellos primeros artículos de 1979 en *La Nueva Rioja*, sacados del baúl de los recuerdos en primer lugar por *El Mundo*, veladamente críticos con la Constitución y cuya reproducción ha sido abundantemente difundida por los socialistas en los últimos tiempos. El sustrato del pensamiento político puede ser básicamente el mismo —firmeza, valores tradicionales, muy tradicionales—, pero la teoría política está mucho más elaborada. Nadie podría negar hoy que Aznar es un animal político de primera magnitud. «Animal político sí humano, a veces, no demasiado», te dice alguien que le conoce bien, que ha padecido sus facetas y fases más oscuras y que, sin embargo —es como una radiografía de lo que ha ocurrido dentro del PP—, sin embargo, le quiere.

CAPÍTULO 3

El triunfador (I)
Unos cuantos momentos clave

Una casa para gente a la que le va bien en la vida

De vez en cuando los Aznar abandonaban la Moncloa de manera sigilosa. Casi clandestina. Con la mínima escolta.

Era una visita estrictamente privada la que realizaban a una urbanización en la localidad madrileña de Pozuelo, donde, por cierto, reside Felipe González desde que salió de Moncloa. Allí, aunque no demasiado cerca, vivirán también los Aznar. Han ido acondicionando su casa en Monte Alina, una urbanización de gentes acomodadas pero no definitivamente ricas. O no muy ricas, al menos.

La compraron cuando ya llevaban dos años en Moncloa, después de vender el piso situado en la zona de Arturo Soria, que abandonaron casi precipitadamente pocos días después de que Aznar sufriera un atentado, que pudo ser mortal, cuando era líder de la oposición. A la semana se habían trasladado a un chalet alquilado en la Moraleja, una urbanización de lujo del norte de Madrid. Fue ésta su última residencia antes de trasladarse a Moncloa.

Ana, la siempre práctica Ana, al poco de llegar a Moncloa empezó a pensar en el después, en el futuro, y buscó una casa apropiada para el matrimonio y los tres hijos. Creían entonces que de Moncloa saldría la familia con los tres hijos; no imaginaron entonces que José María viviría en Nueva York y que Ana tendría su propia casa, tras su temprano matrimonio con Alejandro Agag, haciéndoles abuelos casi coincidiendo con la salida de Aznar de la Presidencia del Gobierno.

En julio de 1999, cuando aún no había ganado por mayoría absoluta sus segundas elecciones, José María Aznar López y Ana Botella Serrano formalizaban la escritura de la casa en la notaría de Félix Pastor Ridruejo. En total, noventa y ocho millones de pesetas: bastante barata si se tiene en cuenta que la media que viene a costar ahora una casa como ésa en Monte Alina, más de quinientos metros cuadrados construidos y mil doscientos de solar, es unos ciento cincuenta millones de las antiguas pesetas.

Durante los primeros meses después de la compra del chalet en Monte Alina, el matrimonio Aznar, dicen que sólo muy ocasionalmente acompañado por alguno de sus hijos, recorría ilusionadamente los dos pisos, el sótano, las amplias habitaciones, el jardín. Luego dejaron de hacerlo; alquilaron la casa, sin muebles, a una familia que se comprometió a dejarla libre cuando Aznar dejara la Presidencia del Gobierno. Se marcharon en julio de 2003, cuando los españoles hacían quinielas sobre la sucesión y habían asumido ya que Aznar se disponía a cumplir lo que había dicho, que no estaría en el Gobierno más allá de dos legislaturas.

Y es que los Aznar querían hacer las cosas bien, con tiempo. Al salir de la Moncloa, en abril de 2004, la casa debía estar amueblada, completa, lista para ser habitada al día siguiente. El puntilloso Aznar incluso filtró los detalles del crédito bancario, que le tendrá hipotecado hasta el 31 de julio de 2019. Para entonces, Aznar ya estará jubilado, a menos que esté ocupando uno de esos puestos que albergan a su titular hasta muy tarde, los setenta o más. Un puesto europeo, un puesto en las Naciones Unidas. Quién sabe qué hará Aznar. ¿Lo sabe él mismo?

En el verano del 2003, cuando Aznar preparaba su sucesión, desde luego ni él ni su mujer conocían su futuro, que dependía en cierto sentido de decisiones que no podía controlar si efectivamente iba a desarrollarse en un puesto institucional para el que se necesitan importantes apoyos internacionales.

Se rumoreaba que podía esperarle la Secretaría General de Naciones Unidas, o un alto cargo en la Unión Europea, aunque para acceder a este tipo de destinos se precisa un consenso que Aznar no estaba seguro de tener: durante sus últimos meses en Moncloa, la guerra de Irak envenenó, como después se narra, las relaciones con Francia y Alemania, los principales pesos pesados en la UE y, en cuanto a Naciones Unidas, quizá su colaboración incuestionable con Bush podía restarle votos en el caso de que quisiera y pudiera optar a la Secretaría General.

En ese momento sólo podían contar con la presidencia de FAES. Estaba decidido y aprobado en los órganos del partido que José María Aznar sería el máximo responsable de esa macrofundación, que aglutinaba y sumaba la media docena de fundaciones vinculadas al PP y que se habían disuelto meses antes precisamente para dejar toda la responsabilidad en manos de Aznar. Incluso en ese verano, Aznar sabía ya dónde iba a estar su futuro despacho, en el madrileño barrio de Salamanca; pero era evidente que, por mucho que FAES fuese el punto de encuentro de los ideólogos y estrategas del PP, la cantera en la que había elegido a algunos de sus más destacados ministros y altos cargos del Gobierno, no parecía suficiente.

Por tanto, Ana y José María hablaron con frecuencia durante ese verano de qué otro asunto podría ocupar al todavía presidente, una vez se celebraran las elecciones de marzo y se eligiera a un nuevo presidente. Ana, además, tenía su carrera política encauzada como teniente-alcalde de Madrid y concejala de Asuntos Sociales, trabajo que le ocupaba gran parte del día y que le rentaba una constante presencia en los medios; Ana hija estaba casada y residiría en Londres al menos un año más; José María hijo se encontraba bien en Nueva York y sólo quedaría en casa el pequeño, Alonso, que tampoco disfrutaba de mucho tiempo para estar con sus padres, a punto de acabar sus estudios de Secundaria y que quería estudiar Cunef, una carrera empresarial de elite, como su hermano.

Ana Botella, muy práctica, pasó el verano haciendo proyectos con Aznar sobre su nueva casa. Y haciéndole ver que el hecho de poner punto final a veinticinco años de vida política muy activa no significaba que se acababa el mundo. Sobre todo cuando ese punto final lo había marcado él mismo voluntariamente y salía de la presidencia del partido y del Ejecutivo por la puerta grande, y después de haber ganado el Gobierno para el PP con mayoría absoluta. Pero Ana era consciente de la necesidad de ilusionar a su marido con nuevos proyectos. Y el más inmediato era la nueva casa.

No quiso tomar decisiones ella sola. Ese verano en Menorca cambiaron impresiones sobre cómo amueblarla, de qué colores se podían pintar las distintas habitaciones, qué tipo de telas debían tapizar los sillones. De vuelta en Madrid, Ana llevó a Aznar a la casa ya medio vacía, le hizo sugerencias, le presionó para que se pronunciara, quiso que se sintiera implicado en la nueva decoración. En el fondo, trataba de que su marido se ilusionara con la casa en la que iba a vivir después de ocho años de gobierno.

Poco a poco, en los últimos meses, hasta allá han ido trasladando muebles, objetos, recuerdos. La casa espera a los Aznar. Porque José María Aznar tiene muy clara una cosa: quisiera instalarse con la mayor normalidad posible una vez haya dejado definitivamente la Moncloa.

Se trata de una casa bastante más lujosa que la que habían conocido los Aznar en su infancia, hijos de un hombre que fue director de Radio Nacional y de la SER, nieto de un famoso embajador; y los Botella, una familia numerosa de clase media alta. A Manuel Aznar Acedo, el respetado y respetable padre del presidente, le gustaría aquella casa. Lamentablemente, falleció en enero de 2001, a los 85 años, habiendo conocido, eso sí, la aplastante victoria electoral de su hijo en las elecciones de marzo de 2000.

El padre del presidente, como por otra parte la mayor parte de su familia, fue siempre un hombre que prefirió la discreción; años después, dos diputados del PNV revelaron que don Manuel Aznar Zubigaray, el famoso embajador y periodista, que pasó como de puntillas por la militancia peneuvisa, había querido llamar Imanol a su hijo Manuel, bautizado en la misma pila bautismal que Sabino Arana. Pero todo ello, la militancia nacionalista del padre del presidente y los intentos por «vasquizar» el nombre de su hijo, padre del presidente, no eran sino tretas de los nacionalistas vascos para enrabietar al inquilino de la Moncla, su mortal enemigo político. Lo que ocurre es que Aznar siempre se jactó de sus ancestros vascos, aunque ello disguste ahora a los gobernantes de Euskadi.

«¡To-re-ro, To-re-ro!»

Domingo, 12 de marzo de 2000. Aquella noche, la victoria era inequívoca. Nada de amarguras como en 1996, nada de pasilleos, nada de Rato con cara larga, Gallardón pensando en el recambio, Rajoy impasible como siempre. Él mismo, José María Aznar, confiesa, en una de las raras referencias a sí mismo, que aquella noche victoriosa se fumó dos puros tranquilos, porque «tenía una idea muy aproximada de cuál iba a ser el resultado». Ahora, la salida al balcón de la sede del PP, con Ana, Rodrigo, Arenas y Mariano, que estrenaba su séptimo puro del día, no podía ser sino triunfal. Y lo fue. Uno de los mejores días de su vida.

«El triunfador» titularon algunos periódicos aquel lunes, 13 de marzo de 2000. Aquella noche, más de tres mil personas habían coreado el «To-re-ro, To-re-ro» desde la calle Génova, con banderitas españolas y bocinas alegres en los coches, que tampoco olvidaron pasarse, burlones, por la calle Ferraz, la sede del Partido Socialista, donde el ambiente era cuando menos luctuoso: acababa de dimitir su secretario general, Joaquín Almunia, abrumado por el peso de la derrota.

El Partido Popular había obtenido 183 escaños, diez millones trescientos y pico mil votos y el harakiri político de su hasta entonces principal rival. Reconocido internacionalmente por sus correligionarios, el único conservador europeo en el puente de mando de su país, el líder del Partido Popular Europeo —sí, había tenido que convertirse a la causa democristiana desde su proclamado liberalismo, pero, al fin y al cabo, ¿no son las dos cosas lo mismo? Además, Europa bien vale unas cuantas misas oficiadas a la democristiana manera—. ¿Qué más podía quedarle? Aznar, que cumplía diez años desde que asumiera los restos de Alianza Popular allá en el Congreso de Sevilla, cuando Fraga, ya senil, lacrimoso, rompió la carta de dimisión que Aznar le había enviado, al grito populista de «ni tutelas, ni tu tía», tenía por delante cuatro años para hacer literalmente lo que le diese la gana. Y vaya si los aprovechó.

«La mayoría de los ciudadanos ha dado su respaldo al Partido Popular, como opción política centrista y capaz de llevar las tareas que nuestro país demanda para estar en ese grupo de naciones que sabe aprovechar sus oportunidades», escribía el propio Aznar días después de su aplastante victoria electoral. Y recordaba Aznar, a su manera, su década al frente del llamado centroderecha español: «En Sevilla, el Partido Popular giró hacia el nuevo centro. El que surgía en los años noventa, con la fuerza de un acontecimiento crucial: la caída del muro de Berlín». Y concluía: «Atravesamos años de amplias posibilidades».

Él sabía ya entonces, según sus más cercanos colaboradores, hasta dónde llegaba su inmensa ambición política, y cómo iba a lograr sus metas. Era cuestión, simplemente, de tiempo. Le quedaban cuatro años. Uno de los primeros que le llamó para felicitarle fue, según contaba Raúl del Pozo, un columnista de izquierdas que se pasó al entusiasmo aznarista, Romano Prodi: «Ave, César Imperator», le dijo. Chirac, telefoneando desde un avión, le pidió que le repitiera los resultados. Blair le pidió la receta. Clinton no consta que le llamase (quizá lo hizo), pero Bush II ya venía en camino.

El Triunfador había conquistado España. Ahora iba a la conquista del mundo. Lo mismo que su admirado Adolfo Suárez. Lo mismo que su detestado Felipe González. Pero, al final del trayecto, le aguardaba un chalet unifamiliar, de ejecutivo de multinacional o de directivo de banca importante, en Monte Alina. A tres kilómetros del de Felipe González, a no más de siete del de Adolfo Suárez.

La muerte de «Charlotín»

Aquel 12 de marzo de 2000 había muerto definitivamente «Charlotín», el hombre no demasiado alto —1,71, aunque últimamente parecía, inexplicablemente, haber crecido algo—, de pelo sedoso de adolescente —algunos aseguran que se lo tiñe, al menos en ciertas partes; pero en Moncloa dicen que no, que ya apuntan las primeras canas—, que siempre parecía estar en plena forma —su obsesión por el deporte, de la mano de Lombao—, y que no renunciaba de ninguna manera a su bigote un tanto ridículo. Los *cartoonist* españoles, comenzando por Gallego y Rey y Peridis, que tanto habían realzado los aspectos algo cómicos del personaje, parecían, incluso ellos, mirarlo de otra manera. Los dos primeros, cuando concluía ya el aznarato, publicaron un libro con algunas de sus más sarcásticas viñetas titulado *Te echaremos tanto de menos, José Mari...* Y es que Aznar se prestaba, es verdad, a ser víctima de los dardos implacables, y a veces acaso un pelo excesivos, como en el caso de Forges, de esos magos del dibujo crítico de humor.

Con su aplastante victoria había acallado muchas voces malévolas. Y eso que sus enemigos se habían ensañado con él de manera particularmente cruel. Aznar no podría olvidar que Alfonso Guerra, por ejemplo, le había calificado de «un híbrido entre la Falange y el Opus Dei, entre Onésimo Redondo y Escrivá de Balaguer». Ahora, Guerra era casi un jubilado político y Aznar tenía más poder del que jamás hubiese soñado tener el ex vicepresidente socialista, ni siquiera en los tiempos en los que su valido *Fali* Delgado hacía y deshacía a su antojo carreras políticas, sumiendo a tantos en el ostracismo o haciendo a unos pocos ricos e influyentes. El poder político es así, y Aznar también ha sabido ejercerlo, aunque justo es decir que, en general, con mayor moderación que algunos de quienes tanto le atacaron.

«Aznar tiene la mente negra porque todo lo ve en negativo. Quiere borrar al PSOE del mapa, pero si no lo consiguió Franco, no lo va a conseguir este aprendiz», decía, a su vez, Juan Carlos Rodríguez Ibarra, el eterno presidente de la Junta extremeña, en una de esas declaraciones tan escasamente contenidas y menos aún caritativas que le caracterizan. Y uno de los personajes más esperpénticos que han pasado por la política española, el que fuera presidente cántabro, Juan Hormaechea, rizó el rizo de la necedad, al decir de Aznar que «es un charlotín y un bigotillos. No se puede esperar nada de un hombre que sólo se acuesta con su mujer».

Pero, entre todos, ha sido Felipe González quien mayor saña ha mostrado a la hora de definir a José María Aznar. Ya fuese en mítines o en algunos de sus artículos en *El País*, González no ha dejado títere con cabeza, molesto sin duda por la creciente influencia nacional e internacional cosechada por el hombre que le ganó las eleciones y que, según cuentan dijo alguna vez el ex presidente socialista a sus íntimos, «no está preparado ni para atar los cordones de mis sandalias».

«Aznar es un robot que repite lo que le dicen que tiene que decir. Todos los jefes de Gobierno de Europa temen que llegue al poder. ¿Se imaginan ustedes al señor Aznar dirigiendo un Consejo Europeo, con catorce jefes de Gobierno o de Estado? ¿Se lo imaginan negociando el próximo presupuesto de la UE? ¿Se imaginan qué seguridad puede dar a todos sus colegas?» Son declaraciones de Felipe González hechas en febrero de 1996. Unas semanas antes de perder las elecciones frente a Aznar. Las hemerotecas son terribles, implacables. Claro que, ya en 1999, nos encontramos a González diciendo que «no es igual la izquierda que la derecha. Lo que sí es lo mismo son Aznar y Anguita, son la misma mierda».

O esta frase de Narcís Serra, de marzo de 2000, en vísperas de la jornada electoral, acaso más lúcida y al menos más debatible que las descalificaciones groseras de un González replegado en el rencor: «Aznar pasará a la Historia como el último mayordomo de los poderosos». ¿El último?

Aquella noche del 12 de marzo del año de gloria de 2000, asomado al balcón de Génova mientras los suyos le gritaban «Torero, torero» , Ana le besaba y Rodrigo palmeaba su espalda, José María Aznar supo que, naciese de allí lo que naciese, ya nunca más iba a poder ser calificado de *Charlotín*, ni siquiera por un tipo del calibre de Juan Hormaechea, aquel ser indescriptible al que Paco Cascos se encargó de minimizar y combatir.

Paco Cascos, en baja

Por cierto, ¿dónde estaba Paco Cascos, dónde el fiel ex secretario general del partido? ¿Por qué no estaba allí, en el balcón, compartiendo las mieles de la gloria de aquella noche memorable?

Pues porque Paco Cascos había caído ya en desgracia. En una cierta desgracia, claro. Se le respetaba como a uno de los grandes, pero sus opiniones, tantas veces divergentes, enojaban. Su estilo enojaba. Sus enfrentamientos con la fontanería de la Moncloa, influyente porque siempre estaba cerca del *jefe*, irritaban. Él mismo, Paco Cascos, había puesto fecha a su salida de la Secretaría General, y eso era algo que tampoco agradaba excesivamente a Aznar.

Así fue como, para sustituir a Cascos, Javier Arenas dejaría de ser ministro para asumir la Secretaría General del PP, en el incómodo inmueble de la madrileña calle Génova, la sede inaugurada por Fraga que tantas luchas, incluso intestinas, había conocido, tantos fracasos, tantos triunfos. Allí, en Génova, sigue intacto el despacho del fundador, que un día Miguel Herrero de Miñón, recién ascendido a una presidencia efímera del partido, se atreviera a hollar. Un despacho que Hernández Mancha, otro efímero que sucedió a Herrero, nunca habitó y que Aznar prefirió no ocupar, por si acaso. Y es que decían por la casa que sentarse en la mesa de don Manuel daba mala suerte y podía atraer las iras del Fundador.

Que se lo digan a Herrero, a quien un día, habiendo acabado de tomar posesión, encontró Jáuregui, primo suyo, repantingado en la famosa mesa.

—Pero ¿qué diablos haces ahí sentado? —le preguntó Jáuregui.

—Ahora, querido primo, el presidente soy yo —respondió Herrero Rodríguez de Miñón, una gran cabeza para la teoría política pero con variable carácter para la práctica de esta a veces no tan noble disciplina. Y es que Herrero es, en el fondo y en la forma, un personaje independiente.

Duraría apenas unos meses en el entonces inestable cargo. Y se mantendría, en adelante, a una prudente distancia del alto mando del PP, aunque sin llegar a romper formalmente su militancia en el partido del que llegó a ser fugazmente máximo dirigente y que contribuyó de manera importante a forjar.

Lo mismo que Hernández Mancha, una promesa truncada,

un hombre simpático y populista, aunque algo banal, a quien el mismísimo Fraga le quitó el sillón sucesorio en un congreso tensísimo. Fue entonces, poco después, cuando ocurrió lo de Perbes, e Isabel Tocino se quedó sin la presidencia del partido en favor de Aznar.

Hasta entonces, el partido de Fraga había sido una formación inestable, de idas y venidas, dominada por baronías diversas, por intereses variados, por los soplos huracanados del genio del fundador. Fraga, en su camino algo errático hacia la Moncloa, se había aliado primero con los franquistas más o menos arrepentidos (en aquella inicial etapa loca de «Los Siete Magníficos»), con los democristianos de Alzaga, con los liberales de Segurado, con los neoliberales (o lo que fuesen) de Areilza. Había buscado militantes y dirigentes entre las carreras de elite, entre los terratenientes andaluces, entre los profesionales cualificados, pueblo a pueblo. Entonces, José María Aznar no era sino un inspector de Hacienda en Logroño, que escribía aquellas cosas en *La Nueva Rioja.* Pero no iba a tardar mucho en convertirse en aspirante a la presidencia de la Junta castellano-leonesa, un puesto que nadie podía creer que llegase a ocupar.

Fraga puso las primeras piedras de una gran formación conservadora, equivocándose a veces tanto como para elegir a Jorge Verstrynge, hoy entusiasta de las ideas de izquierdas más o menos radicalizadas, como secretario general. Y no fueron pocos, realmente, los disgustos que el joven Verstrynge (Fraga lo llamaba «Festringa») provocó al irascible «patrón». Era un momento casi caótico para el partido que arrancó siendo el de Los Siete Magníficos.

Entonces llegó Cascos, un peso pesado, a la Secretaría General. Y Perbes, y toda la historia ya conocida. El partido, luego convertido en PP, había dejado atrás baronías, ambiciones, desviaciones. De la mano de Aznar, la sede de Génova se había convertido en un proyecto para ganar unas elecciones, algo que nunca fue con Fraga. Y es lo que encontró Arenas cuando dejó de ser ministro de Trabajo para pasar el testigo a Pimentel y convertirse en secretario general una vez Cascos, enfrentado a muchos —entre ellos, a la poderosa «fontanería» monclovita, como se narra en otra parte—, dejó el cargo.

Sí. Paco Cascos era uno de los caídos. O relativamente caídos, porque allí seguía, en el Gobierno, tras haber renunciado voluntariamente a seguir como secretario general del partido, sustituido por Javier Arenas, con quien nunca iba a llevarse bien (iban a llevarse más bien mal el asturiano y el sevillano, pero no era ésta cosa que importase demasiado a Aznar, mientras todos guardasen las formas y aquello no se convirtiese en la jaula de grillos que fue en tiempos de la Alianza Popular de Fraga). Cascos fue, de alguna manera, víctima de sus propias formas, de su lealtad a Fraga, de su tesis de diálogo con el PNV, de los nuevos tiempos.

En el XIII Congreso del PP, a finales de enero de 1999, había que rejuvenecer algo el partido, y por ello entra Javier Arenas, y entra Rafael Hernando, y suben Pío García Escudero, y Ana Mato, y Mercedes de la Merced, dos mujeres que siempre estuvieron en las quinielas de «ministrables», y sin embargo... Fue lo más sobresaliente de un congreso de aplausos. Como lo fueron el XII y, luego, el XIV: muy poco debate ideológico, muchos asentimientos y una constatación: en el PP sólo se hacía la voluntad de Aznar. Ni una disidencia en lo más mínimo. Por eso, cuando en el XIV Congreso, en enero de 2001, la única voz discordante fue la de Álvarez Cascos, ya no secretario general, pero sí miembro de la Ejecutiva, todos los focos recayeron sobre el ex vicepresidente y entonces ya simple ministro de Fomento: atención, que Cascos plantea una enmienda. Claro que la enmienda que Cascos planteaba se refería solamente al deseo de que Aznar no se retirase y continuase siendo el candidato del PP, ese candidato con el que al PP y a sus militantes, habituados a perder con Fraga, les había ido tan bien. Luego, encima, la enmienda fue consensuada, fuéronse todos y no hubo nada.

Aznar, ya lo hemos dicho, no ha tenido nunca excesivos reparos a la hora de deshacerse de quien no le sirve. Tan sólo ha conservado a su lado durante todo el aznarato, aparte de a Rajoy, a los miembros de la fontanería, comenzando por el silencioso, archidiscreto, maníaco de estar en la sombra, Carlos Aragonés. Y a Timmermans, fiel a Aznar hasta el final. Y a Javier Zarzalejos, que llegó luego, todo un servidor del Estado, con tan pocas ganas de protagonismo como Aragonés o Timmermans, pero, como ellos, un fanático del trabajo. Por lo demás, Aznar ha echado a quien tenía que echar —con las posteriores recompensas, claro— sin escrúpulos.

Como cualquier político triunfador, por otro lado. Y ni Miguel Ángel Rodríguez, ni Paco Cascos, ni tantos otros a los que tuvo que ir dejando caer, iban a ser la excepción. Al final, sólo el propio Cascos, Rajoy, Rato y Piqué, hasta que tuvo que marcharse a Cataluña para ser efímero candidato a la presidencia de la Generalitat, se mantuvieron en todos los gobiernos de Aznar. A los otros, los despedía con ese frío «ahora ya podemos ser amigos» que relatábamos en el capítulo anterior. Esto, claro, en el mejor de los casos. Y, desde luego, lo que también evidencia su talla como político, siempre, siempre se preocupó José María Aznar de dejar bien colocada a su gente una vez les comunicó el cese.

Allá, en Quintanilla, en la cena de despedida, habían estado Juanjo Lucas, el hombre que tanto tuvo que ver en su designación como sucesor de Fraga, y Jesús Posadas, que le había sucedido como presidente en Castilla y León. De Lucas, a quien Aznar había traído a Madrid para ser ministro de la Presidencia, conocía el presidente su desazón cuando dejó el Gobierno, aunque fuese recompensado largamente con la cómoda y lucida presidencia del Senado.

De Posadas sabía Aznar muchas cosas, comenzando por su bonhomía y señorío, así como también de su humor. No estuvieron otros muchos, pero no por desafección, sino por no ser castellano-leoneses. A Aznar, que tanto escatima los gestos de simpatía para con sus fieles (y más aún para con sus rivales, claro), ya lo hemos dicho: los suyos le quieren.

Y más aún le querían aquella noche del 12 de marzo de 2000, cuando *Charlotín* acababa de morir y estaba naciendo, aunque nadie se diese cuenta, el estadista. Un estadista, pensaba Aznar, forjado a sí mismo. «Yo sí he hecho mis deberes», había dicho, algunos meses antes, en una de las entrevistas-río que le hicieron, como en serie, desde el diario *El Mundo*, que entonces aún estaba plenamente con él.

«En España hemos vivido en los últimos años una gran revolución. No me pidan que haga una revolución todos los años, sino que administre bien la que he hecho. El que España tenga una inflación del 1,4 por ciento, un déficit por debajo del 1,5 por ciento, unas tasas de crecimiento como las que tenemos, unos tipos de interés al 3 por ciento, que estemos en el euro, que se hayan creado en dos años y medio más de un millón de empleos... todo eso supone un verdadero cambio estructural. Si a eso se une la política de liberalizaciones, la reforma del sector público, la reforma laboral y la reforma fiscal, los cambios están siendo espectaculares. Yo me he marcado dos objetivos a diez años: que España derrote el paro y que el nivel de renta se sitúe por encima del 90 por ciento de la media de la UE. Eso supondrá un salto gigantesco en términos de progreso.»

Son declaraciones de un hombre satisfecho. Y ambicioso. Y seguro de sí mismo. Tan seguro que, meses después, tras un discurso pronunciado ante instancias europeas sobre la política española ante la UE, soltó un casi desafiante «menudo coñazo les he *soltao*». Frase que el micrófono, lamentablemente conectado aunque no mostrase la luz que debía señalar que estaba encendido, transmitió a los encantados medios de comunicación que se habían «enganchado» al sistema.

Porque sus metas en economía —siempre la economía, que ha acudido tanto en su ayuda— son las antedichas, pero tenía otros varios objetivos: recuperar Gibraltar y acabar con ETA eran los más sobresalientes. Ni más ni menos. Iba a concluir su mandato sin lograr ni una cosa ni otra, aunque nadie podría decir que no se haya movido en ambas direcciones ni que, al menos, el combate contra la banda terrorista no haya experimentado un notable avance. Ni tampoco, pese a que sus principales ambiciones políticas no se vieron satisfechas, podría decir nadie que Aznar no iba con la cabeza muy alta por el mundo. Tan alta que parecía que estaba sobrevolando al resto de los mortales.

¿Ha dicho dialogante?

Dos días después de su apabullante victoria, José María Aznar prometió que su Gobierno sería «de centro, reformista y dialogante». Independientemente de cuáles fueran los rostros del equipo surgido de las urnas del 12-M —y, como siempre, Aznar permitió que los nervios se apoderasen de casi todos, ejerció a fondo su soledad, él y su cuaderno azul—, lo cierto es que las proclamadas intenciones eran ésas: reformista, de centro y dialogante.

Habló Aznar del surgimiento de una «nueva sociedad». Sin prometer demasiadas cosas, sin pretender ilusionar a su auditorio, sequerón siempre, nada de épica, menos aún de lírica —a él, tan aficionado a la poesía, épica y lírica le parecen valores antipolíticos—. Tenía la economía a su favor —ésa ha sido siempre la gran baza: si la economía va, la situación política va—, el mundo disfrutaba de una paz que pronto iba a quedar desmentida por los salvajes atentados contra las Torres Gemelas de Nueva York, las encuestas decían que los españoles estaban satisfechos en términos generales y sabía —porque Aznar nace de la mismísima entraña de esa Castilla dura y seca, pero hospitalaria y siempre tranquila—, como en un cierto duermevela, sabía que a los españoles resulta relativamente fácil gobernarlos, porque exigen y reclaman poco. No en vano ya Ortega hablaba de la sociedad desvertebrada y poco organizada, que es lo mismo que poco reivindicativa, que ha constituido la tradicional razón de comportarse del pueblo español en general. Excepto, claro, cuando las cosas llegan a un límite. Pero ahora las cosas estaban muy lejos de cualquier límite: España, repetía Aznar dejando que la frase calara como la lluvia fina, va bien.

Habló, en aquella sesión de investidura, mucho de economía —anunció la bajada de impuestos y sugirió el déficit cero—, poco de reforma de la Justicia, menos del papel de España en el mundo —ésa era una sorpresa que se reservaba a sí mismo y que reservaba al conjunto de los españoles— y casi nada de regeneración de la vida política. Y eso, exactamente, es lo que pensaba dar, aunque, al final, el toro siempre expectante de la reforma de la Justicia sí iba a ser relativamente lidiado. En cuanto a la regeneración de la vida política, que pasaba por modificar el sistema de elección de los miembros del Consejo del Poder Judicial, del fiscal general del Estado —aunque eso no lo piden ni los socialistas—, del director de RTVE, modificaciones en la normativa electoral, reforma del Senado, reformas en el sistema de financiación de los partidos políticos, reformas en la Constitución, de eso, nada o muy poco. No ha sido ésta precisamente la prioridad del aznarato, aunque bien es cierto que tampoco es que las exigencias populares, que reclaman más Estado del bienestar, seguridad y poco más, le hayan presionado demasiado en este sentido.

Así que los tres ejes del discurso, a juicio de los observadores, fueron los citados: reformismo, centrismo y diálogo.

Y reformista vaya si lo fue: nadie puede dejar de reconocer que en la segunda legislatura bajo la égida de Aznar se cambiaron muchas cosas, se hicieron otras varias, se forzó el ritmo del país para acompasarlo al movimiento frenético del mundo. Aznar ha sido cualquier cosa excepto perezoso a la hora de gobernar. Lo del centro ya se sabe que es siempre, como la derecha o la izquierda, algo relativo: depende desde dónde se mire. Y lo cierto es que el Gobierno Aznar iba a contener elementos en cierto sentido progresistas, aunque el marco ha sido siempre conservador: ahí, Aznar no ha logrado superar del todo algunos de los presupuestos vertidos en sus primeros artículos en *La Nueva Rioja*.

Pero, teniendo todo ello en cuenta, hay que admitir que Aznar instauró una etapa de moderación, de calma y de bastante honestidad, con excepciones que confirmaban la regla. Y también de paz interna en el PP. Aunque, como siempre ocurre, en Madrid no todo fuese paz en la sede central de la calle Génova, donde, al cierre de esta edición, viven con preocupación las tensiones del partido en Valencia y aún sigue funcionando Ricardo Romero de Tejada como secretario general del PP de Madrid, pese a su pésima actuación ante la comisión que investigaba en la Asamblea de Madrid el escándalo de los fuguistas Tamayo y Sáez, que dejaron sin la presidencia de la Comunidad al socialista Rafael Simancas. Ciertamente, las sospechas sobre las «mafias de los ladrillos» quedaron sin una respuesta suficiente, aunque es cierto que la peor parte de tales sospechas se la llevaron los socialistas. Y eso explica, en parte —aunque admitamos que quizá no sea la principal explicación— la contundente victoria de Esperanza Aguirre en las elecciones repetidas de octubre de 2003.

Cuando Aznar llega, están muriendo los escándalos de los GAL —aún quedaría el juicio del Caso Marey—, los de las escuchas del Cesid, los escándalos económicos como los de De la Rosa o Mario Conde. Otros escándalos que estallan en el período de mandato del PP, como los que afectaron a Emilio Ybarra y a otros dirigentes del BBVA, o el de Gescartera, fueron suficientemente bien resueltos por el Gobierno popular; en la etapa Aznar se producen también algunos juicios que colean de ese pasado que le estalló al PSOE en las narices, pero lo cierto es que no puede apreciarse una injerencia política en tales juicos.

Incluso podría decirse que, pese a la patente antipatía que siente por él, Aznar prefirió no insistir en cuestiones que podrían comprometer a su antecesor en la Moncloa. Prefirió, aparentemente, pasar página: ni el pasado, ni el presente ni, quizá, el futuro de Felipe González fue jamás objeto de las diatribas públicas de Aznar mientras fue presidente del Gobierno, ni se sabe que haya utilizado su información privilegiada —que, como todo presidente de un Gobierno, la tiene a raudales— para hundir ni siquiera la memoria del llamado felipismo. Otra cosa es que intentara destruir a González cuando Aznar era líder de la oposición.

Lo cierto es que la moderación aznarista, unida a esa dosis de buena suerte que jamás parece abandonarle, actuaron para preservarle de escándalos semejantes a los que padeció la etapa felipista.

Al final, sin embargo, las circunstancias nacionales e internacionales iban a desmentir esa moderación de la que tanto ha presumido siempre Aznar. Ha sido como una involución: a medida que se acercaba el fin del aznarismo, Aznar iba radicalizando sus posiciones, al menos verbales, en lo referente a los nacionalismos, a la oposición socialista, a los planteamientos internacionales, donde se alió férreamente con su amigo George Bush. El año 2000 fue el del afianzamiento; 2001 acaso el más importante; 2002 el de los grandes cambios y 2003 el de las grandes tensiones. Todos ellos presididos por una enorme convulsión internacional no conocida ni siquiera cuando el mundo comenzó a cambiar a raíz de la caída del muro de Berlín, en 1989.

Y, desde luego, lo que no fue la etapa Aznar es dialogante. Aznar, que dijo, eufórico, en la noche electoral, que el resultado de las elecciones del 12-M significaba «el fin del guerracivilismo», tan incrustado en la piel de toro, no iba a gobernar con un espíritu basado en la concordia, por muchos pactos a los que llegase, en materia de terrorismo, de reforma de la Justicia, de pensiones y de trato a dar a la inmigración, con los socialistas. A los que por cierto hay que reconocerles al menos el mérito de haber tendido la mano en todos estos temas, aunque luego el desarrollo de los acuerdos fuese más bien irregular por una parte y por la otra.

No. Aznar iba a sacar a relucir las más de las veces ese talante antipático, autosuficiente y agresivo, un punto reñidor, para referirse y dirigirse a las fuerzas políticas ajenas al PP. Simplemente, las puertas de la Moncloa se cerraron para todos cuantos no fuesen políticos, periodistas y, luego, intelectuales amigos. Los jefes de la oposición de turno, llámense González, Almunia, Borrell o Zapatero, han estado demasiado ausentes de la zona monclovita. Lo mismo que los presidentes de las comunidades autónomas «hostiles», comenzando por Manuel Chaves, un histórico, y terminando por el lehendakari vasco, pasando por el mismísimo aliado Pujol, a quien hay que escuchar las cosas que va diciendo de Aznar, desde su retiro, toque o no toque. Ni, claro, Llamazares, el coordinador general de Izquierda Unida, acaso la persona a la que más aborrece Aznar, tras Felipe González; sólo que a Llamazares le desprecia, mientras que de su antecesor, Julio Anguita, se sirvió para hacer la famosa «pinza» contra los socialistas entonces gobernantes.

Pero, claro, todo eso es objeto de otra crónica. Puede que ese distanciamiento, que no pocas veces afectó incluso a los suyos, fuese uno de los particulares modos como Aznar entendía el concepto «estadista». Uno de los modos negativos, desde luego, pues qué duda cabe de que hubo también numerosos aspectos positivos. Y es que bajo el concepto de «estadista» pueden agruparse muy variadas concepciones, acepciones e interpretaciones.

Es el caso que si en 1996 Aznar era apenas alguien que ganó por los pelos a los socialistas que llevaban trece años gobernando el país, alguien que necesitaba alianzas —y las tuvo en los nacionalistas catalanes y vascos, aunque a estos últimos los olvidó y hostigó bien pronto—, en 2000 se había convertido en el presidente indiscutible. Fue entonces, dicen todos los que le conocen, cuando determinó convertirse en algo más: en un estadista a nivel europeo o, más aún, mundial. Le quedaban cuatro años para lograrlo. Luego no tendría otra oportunidad. Y esa oportunidad, para bien o para mal, no iba a perderla.

Empieza el largo adiós

Cuando en marzo de 1998 un conjunto de entrevistadores de *El Mundo*, encabezados por Pedro J. Ramírez y Casimiro García Abadillo, le preguntan, en el ecuador de su primera legislatura, en qué ha cambiado José María Aznar en sus primeros dos años en el poder, el presidente sonríe, acaso por primera vez durante toda la entrevista y dice: «En que uso gafas para leer».

En efecto, él sostenía, y sostiene, que ha cambiado poco, si es que ha cambiado algo. Y, sin embargo, el ejercicio de un poder tan absoluto como el que le corresponde a un primer ministro en España, el ser quien, durante ocho años, tome las últimas decisiones, es algo que inevitablemente le cambia a uno, va produciendo en una persona —son múltiples los jefes de Estado y de Gobierno que lo han reconocido así— profundos surcos y alteraciones.

Porque durante unos cuantos años dejas de ser una persona normal y te conviertes en alguien que, como dijo en cierta ocasión Pompidou, sobrevuelas en helicóptero los atascos de tráfico, con lo que dejas de apreciar lo que significa desesperarse con tales atascos. Aznar ha hecho un abundante uso del helicóptero; es uno de los primeros ministros mejor custodiados de Europa; ha dado varias veces la vuelta al mundo de palacio presidencial en palacio presidencial; ha conocido a los líderes de toda una época; ha sido un hombre adulado como pocos. ¿Cómo podría decirse que no ha cambiado? Lo reconocen cuantos le han tratado durante estos años, los miembros de su Gabinete, la fontanería monclovita, su secretaria personal, quienes han trazado semblanzas psicológicas o sociológicas de quien, pese a todo, es un gran desconocido.

Claro que ha cambiado, porque los atascos para él han dejado de ser problema y por otras muchas razones. Lo comprende y ésa fue, dijo, quizá para justificar a posteriori algo que probablemente intuía como un error, una de las razones que le llevó a renunciar a un tercer mandato en la Moncloa: quería, dijo, «bajar a la tierra».

Lo que ocurre es que José María Aznar no es aquel presidente francés de frases geniales, Pompidou. Aznar difícilmente produce —y en eso le iguala Zapatero— un buen titular periodístico. Es desesperantemente lógico, medido, aburrido, en las respuestas que ofrece en las entrevistas, y solamente alguna vez una chispa de vanidad enciende la monotonía de sus declaraciones. No hay indicios de indiscreciones en casi ninguna de las declaraciones que Aznar ha hecho a los medios. Entrevistar a Aznar, lo dicen cuantos lo han hecho, resulta una tarea algo inhóspita.

Como desesperante es, y a las manifestaciones privadas de los dirigentes del PSOE se remiten los autores, la dialéctica parlamentaria y política con alguien tan correoso, tan escasamente autocrítico —aunque no es la autocrítica el fuerte de nuestros políticos—, tan duro verbalmente, como Aznar. Cuando le hablas del tema, Aznar se pone serio, enfatizando que es necesario tener una oposición creíble. Lo que ocurre, añade siempre, con un rictus de cierta picardía, es que él, en sus ocho años en la Moncloa, ha visto pasar a cuatro secretarios generales del PSOE: González, Almunia, Borrell y Zapatero. «Y si me llego a quedar un año más, sin duda hubiese visto a un quinto.»

Cuando se celebra, a finales de enero de 2002, el XIV Congreso del PP, en el que Aznar, en un discurso importante por varias cosas, anuncia formalmente que cumplirá su promesa de retirarse y de no ser candidato a la Presidencia del Gobierno ni a la presidencia del partido, se produce una especie de conmoción: había quien, como Álvarez Cascos, no quería ni creía posible que Aznar se retirase en plena gloria y en plena juventud, dejándolos a todos huérfanos y desamparados. Un profesor de Historia extranjero, invitado al congreso y citado por *El País*, comentaba: «Hay que reconocer que Aznar ha hecho lo que pocos políticos hacen, retirarse voluntariamente del primer puesto, pero a cambio probablemente quiere conseguir el sueño de la Restauración española: el relevo ordenado entre Cánovas y

Sagasta. Lo extraordinario es que quiere que los dos sean del mismo partido».

Estuvo a punto de lograrlo. Por una parte, porque el PSOE pareció durante una larga temporada incapaz de levantar cabeza. Por otra, porque el anuncio de su retirada acentuó las pugnas soterradas entre los partidarios de unos u otros «delfinables», ya para entonces, cuando se celebra el XIV Congreso, reducidos a cuatro: Rato, Rajoy, Mayor Oreja y Acebes. Loyola de Palacio, la ex ministra de Agricultura y luego comisaria europea, quedó apeada al no haber sido nombrada vicesecretaria del PP, como los otros. Gallardón, en el fondo, era el único que consideraba candidato a Gallardón. Y la posibilidad de un «tapado» era casi impensable.

Hemos dicho que se abrieron las pugnas soterradas, pero en realidad casi ni siquiera merecerían tal nombre. Fueron, en todo caso, pugnas educadas, en las que los alfilerazos imperceptibles se producían más por parte de los seguidores de los cuatro, los «marianistas», los «ratistas», los «orejistas», que de ellos mismos. Porque ninguno de los cuatro, que se comportaban con gran flema y caballerosidad, había admitido siquiera su deseo de ser sucesor de Aznar: Mayor continuaba en lo suyo en el País Vasco, una especie de suicidio político, un fracaso admirable frente al nacionalismo tenaz; Rajoy no emitía más señal que las procedentes del humo de sus puros y Acebes negaba tener posibilidad sucesoria alguna. Rato era, a su vez, un enigma: no mucho antes del congreso, había dicho a los autores, en el curso de un programa de *Los desayunos de TVE*, que él no sería el sucesor.

—¿Seguro que no? —le había preguntado uno de los autores.

—Seguro, ya lo verán —respondió, lacónico, Rato.

Por entonces se habían hecho casi públicas las desavenencias conyugales del vicepresidente económico, y no mucho después le saltaría al cuello el escándalo Gescartera. Pero en aquellos momentos Rodrigo Rato, aupado por los espléndidos resultados económicos en España frente al resto de la UE, ya se había lanzado a la competición sucesoria. Sin duda había olvidado por completo lo que, de forma tan segura, tajante y enfática, había manifestado ante las cámaras de TVE en *Los Desayunos*. Y así pudieron confirmarlo los autores cuando, semanas después de haberse formalizado la sucesión en la persona de Rajoy, trataron de refrescar la memoria de Rato sobre lo dicho en aquel programa. Cosas de la política y los políticos.

Pero Aznar no era así. Su primera campaña importante rumbo a la Presidencia del Gobierno se había celebrado, como antes contábamos, bajo el eslogan «Palabra». Él cumplía y, si decía que se retiraba, lo haría.

El presidente mira por la ventanilla del coche archiblindado. La noche del verano de 2003, el último que le va a conocer en la Presidencia del Gobierno de España, corre por los campos castellano-leoneses. El regreso desde Quintanilla a la Moncloa es, el presidente lo sabe bien, largo. Como su adiós al cargo. Largo. Dos años y medio antes, en otra de las fechas clave de su vida política, 26 de enero de 2001, se había despedido de sus correligionarios, más de cinco mil personas entre compromisarios e invitados congregadas en el Palacio de Exposiciones y Congresos del recinto ferial de Madrid, en su primera intervención ante el XIV Congreso Nacional del PP.

No es, desde luego, que aquello constituyera una sorpresa. Ni tampoco dudaba nadie de que el terco Aznar iba a remachar que cumpliría su promesa: sólo un cataclismo, y ni siquiera el 11 de septiembre de 2001 iba a serlo, le haría reconsiderarla. Pero en el mundillo «pepero», tan amante de los gestos y hasta de los melodramas, se esperaba con expectación, con deleite y también con algo de desesperación, aquel discurso en el que José María Aznar iba a oficializar, una vez más, su decisión de no presentarse a las elecciones de marzo de 2004. Y aquello era noticia porque, como en tantos otros actos importantes del PP, no había más noticias. Ni una disidencia —salvo la ya expresada, mínima y no muy duradera, de Álvarez Cascos—, ni una opinión contradictoria, ni un mal gesto por parte de algún compromisario o siquiera de algún invitado.

Nada. El XIV Congreso del PP era una muestra más de la unidad férrea, casi increíble, que existía en aquel partido que sería capaz, dos años después, de apoyar unánimemente en el Congreso de los Diputados el respaldo español a la guerra contra Irak, un tema que hendía el cuerpo de la opinión pública española, que causaba desgarros sin cuento entre los españoles. Y, sin embargo, por pura disciplina hacia Aznar —lo contamos en su lugar en este libro—, los 183 diputados del PP dijeron «sí» en votación secreta.

Adolfo Suárez se hizo famoso cuando, a raíz de una decisión especialmente difícil, pronunció aquella frase histórica: «Y, si me equivoco, que me manden a hacer puñetas». Una frase que jamás podría salir de los labios de Aznar, claro, pero que, sin duda, ha pensado muchas veces. Entonces, cuando tuvo lugar aquella votación, debió de ser una de ellas.

Pero habíamos dejado a José María Aznar en medio de aquel decorado en tonos azules como la identidad corporativa del partido, a base de espejos y cristales, despidiéndose de los suyos, de los asistentes al XIV Congreso del PP; anticipadamente, una vez más. «Es la última, no habrá otra más, es la última», dijo. Se abría la carrera de la sucesión de forma casi oficial, porque de forma oficiosa ya estaba abierta.

¿Sabía ya entonces Aznar quién iba a ser su sucesor? Hay que conocer muy bien al presidente para responder con seguridad a esa pregunta, y casi nadie conoce muy bien al presidente. Lo que sí es cierto es que el XIV Congreso consagró como una fracción importante del PP a aquel grupo de jóvenes rabiosamente aznaristas, ni marianistas, ni ratistas, ni orejistas, ni nada, simplemente aznaristas, que se congregaron en torno al nombre de Clan de Becerril, porque en una finca de esa localidad celebraron tres reuniones.

Básicamente agrupados por Alejandro Agag, el hombre que de ayudante en Presidencia había pasado a secretario general del Grupo Popular Europeo y, luego, a yerno del presidente, los del Clan de Becerril nacieron como banquillo, en medio del recelo de algunos de sus mayores y de las propias Juventudes, las Nuevas Generaciones en las que todos habían militado, para pasar luego a ser una fuerza de poder en toda regla. Del Congreso salieron Adolfo Suárez júnior —una de las grandes frustraciones de Aznar—, José Manuel Moreno, Juan Costa, Jorge Moragas —secretario de Relaciones Exteriores frente a la candidatura nunca presentada de un gran diplomático como Gustavo de Arístegui—, y Sandra Moneo como los representantes de Becerril en la nueva Ejecutiva. Aznar se iba, pero dejaba a sus cachorros. Y a algunos de ellos muy bien colocados, por cierto.

En el grupo, aparte del de Suárez Illana, no había apellidos de ilustres políticos y personajes del franquismo, como había ocurrido con la generación anterior de gentes que aún mandaban, muchos de ellos, en importantes zonas del Gobierno del PP —Pío Cabanillas, Fernández Cuesta, Chozas, Mariscal de Gante, Fernández Armesto, Robles Fraga, Gabriel Elorriaga—. Pero, casi inmediatamente, la influencia del Clan empezó a decaer: el vuelo de los de Becerril, como tal grupo, fue corto. No sólo porque su principal inspirador, Aznar, se iba, y con él el aznarismo, sino porque el muñidor, Alejandro Agag, quien pese a su juventud precisaría ya de algún libro que narrase su compleja biografía, se desinteresaba a ojos vista de la política, para zambullirse cada vez más en el proceloso mundo de los negocios. La cena que Aznar, miércoles 1 de octubre de 2003, celebró en la Moncloa con los integrantes del Clan, a instancias de su yerno, era toda una despedida del concepto «aznarismo».

CAPÍTULO 4

Casi todos los hombres y mujeres del presidente

A Aznar le encantan los secretos

«Oye, Jesús, ¿cómo andas tú en cuestiones de Defensa?»

Jesús Posada, el hombre que había sustituido a Aznar al frente de la Junta castellano-leonesa, le respondió que ni idea. Pero Aznar no se arredró: «Por lo menos has hecho la mili, ¿no? Dile a Eduardo que te deje el *Libro Blanco de Defensa*, que ahí viene todo».

Jesús Posada, hasta entonces ministro de Agricultura, se vio ya como ministro de Defensa del Gobierno de la mayoría absoluta, el primer Gobierno que designaría Aznar tras ganar las elecciones del 2000 con un margen tan amplio que no tendría que llegar a pactos con ninguna fuerza de la oposición ni hacer concesiones de ningún tipo.

En vista de su conversación con el presidente, pidió a Eduardo Serra, el ministro saliente, el *Libro Blanco* y se dedicó a estudiar los problemas de los ejércitos con el mismo entusiasmo que un universitario en época de exámenes.

Pero Posada no iba a ser ministro de Defensa en ese Gobierno de 2000, sino de Administraciones Públicas, una cartera que ni remotamente se le había ocurrido que podría ocupar algún día.

Desde el primer momento, José María Aznar dejó claro a todos que la formación de sus gobiernos era cosa suya y sólo suya. Y ha jugado con el morbo que produce la especulación sobre los posibles nombramientos, las posibles llamadas a los más leales o la devolución de los favores prestados. Nada le divierte más al presidente que las sorpresas, sobre todo si llevan aparejado algún chasco, alguna «columpiada» de los medios de comunicación. Y lo cierto es que los medios, la mayor parte de las veces, no han dado ni una cuando de adivinar ministros se trataba. Tal era el celo y el secretismo con que Aznar llevaba las cosas. Un secretismo que sus propios allegados reconocen excesivo y con el que bromeaban cuando se gestaba alguna crisis.

En algunos casos, su empecinamiento en dar a entender que sólo él tenía el poder de decidir, las claves, el manejo de todos los hilos, colocó en una situación incómoda a más de uno de sus colaboradores. La más perjudicada en ese sentido fue Elena Pisonero, alto cargo de Economía siendo Rodrigo Rato ministro, a quien la rumorología daba como ministra de Agricultura en la crisis de 1999, cuando había que sustituir a Loyola de Palacio porque Aznar le pidió que encabezara la lista europea.

Al mediodía, la Agencia EFE dio la noticia de que, efectivamente, era Pisonero la ministra, lo cual provocó un alud de felicitaciones e incluso de envíos de ramos de flores a la que supuestamente iba a incorporarse al Gobierno. Pero Aznar, esa tarde, a las seis, recibía en Moncloa a Jesús Posada, al que ofreció dicha cartera. Fue un día amargo para Pisonero, que creyó haber tocado la gloria cuando Aznar dejó que corriera el rumor. Sólo Pedro Antonio Martín Marín, secretario de Estado de Comunicación, llamó a la dirección de EFE indicando que no existía constancia de que fuera Pisonero la elegida, pero al no poder concretar nada más, la noticia se mantuvo hasta que llegó la nota oficial con el nombramiento de Jesús Posada.

Por otra parte, en la formación de todos y cada uno de sus gobiernos, cada vez que se han producido cambios, ha querido introducir el factor sorpresa. Pero su empeño lo puso además en que hasta el último día, hasta el último minuto, algunos de los llamados a formar parte del Gobierno no supieran que iban a recibir el «telefonazo» ni tuviesen la menor sospecha de que al día siguiente iban a jurar sus cargos como ministros.

En la primavera de 2000, en la remodelación de Gobierno posterior a las elecciones generales de la mayoría absoluta, en la que ofreció a Posada la cartera de Defensa, todo se llevó con cautela extrema. La noche de la investidura de Aznar en el Parlamento, Ana Botella organizó una cena para sus amigos en Moncloa. Poco antes de iniciarse la cena, Aznar se acercó a Josep Piqué, ministro Portavoz y ministro de Industria en funciones: «¿Cómo andas de garganta?». «Bien —le respondió Piqué, temiéndose ya alguna de las salidas del presidente—, aunque el cargo de Portavoz me obliga a hablar mucho.» «Pues más vas a hablar ahora, porque quiero que seas ministro de Asuntos Exteriores.»

Piqué se quedó estupefacto y verdaderamente sorprendido. Exteriores era una de las carteras que jamás había pensado que desempeñaría. Y eso que sabía que él era una de las debilidades de Aznar.

El presidente le indicó que no le dijera nada a Abel Matutes, con quien iba a compartir mesa, porque el entonces ministro de Exteriores en funciones, aquejado de problemas cardíacos, todavía no sabía quién iba a ser su sustituto. Piqué no dijo ni una palabra a Matutes, pero pasó una cena amarga, sin poder decirle tampoco a su mujer, sentada a su lado, que iba a ser titular de Exteriores, hecho que cambiaría la vida familiar. Y, desde luego, sin poder compartir con ella su satisfacción por la nueva e importante responsabilidad.

Al finalizar la cena, el matrimonio Rajoy coincidió a la salida de la Moncloa con el matrimonio Piqué. Mariano Rajoy, en voz baja, le preguntó a Piqué si ya sabía cuál era su destino, y éste le respondió que Asuntos Exteriores; Rajoy devolvió confidencia por confidencia: «Yo voy a ser Paco». Paco, Francisco Álvarez Cascos, en el primer Gobierno de Aznar, en funciones en ese momento, era el vicepresidente primero y ministro de la Presidencia. Pasaba a la cartera relativamente menos importante de Fomento: ya no le era tan imprescindible a Aznar, que le obligó a compatibilizar los cargos de vicepresidente y de secretario general del PP en una complicada época en la que Aznar tenía que hacerse con las riendas del Gobierno por primera vez.

Además, y seguro que ha pesado a la hora de los nombramientos, al irreductible Paco siempre le ha gustado pensar por su cuenta. Incluso en los asuntos prioritarios para el partido y para el Gobierno, como por ejemplo las relaciones con el PNV y con el Ejecutivo vasco, temas en los que Cascos se ha movido en unos esquemas muy distintos a los marcados por Jaime Mayor y Aznar, y ha mantenido el diálogo con Arzalluz en los momentos de máxima tensión. Y, lo que es peor, sin ocultar sus sentimientos ni sus puntos de vista.

En el curso de esa misma confidencia la noche de la investidura de Aznar, Rajoy le expresó su satisfacción a Piqué por su pronta designación como vicepresidente: «¿Quién me iba a decir a mí que iba a llegar tan lejos en política?». Era evidente que el gallego no contaba entre sus virtudes con la capacidad de adivinar el futuro: subiría todavía más alto en la escalera al ser elegido por Aznar para ser candidato a la Presidencia del Gobierno y secretario general del PP. Rajoy ha sido el ministro más móvil, el que ha asumido más competencias en el aznarato: Administraciones Públicas, Educación, Interior, Presidencia, la Portavocía, la Vicepresidencia. Parecería que alguien estaba programando su carrera, probándole, formándole para designios más altos. Y ese alguien sólo podría ser Aznar.

Piqué es buen ejemplo de que Aznar siempre tenía un conejo en la chistera para configurar sus gobiernos. Cuando fue designado ministro de Industria en el primer Gobierno del PP, en 1996, era tan desconocido para los «aznarólogos» que, al filtrar su nombre como ministrable, apenas un par de días antes de que se hiciera pública la lista definitiva, se referían a él como Joan Piqué, igual que el conocido (y polémico) abogado catalán.

Aznar siempre presumió de que contaba con la ayuda de un cuaderno azul para resolver sus crisis de gobiernos. Un cuaderno azul vulgar, de anillas, con el que se le ha visto en varias ocasiones. Alfredo Timmermans, que ha mantenido una estrecha relación con Aznar durante los últimos ocho años, asegura que el presidente guarda varios de esos cuadernos, llenos presumiblemente, de secretos de Estado. Pero Aznar no se los enseña a nadie. Y cuando se vaya de Moncloa, se irán con él, aunque no se sabe si quedarán inéditos. Dicen que José María Aznar se dispone a escribir pronto sus memorias. Quizá entonces utilice las notas de sus cuadernos azules.

Cierto es lo de los cuadernos donde todo lo anotaba, pero no menos cierto es que Aznar se dejaba influir por intuiciones personales, por sensaciones primarias ante determinado personaje al que acababa de conocer.

Ocurrió con Eduardo Serra, con el que había mantenido algún encuentro antes de ser elegido presidente de Gobierno y al que conoció como empresario; y ocurrió también con Josep Piqué, con quien intercambió algunas frases dos años antes de las elecciones de 1996, en una reunión que organizó el Círculo Económico de Cataluña, del que Piqué era consejero.

Aznar, en aquel tiempo líder de la oposición, no estuvo especialmente brillante; pronunció un discurso de perfil bajo —«como si se dirigiera a universitarios», comentó un invitado— que decepcionó a la mayoría de los empresarios y financieros catalanes, que esperaban mucho más de quien aspiraba a ser presidente de Gobierno.

Meses después, cuando Piqué fue nombrado presidente del Círculo, quiso mantener relaciones fluidas con el PP, partido que previsiblemente ganaría las elecciones, y tuvo algún contacto con Rodrigo Rato. A finales del verano de 1995, el presidente de Fomento, Joan Rosell, invitó a Piqué a una cena en su casa con José María Aznar y Ana Botella, a la que asistirían empresarios catalanes y sus esposas. En esa cena, Piqué fue crítico con la oposición tan radical que ejercía el PP, y mantuvo una conversación con Aznar casi a dos, en la que Piqué defendió la idea de que había que apoyar al Gobierno socialista en determinadas cuestiones de Estado.

Celebradas las elecciones, a Piqué le preocupaba la tensión que existía entre el PP y CiU, que hacía imposible la formación de un Gobierno estable, pues el PP no había logrado mayoría suficiente y se veía obligado a buscar apoyos en otras fuerzas políticas. Piqué, que se llevaba bien con Rato, a quien Aznar había encargado las negociaciones con CiU, le llamó para expresarle esa preocupación, e incluso le trasladó a Rato unas notas por escrito. Dos o tres días antes de que se conociera el nuevo Gobierno, tras el acuerdo entre el PP y CiU, Rato telefoneó a Piqué para preguntarle en nombre de Aznar si estaría dispuesto a aceptar la cartera de Industria.

Piqué se quedó perplejo: «Yo no estoy en política, no pertenezco a ningún partido, soy independiente...». Pero no se negó. El mismo día de la investidura de Aznar recibió la llamada del presidente: «Enhorabuena, ministro». Al día siguiente cogió el puente aéreo para jurar su cargo ante el Rey.

Es verdad que el de Piqué, que, junto con Rato y Rajoy, fue el único que permaneció en el Gobierno durante todo el aznarato, hasta que en septiembre de 2003 hubo de ir a Cataluña para ser el candidato por el PP a la presidencia de la Generalitat, fue un nombramiento sorprendente. Entre otras cosas porque no era afiliado, ni había pensado serlo, hasta que, cuando le nombró ministro de Exteriores, Aznar le lanzó una «indirecta»: si había pensado en la posibilidad de ser militante del PP, como le decían, él quería firmarle el carnet personalmente. A ver quién se negaba...

«Tráete un traje oscuro»

Fue sorpresa, desde luego, que Aznar nombrara ministro de Trabajo a Javier Arenas, líder de la oposición a Chaves en Andalucía, y al que se consideraba de fácil encaje en el primer Gobierno de Aznar, pero no en la cartera de Trabajo.

Arenas era un muchacho de centro-centro, esencia de los jóvenes democristianos de UCD, cuando Aznar lo conoció en 1989, en el hotel Alfonso XIII, de Sevilla. Se lo presentó Carlos Aragonés, que ya entonces ejercía de Clan de Valladolid cerca de aquel a quien Fraga había designado como su sucesor al frente de Alianza Popular, aunque aún no se había celebrado el Congreso de la Refundación, mediante el cual el partido de la derecha que Fraga fundara con Los Siete Magníficos, allá por 1976, con el país aún conmocionado por la muerte de Franco, iba a empezar a convertirse en una fuerza política «de centro-centro», una maquinaria de poder llamada Partido Popular.

Aznar ya había oído hablar de Arenas. Bastante bien, por cierto. Era todavía una persona muy joven, con esa tez y pelo negro azabache de algunos sevillanos, un pelo que, con el tiempo, iba a nevarse. De Arenas se conocían su talante dialogante, su enorme vocación política y un cierto tinte maniobrero que, paradójicamente, le hacía caer simpático.

—Cuando terminemos el viraje al centro, te vienes con nosotros —dijo Aznar al ex ucedista.

—De acuerdo —prometió Arenas.

Y así empezó una larga amistad. A Arenas le dieron cargos en el grupo parlamentario y en el partido, llevó campañas electorales, conoció casi todos los secretos de las interioridades del PP y del Gobierno a lo largo de más de diez años y culminó su carrera, hasta el momento, ocupando una vicepresidencia segunda en el último Gobierno de Aznar.

A Arenas, Aznar le ha pedido de todo y él ha aceptado todo sin chistar. En 1993 le dijo que se fuera a Andalucía para reorganizar el partido y presentarse candidato a la presidencia de la Junta contra Manuel Chaves, sin ninguna posibilidad de ganar, aunque incrementó de forma considerable los escaños del PP en el Parlamento autonómico. Cuando disfrutaba del resultado de sus negociaciones con sindicatos y empresarios en Trabajo, Aznar le quitó la cartera para decirle que se fuera al partido como secretario general, lo cual obligó a Arenas a pasar un año amargo, fuera del Gobierno y sin escaño en el Congreso desde el cual poder seguir «a pie de obra» la vida política nacional, algo fundamental para el máximo responsable del partido de Gobierno.

Como secretario general se le ha obligado a asumir el papel de «duro» frente al adversario (un papel que le va poco) y ha sido, en suma, el hombre del «aparato» tras Francisco Álvarez Cascos, una vez que Paco decidió tirar la toalla de la difícil Secretaría General del PP.

Sin ser uno de los «patas negras» de AP, Arenas ha ido escalando puestos y aprecios en el partido y, hoy, el jefe de la oposición, José Luis Rodríguez Zapatero dice de él algo que otros no acaban de compartir: que es la personalidad más fiable del Gobierno. Y, desde luego, al sevillano hay que reconocerle calidez y simpatía, dos cualidades muy importantes en política de las que, sin embargo, Aznar carece por completo. Pero no todos comparten con Zapatero el criterio de su fiabilidad.

Quizá lo que ocurra es que Aznar y él son complementarios. El caso es que cuando Aznar ganó las primeras elecciones de 1996 y se llegó, al fin, al debate de investidura tras no pocos dimes y diretes acerca de quién debía ser el presidente —ya hemos dicho que sectores como los afines al diario *El País* insistían en que debía ser Ruiz Gallardón, y no Aznar, el candidato a esa investidura—, Arenas recibió, algunas horas antes, una llamada muy propia de su jefe:

—Que cuando te vengas a Madrid no olvides traerte un traje oscuro —le dijo. Y colgó.

Arenas puede ser muchas cosas, pero no tonto, y entendió el mensaje. Iban a nombrarle ministro. Luego sabría, como por casualidad, que lo suyo sería convertirse en ministro de Trabajo. Formó, en parte con base en Sevilla, un gran equipo: Amalia Gómez, Juan Carlos Aparicio, Manuel Pimentel, Juan Chozas. Aunque luego Pimentel saldría «rana», según sus antiguos compañeros en el Gobierno, daría un portazo y se convertiría en la única persona capaz de sacar públicamente de sus casillas a Aznar. Pero ésa es otra historia, que luego se narrará.

Arenas sustituyó en la Secretaría General a Francisco Álvarez Cascos, que la ocupaba desde los tiempos de Fraga. Inmediatamente después de ganar las elecciones de 1996, y aún en plena turbulencia de pactos, Aznar llama a su fiel Paco: «¿Qué quieres hacer en el Gobierno? ¿Quieres Presidencia, quieres Defensa, quieres Fomento?», le pregunta. Cascos se tomó unos segundos antes de responder: «Pues eso depende de dónde me necesites más. Si me quieres cerca de ti, Presidencia; si a media distancia, Fomento; si lejos, Defensa». Aznar se limitó, dicen, a sonreír y Cascos ocupó Presidencia.

Esta conversación, algún tiempo después, no dejaría de tener su significado, puesto que Cascos fue alejado «a media distancia», a Fomento. Lo cual, según aquella interpretación que compartiera con Aznar en 1996, querría decir que el presidente ya no le quería junto a sí, pero tampoco tan, tan lejos como en Defensa, donde sí quedaría «aparcado» otro de los de Perbes, Trillo.

Y es que Cascos no es hombre que haga fácilmente amigos, aunque, cuando los hace, es para siempre. Ya en el Congreso del PP en 1993 advirtió contra la tentación de crear un «aznarismo», lo que no fue comprendido por todos. Y en el Congreso de 1996 advirtió contra el «fulanismo» y el «personalismo», es decir (y así lo entendieron casi todos), contra el ascenso de los «pelotas». Ya entonces Paco andaba enfrentado con los «fontaneros», especialmente con Cortés y Aragonés y también, algo, con Timmermans; este último, a quien todos consideran «un buen tipo» alejado de protagonismos, se hizo célebre porque cambió incluso la orientación de la mesa de su despacho en Génova para poder controlar quién iba a visitar al «jefe». Historias de Génova.

Y fue en esa sede de Génova en la que aterrizó Arenas desde el Ministerio de Trabajo donde, dicho sea de paso, todos reconocían que había realizado una buena labor.

—Me di cuenta de lo duro que iba a ser aquello cuando comprobé que en el ministerio comíamos en vajilla de porcelana de la Cartuja de Sevilla y, cuando llegué al partido y pedí agua, me la trajeron en un vaso de esos de plástico. Y, encima, caliente —comentaría con humor Arenas.

El principal amigo

Y es que estar en el Gobierno, ser ministro, no es ninguna tontería. Puede que el distanciamiento de Aznar a la hora de nombrar y separar a los miembros de su equipo se debiese, en parte, al deseo de no ser agobiado con las peticiones de los suyos en busca de un cargo. El único ministro que ha permanecido en el mismo cargo durante los ocho años del aznarato ha sido el titular de Economía y Hacienda primero, luego sólo Economía, Rodrigo Rato, hoy (marzo 2004) además vicepresidente primero del Gobierno (antes era vicepresidente segundo), a pesar de que su futuro en la cosa pública sea, a partir de ahora, algo incierto, por más que aceptase ir de «número dos» en la lista de Madrid.

Aunque la trayectoria económica de los ocho años de Gobierno del PP se analiza en otra parte de este libro, a Rato hay que reconocerle, de entrada, que ha sido un factor esencial en el triunfo y buena marcha del aznarato. Sin los logros económicos, nada de todo lo demás hubiese sido igual.

Es cierto que ha habido impulsos legislativos importantes en materia, por ejemplo, de seguridad y lucha contra el terror, pero lo verdaderamente notable ha sido el indudable aumento de la actividad económica, descenso del desempleo (aunque en medio de cierta precariedad) e incremento, en general, de su nivel de vida que han notado los españoles. Y esos datos, como el haber llegado a una convergencia económica con Europa o a una muy poco traumática introducción del euro, pueden tener muchos factores, pero, sobre todo, un rostro, el de Rodrigo Rato Figaredo, un hombre que hasta última hora estuvo en las quinielas de la sucesión de Aznar, pese a que tantas veces se ha puesto el mundo por montera y a que algún escándalo de la época, como el de Gescartera, le rozó de manera más o menos injusta o desproporcionada. O, al menos, era lo que decían los suyos. Salió entonces bien librado, entre otras cosas gracias a su arrojo parlamentario, pero probablemente aquello le costó la sucesión de Aznar.

Rato ha sido, como se indicaba en el prólogo de este libro, el amigo de Aznar por encima de todo. El confidente y el cómplice; la foto en el balcón de Carabaña, en la Semana Santa de 1996, junto a Aznar y Pedro J. Ramírez, es una de las imágenes de estos ocho años. Probablemente, el único que se ha tratado de tú a tú con el para casi todos los demás inaccesible presidente. Ha tenido que lidiar con Villalonga, con las privatizaciones, con los eurócratas, con los resistentes al euro y a la estabilización, y al déficit cero y a la bajada de impuestos. Ha tenido que trabajar duro, y no siempre ha hecho amigos: son conocidos sus tiras y aflojas con Piqué cuando éste accedió al Ministerio de Industria y comenzaron a negociar los nombres de los secretarios de Estado para el Departamento del catalán, nombres y organigrama que Piqué no acababa de aceptar. Luego, las tensiones se rebajarían hasta el punto de que Rato dice no recordarlas siquiera. Piqué, en cambio, sí las recuerda muy bien.

Cuando Aznar le propuso a Rato, en 2000, que cambiase de cartera y aceptase Asuntos Exteriores, lo rechazó por cuestiones personales —alegó que sus hijos eran demasiado pequeños—, pero también porque, en el fondo, la supercartera de Economía, donde se ha movido como pez en el agua, le gustaba mucho. Tanto como para permanecer ocho años. Volvió a ofrecérsela dos años más tarde, pero Rato insistió en Economía: se sentía muy bien donde estaba, le apasionaba el tema y quería terminar algunos proyectos en marcha.

La cartera más atípica

El rechazo de Rato a aceptar Asuntos Exteriores no dejó de procurar alguna desazón a Aznar, aunque también un cierto alivio. Si el superministro económico aceptaba cambiar de Departamento y pasar a la jefatura de la diplomacia española, el papel exterior de Aznar podría quedar minimizado, como quedó minimizado el papel diplomático de Felipe González mientras Francisco Fernández Ordóñez, un hombre de enorme personalidad, ocupó esta cartera.

Y es que a todo jefe de Gobierno le gusta en el fondo ser un poco también el ministro de las relaciones externas, sabiendo que los viajes fuera de España son más rentables, más agradecidos, que enfrentarse cotidianamente a la política interna, siempre bronca y dura. En el caso de Aznar, lo menos que se puede decir es que sus ministros de Exteriores han sido casi siempre algo atípicos: nada de diplomáticos de carrera ni gentes con larga proyección internacional. Excepto, quizá, en el caso de Abel Matutes, primer ministro de la cosa, que había sido comisario europeo y contaba, por tanto, con alguna experiencia —experiencia por lo demás limitada al campo de la UE— en la diplomacia y la economía multilaterales.

Matutes no fue un mal ministro, pero a su salud resentida —tuvo algún preocupante episodio cardíaco, algo muy inconveniente para quien tiene que pasar la vida a bordo de un avión— se unía el hecho de que tenía intereses económicos en diversas partes del mundo. Y alguna vez, por ejemplo en la República Dominicana, los trabajadores de sus hoteles le recibieron con una protesta laboral. En otra ocasión se cruzaron intereses personales con políticos en Cabo Verde.

De Piqué ya hemos dicho cuánto se sorprendió ante su nombramiento en Exteriores; carecía de la menor experiencia en ese campo, y se dejó engañar alguna vez, como por ejemplo por los británicos, cuando aseguró que recuperar Gibraltar era casi cosa hecha. Sin contar con que bajo su mandato se produjo una muy preocupante ruptura diplomática con Marruecos, decían algunos que a causa de unas declaraciones del ministro en *El Mundo*, lo que no era del todo verdad: jamás comprendió el Gobierno español por qué se produjo la ruptura, aunque las explicaciones han sido muchas y variopintas...

El nombramiento como ministra de Asuntos Exteriores de Ana Palacio, eurodiputada y abogada, mujer valerosa de muy peculiar gusto en su vestuario, y de no menos peculiar forma de expresión, es un misterio que solamente se explica por el hecho de que otros rechazaron el cargo. No porque la ministra tenga escasos méritos, aunque algunas facetas de su trayectoria no han dejado de ser polémicas, sino porque nada amparaba su llegada al Palacio de Santa Cruz: ni su trayectoria, ni su peso dentro del PP más allá de ser hermana de Loyola de Palacio, la ex ministra de Agricultura y comisaria europea, ni sus relaciones con los «grandes» del partido, ni una popularidad tremenda en la opinión pública, que de ella apenas conocía su coraje a la hora de superar una grave enfermedad. Ni, menos aún, claro, su dominio de los entresijos de «la carrera», que nunca la aceptó bien. Ni a ella, ni a sus enaltecidas colaboradoras, las diplomáticas María Victoria Morera, Matoya, que llegaría a ser subsecretaria, e Isabel Vicandi, a quien ascendió a jefa de Gabinete.

Las razones que se han dado para explicar la llegada de Ana Palacio a Exteriores están basadas, todas ellas, en su conocimiento de la política europea, no sólo por ser europarlamentaria, sino porque durante los años que tuvo despacho en Estrasburgo participó de forma activa en las más importantes cuestiones institucionales, tanto que fue designada miembro destacado del equipo de Giscard d'Estaing para la Convención Europea y para redactar el texto constitucional.

Entre los escollos más complicados de su cargo de ministra se encuentra el haber tenido que lidiar, precisamente, con la cerrazón de Giscard, quien, sin atender a lo aprobado en la Cumbre de Niza con la que se finalizaba el semestre europeo francés, se puso inequívocamente al lado de Francia y Alemania en su pretensión de cambiar lo establecido para recortar de forma considerable el papel de España en la futura UE ampliada, la Unión Europea de los Veinticinco.

Lo verdaderamente sorprendente del caso es que Aznar ha tenido siempre la cartera de Asuntos Exteriores como si fuese la de Administraciones Públicas, por poner un ejemplo: como un comodín. No ha habido un perfil homogéneo para los sucesivos ministros de esta cartera. El líder de Unió Democràtica de Catalunya, Josep Antoni Duran i Lleida, ha dejado correr el rumor de que se le ofreció Exteriores en dos ocasiones, aunque luego fuentes del PP dijeran que tal oferta nunca se había hecho de manera por completo formal.

Claro que Aznar llegó, durante una cena, a ofrecer una Secretaría de Estado de Medio Ambiente a la mismísima mujer del mismísimo diputado del PNV Iñaki Anasagasti, así que todo era posible. Menos mal que Esther Solabarrieta, señora de Anasagasti, optó por tomárselo con humor y dijo estar desinteresada en tal oferta. Porque ¿qué hubiese ocurrido de haberla aceptado, incluso teniendo en cuenta que la oferta se hizo en tiempos de luna de miel entre PNV y el PP?

Y en la penúltima remodelación de Gobierno, la muy importante crisis de julio de 2002, también ofreció la cartera de Exteriores nada menos que a Miquel Roca Junyent, ex portavoz del Grupo Catalán en el Congreso, ex candidato (perdedor) a la alcaldía de Barcelona, ex hombre fuerte de Convergència Democràtica de Catalunya, ex padre de la Constitución y actualmente jefe de un muy próspero bufete de abogados, dedicado básicamente a traer y llevar casos movidos por las influencias, en la Ciudad Condal.

Cuando recibió la oferta, Roca, dispuesto a aceptarla, lo consultó con la almohada y con el que siempre maneja los hilos desde la sombra, Florentino Pérez, que le había hecho miembro del Consejo de Administración de Dragados y Construcciones, y que fue uno de sus principales colaboradores en la famosa Operación Reformista, el fiasco político más importante de la Transición, cuando el líder catalán no logró ni un solo escaño en el Congreso para sus candidatos, a pesar del apoyo económico y mediático que le habían dado.

Tras conversar con Roca, Florentino le dijo que adelante, que aceptara la cartera que le ofrecía Aznar, pero la siguiente persona consultada por Miquel Roca impuso el veto: Jordi Pujol, cada vez más enemistado con Aznar, cada vez más harto, dice, de los desplantes y silencios de Aznar, conminó con un «no» a Roca. Y sin Pujol, que mandaba todo lo que se podía mandar en Cataluña y en sus negocios, adiós bufete próspero.

Así que Roca, movido por los mismos impulsos que antes Duran, y luego el propio Pujol, a quien Aznar dirigió una carta invitando a que sus gentes entrasen en el Ejecutivo central, rechazó una oferta que era todo un reto político: involucrar a los nacionalistas catalanes en la gobernación del Estado. Algo que Pujol nunca quiso: ni siquiera aceptó, cuando Aznar ofreció en 1996 que el Senado estuviese presidido por un nacionalista catalán, que Joan Rigol ocupase este puesto; probablemente, porque no deseaba que la Cámara Alta, inoperante entonces y siempre, llegase a convertirse verdaderamente en una cámara de las autonomías. Apoyaría, pero sólo en el Parlamento, para asegurar que el PP, su aliado *ma non troppo*, pudiese sacar adelante, con las contrapartidas correspondientes, las leyes más importantes.

Y, de hecho, Aznar había iniciado su mandato gracias al apoyo de estos nacionalistas, pese a que, en la noche electoral de 1996, cuando los simpatizantes del PP creían que se había ganado por mayoría absoluta, gritaron, al pie del balcón de Génova, aquello de «Pujol, enano, habla castellano». Pujol era un zorro demasiado viejo para ofenderse por aquello.

De aquella negociación, dura y bastante larga, ya informábamos puntualmente en nuestro *Aznarmanía*. Claro que, desde entonces, algunos detalles han salido a la luz: por ejemplo, el hecho de que, deseando Gabriel Cisneros hacerse con la presidencia del Congreso, llegó a descalificar a otro candidato, Rodolfo Martín Villa, alegando que éste, viejo compañero político por lo demás, andaba mal de la vista. Eran tiempos en los que todos buscaban su acomodo... Finalmente, la presidencia del Congreso recayó en Federico Trillo, un auténtico peso pesado de AP y del PP, uno de los hombres que contribuyeron a que Aznar estuviese, aquel día de comienzos de mayo de 1996 cuando se celebró el debate de guante blanco de investidura, donde estaba. A punto de convertirse en el cuarto presidente del Gobierno de la era democrática.

Prietas las filas

Defensa era una de las carteras clave para Aznar. Entre otras cosas, porque, en diciembre de 1995, cuando un grupo de allegados —Cascos, Rato, Rajoy, Trillo, Lucas— comienza a preparar con Aznar el programa electoral clave, los mensajes contundentes, con los que pretendían llevar adelante la campaña electoral y ganar las elecciones de marzo de 1996, todos acuerdan que la supresión del servicio militar obligatorio iba a ser una de las claves de la victoria. Al mismo tiempo, dirigidos por Cascos, elaboran un organigrama de lo que debería ser el próximo Gobierno: menos ministerios, menos gastos, creación de un Departamento de Medio Ambiente, que Aznar ofrecería a Pilar del Castillo, quien, en un gesto insólito, lo rechazó, alegando que ella de eso no entendía nada. Así que la cartera fue a parar a manos de Isabel Tocino, la mujer que hubiese podido ser Aznar.

Pero, sobre todo, insistimos, el punto fuerte de aquel primer programa fue la supresión de la mili. El servicio militar obligatorio que tanto rechazo provocaba entre los jóvenes, para ser sustituido por unas Fuerzas Armadas profesionales.

Por ello, Federico Trillo, uno de los hombres más importantes del PP, miembro del Opus Dei, erudito en muchas cosas, comandante jurídico del Ejército, iba a acabar asumiendo dicha cartera. Iba a desplegar una notable actividad, no siempre bien valorada por una parte de la opinión pública. Las «nuevas» Fuerzas Armadas incluían las iniciativas multinacionales —claro que, entonces, nadie pensaba que el despliegue iba a incluir Afganistán e Irak—, la profesionalización —un total de 155.000 soldados y personal civil— y la modernización —por valor de más de dieciocho mil millones de euros—. Esta última parte, la modernización, comprendía una auténtica revolución en lo tocante a inversión en industria militar, y qué duda cabe de que supuso una importante inyección económica para empresas como Indra, Amper, Izar, Casa o Santa Bárbara.

Pero antes estuvo la Etapa Serra. Su nombramiento como ministro de Defensa del primer Gobierno del PP causó perplejidad dentro y fuera del partido. Hasta dos días antes, Rafael Arias Salgado era el seguro candidato para la cartera, hasta el punto de que el todavía ministro en funciones, el socialista Gustavo Suárez Pertierra, mantuvo algunas reuniones con Arias Salgado para facilitar el traspaso de poderes en un Departamento extremadamente delicado. Además, Serra se había identificado mucho con la etapa socialista, como secretario de Estado para la Defensa y, antes, con la UCD, como subsecretario con Alberto Oliart. Y, siempre, con ese mundo de los negocios que Aznar no acaba de comprender.

Serra llegó con el marchamo de sus buenas relaciones con el mundo económico norteamericano, con la industria militar, e incluso con la Zarzuela, aunque jamás se pudo comprobar que fuese la influencia del Rey la que le convirtió en ministro de Defensa. Su negativa a desclasificar los papeles del Cesid le granjeó la enemistad de un sector especialmente beligerante de la prensa. Los autores pudieron comprobar algunas de sus horas bajas en este sentido, cuando, a los pocos meses de ser ministro, recibió una fuerte andanada por parte del periódico *El Mundo* al ser la cara del Gobierno a la que le tocó anunciar que no se desclasificaban los papeles. En aquellos momentos negros en los que Pedro J. clamaba por su dimisión, el teléfono apenas sonó en el despacho del ministro de Defensa, como si sus compañeros de Gabinete no estuvieran muy seguros de que fuera «políticamente correcto» ofrecerle su solidaridad.

Sí lo hizo Isabel Tocino, que por otra parte no era especialmente amiga del titular de Defensa. Pero ella, que de este tipo de gestos hizo siempre una bandera, sí descolgó el teléfono para darle su apoyo. Una vez más, Tocino demostraba que se movía más por sus nobles impulsos personales que por estrategias políticas, algo que quizá ha perjudicado su carrera política, a la que de todas formas ella misma puso fin para integrarse en una gran empresa multinacional de tecnología.

Trillo llegó a Defensa en el año 2000, tras las elecciones que dieron la mayoría absoluta al PP.

«Lamento decirte que, con mayoría absoluta, ya no te necesito en las Cortes», le dijo Aznar. «Además», añadió el presidente, en uno de sus momentos de humor chusco, «no puedo consentir que tengas tanto tiempo libre para seguir publicando libros». Se refería el presidente, obviamente, al estudio sobre Shakespeare que no mucho antes había dado a la luz el erudito Trillo, un libro basado en la tesis doctoral del hasta entonces presidente de la Cámara Baja.

Lo que no le dijo inmediatamente era qué cartera iba a ocupar. Un día después, en el despacho monclovita conocido como el de los Tapices de Goya, Aznar le anuncia que va a ser ministro de Administraciones Públicas.

—Siempre dispuesto, presidente. *Ad utrumque paratus*, preparado para todo —dijo el oficial jurídico Federico Trillo, tragando saliva.

—¿Te parece mal? —le pregunta Aznar.

—No, no, presidente; me parece bien —volvió a tragar saliva el ya casi ex presidente del Congreso.

—¿Quieres un café?

—No, no gracias, presidente, estoy bien, de verdad.

—Porque Justicia tú no quieres, ¿verdad? —interroga Aznar.

—No, eso no.

—¿Y Defensa?

—Hombre, pues... eso sí que me gustaría —el comandante Trillo ve abierto el cielo.

—Bueno, pues mañana juráis. Oye, Administraciones Públicas no es una putada para ti, ¿verdad? Es una cartera importante, tienes que rematar el Pacto Local, están las relaciones con los gobiernos autonómicos, los problemas de siempre con País Vasco y Cataluña... en cambio, en Defensa, no hay mucho que hacer, te pones el gorro y chunda chunda.

—Lo que tú digas, presidente, por supuesto que siempre a tu disposición.

—Pues nada, y esta noche os venís a cenar con vuestras mujeres —le despide Aznar.

Trillo se marchó convencido de que le había «caído» Administraciones Públicas, una cartera menor que nadie anhelaba verdaderamente, y que Aznar utilizaba como un recurso, una especie de segundo premio para gentes que, sin ser los primeros espadas, le habían servido fielmente. Además, Administraciones Públicas es un trabajo aburrido: mucho funcionario, mucha armonización con las administraciones autonómicas, siempre tan celosas de sus competencias, mucho pasar la mano por el lomo a las Administraciones Locales, con tanto alcalde levantisco. No resultaba extraño que los más estrechos colaboradores de Trillo, como Fernando Díaz Moreno, le insistiesen, quizá pensando en ellos mismos, para que no aceptase tal cartera.

Una hora después, nueva llamada de la Moncloa.

—No te he visto ilusionado, Federico.

—Me ilusiona que me llames, presidente, lo que me importa es que me ofreces estar contigo en el Gobierno —dice, cauto, Trillo.

—Ya, pero es que quiero que trabajes a gusto y si te gusta más Defensa, pues te vas a Defensa. Joder, somos amigos, dime si te apetece más Defensa.

—Pues la verdad es que sí, que me gusta más Defensa.

—Pues ya sabes lo que hay —dijo Aznar, tachando a Posada en su cuaderno azul de la fila donde ponía «ministro de Defensa» e incluyéndolo en la de Administraciones Públicas.

A Trillo le quedaban muchas cosas por hacer. Desde la reconversión del Cesid, los Servicios de Inteligencia, hasta las tareas diseñadas antes descritas. Y le quedaban algunos tragos amargos: la muerte de varios soldados españoles en Irak, por ejemplo, o la de más de sesenta miembros de las Fuerzas Armadas en un absurdo accidente aéreo, de un aparato Yakovlev 42, en Turquía, un accidente que iba a perseguirle constantemente, en parte porque algunas cosas no se explicaron con la suficiente claridad a los familiares de las más de sesenta víctimas. Y eso que Trillo pasa por ser, a justo título, un buen conocedor de cómo se «venden» algunas realizaciones a la opinión pública.

Al presidente le gusta vacilar

Así se hacían las crisis de Aznar, y así, más o menos, se hacen y deshacen, es de suponer, todas las crisis gubernamentales que en el mundo son.

Pero es que, además, a Aznar «le gustaba vacilarnos», como dice un ex ministro. Cuando Jaime Mayor decide cesar como titular de Interior para dedicarse a preparar a fondo las elecciones vascas del 13 de mayo de 2001, que el llamado «bloque constitucionalista» perdería por escaso margen —aunque la imagen que se vendió fue la de una abultada derrota—, despacha largamente con el presidente: «¿A quién ves tú en Interior?», pregunta Aznar. Mayor le explica que hay tres alternativas: si quiere apostar por la continuidad, puede elegir entre el director general de la Guardia Civil, Valdivielso, el de la Policía, Juan Cotino, o el secretario de Estado para la Seguridad, Pedro Morenés. Segunda alternativa, designar a una persona de su plena confianza y que conozca bien el terreno, como por ejemplo Zarzalejos y, tercera posibilidad, designar a un peso pesado del partido y del Gobierno, y entonces el mejor candidato sería Rajoy.

Poco después de esa reunión, hablan Rajoy y Mayor, que le explica que Aznar le ha preguntado sobre el futuro candidato y le cuenta cuál ha sido su respuesta. Días más tarde es Rajoy el que se reúne con Aznar, que le pregunta cómo ve la sustitución en Interior. Y Mariano Rajoy le responde: «Pues veo dos alternativas, la primera, que apuestes por la continuidad, con Cotino o Valdivieso, y la segunda que nombres a una persona de tu confianza y que conozca bien las cosas, como Javier Zarzalejos o Ángel Acebes». Y calla. A continuación es Aznar quien habla: «Hay una tercera posibilidad: que seas tú».

El resto de la historia es bien conocido. A Rajoy le acabaría cayendo la «patata caliente» de Interior, uno de los puestos más incómodos de la Administración, no sólo por las medidas de seguridad extraordinarias que han de rodear al ministro, sino por los disgustos que supone la mayor parte de las llamadas telefónicas extemporáneas que se reciben en el Ministerio.

Cuando Rajoy se dirigió a su casa para informar de que le iban a nombrar ministro de Interior, su mujer Elvira lo tomó con resignación. No así su hermana, que vive puerta con puerta y con la que Rajoy mantiene una estrechísima relación. Ella y su marido le montaron tal escándalo a Rajoy que en un momento determinado declaró que iba a rechazar el cargo, pero, cuando se dirigía a la puerta para llamar a Moncloa, dio media vuelta y, recapacitando, dijo que iba a aceptar, que no podía rechazar esa responsabilidad y la confianza del presidente y que si sus hermanos no lo aceptaban, peor para ellos.

Distinta reacción fue la de su padre. Escuchó a su hijo al teléfono, hubo unos segundos de silencio, luego otros y, a continuación, hizo una pregunta a Rajoy completamente anodina, como si no hubiera entendido lo que le decía.

Se comprenden tales reacciones. En Interior muchas veces se llora, algo que hay que apuntar en la cuenta de los asesinos de ETA. Y no sólo en Interior. Cuando la banda terrorista asesinó al concejal Jiménez Becerril y a su esposa Asunción, en Sevilla, un crimen especialmente cruel y horrible, un ayudante de Aznar se acercó por detrás al presidente, que seguía la triste noticia en televisión, para darle un recado. El ayudante comprobó que el presidente estaba llorando. Lloraba abiertamente.

«Ejercer el Ministerio de Interior es, a veces, como un castigo», dice alguien que conoce bien ese Departamento, donde ha pasado algunos años en un puesto importante, pero relativamente en la sombra. Y esa fuente cuenta cómo, en algún funeral en el País Vasco, Rajoy fue minimizado hasta el extremo de la mala educación por las autoridades peneuvistas: tuvo que ir andando, en busca de la iglesia donde se celebraban las exequias. «Pero la verdad es que Rajoy se tomaba las cosas con mayor tranquilidad que otros», añade. «Parece que en Interior se descrisparon algo las cosas desde que no se hablaba en los periódicos de los GAL y cosas semejantes; aunque cada atentado de ETA seguía siendo un mazazo en las cabezas de todos nosotros.»

La buena sintonía —que no siempre es fácil— entre Interior

y Justicia, lo cual ha sido una constante en los gobiernos del PP, aunque no siempre fue así en la etapa socialista, en la que ambos ministerios llegaron a fundirse, permitió algunos avances legislativos contra ETA. Por ejemplo, la aprobación mayoritaria por el Congreso de los Diputados de la Ley de Partidos, que suponía la ilegalización de Batasuna. Y también otras medidas contra la coalición proetarra. Y eso que lo de la Justicia, un sector que tradicionalmente funciona bastante mal en España, empezó con pésimo pie: el nombramiento del primer fiscal general del Estado, Ortiz Úrculo, fue asumido, incluso por el escasamente autocrítico Aznar, como un auténtico error.

Y es que, como contaban los autores en el tantas veces citado *Aznarmanía*, la de Justicia parecía ser inicialmente para Aznar una cartera de importancia secundaria, por cuanto lo mejor que se podía hacer, al margen de poner en marcha sin demasiadas prisas alguna reforma procesal, era dejar que los procesos célebres en marcha, que eran muchos al llegar el PP al poder, siguieran su curso. Al PP y a su Gobierno, al fin y al cabo, aquellos procesos no les afectaban. Y Aznar, realista, ya había dicho que, a su entender, lo mejor sería pasar página; si el poder judicial no pasaba esa página, allá el poder judicial y los afectados, que, dicho sea de paso, eran casi todos del PSOE o de sus aledaños.

El embrollo judicial con que el PP se encontró a su llegada al poder era más que considerable, y tenía a la opinión pública más que desconcertada. Incluso en análisis posteriores se ha pensado que tal vez fue este embrollo, del que se culpaba en su integridad al Gobierno socialista, lo que hizo ganar al PP aquellas primeras elecciones de 1996.

¿Había que desclasificar los papeles del Cesid? ¿Acabaría Felipe González, como decían algunos columnistas y tertulianos, en la cárcel o, al menos, pasando serios apuros ante el Tribunal Supremo? ¿Fue ilegal la detención de Roldán en Laos, como aseguraban, increíblemente, varias asociaciones de magistrados? ¿Se había pactado algo con Mario Conde? ¿Y con Javier de la Rosa? ¿Y con Perote? ¿Renacerían los presuntos escándalos, con ramificaciones judiciales, que pretendían poner al Rey en el punto de mira? Y, en otro orden de cosas, ¿se debía mantener como tal el funcionamiento del jurado popular, especialmente en el País Vasco, donde se produjo alguna sentencia escandalosa? ¿Cómo poner orden en la Audiencia Nacional, donde un grupo de fiscales y dos jueces suscitaban una polémica que parecía que iba a ser eterna?

Lo cierto es que Aznar prefirió tomarse todo esto, y mucho más, con calma. Algunos juicios de los antedichos, como el del Caso Marey, se celebraron en medio de la consiguiente expectación, y nada ocurrió. Otros de los casos GAL siguen a la espera de destino, como a la espera de indulto sigue, pese a las presiones de algún periódico para que lo obtenga, el ex general de la Guardia Civil Enrique Rodríguez Galindo. Ni Mario Conde, ni Javier de la Rosa pese a sus amenazas soterradas, ni los primos Cortina y Alcocer, pese a su presencia en la boda de la hija de Aznar, han logrado un trato de excepción a sus situaciones pre o poscarcelarias durante este período. Pero también es cierto que el atasco secular de los tribunales españoles no hubiese avanzado un palmo de no haber sido porque los socialistas impulsaron un pacto con el PP para la reforma de la Justicia, pacto que luego los propios socialistas rompieron unilateralmente sin que fuesen capaces de explicar suficientemente a la sociedad por qué lo hacían, aunque bien cierto es que el Ejecutivo del PP hacía y deshacía, tantas veces, a su antojo...

Luego, a ese difícil Departamento de Interior iría a parar Ángel Acebes, que comenzó su carrera política como jovencísimo alcalde de Ávila y que, desde allí, había sabido llegar al corazón de Aznar sin enemistarse jamás con nadie y dando una sensación de eficacia y bonhomía allá por donde pasaba (antes, por el Ministerio de Justicia). Todos le auguraban, y le auguran, un buen futuro político; algunos dicen que es un clon de Aznar, pero sus cualidades de proximidad y simpatía, así como una innata modestia, desmienten tales apresuradas afirmaciones. Para muchos está claro que, primero en Justicia, luego en Interior, Aznar probaba a un posible delfín, si no a cortísimo término, sí a medio plazo. Porque Justicia tampoco era una cartera fácil, como se había demostrado en los tiempos de Margarita Mariscal de Gante.

Para ese cargo, Aznar se dejó aconsejar por otros en la primera legislatura, cuando nombró a Margarita Mariscal de Gante, juez perteneciente a una larga familia de jueces, a la que Aznar no conoció hasta el mismo día de su toma de posesión. Pero distintas personas de su entorno, vinculadas a las togas o que conocían bien el mundo de la judicatura, le apuntaron el nombre de Margarita Mariscal, que además tenía un «plus» para su candidatura: era mujer. Aznar quería presentar en ese primer Gobierno más mujeres que las que se habían nombrado en los gobiernos socialistas, y lo consiguió con creces, porque tuvo cuatro en 1996: Mariscal de Gante, una personalidad curiosa (ella se declara, medio en broma medio en serio, «bruja blanca»); Esperanza Aguirre, en Educación, Isabel Tocino, en Medio Ambiente, y Loyola de Palacio, en Agricultura.

Aznar ha querido cuajar sus gobiernos, ha dejado hacer a sus ministros, que crearan equipo, que tuvieran tiempo suficiente para rematar sus proyectos iniciales. La única remodelación seria y en profundidad la realizó en julio de 2002, cuando quiso nombrar un gabinete de fuerte contenido político con el que llegar hasta las elecciones de marzo de 2004, con el que ganar las elecciones de marzo de 2004.

Las «casi crisis» que hizo Aznar

Hasta ese momento, las crisis de gobierno fueron mínimas, en algunos casos irrelevantes, provocadas fundamentalmente por la necesidad de encajar piezas al enviar a algunos ministros a otros destinos donde le eran más necesarios a Aznar. «Casi crisis», las llamaban internamente los monclovitas —que nunca se movieron de allí durante el aznarato.

La primera remodelación la realizó en enero de 1999, después de casi tres años sin cambios, cuando necesitaba a Javier Arenas en la Secretaría General del partido. En esa misma crisis sustituyó a Esperanza Aguirre, en Educación, por Mariano Rajoy, ya que necesitaba a Aguirre en la Presidencia del Senado, dado que Barrero iba a ser candidato a la Junta extremeña. Cuando Aznar preguntó a Arenas por su candidato para que le sustituyera en Trabajo, le dio el nombre de sus dos secretarios de Estado, Manuel Pimentel y Juan Carlos Aparicio, y Aznar se inclinó por Pimentel, sin saber que un año después sería sustituido a su vez por Aparicio, cuando Pimentel dio la *espantá*.

En esa crisis de enero de 1999, Ángel Acebes sustituyó a Rajoy en Administraciones Públicas, después de ser el segundo de a bordo de Cascos en la sede central del partido, cuando Aznar decidió nombrarle «coordinador», ya que tanto el secretario general como los tres vicepresidentes formaban parte del Gobierno.

Tres meses más tarde dejaba el Gobierno Loyola de Palacio para presentarse como candidata al Parlamento Europeo y era reemplazada por Jesús Posada, el hombre que ya había sido sustituto de Aznar cuando dejó la Presidencia de Castilla y León para hacerse cargo de la presidencia del PP. Luego, Posada fue sustituido por un experto en Europa, Miguel Arias Cañete, un hombre proveniente del equipo de Hernández Mancha, de talante abierto y muy competente.

Las elecciones de 2000 y la mayoría absoluta permitieron a Aznar nombrar su nuevo Gobierno sin condicionamientos de ningún tipo. Llevó a Mariano Rajoy a la vicepresidencia primera con el Ministerio de la Presidencia, en lugar de Álvarez Cascos, que pasó a ocuparse de Fomento. Mantuvo a Rato en Economía, tras rechazar Exteriores, y para ese cargo designó a Josep Piqué. A Ángel Acebes lo llevó a Justicia y a Trillo a Defensa, mientras que Pilar del Castillo —esta vez no rechazó la oferta— fue nombrada ministra de Educación y Cultura. Incorpora entonces nuevas caras a su gobierno: el citado Miguel Arias Cañete en Agricultura, Celia Villalobos en Sanidad, Jaume Matas —que acababa de perder el Gobierno balear gracias a un acuerdo de los cinco partidos de la oposición— en Medio Ambiente, Pío Cabanillas en la Portavocía, Cristóbal Montoro ocupa la cartera de Hacienda y la catalana Anna Birulés se hace cargo de un nuevo ministerio, Ciencia y Tecnología, tras la desaparición de Industria y Energía.

El gran sacrificado es, desde luego, Cascos. «Tú también notarás el frío», le dijo por teléfono el ex vicepresidente a un periodista que, como él, predica la necesidad de dialogar con los nacionalistas vascos en lugar de ir a una política de permanente confrontación, que es la línea ahora preconizada por Mayor Oreja.

Diez meses más tarde, Jaime Mayor se va de candidato al País Vasco y es sustituido por un Mariano Rajoy que, como hemos narrado, se resistió cuanto pudo, sin éxito, y todo continúa igual hasta que en julio de 2002, en cuanto acaba la presidencia semestral española de la UE, Aznar hace una crisis en profundidad, que lleva a Rajoy como portavoz, continuando con la Vicepresidencia Primera, que ya tenía en Interior. Ana Palacio se incorpora a Asuntos Exteriores, Acebes se va a Interior sustituyendo a Rajoy, y le sustituye su segundo de a bordo, José María Michavila en Justicia, y entra uno de los hombres al que se suponía más futuro en el partido, Eduardo Zaplana, venido de la presidencia de la Comunidad Valenciana, para ocupar la cartera de Trabajo.

Rajoy coloca a su fiel Ana Pastor en la cartera de Sanidad después de haber sido subsecretaria en Administraciones Públicas, Educación, Presidencia e Interior, y Aznar mantiene a su lado a Piqué, que debería abandonar el Gobierno un año más tarde para ser candidato a la Generalitat de Cataluña. Atención, desde luego, al nombre de Pastor, que pasa por haber sido, y ser, la mano derecha de un Rajoy con capacidad de imaginación, con visión de la jugada y con liderazgo, pero escasamente ejecutivo. La han probado en Educación, en Interior y pudo haber sido ministra de Sanidad en una crisis anterior, pero entonces se cruzaron el asesor áulico y la gran industria farmacéutica, y el premio gordo le cayó a Celia Villalobos, casada con dicho asesor áulico.

Mientras llegan las elecciones catalanas, a Piqué Aznar le designa como ministro de Ciencia y Tecnología. Un año más tarde, al irse Matas de candidato a Baleares —recuperó la presidencia perdida—, le sustituyó en Medio Ambiente Elvira Rodríguez. La última remodelación antes de las elecciones de marzo la hace Aznar inmediatamente después de elegir a Rajoy como candidato a la sucesión: Arenas deja el partido pero asume la Vicepresidencia Segunda y el Ministerio de la Presidencia. A Rato le compensa su disgusto por no ser sucesor con la Vicepresidencia Primera; a Zaplana le dice que acumule el cargo de portavoz además del Ministerio de Trabajo; coloca en Ciencia y Tecnología a uno de los principales colaboradores de Rato, Juan Costa, y, sorpresa, ofrece Administraciones Públicas a Julia García Valdecasas, hasta ese momento delegada del Gobierno en Cataluña. Nadie comprende muy bien por qué, pero los secretos del señor de la Moncloa son inescrutables.

A García Valdecasas, farmacéutica e interventora de Hacienda, militante del PP desde 1991, la conoció en un almuerzo en el Círculo Ecuestre, en Barcelona, en 1995. Aznar acababa de hacer unas declaraciones muy críticas hacia Cataluña y el nacionalismo catalán y en ese encuentro Valdecasas le expresó su desacuerdo; le dijo que las cosas no eran tan amargas como las veía el líder de la oposición. Una vez celebradas las elecciones de 1996, Álvarez Cascos la llamó para preguntarle si estaría dispuesta a ser delegada del Gobierno en Cataluña. Valdecasas, en casa, con sus hijos pendientes del teléfono —«es Cascos, la está llamando Cascos, se decían unos a otros»—, respondió que sí y fue Aznar quien al día siguiente le confirmó el nombramiento, también por teléfono.

Durante siete años, las relaciones han sido poco frecuentes, y, encima, marcadas por el desagradable episodio de Bellaterra, cuando Aznar fue insultado al pronunciar una conferencia en esta universidad catalana. Se produjeron entonces tan graves disturbios que García Valdecasas se encontró entre la espada y la pared, con la oposición exigiendo su cese inmediato, aunque tuvo el pleno apoyo de Aznar.

En septiembre de 2003, cuando se acababa de aprobar por unanimidad de la Junta Directiva Nacional la designación de Rajoy como candidato a la Presidencia, y Aznar iba a anunciar al día siguiente los cambios en su Gobierno, Valdecasas recibió una llamada de Aznar para que estuviera en Moncloa al día siguiente a las once de la mañana. Supuso que le iba a ofrecer un ministerio, pero no le adelantó nada.

Tomó el puente aéreo y se dirigió a Moncloa. En control no figuraba su nombre entre las visitas del presidente. «No se la espera», le dijeron. Hasta ese punto guardaba Aznar la discreción, el secreto. Insistió y telefonearon desde la cabina a Milagros, la secretaria de Aznar, para que diera luz verde. Le «cayó» Administraciones Públicas y no lo dudó. A continuación regresó a Barcelona para recoger algo de ropa con la que jurar su cargo al día siguiente ante el Rey.

A toro pasado se puede asegurar, sin temor a equivocarse, que la mayoría de los nombramientos «insólitos» de Aznar tenía un objetivo: tantear el terreno, la oportunidad de madurar políticamente a aquellos a los que quería destinar a cargos para los que no contaba con candidatos solventes. Y también sin temor a equivocarse, se puede asegurar que detrás de algunos de los nombramientos «insólitos» hay reconocimiento y gratitud a apoyos y lealtades en momentos difíciles.

Si echamos la vista atrás vemos que a Juan Ignacio Barrero la Presidencia del Senado debería servirle para hacerse un nombre antes de enfrentarse con el socialista Rodríguez Ibarra por el gobierno de Extremadura; en el caso de Luis de Grandes, portavoz del Grupo Parlamentario del Congreso, para ver si podía batallar contra Bono en Castilla-La Mancha, aunque en la primera convocatoria, la de 1999, De Grandes no estaba por la labor y en la segunda nunca lo sabremos, porque se cruzó en el camino Adolfo Suárez Illana, a sugerencia de Agag, y el PP sufrió uno de los mayores descalabros de su historia. Todo por hacer caso al «yernísimo», empeñado en promocionar al Clan de Becerril. Y hacer caso también a una encuesta encargada por Arenas para ver cuál era el grado de aceptación de Suárez Illana.

Piqué era el hombre al que el dedo político de Aznar señaló desde el principio como la persona que podía potenciar en Cataluña al desvaído PP y Pío Cabanillas atravesó el desierto de la dirección general de RTVE —un potro de torturas, según Pilar Miró— antes de entrar en el Gobierno. Pero, si no se hubiera producido el desencaje de las piezas en la crisis de 2002, quizá Cabanillas sería en este momento un nombre a considerar en el futuro para ocupar importante plaza en el mapa de España, tal vez en Galicia, tal vez en Exteriores, tal y como se rumoreó en un momento determinado. Y eso que, en un momento determinado, Cabanillas aparecía enfrentado con Arenas, algo con Rato, algo menos con Rajoy y bastante más con Ana Botella; encima, había rechazado convertirse formalmente en militante del PP. No podía extrañarse de su breve paso por el Gobierno...

Ángel Acebes se hizo cargo de la coordinación del partido antes de llevarlo al Ejecutivo y, en los segundos niveles, hemos visto cómo Aznar ha catapultado a las alturas a un buen plantel de subsecretarios y secretarios de Estado, como si pretendiera que algunos de los hombres y mujeres más destacados del partido hicieran «mili» antes de saltar al Gobierno. Pimentel, Elvira Rodríguez, Montoro, Ana Pastor, Juan Carlos Aparicio, Juan Costa, la propia Julia García Valdecasas en Cataluña o Pilar del Castillo, a la que después de rechazar Medio Ambiente mandó Aznar al Centro de Investigaciones Sociológicas, hicieron un buen «Bachillerato» para entrar en el Gobierno.

El único rebelde

De todos ellos, Pimentel ha sido el único que se ha «rebelado». El 17 de febrero de 2000, sábado, comienza a llamar a periodistas amigos y a gentes de su confianza para enviarles un escueto mensaje, que deja a todos helados: «He dimitido, me he ido del ministerio».

El jovencísimo ministro de Trabajo, el benjamín del Gobierno, una persona con magnífica imagen y muy buena prensa, le daba un portazo en las narices a Aznar. Un portazo tal que el presidente iba a enterarse de que su ministro se marchaba después que muchos periodistas. Un portazo tal que Aznar no tiene empacho en manifestar, en sus conversaciones privadas, que la marcha de Pimentel ha sido acaso una de sus experiencias más amargas en sus ocho años de mandato. Y, desde luego, califica al ex ministro de Trabajo como su «mayor decepción». Figura en los anales como el único ministro a quien, en el decreto de cese, no se le agradecen los servicios prestados.

—Pero, ¿por qué no se lo has dicho al presidente? —le preguntaban todos sus interlocutores telefónicos.

—Porque, si se lo anuncio, tratará de evitar que yo dimita —respondía invariablemente Pimentel, excepcionalmente tranquilo, como pudieron comprobar los autores, en aquellos días.

—Lo que estás haciendo es muy serio, Manolo; de verdad, de verdad, ¿por qué dimites?

—Dimito por lo de Juan Aycart —su jefe de gabinete, a quien se acusó de haber favorecido a la empresa de su esposa con más de 2.000 millones de pesetas de fondos públicos destinados a formación—. También dimito porque las circunstancias en las que acepté ser ministro han cambiado. Es un conjunto de razones.

Muchos entendieron que la dimisión de Pimentel tenía no poco que ver con la caótica regulación de la inmigración, que había llevado a que el alcalde de El Ejido, donde se produjeron unos graves incidentes xenófobos, apoyase algunos excesos de los vecinos. El alcalde, militante del PP, nunca fue sancionado, contra el criterio de Pimentel. Y luego estaba un cierto endurecimiento general del marco laboral, aunque aún nadie había planteado el famoso «decretazo», del que se habla en otro lado.

También opinaba Pimentel que en la segunda legislatura se había producido un enorme cambio con respecto a la primera: en el diálogo con el PNV, por ejemplo. El pacto del PP con los nacionalistas de la primera legislatura no tiene precedentes; ni la CEDA de Gil-Robles lo consiguió. Aznar sí. Y luego lo malbarató, eso sí con la ayuda inestimable de los propios peneuvistas, que se pusieron intratables.

Y, por supuesto, no podemos desconocer otro hecho: Pimentel, en muy buena sintonía con su antecesor Arenas, un gran equipo en el que destacaba la también dimisionaria secretaria general de Seguridad Social, Amalia Gómez, una figura irrepetible, Pimentel, un gran tipo, como decíamos... no podía soportar a Aznar. Jamás lo ha confesado, pero quienes le conocían bien aseguraban que al titular de Trabajo el presidente le «ponía de los nervios».

Curioso, pero Aznar nunca se vengó de Pimentel, pese al tremendo desplante. Incluso una vez, en un encuentro inevitable, se saludaron, uno de esos saludos entre irónicos y pasotas de Aznar. Pero no hubo represalias, ni tampoco cuando el ex ministro rebelde abandonó el PP para fundar un club de reflexión inicialmente destinado a convertirse en un partido político para competir en Andalucía: Nuevas Propuestas.

Otra característica de Aznar es que se porta bien con quienes se portaron bien con él. A Romay Beccaria, después de dejar el ministerio, le ofrecieron la presidencia de una Comisión Parlamentaria, al igual que a Isabel Tocino, y después la presidencia del Consejo de Estado. Cabanillas ha montado despacho privado, pero todas las lenguas aseguran que rechazó importantes ofertas que le hizo Aznar, al igual que Isabel Tocino, que acabaría dejando el escaño para dedicarse a la empresa privada (y multinacional). Eduardo Serra, además de ser un importante empresario, disfruta como presidente del Patronato del Museo del Prado, y Margarita Mariscal de Gante se fue a una de las vicepresidentas del Congreso.

Como dice uno de los más cualificados «aznarólogos», José María Aznar es un hombre complicado, poco dado a sentimentalismos y a las muestras de amistad, pero no deja «tirado» a nadie. Y menos que a nadie a sus colaboradores políticos.

También subrayan los mentados especialistas en Aznar —especialidad difícil donde las haya— la pluralidad de talantes que han conformado sus gobiernos: los ha habido procedentes de la izquierda, como Pilar del Castillo o Piqué; procedentes de la UCD; procedentes, los más, de las filas de la antigua AP y también gentes inclasificables y reacias a aceptar el carnet de militante, como Pío Cabanillas.

Ha habido gentes claramente agnósticas, divorciados, separados y vueltos a arrejuntar, y ha habido gentes incluidas en el Opus Dei o en la aún naciente organización Legionarios de Cristo, entre cuyos simpatizantes alguna vez se incluyó a Mayor Oreja, a la propia Ana Botella y a José María Michavila, sin que al parecer ninguno de ellos era seguidor de ese movimiento ultracatólico. Pero, en primer lugar, no es propósito de este libro entrar en cuestiones personales o de conciencia, que sólo atañen, o sólo deberían atañer, a los afectados. Y, en segundo término, hay que tener cuidado con estas clasificaciones, porque el propio Michavila telefoneó una vez a uno de los autores y, en medio de una charla sobre otra cosa, le espetó: «Estoy harto de que me cuelguen lo de Legionario de Cristo; el día menos pensado salgo a desmentirlo públicamente, porque ni tengo ni quiero tener nada que ver con ellos».

Claro que también a Montoro le colgaron alguna vez el sambenito del Opus, y luego resultó que se divorció y que de Opus, nada. Y a Aznar, que desmintió en una ocasión a los autores la especie: «A mí, eso del Opus no me gusta», manifestó ante un reducido grupo de periodistas que desayunaban con él. Y es que quienes tratan de encasillar a Aznar no se dan cuenta de que es incasillable: que se lo digan, si no, a todos aquellos ante los que se manifestó antiliberal, o antidemocratacristiano. Aunque luego se declarase liberal y tan democratacristiano que hasta logró que a los «pata negra» del PNV les expulsasen de la internacional correspondiente. Y ahí le tienen ustedes, pelillos a la mar, de cabeza visible de todas las internacionales unidas en una: la Unión Democrática Internacional (IDU), de la que es vicepresidente, y la Unión Democrática Europea (UDE), cuya vicepresidencia ostenta y en las que se ha dado entrada a partidos que no siempre se podrían considerar liberales, y menos aún democristianos.

CAPÍTULO 5

La asignatura que Aznar no supo aprobar

El pacto confidencial Rajoy-Rato

El alto cargo no se anda por las ramas: «Llevamos dos legislaturas luchando contra Polanco, peleando para que lo suyo no sea un monopolio informativo y, al final, le damos la gran baza. Nos ha ganado».

La historia de las dos legislaturas con Aznar en el poder se puede enfocar de muchas maneras. Una de ellas consistiría en poner el foco en ocho años de peleas con quien cree ser, y posiblemente sea, el hombre más poderoso de España: Jesús de Polanco y su Imperio Prisa. Para ello puso en marcha, en septiembre de 1997, Vía Digital, utilizando a TVE —entonces dirigida por Fernando López Amor, que sustituye a una Mónica Ridruejo a la que el plan no entusiasmaba demasiado— y al imperio de Telefónica. También Emilio Azcárraga, «el tigre», el poderoso dueño de Televisa, participa, vía Luis María Anson, en el proyecto mediático. Es cierto que luego, a la muerte de Azcárraga, su hijo se enfría y Televisa acaba quedándose con apenas un 5 por ciento de su participación en la naciente plataforma digital televisiva, que estaba destinada a enfrentarse con Sogecable de Polanco. Otras empresas mediáticas de menor músculo financiero, pero algunas no menos significativas —como el diario *El Mundo*, dirigido por Pedro J. Ramírez— se embarcan a su vez en la aventura, cada cual con un objetivo distinto en mente.

A partir de ahí, todo iban a ser traspiés para la plataforma digital gubernamental levantada con fuerzas tan potentes y encabezada por Pedro Pérez, un personaje que se mueve especialmente en los despachos ministeriales y en la vida social y económica madrileña, muy cercano a Pedro Antonio Martín Marín (que fue secretario de Estado de Comunicación) y al omnipotente, o casi, Florentino Pérez. El presidente del Real Madrid y de la constructora ACS, entre otros cargos, se ha convertido, durante el aznarato, en uno de los hombres más influyentes de España; el palco del Real Madrid se ha utilizado profusamente como plataforma de influencias, favores, intercambios de información más o menos privilegiada y cierre de negocios. Lo que antaño eran las cacerías, vamos...

A Pérez (Florentino) le achacaban, con mayor o menor justeza, que, en tiempos en los que Rafael Arias-Salgado era ministro de Fomento, era quien repartía las obras de Madrid entre las diversas constructoras; una exageración, sin duda, que sirve, no obstante, para mostrar la imagen de poder del presidente del Real Madrid. Este poder se vio algo menoscabado, no obstante, con la llegada de Francisco Álvarez Cascos a Fomento. No es Paco Cascos hombre proclive a demasiadas componendas, dicen en algunas constructoras, donde, quizá de manera eufemística, le tachan de «inflexible». Tan mal cae Cascos a «Floro» que la afición se divierte contemplando cómo el segundo le clava los alfilerazos que puede al ministro: tanto que, cuando el Real Madrid tuvo que viajar a Zaragoza inmediatamente después de la polémica inauguración del AVE, con la aparición de socavones en el recorrido y todo, el presidente del club blanco determinó que los jugadores viajasen a la capital maña... en avión. No es nadie don Florentino.

Y de Pérez (Florentino) se dijo en alguna ocasión, desde un confidencial digital especializado en medios de comunicación, *PR Noticias*, que, pese a haber sufrido algunos revolcones, pasa por estar bastante bien informado en su ámbito, que podría estar interesado en irrumpir en el campo de la información tal vez comprando una cadena de televisión, Antena 3, que para entonces la división mediática de Telefónica, Admira, había puesto ansiosamente a la venta. Puede que Pérez (Pedro) estuviese detrás de todo ello. Ha estado detrás de muchas cosas a lo largo de estos años este hombre, aún joven, dinámico, influyente, simpático y bien relacionado. Muy bien relacionado.

No anticipemos acontecimientos y volvamos a aquella plataforma digital que, en 1998, celebraba por todo lo alto, en la plaza de Colón de Madrid, su primer aniversario. Puede que, además, la plataforma digital afín al Gobierno fuese un buen principio para consolidar algunos contratos con productoras televisivas, que han proliferado como las setas en esta época, en ocasiones no sujetadas por excesivos controles. Pero, en cualquier caso, el objetivo primordial para la puesta en marcha de Vía Digital era aglutinar un hólding que oponer al de Polanco. Ni un periodista de Prisa se dejó ver, que se recuerde, por aquella gran fiesta contemplada desde lo alto por la estatua de Cristóbal Colón. Una fiesta tras la que se adivinaban ya los primeros jirones.

Aznar ha rechazado todos estos años ser entrevistado por *El País* o por la Cadena SER. Ha dado la impresión de ser enemigo personal de Juan Luis Cebrián y de Iñaki Gabilondo; ha soportado invectivas públicas y privadas de Jesús del Gran Poder; se ha alegrado no tan secretamente de la instrucción del juez Javier Gómez de Liaño —que acabó en desastre para el propio juez, condenado por prevaricación y luego indultado por presiones mediáticas— contra Sogecable, la empresa de televisión digital de Polanco. Pero, al final, la batalla de la fusión de las plataformas, Vía Digital y Sogecable, la ganó Polanco. Incluso ganó la batalla para poder tener, además de «su» plataforma y de CNN Plus, la cadena de televisiones locales, Localia, que durante buena parte del aznarato funcionó de manera alegal o ilegal (según la fecha de constitución de cada televisión local), sin que a nadie pareciera importarle lo más mínimo.

Se llevó el gato al agua en medio de una enorme decepción en las filas del Partido Popular, donde tanto se habían agitado las aguas contra el empresario de Prisa. Pero, claro, solamente Álvarez Cascos hizo tronar su voz en el Consejo de Ministros. Porque, pese a la obligación de secreto, hasta se filtró lo que el ex vicepresidente y ex secretario general había dicho en el Consejo: «Estamos autorizando un monopolio privado». Sí, un monopolio privado. Al final, no valieron ni los carraspeos de la comisaria encargada de la competencia en Bruselas, ni los gritos airados de los antipolanquistas profesionales en los medios —que los hay, liderados por gentes que se resienten por la muerte de Antena 3 Radio, como Federico Jiménez Losantos o Manuel Martín Ferrand—, ni el enfado de personas que, como Mercedes de la Merced, tanto habían peleado contra «el polanquismo», pese a que ella, una mujer de talante importante, colabora en la SER.

Y es que, como dijo a los autores un alto cargo de la Moncloa, «la SER y *El País* hicieron lo que pudieron para que no ganásemos el año 2000».

La indignación de los monclovitas y del PP en general hacia la cadena radiofónica de Polanco es grande. Por eso, no les importó demasiado, más bien al contrario, el traspiés de la SER cuando, el sábado 29 de septiembre de 2003, a las 14.30 h, la emisora de Prisa aseguraba estar «en condiciones de afirmar que el sucesor de Aznar es Ángel Acebes». Poco más de veinte minutos después, una nota de la Moncloa anunciaba que el sucesor era Rajoy. ¿Qué había ocurrido? Aseguran que el presidente del Real Madrid, Florentino Pérez, en conversación con un responsable de la SER, filtró el nombre de Acebes, asegurando saberlo de altas, muy altas, fuentes, pero el propio Pérez desmintió a los autores, de manera rotunda y algo molesto, esta versión.

Algún directivo de esa casa insinúa incluso que hubo voluntad desde la Moncloa de despistar a la radio enemiga. Tampoco parece haber tal. El caso es que Aznar tenía decidido desde un mes antes cómo y cuándo comunicaría quién era su sucesor, según dijo a los autores uno de los principales asesores en la Moncloa.

Ni la filtración errada de la SER aceleró esta difusión, ni nadie trató, dicen en Moncloa y en otros lugares, de conducir a la radio de Polanco al error. Ni, menos aún te desmienten con todo calor, se trataba de anular los titulares que podría provocar la cumbre de barones autonómicos socialistas con Zapatero, que ese mismo fin de semana tendría lugar en Santillana del Mar. Una cumbre de la que salió un documento bastante descafeinado sobre el futuro autonómico de España, que era el tema más candente sometido al gran debate político nacional en esos (y en estos) momentos.

El caso es que este último episodio, desafortunado, culminaba la serie de desencuentros que, durante siete años, había sido la tónica entre el poder político y la casa Prisa. Simplemente, no había más contactos informativos que los estrictamente necesarios e inevitables.

De ahí la especial extrañeza ante el «regalo» (si bien tampoco lo era tanto) a Polanco. La fusión se hizo a favor de Polanco, porque la Vía Digital armada por Telefónica y la irregular marcha de Admira, el conglomerado telefónico puesto en pie a comienzos de la primera legislatura del PP para enfrentarse al poder de Polanco y sus medios, eran un agujero sin fondo por donde se marchaban fortunas.

Las treinta y cuatro condiciones que se imponían para la fusión eran cosa fácil para Polanco, que, de todas maneras, recurrió contra cinco de ellas, las que le resultaban más onerosas. Y del pluralismo y las oportunidades para todos en la supercadena televisiva digital de pago nunca más se supo: la casa Prisa se encargaría de los contenidos y de la financiación, aunque bien es cierto que Telefónica controlaría un 24 por ciento del paquete accionarial. Y del fútbol como materia de interés general, que era el sustrato en el que se basaba la legislación impulsada por Álvarez Cascos en la legislatura anterior, se supo aún menos. Algún día, por cierto, aunque no sea éste el lugar, habría que escribir un volumen sobre la influencia, no tan benéfica, del fútbol como negocio y de algunos personajes relacionados con el balompié, sobre la marcha de la cosa pública. Por eso el alto cargo, PP de toda la vida, desde los tiempos de Alianza Popular, lo reconoce palmariamente: «Con Polanco, hemos perdido».

Ni siquiera le pudieron poner cortapisas a la incompatibilidad entre su Canal Plus, su CNN y la red de televisiones locales Localia. En el Ministerio de Ciencia y Tecnología, primero comandado por Anna Birulés, luego por Piqué y finalmente por el muy joven Juan Costa, no fueron capaces de poner en marcha la famosa Ley del Audiovisual, que hubiese puesto un coto relativo a esa ley de la selva que tradicionalmente ha sido el panorama audiovisual español, una selva en la que Jesús de Polanco, el hombre más listo de España según sus hagiógrafos —otras muchas cosas según sus detractores—, se mueve a placer. Como un león entre los inocentes cervatillos que, en el fondo, han sido en este terreno todos los demás, acaso incluso el otro gran «ciudadano Kane», el fallecido Antonio Asensio, maestro de los virajes.

Aseguran a los autores, y es éste un primer dato importante, que fue Mariano Rajoy, mediante un pacto más o menos secreto con Rato, quien dio la puntilla al borrador de lo audiovisual que acariciaba en sus manos Josep Piqué, por entonces aún ministro de la cosa: fuera la ley, que la segunda legislatura concluyese sin ella, que ya se encargaría quien fuese nombrado sucesor de «negociarla» con los poderosos mediáticos del momento y en su momento: con Polanco; con el Grupo Correo —luego Vocento—, al que se había maltratado en ocasiones decisivas; con Jaime Castellanos, el presidente de Recoletos, que tanto había ayudado a los planes de Aznar en algunos momentos, que tanto había fastidiado a la Moncloa en otros y a quien igualmente se había marginado al final, cuando los activos mediáticos de Admira, o sea de Telefónica —sobre todo Antena 3 TV y Onda Cero Radio—, pasaron con armas y bagajes al poderoso Grupo Planeta.

Para entonces, el Grupo Zeta, que tantos quebraderos de cabeza, tantas idas y vueltas, había causado y protagonizado, ya era otra cosa: muerto el fundador, nada era igual, y Zeta apenas contaba entre los grupos de decisión, los «caballeros blancos» de unos medios enfrentados y que, a la hora de cerrar este libro, no han cerrado y consolidado, ni mucho menos, el panorama español.

Es la asignatura pendiente, la gran asignatura pendiente. Finalizado el mandato de Aznar, la batalla la tenía ganada Polanco: ganaron sus tesis sobre el fútbol de pago, ganaron sus plataformas digitales, su televisión de pago, sus televisiones locales, su cadena radiofónica, su periódico —sin duda, una y otro son los más importantes del país—, sus negocios editoriales, todo. Arrasó Polanco como vencedor indudable en la batalla de los ocho años e incluso logró el hundimiento como juez —que no como abogado— de un Javier Gómez de Liaño que se atrevió a ir contra él, en términos bastante dudosos, todo hay que decirlo. Claro que el omnipotente Polanco no pudo evitar que, a mediados de octubre, se le quebrara el flanco que menos esperaba: su matrimonio con Mari Luz Barreiros, una adversa circunstancia que solamente compete a su vida privada, aunque algunos se temen que podría acelerar relevos internos y sucesiones en la casa Prisa, donde todo está atado y bien atado gracias al genio de don Jesús. Él, como casi todos los hombres de gran empuje y hechos a sí mismos, no encuentra idéntico espíritu en su descendencia.

Aznar no fue capaz de cerrar el círculo envenenado de la marcha mediática en España. Un envenenamiento que había comenzado con la puesta en marcha, por parte de los socialistas, de las televisiones privadas, que nunca cumplieron con una legalidad que era, por otro lado, imposible de cumplir. Que había continuado con la cesión arbitraria de postes y licencias radiofónicos, con una privatización a favor del PSOE de buena parte de la cadena de Prensa del Movimiento, con las alianzas «de negocio» con Polanco y, ocasionalmente, Asensio. Pero, mientras que Asensio repartía sus favores entre PP y PSOE, según le conviniese en ese momento, Polanco se alineó decididamente contra el PP emergente.

Era el principal enemigo desde unos medios que el partido que iba a ganar las elecciones de 1996 veía trufados de «terminales felipistas». Eso era, al menos, lo que decían aquellos integrantes del llamado Sindicato del Crimen que, incluso en la era de Aznar, daría no poco que hablar cuando uno de sus miembros, Luis María Anson, reconoció en una entrevista con Santiago Belloch —hermano del biministro socialista y actual alcalde de Zaragoza, Juan Alberto— en la revista *Tiempo*, que existió una conjura periodística para acabar, al margen de la urnas, con Felipe González. Un capítulo siempre oscuro en el que, por cierto, nadie ha buceado a la suficiente profundidad, y que quedará como uno más de esos casos extraños que jalearon la última etapa socialista: los GAL, algunos escándalos económicos, los «pinchazos» del Cesid y tantas otras cosas.

El clima, cuando Aznar llega al poder, en 1996, era tenso. El secretario de Estado de Comunicación, Miguel Ángel Rodríguez, era, como contaban los autores de este libro en su anterior obra *Aznarmanía*, el encargado de poner en marcha una maquinaria contra Polanco. Una maquinaria que incluía desde *El Mundo* de Pedro J. Ramírez —del que se decía que aspiraba a ser el capitán del grupo— hasta a la Telefónica de Villalonga, con Antena 3, la Onda Cero que se compró, no sin presiones sobre la ONCE, el Grupo Recoletos, periódicos como *Las Provincias*, de Valencia (que aún no pertenecía al Grupo Correo), o la Televisa en la que entonces tanto influía Anson. En todos esos medios, el apoyo al PP o a los dirigentes regionales del PP era muy evidente, aunque hoy, después de ocho años y multitud de operaciones empresariales de todo signo, la relación de fuerzas ha cambiado en muchas cosas, desde Antena 3, ya propiedad de Planeta, a Telecinco, donde el peso de Berlusconi se ha reforzado y el del grupo Vocento ha disminuido hasta casi desaparecer.

El único que no ha cambiado ha sido Polanco, excepto por el hecho de que la fusión de las plataformas digitales, que ha sido el gran tema de conversación y de acción a lo largo de dos legislaturas, se ha consumado. Y se ha consumado en beneficio de Polanco y bajo el control de Polanco, que ha colocado al frente de la nave a su sobrino favorito, Javier Díaz Polanco, un hombre inteligente y dialogante, a quien se califica como «la sonrisa amable del régimen» y como el casi innegable gestor del futuro de la macroempresa cuando don Jesús se retire. Nadie sabe cuándo será, aunque haya quien asegure que la cosa, tras su segunda separación matrimonial, no está tan lejana. Claro que otros hablan, para la sucesión global, de su hija Isabel, la socia de Ana Patricia Botín. Ésa es otra carrera por otra sucesión, importante, pero no tanto como la del presidente del Gobierno. Sin embargo, todo apunta a que en el curso de 2004, ese 2004 en el que el futuro Felipe VI se casará con una periodista tan conocida como Letizia Ortiz, habrá muchos cambios de rostros en el panorama mediático.

En este asunto, en el capítulo mediático, que tantos dolores de cabeza provocó y tanta atención requirió durante el aznarato, Aznar no ha ganado. Los monopolios han ganado terreno, la libertad de expresión lo ha cedido y el descontrol legal, que permite a los fuertes hacer su santa voluntad, continúa.

Aznar ha hecho ricos a varios periodistas amigos —lo mismo puede decirse de la etapa socialista, que hizo ricos a algunos, varios de ellos, por cierto, ni siquiera periodistas; no hay sino ver el caso del asturiano Blas Herrero, a quien le «tocó» la lotería de varias concesiones de FM—; desde Moncloa y Génova 13 se ha repartido poder e influencia y se ha colaborado para organizar tertulias radiofónicas y programas televisivos en el sentido que convenía a Moncloa y a Génova 13. Pero no han ordenado el sector, ni lo han hecho más libre.

Hoy, la mayor parte de los periodistas independientes piensa, y dice en voz baja, que la situación no es buena, que la legislación está obsoleta, que los jueces cargan contra el informador de a pie y contra los medios menos potentes y que en la Moncloa sólo se recibe a los amigos o se les recibe con más frecuencia que a los críticos. Pero eso ocurría también, y quizá más sectariamente, en tiempos de Felipe González. Piensan los periodistas independientes que la profesión está profundamente dividida y atemorizada y que en ella manda un empresario principal y algunos grupos que marchan a continuación. Lo demás, un páramo.

La larga marcha de Telefónica

Si bien se mira, el aznarato, desde el punto de vista de la comunicación y de las relaciones con los medios, ha estado presidido por la larga sombra de Telefónica. Y hay varios nombres fundamentales, entre los cuales, por unas u otras razones, destacan los de los periodistas más emblemáticos y activos con que cuenta el panorama español. Por ejemplo, Pedro J. Ramírez. O Luis María Anson.

Fue, como tantas veces se ha narrado, desde la Telefónica controlada por Villalonga desde donde se pretendió montar el primer conglomerado, partiendo de la plataforma digital televisiva Vía Digital, para enfrentarse al hólding de Polanco. Luego vendrían Antena 3, Onda Cero y una constelación de diversas empresas mediáticas entre las que destacaba la productora Endemol, que en España controla las productoras Zeppelín y Gestmusic. Y ésta fue la adquisición, concluida en marzo de 2000, más polémica de Villalonga, aunque sea la menos conocida. Y es que por la productora propiedad de John de Mol y Joop van den Ende se pagaron casi 4.800 millones de euros, lo que, a la luz de acontecimientos posteriores, se podría cifrar en un precio unas cuatro veces superior al que podría considerarse su valor real. En noviembre de 2003, el juez Garzón decidió archivar la querella impuesta por accionistas de Telefónica contra antiguos gestores de Telefónica por la compra de Endemol, al considerar que no existieron «ilícitas ventajas» para los participantes en la operación. Todo habría quedado en un negocio ruinoso más. Como el portal Terra. Como la propia Vía Digital. Negocios ruinosos que, sin embargo, hicieron rico, vía indemnizaciones archimillonarias, a más de uno.

Los análisis posteriores tanto en la Telefónica de Alierta como en el Gobierno y en el propio PP señalan ahora que aquel «frente», que incluía la utilización partidista de los medios públicos, no fue precisamente un acierto. No hay más que ver cómo ha concluido la segunda legislatura: con Polanco engrandecido, las plataformas fusionadas, el imperio mediático de Telefónica, Admira, desmantelado tras una marcha errática y no siempre transparente. Con la cadena televisiva Antena 3 pasando por momentos de angustia, y con la cadena radiofónica Onda Cero en permanente inquietud, pese a los muchos medios empleados en ella. Y con la legalización «de matute» de las televisiones locales, que hasta el final del aznarato funcionaron tranquilamente de manera ilegal o alegal. Otro beneficio para Polanco y su Localia.

Y es que nadie mostró la suficiente capacidad para liderar un grupo alternativo a Prisa. Y al final fue Planeta quien recogió la parte del león de lo que había sido la inmensa, pero errática, división mediática de Telefónica, Admira. Una división de la que el sucesor de Villalonga al frente de la mayor empresa del país, César Alierta, un gestor discreto que había demostrado su capacidad al frente de Tabacalera, luego Altadis, quería deshacerse a toda costa. Algo que lograría, ya en 2003, a base de fusionar su Vía Digital con el Canal Satélite Digital de Prisa y de vender Antena 3 y Onda Cero, las joyas de la corona, al Grupo Planeta, aunque había otros postores, como Vocento y Recoletos, que alegaron haber hecho una mejor oferta que la editorial, cosa que en Telefónica y en el Gobierno niegan: no hubo oferta en firme ni de los vascos de Vocento ni del grupo de Jaime Castellanos, dicen. Claro que también es cierto que en el corazón de la Moncloa se guardaban algunos viejos agravios procedentes tanto de

Recoletos como, especialmente, del Grupo Correo, al que se acusaba de no haber apoyado de manera suficiente al Ejecutivo en momentos clave, como la guerra de Irak sin ir más lejos.

Eso, por no citar el hecho de que Alierta también almacenaba algún rencor hacia el grupo de Castellanos, al que acusaba de haberse aliado con Pedro J. Ramírez, mortal enemigo del presidente de Telefónica desde que, el 8 de enero de 2002, *El Mundo* publicó una información acusando a Alierta de haber favorecido la compra de acciones de un sobrino suyo, que ganó trescientos millones presuntamente utilizando información privilegiada.

La publicación de esta noticia coincidía con un momento de máxima tensión subterránea en el conglomerado mediático que venía, teóricamente, sustentando al Gobierno de Aznar. Porque, ya desde el otoño, en Telefónica cundía la sensación de que existía un pacto entre Ramírez, Juan José Nieto —presidente de Admira— y Jaime Castellanos —presidente de Recoletos— para llegar a una fusión de alguna especie entre Unedisa, editora de *El Mundo*, Admira y Recoletos. Al margen, claro, de Telefónica. Y, desde luego, del Gobierno y del PP, un sector del cual olfateó el peligro, fuese éste real o imaginario, y se aplicó a dinamitar el plan.

Quizá demasiado tarde advierte el presidente de Telefónica que, en la práctica, ha entregado su importante cadena radiofónica a Pedro J., quien se apresuró a colocar a algunos de sus mejores periodistas al frente de informativos y tertulias. Lo que no significa imponer una coherencia en la cadena, donde un día se intenta despedir a la periodista María Antonia Iglesias por ser «prosociata», otro se producen contrataciones multimillonarias, al siguiente se despide al director de Informativos, acusado de ser afín a una de las fracciones en liza en Telefónica...

El citado 8 de enero, *El Mundo* publica la famosa información del sobrino de Alierta, una información que, por otra parte, había sido aireada algunos años antes, cuando el presidente de Telefónica se encontraba al frente de Tabacalera. La Comisión Nacional del Mercado de Valores había archivado el caso, por no encontrar en él delito, aunque algunas cejas se arquearon ante «ciertas conductas en lo estético», según dijo en privado un responsable de la CNMV. No faltó quien dijese que el mismísimo Aznar fue consultado por Ramírez antes de publicar lo de Alierta, y que el presidente se limitó, en su línea, a no hacer mayores comentarios.

Naturalmente, en Telefónica —y en otros sectores— se interpretó la publicación de la noticia como un intento de presión de Pedro J. para lograr el control de Onda Cero e impedir su venta a Antena 3, extremo lógicamente negado desde *El Mundo*. Lejos de amilanarse y convertirse en un segundo Villalonga, en cuya salida de Telefónica tanto tuvieron que ver las informaciones y comentarios de *El Mundo* sobre los manejos financieros del ex amigo de Aznar, Alierta plantó cara a la adversidad: lo primero que hizo fue destituir a Nieto, a «Pipo» Gimeno y a Juan Ruiz de Gauna, consejero-delegado de Vía Digital. Lo segundo, demandar al director de *El Mundo*. Lo tercero, acabar con la presencia de gente del periódico de la calle Pradillo en Onda Cero.

La guerra total estaba servida, y se iba a prolongar en otros escenarios. Por ejemplo, cuando Ramírez fue cesado como contertulio del programa *El Primer Café*, en Antena 3. La solidaridad con Pedro J. de la presentadora del programa, la periodista Isabel San Sebastián, acabó por costarle el cargo también a ella, en medio de no poco escándalo y de una cierta división en Telefónica: el presidente de Admira era, a la sazón, Pedro Antonio Martín Marín, ex número dos del ministerio del portavoz, y el consejero delegado de A3 era (le quedaban pocas semanas en el cargo) Ernesto Sáenz de Buruaga, hombre colocado en este puesto directamente por Aznar: Buruaga intenta inútilmente frenar el despido de San Sebastián y del director de Comunicación de la cadena, Cayetano González.

Fue un momento especialmente incómodo para Buruaga, que había comenzado su fulgurante carrera en el aznarato como director de Informativos de TVE y presentador de los Telediarios de las nueve de la noche, los de mayor audiencia. En este cargo intentó que tanto Pedro J. Ramírez como Jaime Mayor Oreja colaborasen en su muy seguido programa informativo, a lo que el director general del Ente, entonces Fernando López Amor, se negó, temiendo tal vez complicaciones «sucesorias». Pedro J. no perdonó esta decisión a López Amor, y Buruaga, aunque de manera menos frontal, tampoco.

También en el mismísimo PP, que nunca ha permanecido del todo ajeno a los movimientos de profesionales en los medios, se vive una conmoción, por cuanto San Sebastián y, más aún, Cayetano González —ex jefe de Prensa del ex ministro del Interior— pasan por ser afines a Jaime Mayor Oreja, uno de los tres candidatos a la sucesión de Aznar. La alta política se mezclaba con las movidas mediáticas, una vez más.

Claro que la alta política tiene, en ocasiones, mucho que ver con las altas finanzas. O con las grandes empresas. Para nadie es un secreto que, desde mucho antes de que se conociese el nombre del sucesor de Aznar, los movimientos para copar posiciones se multiplicaban, aunque tales movimientos, que han sido una de las principales características de la segunda legislatura del aznarato, no hayan sido demasiado aireados. Y, desde luego, copar la presidencia de Telefónica ha sido un objetivo clave para algunos sectores que se desempeñan en ámbitos del PP.

Por ejemplo, algún prócer de Telefónica, con despacho importante en la Gran Vía, es avisado de la celebración de una cena en un lujoso restaurante de la calle Pinar de Madrid, durante la cual ilustres comensales hablan de la necesidad de ofrecer la presidencia de la emblemática compañía a Alfonso Cortina, presidente de Repsol, aunque en aquellos momentos su puesto se tambalease. Puede que ni el propio Cortina se haya enterado del alcance del intento, pero el caso es que Alierta, alerta, sí fue avisado. Y por las razones que sean, las relaciones del presidente de Telefónica con alguno de sus altos empleados en, por ejemplo, Admira, se enfrían. Como se enfrían con algún miembro destacado y emergente del Gobierno y con un ex alto cargo de Vía Digital, persona de la que dicen se mueve por mentideros y círculos de influencia madrileños como pez en el agua.

Porque, claro, quien lea atentamente los periódicos, determinadas columnas de determinados periódicos, podrá descubrir los intentos de exaltar a unos miembros del Gobierno sobre otros, en busca de posiciones más preeminentes e influyentes para los primeros. Por ejemplo, sabiéndose que, fuese o no Rato el sucesor, la Vicepresidencia Económica, desde la que tantas cosas se pueden hacer por tanta gente, quedaría inevitablemente vacante, a la espera de que alguien —¿Zaplana?— la ocupase.

Es el caso que, habiéndose conocido en círculos reservados algunos de estos asuntos, Cortina se apresuró a hacer llegar a quien correspondiese el mensaje de que él no estaba en complot alguno para hacerse con la presidencia de Telefónica alguna. Y que él, desde luego, era por completo ajeno a los intentos de vender Admira a la Radio Televisión Luxemburgo, al grupo Bouyguess o a cualquier otro. Intentos, claro, que existir, vaya si existieron. Como existieron, y existen, muchos intentos por llegar hasta la presidencia de Telefónica: no falta quien vea en la salida de la compañía del consejero-delegado, Fernando Abril, la penúltima carambola de uno de esos intentos.

Ha habido, en fin, muchos tiras y aflojas, muchas maniobras orquestales en la oscuridad. Y varios miembros del Gobierno pretendiendo influir en la enorme tarta de la comunicación: Rato, Zaplana, Arenas... Todos saben que quien controle o influya sobre ese sector tendrá mucho ganado en el reparto del poder que se avecina. De ahí los vaivenes experimentados por Telefónica y su división mediática, un tigre que han cabalgado gentes de muy diverso talante y procedencia. No resulta extraño que una de las obsesiones de Alierta fuese desmantelar el hólding ovillado por su predecesor, Villalonga: en más de una ocasión se le ha oído decir que de Admira procedía el 60 por ciento de sus problemas.

Y una parte de esos problemas fue, desde luego, el complejo proceso de la fusión de las plataformas digitales, al que nos referíamos al comienzo de este capítulo. El pacto fue laboriosamente urdido por Luis Abril, como presidente de Admira, y por Javier Díaz Polanco, como consejero delegado de Sogecable. Actuando muchas veces contra los deseos de gentes influyentes tanto en la propia Telefónica como en la casa Prisa, hasta el punto de que en enero de 2003 la fusión, que ya se daba por hecha, una vez que Alierta convenció personalmente a Aznar de la necesidad de dar ese paso, quedó temporalmente rota por problemas suscitados «artificialmente», dijeron entonces los negociadores. Y eso que existía un preacuerdo, que se había estado negociando desde marzo de 2002 y que se firmó, en el curso de una compleja cena en Zalacaín, diez meses antes.

Finalmente, la fusión se completaría ya casi en la recta final de la segunda legislatura de Aznar, porque desde Telefónica hicieron llegar a la Moncloa un mensaje inequívoco: no podemos seguir perdiendo dinero. O se firma ahora, y nos quedamos con una parte de la plataforma unificada, o perderemos por completo Vía Digital.

Claro que no falta quien diga, en el otro extremo, que si desde un sector del Gobierno, y en este punto se cita a Rato, se facilitó la fusión a favor de Polanco fue con la esperanza de que desde el conglomerado mediático del editor cántabro se apoyase una determinada opción en la sucesión de Aznar. Y que Polanco guardaba la baza de los «negocios de Alierta» y su sobrino por si el presidente de Telefónica se ponía especialmente difícil ante el proceso de fusión digital. De momento, lo cierto es que, al menos, se salvaron los muebles: Rodolfo Martín Villa, de la ejecutiva del PP, presidiría la plataforma digital única. Lo que no era mucho, pero era algo.

De Birul punto es a de Costa a costa

El 18 de octubre de 2003, a las 7.38 h de la mañana, hora española, el astronauta Pedro Duque era lanzado al espacio desde la estación rusa de Baikonur, en plena estepa de Kazajstán. El ministro de Ciencia y Tecnología, Juan Costa, un hombre que sonríe poco, pero con fama de trabajador, asistía al hito. Una cierta polémica presidía el lanzamiento, porque muchos becarios del Consejo Superior de Investigaciones Científicas se quejaban de que, mientras se «dilapidaba» el dinero en un acontecimiento publicitario, a ellos les faltaba todo.

Para justificar el paso dado en Baikonur, Costa dice a los periodistas españoles allí congregados, la mayor parte especializados en Ciencia y Tecnología, que entre las investigaciones de Duque se incluye alguna que supone un avance en la exploración oncológica. Los periodistas no le creen, y se crea un clima algo tenso, especialmente porque la noche anterior en el hotel de la estación de lanzamiento, el ministro ha increpado educadamente a un informador que ha escrito una columna dudando del valor científico de la hazaña de Duque. Costa, entre cuyas virtudes no se encuentra la de ser un gran comunicador, no parece capaz de explicar que el principal valor del esfuerzo que suponía enviar a un español al espacio radicaba, precisamente, en la imagen: España como una potencia capaz de «fabricar» astronautas.

Era el último jalón del Ministerio de Ciencia y Tecnología. La mayor innovación en el organigrama del gabinete introducida por Aznar. Un ministerio básicamente relacionado con la comunicación, pero que nadie entendió así. No, al menos, los sucesivos responsables del Departamento.

El mandato Aznar nació con muchas ambiciones. Justo es decir que la mayor parte de ellas o se han cumplido o están en vías de realización, pero no en el campo mediático. Ni tampoco en el campo tecnológico, especialmente en el sector de las Comunicaciones.

El PP llegó con la idea de que un Ministerio de Ciencia y Tecnología, fuertemente apoyado por el mismísimo Aznar, serviría para encauzar todo ese mundo emergente de la telefonía móvil de última generación, Internet, la burbuja tecnológica. Pero lo cierto es que la legislatura se cerró en 2004 con un enorme déficit y un gran descontrol en ese terreno. Cierto también es que las culpas no son todas ni del Gobierno en general, ni de los ministros que han ocupado la cartera en particular. Cierto es igualmente que a la persona que ocupó en primer lugar el Departamento, Anna Birulés (humorísticamente llamada «Birul punto es»), le faltaban algunas condiciones de talante para ocupar un ministerio, por mucha que fuese su cualificación técnica. Pero la época era la que era, y el mundo entero pasó de la fascinación por las nuevas tecnologías, de la valoración superlativa de la llamada nueva economía, a la decepción y a la crisis: se compraron burbujas de jabón a precios desorbitados.

Ya en mayo de 2000, con el ministerio comenzando en la práctica su andadura, llega la crisis de los móviles UMTS, como consecuencia de las subastas en Gran Bretaña, que disparan los precios de las licencias. Un fenómeno repetido en Alemania.

En España, pese a lo mucho que se atacó a Aznar y al ministro de Fomento, Rafael Arias-Salgado, por este tema —se les acusó de regalar licencias a sus amigos—, lo cierto es que al evitarse las subastas se evitó también la crisis que azotó a otros países europeos. La creación del Ministerio de Ciencia y Tecnología pasa por ser una idea de Piqué, un «niño mimado» de Aznar, según frase que se atribuye a Rodrigo Rato, quien algunas veces no se llevaba bien con el catalán. Y el nombramiento de Birulés, que no daría el juego que se pensó, entre otras cosas porque se rodeó de algunos colaboradores inadecuados —del secretario de Estado, Ramón Marimón, se decía que era un buen científico y un desastroso político—, también era cosa de la «cuota catalana», es decir, cosa de Piqué.

Birulés llegó de Retevisión, donde había desempeñado un buen papel, heredando el aluvión de varios ministerios: Industria, Fomento, Ciencia, Educación, Medio Ambiente, Agricultura... Le tocaría lidiar con la fusión de al menos tres áreas ministeriales, con un sector en crisis, con la caída de la economía en general y con las comunidades científica y mediática, no pequeña cosa, en franca rebelión. Eso para no citar a los sectores industriales que, como el automóvil y la energía, siempre añoraron el regreso a los viejos, buenos tiempos, cuando Industria y su ministro eran los interlocutores.

Los «lobbystas de toda la vida», en frase de un alto cargo del ministerio, se movilizaron a fondo para lograr el regreso de un ministro de Industria. Sin duda, lo lograrán en los tiempos que vienen. De momento, lo cierto es que con Piqué se sentaron algunas bases: se reanudó el contacto con la industria, con las pymes, se restableció la confianza de los medios, alarmados ante el «caos Birulés», se crean las bases para un mejor funcionamiento del CSIC, se logró que Telefónica dejase espacio a empresas alternativas, se aprobó la Ley General de Telecomunicaciones... Bastantes tareas realizadas, sin duda. Pero el clima seguía siendo el mismo que en los tiempos de la anterior ministra: reinaba una sensación de desorden, de desconcierto. Y los más que rumoreados enfrentamientos en el seno del Gobierno a la hora de decidir si se aprobaba o no la Ley del Audiovisual no contribuían, desde luego, a mejorar el panorama. Misión imposible, pues. Birulés ni siquiera se dotó de un buen aparato de prensa para «vender» sus realizaciones.

La ley con la que pretendió controlar Internet, la famosa LSSI, Ley de Servicios de la Sociedad de la Información, tan apreciada por alguna organización de consumidores más bien sumisa, fue considerada insuficiente y hasta inadecuada por las asociaciones de internautas; y el Plan Info XXI, que pretendía incorporar a todos los españoles a las nuevas tecnologías y que fue bautizado por el propio Aznar en lugar tan significativo como Vitoria, jamás llegó siquiera a entrar en pleno funcionamiento, siendo sustituido por el España.es en los últimos tiempos de Piqué, cuando ya el ministro estaba a punto de abandonar el Gobierno para convertirse en el candidato del PP a la Generalitat catalana.

Ése fue el ministerio que heredó Juan Costa, el eterno secretario de Estado, el hombre de Rodrigo Rato, el ministro más joven del Gobierno, la persona a la que tanto cuesta sonreír, acaso convencido de la importancia del cargo que en ese momento le corresponde ocupar y abrumado por sus responsabilidades. Claro que, en virtud del acuerdo Rato-Rajoy, Costa no llegaba para solucionar las cosas pendientes, sino para llenar un vacío de apenas unos meses. Será el sucesor gallego, cuando le toque, quien aborde de una vez la regulación del panorama audiovisual, el de la telefonía móvil de nueva generación; será él quien afronte, con Costa o con otro, esa nueva revolución tecnológica que inevitablemente nos llega, y nos llega ya. Ahí está el reto de las radios y las televisiones digitales, el de la telefonía UMTS, el reto de dotar efectivamente de Internet a colegios, centros públicos y, si posible fuere, hasta a los hoteles.

Y, claro, ahí está el reto de enfrentarse a los poderosos grupos mediáticos para evitar que perdure el caos televisivo y radiofónico. El lamento de los funcionarios del ministerio ha sido, en cualquier caso, siempre el mismo: la empresa privada, que mantiene el I+D más bajo de Europa, no quiere involucrarse en la revolución tecnológica que viene. Quizá esté escaldada por el pinchazo de la «burbuja» que, en cuatro años, pasó de ser un humo tremendamente rentable a un valor con gran futuro del que nadie quería hablar en el presente. Y este ministerio, y los medios de comunicación, y las industrias anejas, han pagado por ello también en España. Lo que ocurre es que el futuro tiene como característica que acaba siendo presente: llega y arrasa con todo lo viejo.

Ciencia y Tecnología, se reconvierta o no en otro ministerio, será el gran reto del sucesor de Aznar en la Moncloa. Ciencia y Tecnología y, también, la aparición de un nuevo periodismo que, ya al final de la legislatura, estaba generando no poca polémica. El periodismo en Internet, con la irrupción de confidenciales, con su inmediatez, con la irreverencia que le otorga una escasa dependencia de vínculos empresariales y su mínima infraestructura, ha sido un gran incomprendido por el poder político —no sólo el del PP—, temeroso de una novedad que no ha acabado de entender.

Todo un reto para la legislatura que se inicia en la primavera de 2004.

Unos orígenes más que dudosos

La comunicación, la prensa, los medios: todos los gobiernos que en el mundo han sido han tratado siempre de apropiarse de ellos. Ocurrió con el PSOE, la televisión privada, la pública, la cadena del Movimiento y todo lo que ya hemos mencionado. Y ocurrió con la llegada del PP al poder. El Estatuto de RTVE siguió siendo el mismo, la elección de los directores generales del Ente siguió las pautas tradicionales —por allí pasaron figuras tan dispares como Mónica Ridruejo, Fernando López Amor, Pío Cabanillas, Javier González Ferrari y José Antonio Sánchez, los dos últimos eran periodistas— y Aznar, como algunos de sus antecesores en el cargo, incumplió su promesa de que el director general de RTVE sería alguien ajeno al partido gobernante.

No lo fue oficialmente, al menos, en tiempos de Fernando López Amor, diputado del Grupo Popular. Oficiosamente, la promesa tampoco se podía considerar cumplida en el resto de los casos. Aunque, al menos, hay que reconocer que los dos últimos,

González Ferrari, hijo de un amigo del padre del presidente y él mismo muy cercano a Rodrigo Rato y luego a Aznar, y José Antonio Sánchez, eran buenos profesionales de la información.

Por cierto que el nombre de Sánchez, ligado profesionalmente a Luis María Anson, uno de los «grandes» influyentes de la última legislatura desde una posición de no protagonismo, surgió de una de las famosas reuniones del «grupo de los cuatro» (Rajoy, Rato, Arenas, Mayor), y no directamente del inquilino de la Moncloa, al contrario de lo que se dijo.

Pero, en fin, el PP siguió la misma pauta de nombramiento «digital» de los responsables del Ente y de la Agencia Efe ya seguida por sus antecesores, los socialistas. Y, aunque Rodríguez Zapatero prometió en abril de 2003 que, cuando él llegase al poder, cambiarían las normas de nombramiento de los responsables de los medios de comunicación públicos, lo cierto es que, en cuanto el socialista Simancas creyó que había alcanzado la Presidencia de la Comunidad de Madrid (craso error, como se vio), se apresuró a apuntar en su particular «cuaderno azul» a al menos dos candidatos in pectore, que le eran muy cercanos, para dirigir Telemadrid, una televisión que, pese a hallarse bajo la influencia del PP (o, más concretamente, de Ruiz Gallardón), se distinguía, rara avis, por ser una «pública» que recibía elogios por la imparcialidad de su información.

Luego, claro, la cosa fue por otros derroteros distintos a los que habían soñado Simancas y sus colaboradores. Aunque, por supuesto, también la presidenta madrileña surgida del «segundo round» de las elecciones, Esperanza Aguirre, colocó a *su* propio candidato, sin pasar por mayores controles o asambleas. Similares situaciones de dirigismo político que la pretendida por Rafael Simancas y consumada por Aguirre se vivieron, y se viven, en las televisiones y radios autonómicas, sea del signo que fuere el Gobierno regional que las nutre.

Los modos perversos vigentes entre los partidos, a la hora de tratar de copar mediáticamente los medios públicos, continuaron. Por ejemplo, existen testimionios sobrados de los intentos del secretario de Organización del PSOE, José Blanco, por «meter» a una periodista afín en las tertulias de RNE, algo que finalmente no lograría, a cambio de ciertos apoyos a la política del Ente. En cualquier caso, el acoso a los directores generales sucesivos —Ridruejo, López Amor, Cabanillas, Ferrari, Sánchez— en las temibles Sesiones de Control parlamentario de RTVE se mantuvieron idénticos que en la era anterior, aunque ahora los que atacaban eran unos y los que se defendían otros. Y hay que ver las cosas que dijeron algunos próceres socialistas de todos, todos, los tertulianos de RNE, sin establecer excepciones ni distingos, cosa de la que una diputada del PSOE acabaría disculpándose privadamente ante uno de los autores.

Sin duda, quien suceda a Aznar, sea popular o socialista, tendrá que agarrar de una vez la patata caliente de la modificación del sistema de elección del responsable del Ente, que sigue acumulando pérdidas económicas y peleas políticas: los socialistas y los nacionalistas, especialmente los vascos, así como IU, han tendido siempre a considerar a la radio y la televisión públicas como fuente de todos los males en estas legislaturas, de la misma manera que el PP hacía lo propio cuando era el PSOE quien mandaba.

Ambos tenían razón, pero solamente una parte de razón. Porque algunas diatribas lanzadas por diputados socialistas o peneuvistas en la Comisión de Control de RTVE contra cualquier colaborador del Ente resultaban profundamente injustas y excesivas. Parecía como si todos esos colaboradores estuviesen en la misma sintonía que algún muy enardecido tertuliano, enemigo a muerte de cuanto significase socialismo o pensamiento nacionalista, y propagandista de cualquier tesis «pepera»; sin duda, esa falta de profundidad y minuciosidad en el análisis de la marcha de los medios juega en contra de la sintonía del PSOE con muchos profesionales de la información.

En cuanto al PNV, resulta evidente que, con Arzalluz sacudiendo continuamente leña contra la mayor parte de los «periodistas de Madrid» y con su jefe de prensa ensayando perfidias contra esos informadores madrileños, cualquier aproximación era imposible. Máxime cuando, por ejemplo, el lehendakari Ibarretxe se niega sistemáticamente a recibir a periodistas «de Madrid» o a participar en los programas matinales de las televisiones nacionales.

Pero en cualquier caso, qué duda cabe que la influencia de los medios públicos y de sus comentaristas fue grande durante las dos legislaturas del PP. En nuestro anterior libro *Aznarmanía*, los autores ya relatamos con algún detalle los primeros pasos del Gobierno del PP en materia de regulación —vamos a llamarlo así, aunque en el fondo haya resultado todo lo contrario— del panorama mediático.

Miguel Ángel Rodríguez, el siempre eficaz colaborador de Aznar, incluso cuando se apartó de la vida política y de sus pompas, y dedicado a otros asuntos mucho más agradables y rentables, llegó con la misión muy clara, como ya hemos dicho, de aglutinar un frente informativo contra la Prisa de Polanco. De la misma manera que los socialistas, una vez iniciado su mandato, se convencieron de que era imprescindible fortalecerse informativamente, y dieron luz verde a una regulación imposible, sectaria y arbitraria de las televisiones privadas. Baste decir que en una de ellas el control llegó a estar en manos de Javier de la Rosa, de la ONCE de Miguel Durán y de Silvio Berlusconi, a partes más o menos iguales. Y que fue precisamente en esa televisión, que no obstante fue un modelo de libertad informativa, donde hizo sus pinitos como comentarista política la esposa del entonces jefe de la oposición, José María Aznar, según se narra en otra parte de este libro.

No merece, pues, la pena, dado que los propios autores nos detenemos exhaustivamente en la cuestión en otra obra, detallar todo lo que fueron aquellos primeros pasos, las alianzas iniciales (el Pacto de Nochebuena) entre los dos principales editores privados, Polanco y Asensio, las posteriores alianzas y rupturas, los retrocesos del presidente de Zeta, la mediación en los intentos de llegar a la fusión digital de alguien como Jesús Gil (al grito de «Aquí hay mucho dinero a ganar para todos»), los plantes y desplantes y los alineamientos, a veces algo vergonzosos, de destacados profesionales de la comunicación con sus empresarios en busca del botín.

Ni tampoco es éste el lugar para volver sobre la sustitución de Miguel Ángel Rodríguez por otras figuras en la portavocía, como Piqué, Pedro Antonio Martín Marín, Pío Cabanillas, el propio Rajoy o Zaplana, o el relevo de MAR por un peso pesado como Álvarez Cascos a la hora de abordar la «crisis del fútbol» que estaba en el fondo de la guerra digital. Muchos de estos aspectos se tratan en otras páginas de este libro. Pero bástenos saber que aquellos polvos han dado lugar a estos lodos. Los orígenes fueron oscuros y la luz aún no se ha hecho.

Cierto que el panorama mediático se descrispó algo en tiempos de Aznar. Pero no se aclaró por completo. Cierto que no hubo ni sindicatos del crimen ni desaprensivos que, como Mario Conde, trataban de controlar este panorama. Pero no menos cierto es que algunos radiopredicadores, algunos columnistas, tertulianos, jefes de informativos y directores, siguieron gozando de un trato particular muy favorable en la Moncloa y en la sede de Génova.

Cierto es que, desde Villalonga hasta los responsables de Admira, algunos empresarios recibieron condiciones especialmente buenas para aglutinar ese siempre soñado «frente antipolanquista». Hubo algunas injerencias «desde arriba» incluso en transacciones en teoría puramente privadas, como la venta de Admira al Grupo Planeta, un traspaso para el que existían otros aspirantes, aunque quizá no tan sólidos. Y cierto también que, no solamente en los medios públicos, sino también en algunos privados sometidos al «área de influencia», se produjeron nombramientos y ceses dictados desde el poder político. Desde la Moncloa y desde Génova. Incluso ocurrió con el director de algún periódico importante y de larga trayectoria.

Todo ello también hay que apuntarlo en el debe de Aznar, cuyo paso por este terreno ha sido, sin duda, desfavorable, como lo fue el de los socialistas. Y eso que los principales cambios de rostros en el panorama mediático aún están por llegar; porque, desde el activo director de *El Mundo*, Pedro J. Ramírez, hasta el poco protagonista y discreto Jesús Ceberio, de *El País*, pasando por Juan Luis Cebrián desde la retaguardia, los periodistas más influyentes siguen en candelero. O Antonio Franco, en *El Periódico*. O Anson, en su buque de *La Razón*, principal aportación periodística de la era Aznar bajo la dirección de José Antonio Vera. O los conductores de los programas radiofónicos.

Pero ya se atisban algunos signos del cambio, que se iniciaron en *La Vanguardia* con la llegada a la dirección de Josep Antich. Y, como decimos, esos cambios, que pregonan una nueva era de la información, llegarán en tromba. Y muy pronto además. Pero no se han producido en la era Aznar, aunque nadie podría afirmar que haya sido ésta una etapa en la que los poderes políticos no hayan intervenido, o tratado de intervenir, en la marcha del panorama mediático.

Y es que, como reconocen quienes le han tratado bastante en este terreno, Aznar no es capaz de tratar a los periodistas, a cualquier periodista, siquiera al hijo del fallecido fiscal Herrero Tejedor, su buen amigo Luis Herrero, como al resto de la gente. Se envara más, se protege más.

Los autores han compartido algún almuerzo —no muchos; los incondicionales eran invitados con mayor frecuencia, lógicamente— de los que ocasionalmente ofrece a los periodistas en la Moncloa. Y aquello dista de ser un acto distendido, entre otras razones porque Aznar rechaza derrochar simpatía y buen humor, al menos con los informadores.

Es cierto que hay periodistas a los que escucha, especialmente acerca de la situación en el País Vasco: José Antonio Zarzalejos, o Germán Yanke, por ejemplo. Pero, en general, resulta patente su escaso aprecio por los informadores: en los almuerzos, incluso pide su propio postre, un helado de café, distinto del postre general. Aunque eso no lo hace solamente cuando almuerza con periodistas... Pero, claro, un presidente del Gobierno ha de tratar con periodistas y con los medios. Y más cuando se pretende montar un grupo mediático desde el poder. Primero con Pedro J., ayudado por la Telefónica de Villalonga; luego con Pedro Antonio Martín y Buruaga, finalmente con Planeta en Antena 3 y Onda Cero.

Al principio, en razón de su cargo de portavoz, fue Miguel Ángel Rodríguez quien trabajó a fondo por la creación de grupos o medios de comunicación afines al gobierno. Y cuando MAR se fue, ahíto de recibir golpes, anunciándolo, cosa excepcional, en un Consejo de Ministros (la noticia la dio él mismo, como portavoz, en la rueda de prensa posterior al Consejo, y Aznar se la dio a los ministros al finalizar la reunión del Consejo, con Miguel

Ángel sentado a la mesa), Aznar se refugió en un informador de la COPE querido por casi todos, alejado de todo protagonismo, llamado Alfonso Nasarre, hermano de Eugenio, su asesor desde la FAES. Nasarre estuvo en Moncloa desde que Aznar fue elegido presidente, pero su papel se potenció al dejar Miguel Ángel su puesto. Su responsabilidad inicial era ser jefe de Prensa del presidente, pero poco a poco se fue ampliando su campo de acción hasta ser director general de Comunicación Nacional en el Ministerio del portavoz.

Alfonso Nasarre ha sido el hilo de Aznar con muchos periodistas de a pie, el encargado de difundir tantas nuevas, de concertar tantos encuentros. Sin Nasarre, las relaciones con los miembros de la profesión hubiesen sido peores, de la misma manera que sin algunos de sus fontaneros, sin algunos de sus portavoces gubernamentales y quizá sin el propio Cascos, las relaciones con los empresarios de los medios también habrían resultado, acaso, más complicadas. O más sencillas, quién sabe.

Pedro J. y otros amigos

«Mirad la lista de invitados a la boda de Anita; allí están», responde un «aznarólogo» cuando se le pregunta por los amigos periodistas de Aznar. En esa boda estuvieron Javier González Ferrari, entonces director general de RTVE; Beatriz Pérez Aranda con su marido el también periodista Luis Mariñas; Luis Herrero; Curri Valenzuela; Pedro J. Ramírez, director de *El Mundo*, y Ernesto Sáenz de Buruaga. También Luis María Anson y José Antonio Zarzalejos, si bien el «aznarólogo» explica que acudieron por ser directores de los periódicos *La Razón* y *ABC*. No fue invitado, por cierto, el director del otro gran periódico madrileño, *El País*. Ni ningún otro directivo de este medio.

No hay que desdeñar un dato: algunos de los periodistas amigos son hijos de otros periodistas que fueron, a su vez, compañeros y amigos del periodista radiofónico que fuera el padre del presidente, Manuel Aznar. Sin embargo, no siempre han sido iguales las relaciones con los distintos periodistas. Que se lo digan, si no, a Federico Jiménez Losantos, antisocialista siempre, aznarista furibundo durante unas épocas y ácido crítico en otras, cosa que desconcierta a los allegados de Aznar y a dirigentes del PP.

Aznar ha mantenido unas relaciones muy estrechas con Pedro J. Ramírez, tan estrechas que son muchos los que, en el PP y en la oposición, piensan que Aznar y Ramírez se han ayudado mutuamente antes y durante el ejercicio del Gobierno por parte del primero. En el PSOE continúan creyendo que Pedro J. fue correa de transmisión de Aznar, Álvarez Cascos y Federico Trillo cuando, desde la oposición, utilizaron las fechorías del GAL para tratar de derribar el Gobierno de Felipe González. Y creen, además, que hubo mucho montaje en esas acusaciones. Los jueces han dicho lo contrario y han hallado culpables a varios dirigentes del PSOE por sus implicaciones en diversos delitos. Pero, al margen de todo ello, no cabe duda de que, efectivamente, ha habido una relación muy estrecha entre Aznar y Ramírez.

Tan estrecha que —como ya hemos contado—, cuando Ramírez pasó los momentos más duros de su vida personal y profesional a raíz del escabroso asunto del vídeo de contenido sexual que fue distribuido a través de unos delincuentes por los centros de poder e influencia, y su imagen pública estaba seriamente dañada, el matrimonio Aznar le invitó a cenar en Moncloa junto a su mujer Agatha Ruiz de la Prada y el matrimonio Villalonga, para expresarle de esa forma su apoyo cuando otros le daban la espalda.

Ramírez, sin embargo, es mucho periodista como para poder encasillarlo en un sector político: profesionalmente, ha marcado distancias con el Gobierno de Aznar en varias ocasiones. Sobre todo, cuando Aznar, en contra de una abrumadora mayoría de la opinión pública, decidió apoyar a Bush en la guerra contra Irak: *El Mundo* fue uno de los principales abanderados de la causa antibelicista. Una guerra en la que perdió a uno de sus enviados especiales, Julio Anguita Parrado, que murió durante el ataque iraquí a una columna militar estadounidense desde la que Julio realizaba su trabajo. Aznar no sólo expresó sus condolencias a Pedro J. sino también al padre del periodista, el ex coordinador general de Izquierda Unida, Julio Anguita, con quien Aznar mantuvo siempre una estrecha relación personal, fomentada entre otros por Pedro J. Ramírez cuando Aznar aún estaba en la oposición.

Y un punto y aparte relacionado con esa muerte. Julio Anguita recibió la noticia cuando participaba en un acto con nostálgicos de la República, en Córdoba. Con voz serena, pero de profunda emoción, contó a los asistentes lo que ocurría y a continuación pronunció unas palabras que fueron titular en todos los medios de comunicación: «Ahora más que nunca hay que luchar por la Tercera República». Anguita recibía al día siguiente una llamada del Rey en la que le expresaba su pesar por la muerte de su hijo y le enviaba un fuerte abrazo, además de palabras de ánimo. Anguita, genio y figura, le dijo al Rey que seguía sintiéndose republicano, pero que jamás olvidaría esa llamada de apoyo.

A pesar de lo que se cree, Aznar no mantiene una relación constante con Pedro J. «Con estos bueyes hay que arar», le comentó a un colaborador que le preguntaba por el alcance de sus relaciones con el director de *El Mundo*. Dejó de jugar al pádel con él cuando accedió a la Presidencia del Gobierno, al igual que hizo con otros periodistas. Sí lo hizo regularmente con Luis Herrero mientras veranearon los Aznar en Castellón y, cuando Aznar empezó a aficionarse al golf, compartió juego con Raúl del Pozo, un periodista al que admira, dicen, por cómo escribe, aunque dista mucho de compartir todos sus criterios.

A pesar de que Aznar tuvo un trato muy cercano con un grupo muy concreto de periodistas hay que decir en su favor que abrió las puertas de la Moncloa a otros ajenos a ese grupo y que incluso fueron muy críticos con su trayectoria.

Es cierto que las invitaciones para desayunar y almorzar en la sede de Presidencia fueron más numerosas para los más afines, pero muchos de los que mantuvieron una posición continuada contraria a las decisiones del presidente y de su gobierno, no fueron arrojados a los leones sino que por el contrario también tuvieron oportunidad de cambiar impresiones con el presidente sobre sus iniciativas. O, más que cambiar impresiones, escuchar al presidente, porque Aznar no ha sido muy dado, durante sus ocho años de gobierno, a pedir opinión a quienes ejercen el oficio de periodista. Ni siquiera para contrastar datos o intentar comprender por qué no compartían su criterio. Y eso que Aznar era hijo de periodista y podría demostrar al menos algún tipo de simpatía especial hacia esa profesión. Pero no lo hizo. Aunque, hay que insistir en ello, no hizo sangre con los críticos a pesar de que estaba en su mano dar instrucciones para que fueran apartados de los foros donde se consigue información. Empezando por el propio, por la Moncloa.

Cuenta un comentarista político que, durante un desayuno en la Moncloa, junto con otros cuatro columnistas, que tuvo lugar en septiembre de 2002, inmediatamente después de la boda de Ana Aznar, los periodistas charlaron con Aznar acerca de todos los temas sobre el tablero. Excepto de uno: nadie preguntó a Aznar por las repercusiones de la tan comentada boda de su hija. Y es que el presidente no invitaba precisamente a tales confidencias.

Los portavoces y estrategas de Aznar

La política de comunicación de Aznar ha ido variando a lo largo del tiempo. Miguel Ángel Rodríguez era un estratega, un duro inteligente, al que utilizó en los tiempos de batalla, cuando, junto con Villalonga desde Telefónica y Pedro J. desde *El Mundo*, se trataba de montar un conglomerado mediático encargado de enfrentarse al hólding de Prisa.

Luego, Álvarez Cascos relevaría en parte a MAR a la hora de tratar de diseñar la estrategia empresarial de unos medios cambiantes, que en pocos casos se mostraban incondicionales. Piqué debía su paso por el Ministerio del portavoz, simultáneo al de Industria, a su no militancia en el PP, militancia que más tarde, sin embargo, se le pediría y él ofrecería gustoso. El secretario de estado de Comunicación, Pedro Antonio Martín Marín, que acompañaría durante un trecho de su aventura a Piqué, fue un nombramiento de Aznar, que previamente quiso contar con él para la Dirección General de RTVE, aunque Martín Marín le convenció de la necesidad de acabar una serie de proyectos que llevaba personalmente desde la Secretaría de Estado para el Deporte.

PAMM, como se le conoce coloquialmente, es otra de las debilidades de Aznar. Pío Cabanillas posiblemente deba su nombramiento como ministro no a los recuerdos suscitados por su inolvidable padre, de mismo nombre y apellido, pese a la evidente atracción que Aznar siente por los apellidos «que suenan», sino también al mismo factor que el primer Piqué: su no militancia en el PP. Además, Cabanillas venía de territorio enemigo, de los empleados de Polanco. Cabanillas se empeñó siempre en mantener su independencia, nombró a su lado a gentes alejadas de la militancia; mantuvo, como decíamos, frecuentes encontronazos con los dos vicepresidentes y con el entonces secretario general del partido, Javier Arenas, así como con el director general de RTVE, Javier González Ferrari, un hombre de confianza de Aznar; y tampoco era buena su relación con Ana Botella. Y, pese a todo ello, su cese le pilló por sorpresa.

Luego llegó Rajoy. Un peso pesado para hacer frente a momentos de crisis como los propiciados por el *Prestige* y por la guerra de Irak. Rajoy, a quien muchos daban ya como el más probable sucesor de Aznar, mostró temple y calma, esa calma que tanto gustaba al presidente. Rajoy, combinando la Portavocía con el Ministerio de la Presidencia, pasó como sin tocarlo ni romperlo por los temas más complicados. Apoyándose en su «segundo», Alfredo Timmermans, un fontanero de la primera hora, muy próximo a Aznar, empeñado en romper barreras con los periodistas más lejanos, el gallego Rajoy pasó por entre las crisis derivadas de la ley de la selva audiovisual, los cambios de posición y de alianzas empresariales, el aplazamiento de la aprobación de la Ley del Audiovisual y, naturalmente, la contestación popular a la impopular participación española en la guerra contra Irak y al seguidismo de Aznar respecto de Bush.

Y es que Rajoy, que en esos días cimentó sin duda su condición de sucesor de Aznar, puede que no provoque demasiados entusiasmos, pero tiene una condición de oro para un hombre de la comunicación: no genera enemigos. Lo mismo, más o menos, que Eduardo Zaplana. Sólo que Zaplana, que llegaba del Ministerio de Trabajo precedido por su fama de conciliador, es una figura quizá menos sólida que la de Rajoy. Zaplana es simpático, pero quiere, le achacan, abarcar demasiado. Y le ha costado mucho conseguir que se olviden algunas cosas derivadas de su paso por la Comunidad Valenciana, donde, en cualquier caso y pese a no pocas controversias, obtuvo grandes éxitos políticos y sociales: el País Valenciano, con él, experimentó un muy palpable avance.

Un capítulo dedicado a la comunicación en tiempos de Aznar estaría incompleto sin el nombre de Pedro Arriola.

Arriola, al que Aznar conoció a principios de los años ochenta, cuando era asesor de la CEOE en sus negociaciones con los sindicatos, nunca ha tenido carnet de militante del PP y nunca ha trabajado a sueldo de la Moncloa, sino del PP. Sí es militante del PP, y muy destacada, su mujer, Celia Villalobos, de carácter enérgico y muy llano, dispuesta siempre a ir allá adonde Aznar le conviniera, diputada en el Congreso, eurodiputada, candidata a la alcaldía de Málaga (y alcaldesa, muy popular, por cierto), y finalmente ministra de Sanidad, cargo que, en contra de lo que se contó, abandonó sin una mala frase cuando le llegó la hora del cese. Derramó alguna lágrima al despedirse de sus colaboradores, pero sus detractores, que fueron muchos, aprovecharon sus horas bajas para hacer leña del árbol supuestamente caído. Sin embargo, tanto ella como Arriola continúan formando parte del círculo más cercano a Aznar.

Arriola no tiene al PP como único cliente. Eso es lo que le da una cierta independencia. Asesora a diversas empresas y gana con ellas lo que no le pagan algunos dirigentes del PP que le piden consejos e ideas. Fue asesor de Telefónica cuando Juan Villalonga fue nombrado presidente, pero no quiso cobrar ni una peseta mientras fue empresa pública. Eso sí, el día que se aprobó la privatización, llamó a Villalonga para comunicarle, muy gráficamente, que tuviera en cuenta que bajaba bandera y ponía en marcha el contador.

Aznar ha confiado en Arriola sin poner nunca en cuestión sus análisis, sus sugerencias, sus consejos. Trabajaba con las empresas de imagen y de publicidad contratadas por el partido, pero era él quien marcaba las líneas de actuación de acuerdo con los responsables de campaña, Javier Arenas primero, Mariano Rajoy después; Rajoy le pidió que le ayudara en las elecciones de marzo de 2004 el mismo día que supo que era candidato a la Presidencia del Gobierno en esas elecciones.

Con Aznar ha trabajado codo con codo durante estos años; sus visitas a Moncloa han sido constantes; ha pasado muchas noches de duermevela al lado del presidente preparando estrategias. No sólo las electorales. Arriola dio su opinión sobre cómo enfocar algunos de los asuntos más espinosos con que Aznar se encontró, desde la crisis del *Prestige* a la guerra de Irak. Con Arriola ha preparado Aznar sus intervenciones parlamentarias más polémicas, incluidos los debates sobre el estado de la nación, y Arriola le ha asesorado asimismo sobre la mejor manera de acercarse a los sectores sociales que, aparentemente, estaban más alejados de los planteamientos políticos del presidente.

Arriola no cuenta con colaboradores propios, pero se lleva bien con los de los demás, sabe aprovecharlos. Ha preparado papeles con y para el gabinete de Aznar en Presidencia y también con el equipo directivo del PP. Se puede decir que en sus ocho años de Gobierno los equipos de Aznar han estado formados por los hombres y mujeres coordinados por Carlos Aragonés, su jefe de Gabinete; Javier Zarzalejos como secretario general de la Presidencia, y Pedro Arriola. Los dos últimos, por cierto, fueron designados por Aznar para negociar con ETA en el año 1999, negociación que más tarde detallamos. No les pudo dar mayor prueba de confianza.

Éstos han sido los «vendedores» de la política de Aznar a lo largo de dos legislaturas, los encargados de que la «lluvia fina» acabase por calar y el mensaje aznarista, «Palabra», llegase a todos los confines de la Península. Pero, claro, junto a estos rostros hay otros que no se ven tan claramente. Asesores, estrategas, comunicólogos, algunos periodistas que advierten, otros que predican —se quejan— en el desierto... Claro que ya se sabe que la comunicación es una asignatura en la que todos creen ser expertos y en la que, como en relación a las tácticas de los entrenadores futbolísticos, todos se sienten capacitados para dar consejos.

El PP no ha ejercido bien esta asignatura, aunque forzoso sea reconocer que la ha desarrollado eficazmente. La oposición poco más ha hecho en este capítulo salvo quejarse del uso y abuso de los medios de comunicación, denunciar a periodistas como Alfredo Urdaci —un nombre importante en esta etapa, por variadas razones— o a determinados tertulianos de la radio pública y aguantar que la «lluvia fina» les calase hasta los huesos. Y es que el propio Zapatero dice, vaya usted a saber en virtud de qué consejos o asesorías que va recibiendo, que su partido, el PSOE, no quiere tener una estrategia de comunicación.

CAPÍTULO 6

El cambio tranquilo... ¿o no tanto?

Un Gobierno Aznar-Rato

Rodrigo Rato, discretamente sentado a la mesa presidencial, asiente a veces con la cabeza. El 11 de noviembre 2003 no es el protagonista de aquel acto en el hotel Palace de Madrid. El protagonista es Mariano Rajoy, que lee lo que pomposamente se llama desde el PP «Un proyecto económico para el futuro de España». No es tal. Se trata de algunas líneas generales, que el candidato a suceder a Aznar en la Moncloa, elecciones generales mediante, va desgranando lenta y algo monótonamente.

Rodeado por una cohorte de al menos doscientos «marianistas» —todos, todos se han reconvertido, acudiendo apresuradamente en socorro del vencedor—, Rajoy anuncia una segunda «ola de reformas» para alcanzar el pleno empleo —en 2010— y reafirmar el crecimiento de la economía: duplicar el Fondo de Reserva de la Seguridad Social, más reducciones de impuestos, modernización de las relaciones laborales... No es un proyecto revolucionario, sino, según el tono que ha adoptado Rajoy, más bien continuista. Porque, si algo va bien, como había dicho Aznar en el último congreso del partido, ¿para qué cambiarlo?

Y la economía iba bien, muy bien. Si lo sabría Rajoy, que horas antes había conocido un dato que aún no se había hecho público con la fanfarria que correspondía: la valoración de la deuda española por los mercados financieros superaba ya a la calificación de la deuda alemana. Esto significaba que los mercados citados tenían más confianza en la economía española que en la alemana. Consecuencia, según el análisis del secretario de

Estado de Economía, Luis de Guindos, de la liquidez de las inversiones y de la percepción que tienen los mercados de la calidad crediticia de las emisiones. Si lo sabría Rato, que había dado su visto bueno a los papeles que estaba leyendo Rajoy, ya el gran protagonista. Aunque Rato...

Tampoco fue el vicepresidente económico el protagonista de los dos actos celebrados el martes, 25 de noviembre de 2003. No fue su protagonista directo, al menos. Porque ese día Cristóbal Montoro, en un almuerzo organizado por el foro Nueva Economía-Wall Street Journal, anunciaba que el déficit español se había situado en el 1,2 por ciento del PIB. Buena noticia. Poco después, Eduardo Zaplana hacía su propio anuncio: en vista de lo bien que iban las cosas, el Gobierno prometía una subida de las pensiones. Faltaban menos de cuatro meses para las elecciones. ¿Electoralismo? Probablemente, pero ya se sabe que las elecciones son la fuerza que mueve el avance social. Si no hubiese elecciones, aún estaríamos en la Baja Edad Media, con el derecho de pernada en vigor. Zaplana y Montoro, y a la mañana siguiente el secretario de Estado de Economía, Luis de Guindos, que prometió buenas noticias económicas para los meses siguientes, jugaban sobre el tapete colocado, con la ayuda de los citados, por Rodrigo Rato.

«Los ocho años de gobierno del PP han sido de gobierno Aznar-Rato.» Así de tajante se muestra el muy cercano asesor —ex asesor, para ser más precisos— económico del presidente. Uno de los que han pasado por el PP cuando era un partido de oposición y, luego, por la Moncloa, cuando los populares ya gobernaban. Naturalmente, este antiguo asesor piensa que, dentro de lo que podría considerarse como la tranquila revolución que puso en marcha el aznarato, la economía figura como el principal motor, la baza con la que Mariano Rajoy concurre a las elecciones de marzo con esperanzas de triunfo.

Y, ciertamente, muchas cosas han cambiado en estos ocho años. Lógico. Otras, por el contrario, no han cambiado demasiado. O no han cambiado nada, por expresa voluntad del máximo gobernante. Ha habido avances en la legislación antiterrorista, en el concepto de seguridad callejera, en algunas medidas tendentes a una mayor moralización del país. Al Gobierno «no le ha temblado la mano» (una de las frases favoritas de Aznar) a la hora de emprender pasos legales polémicos, como el Plan Hidrológico Nacional o la Ley de Partidos. Ni se ha arredrado ante ambiciosas obras públicas, como el AVE a Cataluña.

En cambio, no se ha tocado en absoluto la parcela que afecta a la profundización de la democracia. En el XIV Congreso del PP, Aznar expresó claramente su posición ante tales cambios con el concepto más arriba citado: «Si las cosas van bien, ¿para qué introducir cambios sin experimentar?». De manera especial, mantener intacta hasta la última coma de la Constitución ha constituido una de las obsesiones últimas de Aznar, que incluso varió de criterio acerca de la reforma de un artículo —el 69— de la Carta Magna, que abriría la posibilidad de que el Senado se abriese camino hacia una verdadera cámara de representación territorial. A la constitución, no tocarla ni un pelo.

Aunque lo cierto es que, tras los fastos conmemorativos de los veinticinco años de vigencia de nuestra ley fundamental, ya están empezando a oírse voces (que no son solamente las de los nacionalistas o la de Zapatero, si no la del mismísimo Fraga) reclamando algunos cambios. En el último minuto, y concluidos los mentados fastos, hasta el propio Aznar parecía, aunque de manera reticente, admitir que en un futuro no próximo se introdujese alguna modificación «secundaria».

Pero la economía sí ha experimentado cambios. Ha habido profundas transformaciones, que han perseguido y acelerado el proceso liberalizador iniciado, aunque con titubeos, ya con los socialistas. Y quien ha estado en la conducción de la máquina ha sido Rodrigo Rato.

Rato. En este libro hemos aludido a él —no podía ser de otra forma— varias veces ya. Él es el único que no ha cambiado, en ocho años, ni de lugar, ni de cartera, ni de modo de pensar, ni de actuar. Aunque algunas de estas actuaciones, incluyendo las que atañían a su vida privada, le costasen la sucesión, un duro golpe para él, que esperaba ser el delfín de Aznar.

No obstante, Rodrigo Rato, pese a lo rectilíneo de su trayectoria, es un ciclotímico: ya hemos contado que durante algunos meses insistió en que él no deseaba tal sucesión. Los autores, que han hablado con el vicepresidente y superministro de Economía bastantes veces a lo largo del aznarato, escucharon esta declaración de su boca —nada menos, que como antes se narraba, durante una entrevista en *Los Desayunos de TVE*, que dirige Luis Mariñas—, aunque posteriormente él no lo recordase. Dicen que Aznar, cuando escuchó que su mejor amigo se apeaba de la carrera sucesoria —luego volvió a subirse al tren en marcha—, se quedó desconcertado. Posiblemente, a esas alturas el presidente aún no tenía tomadas sus decisiones finales a favor de Rajoy, aunque, tratándose de Aznar, quién sabe.

Rato es ciclotímico también por otras muchas cosas: un día te encuentra por los pasillos de las Cortes y te abraza efusivamente. Al día siguiente, ni te saluda, como si estuviese personalmente enfadado contigo. Y esos cambios de humor desconciertan a sus colaboradores, a los periodistas y a sus propios colegas en el Consejo de Ministros.

También es un «duro» que, al final, encajó de forma ejemplar la designación del sucesor en la persona de Mariano Rajoy. Estuvo elegante, pero no disimuló tampoco su contrariedad ni que las formas de Aznar —que todos en el PP, increíblemente, aceptaron— habían minado en algo su amistad con el presidente. Es un «duro» que consiguió achantar a la oposición, que se le había echado encima por el Caso Gescartera y por sus vinculaciones familiares con un banco relacionado con ese feo asunto. Un «duro» que, aunque echó una mano a algunos amigos —de eso no cabe ninguna duda—, logró concluir el aznarato sin ser acusado de amiguismo. O de excesivo amiguismo, al menos.

Cierto que amigo suyo era Alfonso Cortina, que pasó a presidir Repsol. Aunque también los primos Alberto Cortina y Alberto Alcocer presumían de su proximidad con el superministro económico y ya ven: el Gobierno les denegó el indulto, por mucho que asistiesen a la boda de Ana Aznar con Alejandro Agag. Cierto también que Francisco González se había movido en el entorno de Rato y Aznar, pero no existe una especial amistad con él. Y ¿era Xavier de Irala, que fue un magnífico presidente de Iberia, amigo personal de Aznar? Por supuesto que no, responden en la Moncloa.

Aznar, en el palco del Bernabéu

Y es que Aznar es un funcionario, no un empresario. Con no demasiados amigos y ninguna vinculación familiar con la empresa o con intereses económicos. Tan sólo, entre los verdaderamente ricos de España, Juan Abelló logró intimar algo con la pareja Aznar-Botella. Pero ni los banqueros más importantes, ni los empresarios consolidados, como Isidoro Álvarez, de El Corte Inglés, ni los emergentes, como Amancio Ortega, de Zara, pueden alardear de haberse encontrado demasiadas veces, en estos ocho años, con el frío inquilino de la Moncloa. Puede que a quien más haya visto sea el influyente Florentino Pérez, presidente del Real Madrid y de la constructora ACS, pero ha sido en el palco del Estadio Santiago Bernabéu.

Claro que en el palco del Bernabéu, Florentino, un águila de las finanzas, ha propiciado muchos buenos negocios, muchos contactos que serían decisivos (ver capítulo 5). La constructora que preside Pérez, ACS, se convirtió acaso en la más importante de España al hacerse con el control de Dragados y Construcciones, comprando por novecientos millones de euros la participación que el Banco Santander tenía en Dragados. Operación en la que Economía advirtió alguna irregularidad menor, por lo que sancionó levemente a ACS.

Hombre de habilidad unánimemente reconocida, Pérez ha logrado casi lo que ha querido durante la etapa en la que Álvarez del Manzano regía Madrid y Ruiz Gallardón la Comunidad madrileña. Nadie, sin embargo, pudo achacarle la menor irregularidad cuando comenzó la investigación de la llamada «mafia del ladrillo» a raíz de la defección de dos diputados socialistas en la Asamblea de Madrid, defección que, como se sabe, obligó a repetir las elecciones en la Comunidad y dejó sin la presidencia al socialista Rafael Simancas.

Aquellas rebatiñas entre constructores de urbanizaciones residenciales en los pueblos de las cercanías de Madrid eran poca cosa para el presidente de ACS-Dragados... Porque, eso sí, de las grandes operaciones urbanísticas, que han lidiado en los tribunales, como la Operación Chamartín, o los grandes PAUS (Programas de Actuación Urbanística) que levantan miles de viviendas colapsando dos de las entradas a Madrid, de eso no se habló ni siquiera en la Comisión de Investigación de los casos Tamayo y Sáez, ni en la posterior y repetida campaña electoral que llevó al triunfo de Esperanza Aguirre.

Se dijo que Florentino Pérez, asesorado por Pedro Pérez, que fue presidente de Vía Digital, habría intentado adquirir un paquete significativo de Antena 3, cuando Antena 3 estaba en venta. Lo que fue desmentido rotundamente a los autores por el propio presidente del Real Madrid. Pero la «saga de los Pérez» tuvo y tiene, en cualquier caso, una indudable relevancia en los ambientes mediáticos madrileños.

Aznar ha logrado sobrevolar tales terrenales miserias. Consta que Aznar, que es, todos lo dicen, tacaño con las cosas propias, pero a quien el dinero no le interesa demasiado, se ha mostrado no pocas veces disgustado ante comportamientos heterodoxos de los suyos. No solamente cuando Villalonga empezó con las *stock options*, también en otras ocasiones se le ha oído decir «no quiero que aquí surja una *beautiful people* como con los socialistas». Lo dijo, aseguran, al ver la crónica de la boda de Fernando Fernández Tapias, Fefé, el amigo de Gallardón y de Florentino. Quizá olvidaba el presidente los fastos de la boda de su propia hija, el que acaso sea el principal resbalón en su conocida trayectoria de austeridad.

Pero qué duda cabe de que al presidente le disgustan las conductas dispendiosas, irregulares o poco claras. Dicen que se llevó un tremendo disgusto cuando Emilio Ybarra, a quien él considera como el paradigma de un hombre modesto en medio de su fortuna, fue sorprendido en una irregularidad de aparcamiento de cuentas en un paraíso fiscal, hecho que conllevaba acusaciones por presuntos delitos de apropiación indebida, falsedad documental, administración desleal, fraude fiscal, blanqueo de capitales y soborno.

El Caso Ybarra y de otros veinticinco ejecutivos (ya ex ejecutivos) del BBVA fue uno de los escándalos más sonados del aznarato, no tanto por su cuantía cuanto por las personalidades implicadas. Sin embargo, el Gobierno supo encogerse de hombros: una vez más, al Ejecutivo, en general, y a Aznar, en particular, todo aquello no le afectaba. El caso, como otros instruidos por el juez Garzón, acabaría por no pasar a mayores, aunque a Ybarra le costase la presidencia. Un caso verdaderamente extraño aquél, en el que se mezclaron «testigos protegidos» llegados de Puerto Rico y que hizo circular el rumor de que lo que de verdad había ocurrido era que la larga mano del FBI norteamericano quiso dar una advertencia a los bancos españoles, muy presentes, demasiado, a juicio de los intereses norteamericanos, en América Latina. Y eso que para entonces ya se vislumbraba la crisis del «corralito» en Argentina, y los banqueros españoles pensaban en una retirada digna de los mercados iberoamericanos.

Sin embargo, en el escándalo del BBVA existía una base que iba más allá de los intentos del FBI por desestabilizar a los bancos españoles presentes en Latinoamérica. Era verdad que existía un expediente en el Banco de España por un «problema de balance». Dinero negro, en suma. Eso, sin contar los rumores nunca del todo confirmados que hablaban de que el BBVA había financiado campañas electorales, como las del venezolano Hugo Chávez o la del peruano Alberto Fujimori. En el caso del Perú, es cierto que el luego presidente Alejandro Toledo, frontal enemigo del huido Fujimori, acusó menos que veladamente a las empresas españolas, comenzando por Telefónica, de haber cooperado económicamente en la llegada al poder de su antecesor.

Pero, ni en ese tema ni en otros, ha querido Aznar dar tres cuartos al pregonero. Siempre, siempre, miraba hacia otro lado y, todo lo más, lanzaba alguna críptica reconvención, cuando tocaba, a quienes «transgreden las reglas y deben pagar», frase que, cuando fue pronunciada en el pujante foro de debate de Europa Press-Nueva Economía, todos atribuyeron al Caso BBVA. No hubo más pronunciamientos del jefe del Ejecutivo.

De la misma manera se encogió Aznar de hombros cuando la juez Teresa Palacios persiguió, implacable y algo tozuda, a Emilio Botín, aunque sin llegar a hincarle el diente, por el asunto de las cesiones de créditos del Banco Santander. Un asunto que la acusación privada, liderada nada menos que por Rafael Pérez Escolar, implicado en el Caso Banesto, se ha tomado muy a pecho.

O cuando se han producido movimientos empresariales polémicos. En este sentido, ha llevado su particular liberalización hasta el extremo. Dicen, por ejemplo, que solamente se enteró el día anterior de que la fusión entre Argentaria y el BBV, a mediados de octubre de 1999, era ya un hecho consumado. Y eso que, al día siguiente de la operación, acaparaban la mitad del negocio en Bolsa.

Claro que tampoco es que interviniese mucho cuando Botín y José María Amusátegui fusionaron sus respectivos bancos, el Santander y el Central Hispano, a comienzos de 1999. Y eso que, no muchos meses después, comenzaron a verse las grietas en las relaciones entre los dos máximos capitanes del SCH. A Aznar, hombre político por excelencia, todo aquello solamente le rozaba de costado, le parecían querellas de ricos de toda la vida que se divertían jugando a esas cosas y asignándose luego espléndidas indemnizaciones, como las que marcarían la salida de Amusátegui y Ángel Corcóstegui del conglomerado que pasaba a presidir de nuevo, cómo no, Botín.

Lo de Rato es diferente. Está directamente involucrado en el proceso económico, por su cargo y por sus vinculaciones. No puede encogerse de hombros tan fácilmente como Aznar y decir aquello que dijo Calvo-Sotelo a propósito del conflicto de las Malvinas: «Constato que no me afecta». Su familia es propietaria de decenas de empresas. Procede de dos familias ricas de generaciones, entroncadas con lo más granado de la economía española. Cierto que su padre, un hombre indudablemente peculiar, tuvo sus tropezones con Franco, y hasta pisó la cárcel, pero pronto fue perdonado: era uno de ellos. Por todo ello, por sus vinculaciones, por sus ramificaciones —el cuñado de su hermano es uno de los empresarios más importantes del país—, por su propia historia, Rodrigo Rato Figaredo no podía consentir la tentación del amiguismo, o del excesivo amiguismo. Acusarle, señalarle con el dedo, resultaba demasiado fácil.

Cuando, estando en la oposición, era el portavoz parlamentario del Grupo Popular, Rato, un clásico de los primeros tiempos de AP, intuía que cuando ganasen las elecciones iba a ser ministro. No sabía muy bien de qué, y el área de Asuntos Exteriores siempre le rondó por la cabeza, a él y a José María Aznar. Pero siempre acabó rechazando la cartera que implica la jefatura de la diplomacia porque, en el fondo, Rodrigo Rato está cómodo en medio de los asuntos económicos. Lleva el timón con mano experta y se le han escapado muy pocos asuntos. Claro que ha pasado malos ratos —no es un juego de palabras— y sus relaciones con otros ministros, como con el propio Aznar, han atravesado por varios claroscuros. Por no hablar de sus encontronazos —varios ministros los tuvieron— con el Gabinete de Presidencia que preside un Carlos Aragonés siempre en la sombra. El superministro de Economía no es, no debe ser, un tipo cómodo. De todo hablaremos en su momento.

Los otros responsables del milagro

De modo que Rato responde bastante bien al perfil que de él trazan algunos caricaturistas, como Peridis: el mago algo prepotente, seguro de sí mismo, calculador desde sus ojillos inquietantes. Se mueve bien por el Parlamento, por el Ecofin, por el Fondo Monetario Internacional y por los salones de los grandes hoteles donde se celebran las convenciones económicas y los banquetes. No todos los empresarios y los banqueros importantes que han pisado su despacho han salido de allí, se comenta, del todo contentos. Porque Rato es, ya lo hemos dicho, duro.

Un tipo duro que, como Francisco Álvarez Cascos, con el que tantas similitudes tiene, además de su origen asturiano, se negó a hacer de la hipocresía su norma de vida personal. Un tipo duro, desconcertante a veces, que ha tenido un enorme poder y que no ha dado la impresión de abusar demasiado de él. No demasiado. Como Cascos, que comparte con Rato la fama de exigente con sus colaboradores, y que, desde Fomento, ha sido un puntal en la cimentación de muchos logros económicos, aunque la recta final de su mandato estuviese algo oxidada por las complicaciones surgidas en el AVE a Cataluña, una obra que se adjudicó a TALGO y Siemens sin demasiada polémica, dadas las circunstancias. Esto sucedió en parte gracias a que Cascos había realizado una criba previa de consejeros no oficiales en Renfe, cuyo presidente, Miguel Corsini, cedió todo el protagonismo —en principio, pensando que era para lo bueno, aunque luego resultó para lo malo— al tonante ministro de Fomento.

Y es que en la aventura de hacer de España un país económicamente más estable, financieramente más saneado, presupuestariamente más equilibrado, laboralmente más concurrido y, desde el punto de vista de Europa, más convergente, Rodrigo Rato no ha estado, obviamente, solo. Aunque en él se haya querido personificar el éxito de las cifras, que incluyen un crecimiento económico cercano al doble de los países europeos más ricos.

Y, claro, aunque en él se hayan querido encarnar algunos fallos, ciertas desviaciones del rumbo, algunos parpadeos iniciales, como la creación de la Oficina de Control Presupuestario con el intratable José Barea al frente. O la fallida fusión Endesa-Iberdrola, que ha quedado como el mayor fiasco económico de un aznarato en el que la economía ha sido, con todo, lo mejor. Claro que se partía de datos desconcertantes: en 1988, tras sufrir una dolorosa y bastante extendida huelga general, Felipe González se impone a Carlos Solchaga y da rienda suelta al déficit público. En 1993 se habían destruido setecientos mil puestos de trabajo, en lugar de haberse creado los ochocientos mil prometidos. Y nadie pensaba que fuese posible la famosa convergencia con Europa. Pese a todo, los socialistas, que llevaban tras de sí muchos aciertos, ganaron aquellas elecciones.

Sí, la personalidad descollante de Rato era la luz y la sombra. Era el alma de aquella primera Comisión Delegada para Asuntos Económicos en la que tan dispares posturas mantenían gentes como Piqué, Arias-Salgado, Isabel Tocino, Romay o el propio Montoro. Bueno, también fue el alma de la Segunda Comisión Delegada, pero entonces, te lo dice el propio Rato, ya había menos reformas por hacer. Y es que, inicialmente, se hicieron muchas cosas bajo el liderazgo de Rato. Pero tras él había más personas. Y otros que se quedaron en el camino.

Entre los corresponsables del «milagro» tenemos, por ejemplo, a Cristóbal Montoro, el catedrático que, en el año 2000, llegaría a ministro de Hacienda, una vez que se desdobló Economía. Todo el mundo coincide en que Montoro, un tímido irreductible con pronunciado sentido del humor, ha realizado una labor muy importante.

O a Luis de Guindos, un inteligente técnico comercial del Estado, procedente de Asesores Bursátiles, cercano a Jaime Caruana —luego gobernador del Banco de España—, que desde la Secretaría de Estado de Economía, ha tenido que tomar muy importantes decisiones. O a José Folgado, un técnico sin ambiciones, que se quedó en secretario de Estado y nunca llegó, al contrario de lo que le pasó a Juan Costa, a ministro. Lo que ocurre es que Costa era un político, procedente del zaplanismo, y Folgado no era sino el hombre que acudía a la calle Génova a asesorar a Aznar, jefe de la oposición, en cuestiones económicas. O Elvira Rodríguez, mano derecha de Montoro hasta que ascendió a un ministerio (de ella se dice que algún día tendrá en sus manos todas las riendas de la economía).

O Manuel Pizarro, el hombre que pudo serlo todo en un Gobierno Aznar, pero que prefirió quedarse fuera, en su rentable mundo económico que incluía varias actividades simultáneas. O Alberto Recarte y Lorenzo Bernaldo de Quirós, asesores de la primera hora, el primero desde el entorno de FAES, que erraron al apostar contra la incorporación española a la Europa del euro. O Maximino Carpio, o José Luis Feito, o las gentes de la CEOE, desde José María Cuevas hasta su inseparable Juan Jiménez Aguilar.

Ya en febrero de 1988, los semanarios políticos titulaban: «Los empresarios apoyan a Aznar como alternativa a Hernández Mancha». La CEOE se había enfrentado de manera tan irremisible al entonces presidente de AP que José María Cuevas llegó a decir en los periódicos que algunos dirigentes de AP «están como chotas».

Y la CEOE, de la mano del incombustible e inteligente José María Cuevas, que apostó por Aznar desde los tiempos de Castilla y León, ha tenido siempre una decisiva influencia en la marcha de los asuntos económicos (y políticos) en España. Claro que no careció tal apoyo de tanteos ni de titubeos. Incluso se pensó, desde la CEOE, en apoyar una candidatura política de Mario Conde frente a Mancha. Corría el mes de mayo de 1988 y los propios Marcelino Oreja y Abel Matutes se dejaron tentar por aquella operación que, al menos, derribaría al «manchismo» del liderazgo de Alianza Popular. Fue, como tantos otros intentos de la derecha por aquel entonces, un esfuerzo efímero. Aznar se quedaría como único favorito. Habrá que estudiar algún día qué papel tuvo exactamente aquel apoyo de la CEOE para que el nombre de Aznar se impusiera en la cumbre de Perbes. Pero, sin duda, mal haría quien minimizase el peso de la patronal en la marcha de la cosa política.

Ahora andan en la sede de esa patronal olisqueando futuros conflictos internos en el PP, de la mano, acaso, te dicen, de Gallardón y Zaplana, dos pura raza de la política que dejaron tras de sí fuertes endeudamientos y muchas realizaciones en sus respectivas comunidades autónomas. De Gallardón ya vimos sus enfrentamientos con Rato y otros dirigentes populares cuando, poco después de resultar clamorosamente elegido alcalde de Madrid, y después de una campaña en la que su partido aseguraba que haría lo contrario, decretó una fuerte subida impositiva para los madrileños. De Zaplana se asegura que no quiere perder del todo el control sobre la Comunidad Valenciana pese a sus muchos quehaceres en Madrid, y ello incomoda a su sucesor al frente de la Generalitat, Francisco Camps.

Pero mientras en Madrid vuelan a veces —educadamente, eso sí— los cuchillos por las sedes e instituciones que controlan los populares, y las distintas áreas de interés trataban de repartirse consejerías dejando fuera a personas como, por ejemplo, el intachable José Folgado, que no llegaría a ser consejero de Economía porque no estaba inserto en los grupos «en los que había que estar», en Valencia era otra cosa. El PP valenciano, aunque por completo remozado con respecto a tiempos pretéritos de la Alianza Popular, sabe ser silencioso y repartir juego antes de que llegue la sangre al río y consejeros tan valiosos como Gerardo Camps o Esteban González Pons llegasen a percibir la situación como insostenible. Como ya demostraron también las elecciones catalanas del 16 de noviembre de 2003, la política, a su paso por el Mediterráneo, pierde en crispación y gana en... ¿pragmatismo?

Veremos en qué para todo ello. Veremos si, como dicen los cínicos y los expertos, es cierto que, cuando falta una oposición verdaderamente digna de tal nombre, comienzan a surgir disensiones en el partido gobernante. Porque ya hemos dicho muchas veces que el sucesor de Aznar no podrá gobernar con la misma mano de hierro en guante de acero. Ni en lo interno ni en lo externo. Además, tal vez no quiera hacerlo.

Lo que sí es indudable es que en el edificio de la calle Diego de León, que alberga a la organización de la patronal, han decidido que, tras el apoyo a Aznar —clarísimo frente a Hernández Mancha, en 1988—, se impone seguir respaldando a Rajoy, «frente a cualquier aventura». Y es que en la sede de la CEOE, aunque no lo digan abiertamente, se consideraba «muy difícil y tal vez no deseable» una victoria electoral del socialista Rodríguez Zapatero. Algunos empresarios te dicen que aún no está preparado ni tiene equipo. Otros, simplemente, se encogen de hombros y dicen que el candidato socialista «tiene un camino que recorrer», aunque reconocen sus valores. Quién sabe.

No sólo de impuestos vive el Estado

¿Prepararon los anteriormente citados, y otros, el terreno para aplicar una adecuada política económica cuando llegasen al poder? Sí y no. Muchas veces, advierten algunos expertos, lo casual prima sobre lo causal. Ni hubo pizarras milagrosas prediciendo el futuro cuando, en 1982, los socialistas se hicieron cargo del poder, ni hubo papeles calculando al milímetro lo que iba a pasar cuando el PP llegó a la Moncloa en 1996. Ni siquiera circularon listas de nombres para capitanear las grandes empresas que iban a ser, o estaban siendo, privatizadas.

La economía no es una ciencia exacta, sino más bien un estado de espíritu, el animal salvaje según decía Keynes. Qué duda cabe de que los errores del último socialismo, con la devaluación de la peseta y el enfriamiento de la economía, se aliaron con una posterior buena coyuntura internacional para permitir el éxito económico del PP. Que tampoco estuvo exento, como todo el aznarato, de una buena dosis de baraka, suerte. No es éste el lugar para ensayar un tratado de economía, ni tienen los autores la suficiente cualificación para hacerlo; pero una crónica del aznarato forzosamente debe hacer un alto en este capítulo, el que más viento ha hecho soplar en la popa del barco de Aznar.

Quienes han tenido ocasión de preguntarle a Rato acerca de los pasos fundamentales que han llevado a tal éxito, han escuchado del superministro de Economía que tales pasos fueron los siguientes:

• Que el Gobierno en conjunto tenía la misma visión de la economía, al contrario de lo que pasaba en UCD y el PSOE. Liberalizar era la consigna.

• Se cumplió el objetivo del euro, pese a que había voces contrarias a su adopción.

• La disciplina presupuestaria impuesta con la reforma de los PGE en el verano de 1996.

• Las privatizaciones. Salvando el caso de Villalonga en Telefónica, la mayor parte de las grandes empresas públicas se privatizaron sin escándalos ni traumas excesivos, y sí con una buena dosis de eficacia.

Claro que hubo acusaciones de amiguismo, pero no fueron un clamor: el PSOE pidió la comparecencia parlamentaria de nueve presidentes de empresas privatizadas (Villalonga, Martín Villa, Irala, Pizarro, Francisco González, Alierta, Javier Monzón —presidente de Indra—, Cortina y Pablo Isla), pero no encontró irregularidades verdaderamente dignas de escándalo. Ni tampoco se mostró irregularidad alguna en la venta de Trasmediterránea al grupo participado por Acciona y Abel Matutes, el ex ministro de Asuntos Exteriores. La verdad parece ser que Pablo Isla y Fernando Díaz Moreno dirigieron con suficiente acierto el proceso.

Hoy, además de lo «imprivatizable», como HUNOSA, apenas quedan los Paradores Nacionales, la Agencia Efe y poco más por privatizar. En 1996, los ingresos por privatizaciones ascendieron a dos mil millones de euros; en 1997, a doce mil millones, mientras que en 1998 se registraban mil millones más. Desde 1999, estos ingresos han ido disminuyendo hasta los 311 millones de 2002.

• Las reformas fiscales de 1998, 1999, 2003... Los ciudadanos ven que los impuestos pueden bajar y la recaudación, sin embargo, aumenta. Un empeño que se prolonga en la actual campaña electoral. Aunque la OCDE (esto, desde luego, tampoco lo dice Rato) se empeñe en asegurar que, pese a estas bajadas en el IRPF, la presión fiscal aumenta en España desde 1996 más que en el resto de los países europeos más desarrollados.

• Las reformas laborales, comenzando por la de Javier Arenas de 1997, pese al traspiés del Decretazo y a la huelga general —que no fue tan general— del 20 de junio de 2002. En términos globales, el entendimiento entre el Gobierno y los sindicatos ha sido bueno. Y de aquellos Contratos de Fomento del Empleo impulsados por Arenas, que rebajaban el coste de los despidos, se firmaron millones, en lugar de los cien mil que preveía el director general de Empleo, Juan Chozas, quien nunca acabó de ver los efectos beneficiosos de aquella primera reforma.

Éstas son las grandes líneas, que han enmarcado reformas importantes como las de las pequeñas y medianas empresas, la supresión del Impuesto sobre Actividades Económicas —al final de este período se han creado más de trescientas mil nuevas empresas— y las medidas de ayuda a los trabajadores autónomos, por citar sólo algunas.

Si le preguntas a Montoro por lo mismo, a qué se debe el milagro económico, te responde algo similar, aunque él haga hincapié en el recorte del gasto público —que luego tampoco sería para tanto—, que hizo bajar los tipos de interés. El Decreto-Ley de liberalización de sectores estratégicos de la economía, el «paquete Rato», el debate sobre el equilibrio presupuestario, también iniciaron ese período de extraordinaria bonanza económica, el «círculo virtuoso», en opinión del titular de Hacienda.

Y, si quien contesta es Luis de Guindos, insistirá en la credibilidad que da un mensaje coherente. El de Aznar lo fue desde el comienzo. Desde que declaró al *Financial Times*, en junio de 1996, tras un encuentro que debería haber sido reservado con Prodi, y para gran irritación de éste por la filtración, que España e Italia entrarían en la Unión Monetaria cumpliendo todas las normas. Los «papeles amarillos», en los que la Dirección General de Política Económica hacía sus recomendaciones a la Comisión Delegada del Gobierno para Asuntos Económicos, eran seguidos con fidelidad casi religiosa, al contrario de lo que ocurría durante algunos períodos del mandato socialista. Se dice que el ministro de Obras Públicas de entonces, Josep Borrell, llegó a tirar el famoso cuaderno amarillo al suelo, en una muestra de desprecio hacia las recomendaciones de austeridad que se le hacían a un departamento tan gastador como el suyo.

Lo cierto es que los índices de empleo, la evaluación de la calidad de la deuda española, el índice de crecimiento general de la economía en relación con otros países, la marcha de los excedentes empresariales, eran, y son, datos esperanzadores que hablan de una buena marcha económica. En 1996 había doce millones y medio de afiliados a la Seguridad Social, y en 2003 eran dieciséis millones y medio, cuatro millones más. Las tasas de paro femenino y masculino habían descendido en un 13,68 y un 9,31 por ciento, respectivamente, y los hogares con todos sus miembros empleados habían pasado del 55 por ciento en 1999 al 62,1 por ciento en 2003, mientras que los hogares con todos sus miembros parados pasaron del 8 por ciento en 1995 al 3,5 por ciento en 2003. Son datos ofrecidos por los responsables económicos, que, en cambio, silencian (relativamente, claro) otros, como la evolución de la inflación. No dejan de ser con todo, números bastante espectaculares.

De la euforia al ¿pesimismo?

En 1998, cuando se celebran los dos años de ascenso al poder del Partido Popular, todo es pura euforia. Aznar recorre el mundo haciendo declaraciones como «El milagro soy yo»; «Nosotros sí hemos hecho los deberes» o «Por una vez, llegamos a tiempo y nadie nos ha regalado nada». Los números van bien, la Bolsa se halla en su momento más dulce —el índice general había ganado un 229 por ciento desde que el PP llegó al poder, en 1996—, una nueva economía puja con la economía de siempre, la gente consume —los tipos de interés bajan cinco puntos de 1996 a 1998—, las privatizaciones consuelan la Deuda.

Todo, ya decimos, pura euforia. Y mucha actividad desde el Gobierno. En la Secretaría de Estado de Economía contabilizan, orgullosos, los trabajos legislativos más importantes abordados durante el aznarato en el área económica: las medidas urgentes de la reforma del mercado de trabajo, la Ley para la Reforma del Sistema de Protección del Desempleo, la Comisión del Mercado de Telecomunicaciones, privatización de Retevisión, nueva Ley General de Telecomunicaciones, nuevas licencias de telefonía móvil, reforma de las haciendas locales, Pacto del Suelo, reformas del IRPF, nuevo sistema de financiación de las Comunidades Autónomas, medidas de reforma del sistema financiero...

Son cientos de disposiciones legales que afectan a todas las parcelas del sistema productivo, financiero y de servicios. Y a las infraestructuras básicas, desde las carreteras hasta el ferrocarril —creación del GIF, Gestor de Infraestructuras Ferroviarias—, pasando, naturalmente, por el agua, con la presentación del *Libro Blanco del Agua* y la aprobación, hecho crucial y polémico, del Plan Hidrológico Nacional, en julio de 2001. En 2000, el Gobierno aprueba cincuenta y dos medidas para acabar con los monopolios, una de las obsesiones con las que llegó al poder. Ese mismo año, la Sociedad Española de Participaciones Industriales, SEPI, decide fusionar todos los astilleros públicos, civiles y militares. Y se preparan nuevas reformas en los Impuestos sobre el Patrimonio y de Sucesiones.

En abril de 1998 arranca la mayor privatización, la de Endesa, una empresa que será clave durante toda la época, primero bajo la presidencia de Rodolfo Martín Villa, después con Pizarro. Dos pesos auténticamente pesados, dos hombres catapultados directamente desde Moncloa.

También a 1998 corresponden dos hitos importantes, como son la primera gran reforma del IRPF, los preparativos de la fusión por sorpresa del Santander con el Central Hispano, que se concretaría algunos meses después, seguida de la del BBV con Argentaria. Ambas entidades se convierten en los primeros bancos latinoamericanos. La economía, el PIB, crece cerca del 4 por ciento; la inversión en bienes de equipo aumenta en un 17 por ciento en doce meses y el empleo crece vertiginosamente, aunque los sindicatos no olvidan reseñar que se trata de puestos de trabajo en un 60 por ciento inestables: demasiados contratos de diez días para los jóvenes, dice el responsable socialista de Economía, Jordi Sevilla. Pero en el Gobierno minimizan tales alegatos: son, dicen, los frutos de la reforma laboral pactada un año antes, que permitió la conversión de cientos de miles de contratos temporales en estables. En 1997 se firmaron 966.000 contratos fijos, un récord.

Pero el impulso de la reforma se fue agotando y los contratos volvieron a su inicial precariedad, aunque hay que decir que se firmaban en buen número. El Banco de España, siempre tan cauto y tan «aguafiestas» (el calificativo es de un colaborador de Rato), advertía de los riesgos de precarización de las relaciones laborales, algo que ha sido una constante en el aznarato, un período, repetimos, caracterizado por una notable creación de empleo, independientemente de las características del mismo. El pleno empleo, una de las obsesiones de Aznar, fue casi una realidad en un país donde un millón de inmigrantes también ha encontrado trabajo.

Los inmigrantes. Uno de los temas que puso en peligro la buena marcha del aznarato. Y que constituyen un auténtico quebradero de cabeza en todos los países de la vieja Europa. España, garita de guardia en el sur, es sujeto pasivo de la llegada de pateras por el mar y de candidatos a residentes desde Iberoamérica. Al menos ciento cincuenta mil ecuatorianos, según datos oficiosos, viven en las ciudades españolas, copando puestos en la hostelería y otros servicios como la jardinería, la ayuda en el hogar y la construcción. En realidad son muchos más.

La tesis de que la llegada de inmigrantes era beneficiosa para los intereses económicos españoles se fue abriendo paso muy lentamente, mientras miles de ilegales llegaban y se acondicionaban sin que nadie pareciese poder poner coto al éxodo hacia nuestro país. Enrique Fernández Miranda, el primer delegado del Gobierno para la Extranjería y la Inmigración, llegó a poner en marcha el plan humorísticamente conocido como Viajes Ecuador, consistente en primero reenviar a los ecuatorianos sin permiso de trabajo a su país (a expensas de España) y luego irlos trayendo a España de vuelta según se fuesen produciendo plazas vacantes y permisos en regla.

Que las Cortes aprobasen, en este período, tres y pico leyes de Extranjería diferentes, la primera para reformar la socialista de 1985, sin que el tema pudiese llegar a ser objeto de consenso con otras fuerzas políticas (como había propuesto Rodríguez Zapatero), es un indicio claro de que las cosas nunca acabaron de encararse lo suficientemente bien. La primera Ley de Extranjería del PP quedó tan reformada que disgustaba al Gobierno, en desacuerdo con la tesis «papeles para todos los que llegan». La primera reforma de la reforma se produce en 2001, y pocos meses después habría un nuevo texto legal, ahora sí contando con un cierto consenso en el campo socialista, como consecuencia de un varapalo del Supremo, que anulaba nada menos que once artículos del Reglamento de la Ley de Extranjería.

Aunque la llegada de Ignacio González en sustitución de Fernández Miranda contribuyó bastante, hay que decirlo, a calmar ánimos y tensiones. A finales de la segunda legislatura, Gonzalo Robles sustituyó a González, que fue a parar a la Vicepresidencia de la Comunidad de Madrid tras la victoria de Esperanza Aguirre. Pero la inmigración sigue siendo un problema económico y social y, por tanto, político. Y ético: la opinión pública no acaba, afortunadamente, de acostumbrarse a ver cadáveres de africanos tendidos en las playas de Tarifa y alrededores.

Mantener una alta tasa de empleo es la característica más cierta para conocer que una economía está saneada. El Gobierno ha mantenido varios planes de empleo y ha fomentado la demanda en sectores como la vivienda —motor de la economía— y el automóvil, generadores ambos de puestos de trabajo. Por ello, cualquier atisbo de crisis en uno de ellos, como el que ahora nos pronostica —de nuevo aguafiestas— el Banco de España para la «burbuja de la vivienda», preocupa al Ejecutivo, y mucho.

De cualquier forma, en 2000 se estaban creando en España 400.000 puestos de trabajo anuales, lo que supone que la población ocupada crecía cada año en torno a un 3 por ciento, un porcentaje al que ningún país de la UE se aproximaba. Pero, según el Consejo Superior de Estadística, que elaboró una media entre las encuestas de la EPA y las cifras del Inem, aún quedaban 2,5 millones de parados en nuestro país. Un ejército que desmentía la realidad de «casi» pleno empleo que los miembros del Gobierno esgrimían cada vez que se les presentaba la ocasión.

Por supuesto, el Gobierno conoce perfectamente los informes acerca de la economía sumergida, que no ha disminuido suficientemente durante el último lustro. La economía paralela suma unos 90 billones de pesetas, cerca de un 22 por ciento del PIB, según se calcula en los informes de la Comisión Europea. Es decir, que hay un 20 por ciento, o más, de las actividades laborales en España que no declaran su rendimiento en Hacienda. Se sabe, o se sospecha, que uno de cada diez empleados en España no cotiza a la Seguridad Social, y que la economía española ocupa los primeros puestos en el ránking de defraudación social, junto con Grecia e Italia.

En abril de 2001, un editorial de *El Mundo*, el periódico que durante todos aquellos meses había mostrado más euforia en cuanto a la marcha económica de la nación, se preguntaba si habíamos llegado al final del «círculo virtuoso». Rato acababa de anunciar que habría que revisar a la baja las previsiones de crecimiento para ese año y el INE había hecho público el dato de inflación en marzo: 0,4 por ciento. Con ello el IPC se situaba ya en los tres primeros meses en el 0,8 por ciento, muy por encima de las estimaciones del Gobierno que, en el capítulo inflación, siempre se ha quedado corto.

El año 2000 fue fundamentalmente bueno y, aunque la introducción del euro no provocó más traumas que un leve repunte de la inflación, lo cierto es que el año en el que se despedía el siglo dejó un regusto amargo, porque las Bolsas ya no iban a ser lo que fueron: los valores tecnológicos desataron la tormenta bursátil, de la que aún no nos hemos recuperado plenamente. Era una burbuja que todos advertían que iba a estallar y que, sin embargo, todos admitieron en sus vidas sin mayores cautelas. Y el año 2000 se cerraba con la advertencia de que la vivienda concluía el año con una subida de precios del 12,5 por ciento, la mayor de la década. ¿Se avecinaba otra burbuja?

Encima estaba, desde luego, la crisis argentina, que en 2001 provocó que las empresas españolas perdiesen diez mil millones de euros en Bolsa. El plan de emergencia diseñado por Eduardo Duhalde había resultado un fracaso y el gran país latinoamericano se sumía en el caos, que podría arrastrar a otros países del entorno.

El de comienzos de siglo iba a ser, sin embargo, un desánimo momentáneo; el crecimiento superaba aún a la inflación. La sociedad española, a la que los sondeos presentaban como alegre y confiada, seguía viendo las cosas fundamentalmente con optimismo. Y quedaban muchas cosas en el horizonte. Alguna, particularmente desagradable para Rodrigo Rato.

Confusión sobre la fusión

Por ejemplo, quedaba la gran movida en el sector eléctrico. En octubre de 2000, Endesa e Iberdrola anuncian su fusión. Rodolfo Martín Villa e Íñigo de Oriol habían acercado más o menos secretamente sus posiciones hasta dar este paso de gigante en el sector eléctrico, un sector estratégico que afecta también al poder de las comunidades autónomas que mayores ansias tienen de distanciarse del conjunto del Estado. Por ello, tras cada movimiento en una eléctrica fuerte hay, quiérase o no, un movimiento político.

Dar el paso de fusionar ambas compañías, una de ellas recién privatizada, creando la cuarta compañía eléctrica del mundo y la cuarta española por capitalización (sólo superada por Telefónica, BBVA y SCH, y por encima de Repsol), con unos activos por valor de más de once billones de pesetas, no era, pues, cosa fácil. La compañía iba a llamarse Endesa-Iberdrola, tendría más de treinta y siete millones de clientes y se concretaría mediante la fusión de Iberdrola por Endesa. El presidente único sería, en 2003, Manuel Pizarro.

A ciertos accionistas aquello no les gustó nada. Al BBVA, por ejemplo, que votó en contra de la fusión. Y a la Caja vizcaína, la BBK, a la que le parecía, entre otras cosas, que Euskadi perdería poder eléctrico al darle el control de Iberdrola a Endesa, una compañía al fin y al cabo cercana al Ejecutivo de Madrid y presidida por un hombre tan próximo a Aznar, y tan lejano del PNV, como el leonés Martín Villa. El Bilbao Vizcaya pedía que, antes de proceder a la fusión, se estudiara detenidamente una propuesta de Gas Natural, respaldada por Repsol.

La noticia, claro, fue una auténtica bomba en el panorama económico español. Por ejemplo, para Repsol y su participada Gas Natural. Ambos hicieron saber que la fusión Iberdrola-Endesa planteaba «graves problemas jurídico-formales y de competencia» frente a su propio proyecto industrial.

Era todo un reto, todo un terremoto en el que las principales empresas y bancos del país estaban involucrados. El Gobierno tendría que decir algo, ya que la normativa en vigor impone una previa notificación al Ejecutivo ante tal tipo de fusiones, y el Gobierno tiene cuatro meses para pronunciarse. El Ejecutivo, que no había fomentado la alianza, hizo saber, tras una rápida deliberación interna, que estaba dispuesto a aceptarla «si el grupo resultante no copa una cuota de mercado en España superior al cuarenta por ciento en generación y distribución». Es decir, si no superaba al tamaño de Endesa en aquellos momentos. Ello supondría una fuerte desinversión, una importante venta de activos para ambas empresas, ya que Endesa representaba por sí sola ese 40 por ciento exigido por el Gobierno, e Iberdrola otro 30 por ciento: entre ambas, coparían el 70 por ciento del mercado español, algo que no podría aceptar la Defensa de la Competencia.

El Gobierno, de la mano de Luis de Guindos, es decir, de Rato, quería aprovechar la ocasión para reordenar el sector eléctrico español y fomentar la competencia, no poniendo objeciones a que, por ejemplo, parte de los activos vendidos por el nuevo grupo pasase a manos de operadores extranjeros.

Con menor benevolencia se contemplaba, en cambio, la posibilidad de que tales activos fuesen adquiridos por Unión Fenosa, la tercera eléctrica española, porque se pretendía aumentar

Pocos pensaban que aquel presidente de la Junta de Castilla y León iba a llegar a La Moncloa. En la foto, tomada en 1988, le vemos junto al presidente de Baleares, Gabriel Cañellas (izquierda) y el de La Rioja, Joaquín Espert (derecha).

La entrada del matrimonio Aznar-Botella en La Moncloa supuso el comienzo de una importante nueva era política que algunos conocerían luego como el *aznarato*.

Hubo una época de malas relaciones entre Aznar y Alberto Ruiz Gallardón, que no cuenta con la unánime simpatía de la militancia del PP, aunque todos admiten su valía política.

El atentado de ETA contra Aznar fue una prueba evidente de la sangre fría del presidente.

Una foto histórica: el desafío deportivo de Aznar a los muchachos de la Ruta Quetzal. Aznar es un decidido *fan* de la forma física: todos los días corre varios kilómetros.

El ministro de Defensa, Federico Trillo, se convirtió en uno de los vértices de la acción del gobierno durante el *aznarato* destacando especialmente su decisión en la toma del islote Perejil.

Francisco Álvarez Cascos perdió peso político a raíz de su salida de la Secretaría General del PP.

La boda de Ana Aznar Botella con Alejandro Agag, uno de los inspiradores del «clan Becerril», suscitó bastantes críticas por la inoportunidad del lugar y la personalidad de algunos invitados.

La «cumbre» de Azores escenificó las nuevas tesis de alianza internacional del gobierno español.

Aznar, rodeado de sus nuevos amigos. La relación Bush-Aznar fue uno de los condicionantes que posibilitaron a EE.UU. para hablar de una «alianza internacional» en la guerra contra Irak.

Tony Blair, más cercano al presidente que a su teórico correligionario Rodríguez Zapatero.

Las relaciones entre Aznar y Berlusconi pasaron por diversas fases a lo largo del *aznarato*.

El hundimiento del *Prestige* fue una tragedia que desató la furia de los gallegos y dio origen al nacimiento del «Nunca mais».

La foto más famosa del aznarato: Aznar y Bush dan pie a muchas habladurías.

Las relaciones entre Aznar y el Rey fueron básicamente buenas, aunque con algunos incidentes protocolarios aislados.

La sucesión de Aznar acaparó buena parte de las especulaciones políticas durante la última parte del mandato de Aznar.

Los contactos de Aznar con la oposición, especialmente con los nacionalistas vascos, fueron muy infrecuentes durante la segunda legislatura del aznarato.

el número de operadores en el mercado español, no consagrar un duopolio. Unión Fenosa, cuya cuota es del 23 por ciento del mercado español, ya había recibido la primavera anterior el veto a la compra de Hidrocantábrico, que copaba el restante 7 por ciento del mercado eléctrico. Rato iba a vetar también la compra de Hidrocantábrico por parte de grupos con participación pública alemana y portuguesa, una operación en la que actuaba otro de los hombres clave de la economía española en estos últimos años y que, sin embargo, ha sabido moverse sin demasiados focos: Juan Miguel Villar Mir.

Rato anuncia que la fusión Iberdrola-Endesa no debe suponer una disminución del número de operadores que actúan en el mercado. Endesa e Iberdrola tendrían que vender muchos activos; las condiciones impuestas por el Ejecutivo eran duras. El 5 de febrero, tres meses y medio después de haber anunciado su fusión, Endesa e Iberdrola dicen que rompen su alianza. No habría fusión. La mayor operación proyectada nunca jamás sobre el mapa eléctrico de España quedaba desactivada, para alivio de Repsol, de las otras operadoras eléctricas, del BBVA y... de una parte del propio Gobierno, quizá encabezada por un Aznar que esta vez sí se ha involucrado en el asunto más que en otras ocasiones. El Ejecutivo hizo valer, casi sin enseñarla, su *golden share*, la opción de oro de que disponía en Endesa (posteriormente, este derecho excepcional del Gobierno sobre las empresas privatizadas se iba a difuminar bastante, hasta el punto de quedar casi en algo simbólico). Las condiciones impuestas por el secretario de Estado de Economía, Luis de Guindos, sin duda impulsado por Rato, han dado al traste con un plan que era apoyado desde la CEOE y desde sectores importantes de la economía española.

Las razones esgrimidas por las eléctricas para no seguir adelante con el proceso se basaban en que el Gobierno se reservaba un control excesivo en el proceso de desinversiones y en la tutela sobre el futuro de la empresa fusionada. También entendían Endesa e Iberdrola que se discriminaba, legislación en mano, a la nueva empresa fusionada con respecto al resto del sector en materias tan trascendentes como las ayudas eléctricas. En concreto, una de las razones fundamentales para justificar la marcha atrás fue la condición impuesta por el Gobierno de que Endesa e Iberdrola deberían restar de las ayudas pactadas con el Gobierno, que aún no habían cobrado —más de ochocientos mil millones de pesetas—, las plusvalías que obtuvieran con su forzada venta de activos.

La rueda de prensa en la que ambos presidentes anunciaban el fin del proyecto fue multitudinaria. El Gobierno de nuevo se desmarcó del asunto. Desde Barcelona, el ministro de Economía, Rodrigo Rato, calificó la decisión de «puramente empresarial»: «Sobre las decisiones de un consejo de administración no vamos a pronunciarnos», declaró, en una frase muy típica de él. Y luego, las consecuencias positivas, trufadas de advertencia: «La obligación del Gobierno es garantizar la competencia y que en ningún caso intereses empresariales perjudiquen a los intereses de los particulares».

Y ahí acabó el intento de macrofusión. Como también acabaría, meses después, de forma mucho más expeditiva, el intento de OPA de Gas Natural sobre Iberdrola, un viejo anhelo de la compañía presidida por Antoni Brufau y apoyado por La Caixa catalana con el rechazo, de nuevo, de Repsol. Esta vez, el Gobierno ni siquiera argumentó por qué se opuso de forma tan tajante a una OPA que movilizó a muchos bufetes y a muchos gabinetes de comunicación e imagen, y que acabaría por fracasar.

El 29 de abril de 2003, la Comisión Nacional de la Energía, organismo teóricamente independiente pero adscrito al Ministerio de Economía, se alinea contra la OPA. Algún periódico afirma que alguien, en nombre del presidente Aznar, ha telefoneado al presidente de la Comisión, Pedro Meroño, para pedirle que olvide cualquier veleidad favorable a la OPA. Los argumentos de Iberdrola, que decía que Gas Natural acabaría desmantelando todas sus infraestructuras, triunfan. Y en el Gobierno triunfan los políticos que creen que se acaba de desmontar una operación política de la Generalitat catalana con el apoyo de La Caixa. Puede que así sea, porque el enfado en el seno de Convergència i Unió, donde se mantenían muy buenas relaciones con Rato, especialmente a través de Josep Sánchez-Llibre, fue monumental.

Ambos fueron los dos casos más claros de intervención de un Ejecutivo que, en términos generales, no ha sido intervencionista. O no demasiado, como vemos.

El «gescarteRato»

En junio de 2001 iba a saltar el mayor escándalo económico del aznarato: el Caso Gescartera. Cinco meses de infarto para el PP y el Gobierno, en general, y para Rodrigo Rato muy en particular. Sí, muy en particular porque fue muy poco lo que se le oyó comentar a Aznar (en público) sobre este asunto, un agujero económico de más de quince mil millones de pesetas en un chiringuito financiero dirigido por Antonio Camacho y presidido, casualidades de la vida, por Pilar Giménez-Reyna, hermana del entonces secretario de Estado de Hacienda, Enrique Giménez-Reyna. Un escándalo con ramificaciones, además, en lo más hondo de la sociedad española: resultaba que el consejero-delegado era José Manuel Pichel, un alto cargo de la Fundación ONCE, y que entre los inversores que buscaban rápida rentabilidad a su dinero se encontraban un cantante, el ecónomo de Valladolid y otros sacerdotes, una comunidad de monjas... y otros nombres y colectivos que jamás salieron a la luz.

Para colmo, se ponía en evidencia la negligencia de la Comisión Nacional del Mercado de Valores a la hora de vigilar. Su presidenta, Pilar Valiente, había mantenido frecuentes encuentros con los Giménez-Reyna y al menos dos almuerzos con Camacho. Más tarde se descubriría que un banco extranjero implicado en el caso, el HSBC, con sede central en Hong Kong pero con ramificaciones en todo el mundo, había concedido un crédito a una empresa de la familia de Rato, Muinmo. Coincidencias en las que los socialistas, que pensaban que habían dado con un gran tema para ejercer una implacable oposición, veían algo más que pura casualidad.

Si el Gobierno —y la ONCE, que trató el caso con singular torpeza— pensaba que el mes de agosto serviría para que se olvidara el asunto, se equivocaba. Para su desgracia, comprobó que apenas había otros temas de interés informativo durante la sequía vacacional, y Gescartera era mejor que la tradicional serpiente de verano. Así que periódicos, radios y televisiones se lanzaron alegremente a investigar un caso que, informativamente, conviene reconocer que daba muchísimo de sí. Las dimisiones sucesivas de Giménez-Reyna y de Pilar Valiente, defendidos hasta el último minuto posible por Rato y por Montoro, sirvieron, al menos, de escudo para salvar las cabezas de los dos ministros.

Estaba claro que ni uno ni otro tenían la menor idea de lo que era aquel chiringuito financiero —hay muchos como ése, lo que no quiere decir que todos cometan las mismas irregularidades—, pero eso no les salvó de la correspondiente Comisión de Investigación. Como todas esas comisiones parlamentarias, sólo sirvió para hacer mucho ruido, aunque las nueces fuesen pocas. O ninguna. Al menos, ninguna de las que la oposición hubiese querido; su portavoz, Jesús Caldera, ni siquiera fue capaz de sostener la mirada de Rato cuando éste, dando vueltas con la cucharilla a una taza de café, le amenazó con ir a los tribunales si le acusaba sin pruebas de la menor irregularidad económica.

A Rato hay que reconocerle valor en el lance. Incluso dio al traste con un acuerdo para la renovación de varios órganos institucionales que el PP había consensuado con el PSOE: acusó públicamente a uno de los nombres pactados para ocupar una vocalía en la Comisión Nacional de Energía de carecer de la preparación necesaria para desempeñar el cargo; en efecto, Jaime González, ingeniero agrónomo, no tenía más mérito aparente que su amistad personal con Rodríguez Zapatero, de quien era «padrino político». El enfado de Arenas con Rato fue, dicen, monumental, aunque el sevillano no permite que esas cosas se le noten demasiado. Y es que, en su conducta ante el Caso Gescartera, Rato se desmarcó notablemente de las directrices de su partido. Luego resultaría que su táctica fue la buena, porque al cabo de cinco meses de Gescartera ni se volvió a hablar.

Pero, a raíz de Gescartera, el vicepresidente económico perdió muchas plumas. Los medios investigaron todas las empresas familiares, todas sus ramificaciones y los préstamos bancarios. Todo. Las empresas compartidas con María Ángeles Alarcó, Gela, la ex esposa de Rato. Las de los hermanos —Ramón se ha dedicado a la vertiente empresarial, y Rodrigo, a la política; pero en la primera se han registrado algunas quiebras. Todo.

Fueron días de prueba para el vicepresidente económico, cuya situación familiar se iba, a la vez, degradando. Gescartera no era un escándalo político, como puede analizarse ahora, pasado el calor de la batalla, sino un escándalo en el que se vio involucrado, por sus manejos y sobre todo por sus mentiras, un secretario de Estado. Y en el que la poderosa organización de los ciegos, alguna ONG y varios religiosos se vieron también atrapados, junto con otros nombres —no todos salieron a relucir— de inversores en la dudosa sociedad. Los quince mil millones del agujero nunca aparecieron, por cierto, y Camacho resultaría ser el único que pasó algún tiempo en prisión. La Comisión Nacional del Mercado de Valores fue la que más vio afectada su imagen. Una vez más —como en los tiempos de Mariano Rubio, como cuando Villalonga, como cuando...—, mostraba su negligencia a la hora de vigilar lo que tenía que vigilar: incluso se demostró que su vicepresidente, Luis Ramallo, había aceptado algún regalo de Camacho. Y tampoco el Banco de España salió del todo bien parado del lance.

Y es que, exceptuando los casos de Mario Conde y Javier de la Rosa —y, si ustedes quieren, de Luis Roldán—, los delitos económicos, incluyendo a Mariano Rubio, han salido siempre muy baratos en España. Antes y ahora. Que se lo pregunten a los Albertos. O a todos los que silban mirando distraídamente hacia otro lado cuando el Tribunal de Cuentas descubre anomalías en la gestión del Gobierno (en 1998) o en la financiación de casi todos los partidos políticos del país (en 2001, etc.). O a quienes enterraron —nunca mejor dicho— el caso del lino, motivo de un serio varapalo de la UE a España.

La huelga de Cándido y Fidalgo

El 20 de junio de 2002, Pío Cabanillas, ministro portavoz, madrugó más que de costumbre. Ya tenía preparada su declaración para las emisoras de radio a las ocho de la mañana: la huelga había sido un fracaso. Y responsabilizó, a la vez, a los piquetes de algunos excesos que se estaban produciendo. Esta temprana comparecencia había de costarle cara al ministro, que, por otra parte, no hacía sino poner en marcha la estrategia trazada por el conjunto del Gabinete bajo la coordinación de la Vicepresidencia primera.

La huelga general, la primera de este género que sufría un Gobierno del PP que, en términos generales, había mantenido bastante buenas relaciones con los sindicatos —gracias, en buena parte, al carácter dialogante de los sucesivos ministros de Trabajo—, tuvo una elaboración traumática. Desde el Gobierno se decía que los sindicatos buscaban el paro a toda costa. Pocas veces se había vivido un clima tal de tensión en numerosos centros de trabajo. De manera especial, los medios públicos de comunicación fueron objeto de una actividad febril por parte de los afiliados a los sindicatos en su intento de repetir lo que, en la medianoche del 14 de diciembre de 1988, le había ocurrido a Felipe González: un apagón total en la televisión pública y en Radio Nacional. Este hecho no estuvo en alguna ocasión exento de ciertas coacciones.

El nerviosismo por aquellos días era grande. Y algunos periodistas que, condenando la causa que motivó el paro, el famoso Decretazo, opinaban en voz alta que la huelga no era la manera de combatirlo (también el PSOE, inicialmente, opinaba lo mismo; luego, Zapatero se convirtió en el primer manifestante en la jornada huelguística), sufrieron las mismas descalificaciones que otros que, en su seguidismo de las consignas gubernamentales, alababan la reforma del desempleo. Luego, cuando el Ejecutivo dio marcha atrás, los que alabaron el decretazo serían los mismos que acabaron criticándolo, en viraje espectacular. Una vez más, España se dividía en dos bandos, sin soluciones intermedias, sin otros colores que el blanco o el negro.

En el origen de la huelga, convocada para el 20 de junio de 2002, la jornada anterior a la celebración de una cumbre de la Unión Europea en Sevilla, bajo presidencia comunitaria española, estaba el famoso decreto que modificaba la prestación del desempleo, endureciendo algunos de sus términos. Especialmente en lo referido al salario de tramitación, a las percepciones del Plan de Empleo Rural, en la desprotección de los trabajadores fijos discontinuos y en nuevos requisitos para poder percibir el seguro.

El día fijado por los sindicatos para el paro no podía ser peor para los intereses del Gobierno: cientos de periodistas estarían en la capital hispalense asistiendo a la reunión del Consejo Europeo, presidido por un Aznar lógicamente anhelante de ver su imagen presidiendo a todos los mandatarios de Europa, desde Chirac a Blair, desde Berlusconi a Schröder. Súmese a la convocatoria de la huelga general la perspectiva de manifestaciones antiglobalización en una ciudad que, como Sevilla, está plagada en su centro de callejuelas de difícil trazado, y se tendrá una idea aproximada de la angustia que embargaba al Gobierno.

Pero a Aznar nadie le echa un pulso, porque presumiblemente lo perderá, advertían por aquellos días fuentes monclovitas. El ministro portavoz, Pío Cabanillas, confesaría después haber pasado entonces los peores días de su vida, unos días que tal vez contribuyeron a costarle el cargo, si bien es cierto que ya estaba enfrentado a algunos de los más importantes dirigentes del PP.

El Gobierno siempre confió en que el líder de Comisiones Obreras, José María Fidalgo, acabaría por no unirse al ugetista Cándido Méndez en la decisión de ir a la huelga. Fue un error de cálculo del ministro de Trabajo, Juan Carlos Aparicio, amigo personal de Fidalgo y contrario, él mismo, si no al espíritu del que luego sería llamado Decretazo, impulsado sobre todo por Rato, sí a la forma como se presentó a la opinión pública. Fue, qué duda cabe, un craso error, que incluyó poco menos que llamar vagos a los desempleados y acusar a buena parte de ellos de cobrar el subsidio fraudulentamente.

En los últimos días del mes de febrero Aparicio anunció a Fidalgo la posibilidad de reformar el seguro de desempleo, se sucedieron varias reuniones entre ambos, con carácter más o menos secreto. Hasta que al ministro le quedó claro que el líder de CC. OO., con varios frentes internos abiertos en su sindicato (el hasta entonces número dos, responsable de Organización, Rodolfo Benito, acababa de ser cesado en sus responsabilidades, iniciando una vía de franca oposición), no avalaría la reforma. Ni en el fondo ni, menos aún, en la forma. Aunque el moderado Fidalgo no había seguido a UGT en su oposición a la primera reforma laboral, no podría de ninguna manera, comunicó a Aparicio, afrontar este nuevo recorte en solitario sin exponerse a nuevas fricciones, y acaso hasta fraccionamientos, dentro de CC. OO.

Sin embargo, el Gobierno trató de dividir a los sindicatos, procurando entrevistas a solas de Fidalgo con Rato, encuentros que acabaron como el rosario de la aurora.

—Estáis en una postura inflexible, no queréis dialogar— acabaría diciéndole Rato al líder de Comisiones, midiendo de arriba abajo sus dos metros de estatura.

—No habrá negociación si no hay retirada total del documento —respondió Fidalgo.

—El documento de ninguna manera puede retirarse, pero estamos dispuestos a modificar algunas cosas; piénsalo —ofreció el superministro económico.

—O retirada, o convocaremos huelga. Y no creas que vamos de farol, porque te equivocas —concluyó el sindicalista.

Luego, los sindicatos serían acusados de haberse negado al diálogo. Y lo cierto es que mantuvieron una postura inflexible hasta que, el jueves 23 de mayo, Fidalgo y Méndez, en ambiente que el influyente periodista de *El Mundo* (periódico que mostró una tenue oposición a la huelga) Casimiro García-Abadillo calificó de «alegre camaradería», convocaron formalmente la huelga general para el 20 de junio. El primer sorprendido, agrega García-Abadillo, fue Aznar. No podía creer que aquella modificación en la normativa para percibir el desempleo, que él creía obligada a la luz de las tendencias en Europa, pudiese bastar para convocar nada menos que una huelga general. Y, encima, en fecha tan señalada.

Aznar no dejó pasar la ocasión de repasar, en su línea de habitual machaconería, que, en los seis años transcurridos de su Gobierno, España había crecido un punto por encima de la UE, se crearon 600.000 puestos de trabajo cada año y la Seguridad Social alcanzó, por primera vez en la historia, los dieciséis millones de afiliados. «Y con estos datos quieren hacer una huelga general», se escandalizaba el presidente.

Así que el presidente respondió como suele: en el siguiente Consejo de Ministros, dos días después, hacía aprobar por la vía de la máxima urgencia, con forma de Decreto-Ley y con aplicación desde el lunes siguiente, la que técnicamente se llamó Reforma de la Protección al Desempleo, en adelante Decretazo. No había posibilidad alguna de acuerdo.

En efecto, la reforma contenía incluso algunos puntos que podrían haber llegado a ser inconstitucionales, como la obligatoriedad del trabajador de aceptar un empleo que le propusieran a una distancia de hasta treinta kilómetros (luego la distancia iría sufriendo variaciones en las distintas propuestas de negociación).

El Mundo, adalid de la conciliación entre ambas partes, titulaba un editorial, ocho días antes de la huelga, y mientras el cuerpo social se tensaba al límite: «Las diferencias no justifican una huelga general». «Las diferencias entre Gobierno y centrales sindicales eran perfectamente negociables y en ningún caso justificaban una medida tan drástica como la huelga.» El periódico de Ramírez, en aquellos momentos en comunión con el inquilino de la Moncloa, se refería a los salarios de tramitación o la definición de lo que es «una oferta de empleo adecuada». Aunque al final sería la reforma del PER, a cuyos perceptores acusaba el Gobierno, sin gran disimulo, de practicar un fraude descarado, el gran caballo de batalla. El propio diario no silenciaba los malos modos con los que el Ejecutivo, en general, y Aznar, en particular, prepararon el conflicto: los parados, sus familiares, sus allegados y la opinión pública en general se sintieron zaheridos ante las nuevas muestras de dureza verbal emanadas más de la Moncloa que del Gobierno.

Porque ya sabemos que el titular de Trabajo, Aparicio, hombre amable y eminentemente moderado, con un peculiar sentido del humor que le hace pasar el día contando chistes, no estaba del todo de acuerdo con las provocaciones que empapaban algunas manifestaciones de Aznar. Pero su natural modestia le impedía manifestar públicamente —demasiado públicamente— sus discrepancias. De hecho, el titular de Trabajo sería una de las víctimas en la inmediata remodelación ministerial, en la que fue sustituido por Eduardo Zaplana, pasando a convertirse —las vueltas que da la vida— en candidato con éxito a la alcaldía de su ciudad natal y de sus amores, Burgos.

La huelga tuvo lugar, quizá no con un seguimiento tan grande como el que los sindicatos dijeron —la guerra de cifras, que obviamos aquí, es siempre inevitable—, pero con consecuencias. No paró RTVE —donde hubo considerables pugnas internas—, pero pararon industrias y servicios, contradiciendo la afirmación mañanera de Cabanillas, quien, cumpliendo el mandato «de arriba», salió desacreditado y escaldado del 20-J. Una jornada que concluyó con dos millones de personas —«cientos de miles», según el Gobierno— pidiendo, en manifestaciones sin incidentes, la retirada del Decretazo. Los líderes del PSOE y de IU, particularmente hermanados en esos días, figuraban a la cabeza de los manifestantes, junto con los dirigentes sindicales.

Fueron aquellos días de desconcierto y desánimo para sectores del Gobierno. Circunstancias, no obstante, no perceptibles en Aznar, que jamás perdió su seguridad pétrea, nunca accedió a la más leve autocrítica ni concesión verbal. Solamente verbal, claro, porque pronto quedó claro que Zaplana había llegado para sacar la pata que Rato había metido. Al menos de cara a la galería.

Pasó todo aquel verano negociando activamente con Méndez y Fidalgo, en encuentros que se pretendían secretos pero de los que en realidad andaba enterado casi todo el mundo. El 5 de octubre, una gran manifestación pide la retirada del Decreto. El 6 de octubre, Zaplana, que sabe dónde le aprieta el zapato y llegaba con plenos poderes, empieza el *Rectificazo*. Claro que Aznar se apresuró a decir que las «aportaciones» que «mejoraban» el decreto no significaban una «marcha atrás». Y Rato habló, ya el 9 de octubre, de «aportaciones, no concesiones».

Aún hoy el Ejecutivo sigue insistiendo en que el espíritu y gran parte de la letra del decreto permanecen. Pero modificación, haberla, húbola. Sin duda, la rectificación más importante llevada a cabo por el Gobierno Aznar en todo el aznarato, entre otras cosas gracias a que el Real Decreto acabó tramitándose como Proyecto de Ley, y eso facilitó la introducción de modificaciones en el texto original. Aunque, repetimos, oficialmente jamás se haya reconocido.

CAPÍTULO 7

Vacas locas y educación cuerda

El polémico Estado del bienestar

Qué duda cabe de que un arduo y tenaz trabajador como José María Aznar no llegó al Gobierno de España para dejar piedra sobre piedra. Él quería no sólo acabar con ETA y recuperar Gibraltar, o colocar a España en el lugar que él cree que le corresponde en el mundo —y pasos adelante dio en todo ello, aunque en algún caso el remedio fuese casi peor que la enfermedad—. Quería más: lograr el pleno empleo —y se acercó a ello más que sus antecesores, desde luego—, cambiar la educación, acabar con las listas de espera en la Sanidad, liberalizar el país.

Los «populares» están indudablemente orgullosos de la actividad realizada durante el aznarato y, más específicamente, durante la séptima legislatura —aunque algunos dirigentes reconocen que la sexta fue más «creativa», en el sentido de que, teniendo que pactar, se impuso mayor imaginación y consenso a la hora de legislar.

No obstante, en un informe interno elaborado por la dirección del Grupo Parlamentario Popular acerca de la última legislatura, se destaca la frecuente comparecencia de Aznar ante las sesiones de control parlamentario: en julio había contestado, en el período desde 2000, a ciento cincuenta preguntas orales y había celebrado diecisiete comparecencias a petición propia ante el Pleno para informar sobre los Consejos Europeos de Oporto, Niza, Estocolmo, Gotemburgo, Bruselas (y de la situación internacional derivada de los ataques del 11 de septiembre), Laeken, Barcelona, Sevilla, Bruselas y Tesalónica. También mantuvo alguna comparecencia sobre Irak, aunque no siempre puntualmente ni en los momentos más polémicos, como le reprochó la oposición. De los debates sobre el estado de la Nación se habla en otra parte de este libro.

En todo caso, en un resumen comparativo sobre la actividad parlamentaria, la séptima legislatura obtiene una calificación alta, al menos de acuerdo con los cuadros elaborados por el propio Grupo Popular. Lo cual no quiere decir que el Parlamento haya sido el centro de la vida política: los gobiernos de Aznar han sido gobiernos fuertes que, como sus antecesores, han hecho pivotar la política en torno al Ejecutivo, y no al Legislativo, mientras el Judicial vivía un cierto desmadre, igualmente heredado.

De los avances (y retrocesos) en Justicia e Interior ya hablamos también en otro capítulo. Toca referirse a otros aspectos.

Weber dijo que la voluntad reformista de un Gobierno se demuestra en su afán por avanzar en la calidad de la educación y de la sanidad. El Estado del bienestar, en resumen.

A los socialistas se les llenó la boca durante los gobiernos de Aznar diciendo que el PP había dejado de lado los asuntos sociales y que había decaído de forma sensible el llamado Estado del bienestar, la educación, la sanidad, las prestaciones a los mayores, marginados, niños o discapacitados. Sin embargo, esa afirmación nunca fue aceptada por los responsables del Gobierno y del PP, que durante ocho años hicieron hincapié precisamente en esos sectores e incrementaron de forma considerable los presupuestos dedicados a los ministerios encargados de dar mejor calidad de vida, mientras acusaban a los socialistas de tergiversar las cifras que ofrecían cuando daban cuenta de la gestión gubernamental.

Si bien ha sido cosa aceptada que la primera legislatura del PP fue mejor que la segunda, las responsables de Sanidad y Educación durante los primeros años de Aznar fueron objeto de críticas muy duras que, en algunas situaciones, llegaron incluso a las descalificaciones personales.

La incomparable Celia

Así como a Romay Beccaria se le trató con cierta consideración, tanto su sucesora en Sanidad, Celia Villalobos, como Esperanza Aguirre en Educación recibieron acusaciones muy duras por parte de la oposición, y hasta chanzas de mal gusto.

Con Celia Villalobos, los socialistas, algunos columnistas y los dibujantes de humor se ensañaron. Le tocó lidiar con el «medicamentazo», cuando el Gobierno, de la mano de José Manuel Romay Beccaria, decidió excluir 869 fármacos de la financiación pública. Le tocó completar el plan para acabar —que no se acabó del todo— con las listas de espera. Le tocaron las vacas locas, los benzopirenos, la legionella, en un país hipocondríaco. No le importaba declararse a favor del aborto en un partido que es férreamente contrario a él. Desanudó el rumbo, decían que privatizador, de su antecesor en el cargo en varios aspectos. Le soltaba una fresca al más pintado en medio de la seriedad del hemiciclo del Congreso y se quedaba tan ancha. En resumen: a Celia Villalobos, a quien le tocó bailar con la más fea, lo menos que le podían decir es que era una ministra atípica. No engañaba a nadie, porque al fin y al cabo ya había sido una alcaldesa atípica.

Sin embargo, Celia Villalobos puso en marcha un plan de choque contra las listas de espera que tuvo resultados más satisfactorios de lo que presuponían sus adversarios y en 2001 llevó al Congreso la Ley Básica Reguladora de la Autonomía del Paciente y de Derechos y Obligaciones en Materia de Información y Documentación, el llamado «testamento vital», que significó todo un hito en la política sanitaria. Era una ley que expresaba sensibilidad hacia el paciente terminal, al que se dejaba abierta la posibilidad de renunciar a que se le prolongara la vida a través de asistencia mecánica cuando no existía ya ninguna posibilidad de recuperación. Se trataba de una ley progresista que en algunos sectores calificaron de «eutanasia pasiva».

Villalobos, por otra parte, puso el acento en la investigación, con la apertura de nuevos centros y el fichaje de algunos de los hombres españoles de reconocido prestigio en el extranjero y que, sin embargo, no encontraban posibilidades de desarrollar su trabajo en España. Entre las personas a las que sumó a sus proyectos se encontraban Valentín Fuster y Mariano Barbacid. Hay que reconocer, sin embargo, que el carácter del segundo provocó problemas a Villalobos y a su sucesora, Ana Pastor, por la profunda egolatría del investigador que tanto había aportado a la oncología y que había logrado éxitos de alcance internacional. Antes de terminar el año 2003, Barbacid llegaba al acuerdo con Ana Pastor de dejar el Centro Nacional de Investigaciones Oncológicas. Aparentemente, lo hacía para dedicar más tiempo a sus tareas profesionales, pero la realidad es que la situación se había hecho insostenible y varios científicos habían abandonado el centro por desacuerdo con el modo de trabajo que pretendía imponer Barbacid.

Pero donde Villalobos tuvo mayor protagonismo fue en el inicio del traspaso de competencias plenas de la Sanidad a las comunidades autonómicas. Toda una revolución en la sanidad de los españoles, que tendrán como responsables máximos de su salud a sus gobiernos autonómicos. El ministerio perdió la mayor parte de sus competencias durante el mandato del PP, pero consiguió en cambio superar el reto del traspaso, que parecía imposible cuando Aznar tomó posesión en 1996. Aunque se ha quedado con menos capacidad de maniobra, el ministerio sí realiza ahora una labor de vigía para que el buen funcionamiento de la Sanidad quede garantizado para todos los españoles.

Un problema con el que han tenido que lidiar los tres ministros de Sanidad de Aznar, Romay, Villalobos y Pastor, ha sido la reducción del gasto farmacéutico, tarea a la que han aplicado distintas fórmulas sin que se haya logrado el resultado apetecido. Villalobos firmó el Pacto de Estabilidad del Gasto Farmacéutico, también puso en marcha una política de «genéricos» hasta entonces desconocida en España, para lo cual tuvo que enfrentarse al todopoderoso sector de la industria farmacéutica. Tanto ella como Ana Pastor redactaron, ampliaron y recortaron sucesivamente la lista de medicamentos que serían sufragados por la Seguridad Social, medidas todas ellas que provocaron preocupación y rechazo en las empresas farmacéuticas y en las farmacias, y que, sin embargo, las ministras aplicaron de forma implacable denunciando los altos porcentajes de ganancias de unas y otras.

A pesar de que esas decisiones y la firmeza de sus planteamientos han sido decisivos para modificar de forma sustancial la Sanidad, Celia Villalobos pasará a la historia por ser la ministra de las vacas locas y Ana Pastor por su política antitabaco. Suele ocurrir en política que las grandes decisiones quedan en segundo plano ante un hecho que crea alarma social o afecta a los hábitos más cotidianos.

La crisis de las vacas locas provocó una auténtica conmoción social, un miedo irracional al consumo de carne de vacuno y falta de credibilidad de los controles oficiales. El ministro de Agricultura, Miguel Arias Cañete, que durante aquellas semanas vivió algunos momentos de tensión con su compañera de Gabinete por no coincidir en los planteamientos sobre cómo abordar el problema de la alarma social, decidió tirar por la calle de enmedio y se dedicó a organizar, y protagonizar, actos de consumo de carne vacuna para demostrar que la carne que llegaba a los puestos de venta había pasado todos los controles sanitarios y no ofrecía ningún peligro. Villalobos, por su parte, se encargaba, en su peculiar estilo populista, de prevenir sobre determinados hábitos —el famosísimo «caldito»—, pero su mensaje no siempre fue entendido.

Tanto Villalobos como Arias Cañete acudieron a todas las instancias de la Unión Europea, de la que el ministro de Agricultura es buen conocedor, para solicitar ayudas para los afectados; crearon un laboratorio de investigación con el prestigioso científico Badiola al frente, reorganizaron la red de inspectores para evitar que los ganaderos ocultaran las reses muertas como fórmula para evitar la destrucción de toda la cabaña, a la que estaban obligados; montaron crematorios en cuestión de horas, redes de transporte de las reses afectadas y depósitos de residuos.

Demasiada alarma social

Aun así, a pesar de la información exhaustiva sobre los controles en todos y cada uno de los mataderos, de la alerta sobre el peligro que suponían los mataderos clandestinos, de la gran publicidad sobre el tipo de sello que llevaban las reses perfectamente «limpias», y que los veterinarios colocaban en la carne destinada a la venta, pese a todo ello, el consumo de carne vacuna se redujo prácticamente en un 70 por ciento y hubo establecimientos que se vieron obligados al cierre ante la psicosis de envenenamiento que hubo en toda España. Fue ésta, probablemente, la crisis más grave que vivió la ministra Villalobos desde el punto de vista de alarma, aunque no la única.

Porque fue importante también la alarma que se produjo en torno a las clínicas de cirugía estética, o las supuestas clínicas de cirugía estética, clínicas irregulares muchas de ellas y que no contaban con el personal médico adecuado. La muerte de una joven en Madrid, en una operación de escasa relevancia, abrió la caja de los truenos. Desde todos los medios de comunicación empezaron a denunciar nuevos casos de operaciones, si no mortales sí desgraciadas, con resultados desastrosos para los pacientes. Desde el ministerio se hizo una campaña de información para evitar la repetición de nuevos casos, y se revisaron expedientes de inspección. Fueron meses en los que a diario aparecían en revistas y televisiones fotografías de personas a las que habían desfigurado definitivamente después de pasar por el quirófano de algunas de esas clínicas que no contaban con los medios ni el personal adecuado para realizar determinadas operaciones.

A quienes murieron deseando tener un rostro mejor, un cuerpo mejor, desgraciadamente nadie les devolverá la vida, pero su muerte sirvió para que aquel año 2000 en España se tomara una serie de medidas de control en clínicas de estética que hacía años que debían haberse tomado. Villalobos también tuvo que enfrentarse con casos de legionella producidos en algunos hospitales públicos que todavía eran de su competencia y, cuando acababan de apagarse los truenos provocados por la infección de las vacas locas —no hubo ningún muerto confirmado en España, aunque sí en el Reino Unido y Francia—; tuvo un nuevo enfrentamiento con Arias Cañete por lo que la ministra de Sanidad consideraba un nuevo posible foco de infección: el aceite de orujo de oliva, que provocó innecesariamente una grave crisis en el sector del aceite de oliva en general.

Hay que decir «innecesariamente» porque nunca se demostró que el aceite de oliva de orujo hubiera provocado intoxicaciones, pero, después de la amarga experiencia de las vacas locas, ante la primera sospecha de que en ese tipo de aceite podía estar el origen de un nuevo brote, la ministra apareció ante los medios de comunicación para dar la voz de alarma, ante el estupor y la irritación de su compañero de Agricultura, que veía cómo el sector olivarero podría hundirse sin razones para ello. Y el aceite, como el tabaco y el algodón, son los tres temas clave para un ministro de Agricultura.

Pastor, embriones y tabaco

A Celia Villalobos, sin duda, ya lo hemos dicho, una ministra atípica, aunque, contra lo que muchos dijeron de ella no una mala ministra, la sustituye en la crisis de julio de 2002 Ana Pastor. Con Rajoy, Pastor había sido subsecretaria de Administraciones Públicas, subsecretaria de Interior y subsecretaria en el Ministerio de la Presidencia, donde por cierto había realizado el trabajo de coordinación de la lucha a todos los niveles contra el mal de las vacas locas, por indicación del entonces vicepresidente primero.

Ana Pastor es la primera ministra de Sanidad con título de médico, y representaba la otra cara de la moneda de Celia Villalobos; temperamental Celia, sosegada Ana; con ambiciones políticas la primera, aparentemente más profesional la segunda, aunque con el paso del tiempo se vio que también le tentaba la política e incluso se rumoreaba con insistencia su nombre para sustituir a Fraga como candidata del PP a la presidencia de la Xunta, algo que en su momento se verá si se confirma. En cualquier caso, ese paso del tiempo demostró que Pastor es una mujer política y con vocación política, que aprendió mucho de las artes de gobierno en los años que trabajó codo con codo con Rajoy.

Pastor reorganizó el ministerio y sustituyó el histórico Insalud por el Ingesa, el Instituto General de la Salud, y consiguió aprobar una ley en la que había empezado a trabajar Villalobos, la Ley de Cohesión y Calidad del Sistema Nacional de Salud, que ponía fin al proceso de transferencias a las comunidades autonómicas. La ley, que Ana Pastor consensuó con los partidos de la oposición y con los sectores implicados, y se aprobó por unanimidad, recogía los elementos que aseguraban el servicio sanitario para los españoles fuera de su lugar de residencia, el control del sistema sanitario en las diferentes comunidades para garantizar su eficacia y la tarjeta sanitaria que incluía en su banda magnética los datos médicos del titular, a fin de permitir una atención inmediata allí donde fuera necesario prestar asistencia.

El planteamiento de Pastor reposaba en la idea de que la mayoría de los problemas de Sanidad tenía un origen económico, empezando por las propias transferencias a los gobiernos autonómicos. Explicaba gráficamente a quien la quería escuchar que se vio obligada a cambiar la mentalidad de los consejeros autonómicos. Éstos, ante el traspaso, consideraban que cualquier iniciativa que quisieran llevar a cabo en materia sanitaria debía ser financiada por el Estado, por el Gobierno central. La ministra nunca ocultó su preocupación por los asuntos económicos además de autonómicos, al comprobar desde el ministerio que se doblaban determinados servicios o que los gobiernos autonómicos prometían centros sanitarios en cada población sin tener en cuenta el costo de esos centros o el hecho de que era mejor potenciar los servicios de los hospitales que prestaban servicios en la zona.

Otro de los asuntos de importancia de su gestión fue la regulación del ejercicio de los profesionales sanitarios privados a través de la LOPS, que además actualizaba su formación específica y sentaba las bases para un sistema profesional homologable en toda España. Y, ya finalizado el año 2003, casi contra reloj porque unas semanas más tarde se disolverían las Cortes, Ana Pastor logró que el Congreso aprobara el Estatuto Marco de los Profesionales Sanitarios, que regulaba las relaciones básicas del personal del Sistema Nacional de Salud integrado por unas seiscientas mil personas, un asunto pendiente desde la Ley General de Sanidad de 1986.

Pero donde la ministra dio la «campanada» fue en la investigación con embriones, con una decisión que provocó auténtica conmoción en los sectores más conservadores del PP. Al llegar al ministerio se encontró con que ni siquiera existía un banco de embriones informatizado, no se conocía el número de ellos que estaban almacenados ni tampoco cuál era su estado. Su primera medida fue crear ese banco y luego dio todos los pasos necesarios para conseguir luz verde de su Gobierno en vista a la utilización de los embriones con fines médicos. Su convicción de que tales medidas contribuirían a salvar muchas vidas fue decisiva para echar abajo las resistencias iniciales a todo lo relacionado con la manipulación de embriones, que los sectores más conservadores llegaban a equiparar con el aborto.

La ministra Pastor se volcó en la medicina preventiva, fundamentalmente el cáncer, organizó una intensa campaña publicitaria de concienciación en favor de una alimentación sana, otra sobre la prevención del cáncer de colon —el segundo en mortalidad de hombres y mujeres—, y, sobre todo, hizo una campaña antitabaco muy agresiva. Seguía las normas que marcaba la Unión Europea, pero se implicó de forma muy personal en esa cruzada, no sólo como ministra obligada a velar por la salud de los españoles sino también como médico. En su época se obligó a las empresas de tabaco a colocar en las cajetillas anuncios alarmistas sobre el riesgo que supone el consumo de tabaco, una campaña que ha tenido una réplica inmediata en Internet, con anuncios verdaderamente ingeniosos que trataban de contrarrestar los textos que aparecían en las cajetillas. Claro que la ministra no logró que el designado sucesor de Aznar, Mariano Rajoy, abandonase sus omnipresentes puros: nunca, dicen, se ha atrevido ni a planteárselo.

También a Ana Pastor le tocó enfrentarse a una posible epidemia, una gripe asiática de efectos mortales que, afortunadamente, no llegó a España aunque sí obligó a realizar unos controles minuciosos e implacables en aeropuertos y fronteras para todos los pasajeros procedentes de los países donde se habían dado casos de «neumonía atípica».

Curiosamente, la Sanidad, uno de los asuntos que más importa a los ciudadanos, incluso desde un cierto alarmismo, apenas mereció un minuto del tiempo que Aznar dedicó al debate sobre el estado de la nación del año 2003, su último debate sobre el estado de la Nación. En su discurso, de casi una hora de duración, el presidente se limitó a destacar la transferencia de las competencias a las comunidades autonómicas, su esperanza en que todas ellas se sumasen a la tarjeta sanitaria, y se refirió al hecho positivo de que la Ley de Cohesión y Calidad hubiese sido aprobada por unanimidad. Punto.

El Ebro y las «tierras extrañas»

«El Ebro nace en tierras extrañas», decía un libro de texto de los niños catalanes, a los que explicaban la catalanidad de ese río, que, sin embargo, nace fuera de su comunidad autónoma, en Cantabria. De ahí lo de «tierras extrañas». Esta frase, breve frase, ha sido recogida por todos los medios de comunicación, casi siempre con indignación, como muestra de que la Educación merecía un repaso importante. Se ha convertido en el tópico de una realidad existente.

La asunción de las competencias educativas por los gobiernos autonómicos en tiempos socialistas provocó auténticas aberraciones en las que el Gobierno central no podía entrar. Durante el mandato de Aznar, algunas de esas aberraciones fueron denunciadas por los medios de comunicación y provocaron auténtico escándalo. Además del asunto Ebro, infinidad de españoles se han llevado las manos a la cabeza a finales de 2003 cuando conocieron otro texto que demostraba la manipulación de la Historia o cómo algunos gobiernos regionales trataban de inculcar determinadas ideas políticas a sus niños: en un libro autorizado por la Consejería de Educación del País Vasco, entre las personalidades vascas se incluía a cuatro destacados etarras, entre ellos Argala y Txomin; sin embargo, no estaban ni Miguel de Unamuno ni Pío Baroja, dos figuras que no simpatizaron demasiado con el nacionalismo. Se trata de un ejemplo extremo, pero que ilustra un espíritu existente.

Pero poco pueden hacer los ministros del Gobierno central para retirar esos libros escolares, por no decir nada. En su momento no se tomaron las medidas oportunas para dejar en manos del Gobierno un cierto control de los libros que autorizaban los gobiernos autonómicos, por lo que sólo se puede confiar en el sentido común de los consejeros, que en muchos casos no sólo no lo tienen, sino que hacen cuanto está en su mano para ahondar en las diferencias entre sus estudiantes y los del resto de España. Y, con un sentido absolutamente pobre de lo que significa el respeto a la cultura, manipulan a su manera la Historia —y ya hemos visto que incluso la Geografía— y, además, tratan de infravalorar la cultura, historia y tradiciones de otras regiones.

Por otra parte, en los años del Gobierno Aznar se comprobó con preocupación que la promoción de las lenguas históricas ha ido en detrimento del idioma español. Con la consecuencia no sólo de que esa promoción ha impedido que hayan podido acceder a muchos puestos de trabajo en Cataluña, País Vasco y en menor grado Galicia, miles de españoles procedentes de otras regiones, por no hablar y escribir en la lengua autóctona, sino también que miles de españoles procedentes de Cataluña, País Vasco y, en menor grado, Galicia, han tenido dificultades serias para acceder a un puesto de trabajo fuera de su comunidad por no saber escribir correctamente la lengua castellana.

La obligatoriedad de impartir las clases en la lengua regional ha llegado en alguna ocasión a actitudes extremas, como ocurrió en un campamento de verano del País Vasco, en el que a los niños que hablaban en español se les castigaba con recorrer un determinado número de kilómetros con una mochila cargada de piedras. La denuncia llegó a los medios de comunicación y, mientras casi todo el mundo se hacía cruces, las autoridades vascas replicaban que, al insistir en la enseñanza del euskera, velaban por la identidad vasca y también por el futuro de los ciudadanos vascos, pues no tendrían salida laboral si no hablaban perfectamente el lenguaje autonómico.

Centenares de miles de niños y jóvenes se expresan mal en castellano y apenas conocen la cultura española: las consecuencias de esa situación las sufriremos en el futuro. Pero nadie se ha atrevido a plantar cara a determinadas actitudes de algunos gobiernos autonómicos. Y, así, Pasqual Maragall, con tal de llegar a la presidencia de la Generalitat, aceptó la principal exigencia de Esquerra Republicana de Catalunya: la educación era cosa de ERC. Y Josep Lluís Carod-Rovira, el líder de Esquerra, llegó incluso a plantear la extensión del idioma catalán a todo el resto de España, amén de otras exigencias (etiquetado de productos en catalán, letreros y rótulos, etc.). Una muestra más de la exageración con la que, en ocasiones, se abordan algunas cuestiones que exigirían una conducta de mayor normalidad por parte de los gobernantes autonómicos.

Contra tales actitudes poco han podido hacer los ministros de Educación, que se han volcado por tanto en legislar sólo en los asuntos en los que sí tenían competencias, como son los planes de estudios escolares y universitarios.

El gran logro del Gobierno del PP ha sido dar la obligatoriedad de la escolarización desde los 3 años de edad, y ampliarla hasta los 16. Y dar una vuelta de tuerca a la Educación Secundaria, con más asignaturas de humanidades, calificaciones más rígidas y la imposibilidad de pasar de curso con más de tres suspensos, frente a la ley de los socialistas, más laxa a la hora de las exigencias. También se introdujeron cambios importantes en la universidad (LOU) y, al igual que hizo el PSOE durante su Gobierno, se dio un impulso a la Formación Profesional, a la que además se intentó quitar el tinte clasista de los años del franquismo, cuando sólo los universitarios gozaban de cierta consideración social. Claro que las reformas en Enseñanzas Medias y en la LOU provocaron una auténtica batalla desde la oposición y de sectores estudiantiles y del profesorado, que pensaban que se favorecía la enseñanza privada frente a la pública y organizaron manifestaciones masivas de protesta: cientos de miles de estudiantes volvían, como en la época del socialista Maravall, a echarse a la calle.

Las trabajosas reformas educativas

Con Esperanza Aguirre, la primera ministra de Cultura, el Ministerio de Educación y Ciencia se convierte en Ministerio de

Educación, Cultura y Deporte, aunque Aguirre siempre puso más acento personal en las cuestiones educativas, dejando las de Cultura en manos de su secretario de Estado Miguel Ángel Cortés que, además de ser amigo personal de José María Aznar, era un apasionado de la Cultura con mayúsculas y mantenía desde años atrás estrechas relaciones con personalidades de las artes y las letras. Además, cada vez que abordaba el terreno cultural, Aguirre, famosa por sus despistes, provocaba un cataclismo entre comentaristas, y hasta humoristas, que inventaron sobre ella más de una maledicencia. Divertida, pero maledicencia al fin.

Aguirre quiso modificar la LOGSE, desde el primer momento, la ley que regulaba la enseñanza secundaria, cuestión que juzgaba fundamental para enriquecer la educación de los jóvenes, pero se encontró con la oposición frontal del PSOE y de IU, por no hablar de los nacionalistas, y sin la mayoría suficiente para poder aprobarla en las Cortes. Volcó entonces el presupuesto en la mejora y construcción de colegios e institutos; presumían las autoridades ministeriales de haber abierto un nuevo colegio cada seis días, lo cual parece una cifra exagerada.

Sí hubo ayudas considerables para los colegios en precario y, sobre todo, se inició un plan de acceso a la informática que se prolongó durante varios años y que llegó a provocar ciertas bromas porque, cada equis meses, los ministros o el propio presidente del Gobierno presentaban a la opinión pública un plan que, aparentemente, era nuevo pero que no se diferenciaba en nada del presentado o los presentados con anterioridad. Aguirre creó el Plan de Catedrales para restaurar las que llevaban años pendientes de las ayudas económicas necesarias y aprobó también el plan de ampliación del Museo Reina Sofía y del Museo Thyssen.

La sustituye Mariano Rajoy, que apenas permanece un año en el ministerio aunque durante ese breve espacio de tiempo implanta en su totalidad la Educación Infantil, Primaria y Secundaria Obligatoria, se alcanza la total escolarización de los niños de 4 a 16 años y se finaliza el traspaso de competencias educativas a las comunidades autonómicas que todavía no las habían asumido. Y también en ese corto espacio de tiempo tiene el privilegio de viajar a Los Ángeles para animar a Pedro Almodóvar, candidato al Óscar con *Todo sobre mi madre*, que recoge la estatuilla en presencia de Rajoy y del vicepresidente Rato, de viaje en Estados Unidos y que se trasladó a Los Ángeles para vivir en persona esa noche mágica en la que España podía llevarse un premio. Rajoy, apasionado del ciclismo, tuvo oportunidad también de disfrutar durante su mandato de las heroicidades de Induráin en el Tour. Fue breve su estancia en Educación, pero vivió momentos de gloria protagonizados por españoles.

Pilar del Castillo, una mujer que en el primer Gobierno de Aznar se había permitido el lujo de rechazar una cartera, la de Medio Ambiente, porque consideraba que no tenía suficientes conocimientos para ejercerla con eficacia, asumió Educación, Cultura y Deporte con entusiasmo cuando Aznar se la ofreció al ganar las elecciones en 2000 por mayoría absoluta. Una mayoría absoluta que le permitía a Pilar del Castillo aprobar lo que quisiera, sobre todo la reforma de la Enseñanza Secundaria a la que había tenido que renunciar Esperanza Aguirre.

Del Castillo, que en sus tiempos de estudiante había militado en la extrema izquierda y que procedía de la cantera de FAES, dio un estilo muy especial al ministerio. No sólo por su aspecto externo, que provocó muchos comentarios pues no se atenía a las modas establecidas —y ya se sabe que siempre se mira la forma de vestir de las mujeres que ocupan cargos públicos, nunca de los hombres— sino por su forma de encarar los proyectos del departamento.

Dialogó con los partidos de la oposición y con los sectores implicados en sus reformas como la que más, pero siempre tuvo a los socialistas activamente en contra. Alfredo Pérez Rubalcaba y Carme Chacón nunca aceptaron sus reformas ni sus propuestas, y consiguieron que los rectores más progresistas se movilizaran contra la Ley de Reforma Universitaria, la primera gran reforma que quiso emprender. Esa LOU, que llevó nuevamente a los estudiantes, que alegaban que «favorece a la universidad privada frente a la pública», a la calle, aunque la ministra no se arredró ante las manifestaciones, entre otras cosas reforzaba la figura del rector, que sería elegido por la comunidad universitaria mediante sufragio universal, libre y secreto, establecía un proceso de selección del profesorado nuevo con una prueba para acceder al cuerpo de funcionarios docentes, permitía a las universidades privadas establecer su propio criterio de admisión de alumnos y creaba una Agencia Nacional de Evaluación de la calidad de las universidades públicas y privadas.

En diciembre de 2002, después de nueve meses de debate, Pilar del Castillo conseguía la aprobación de la Ley Orgánica de Calidad de la Educación, sólo con el apoyo de su partido y de Coalición Canaria, con el objetivo de reducir el fracaso escolar, que era del 25 por ciento, muy por encima de la media europea. Esa ley recordaba a la que imperaba en los tiempos últimos del franquismo, con evaluaciones trimestrales, notas del 1 al 10 y la imposibilidad de pasar curso con tres suspensos.

¿Proyecto faraónico?

Se implantaba una serie de itinerarios en los últimos cursos, de manera que sólo quienes hubiesen realizado un esfuerzo en su trabajo podían acceder a la universidad y se implantaba también una Prueba General de Bachillerato, de manera que la nota del título de bachiller sería la media del expediente académico y la de la prueba. Este título sería necesario para acceder a la universidad y a la Formación Profesional de Grado Superior.

Entre las decisiones que más polémica provocaron se encuentran el considerar la Religión como una asignatura equiparable a las demás a todos los efectos y también el examen oral de idiomas. Los socialistas, como ya se esperaba, la calificaron de franquista, pero sin embargo fue bien recibida por gran parte de la población, que era consciente ya del escaso nivel de preparación de los estudiantes de Secundaria. Sin embargo, no tuvo el respaldo político que la ministra quería, ni tampoco el respaldo de las asociaciones profesionales. Entre otras cosas porque no fue bien explicada a la opinión pública ni se detalló cómo se pensaba acometer la financiación. Y se cometieron, claro, algunos excesos, como los de sobrevalorar la asignatura religiosa.

El balance de su gestión en materia educativa, a la que dedicó sin ninguna duda más atención que a la cultura —aunque en

Madrid pasará a la historia por haber creado el Paseo del Arte, formado por los museos del Prado, Thyssen y Reina Sofía, todos ellos ampliados y potenciados, separados entre sí por una distancia de menos de un kilómetro, un proyecto muy querido por Aznar y Ana Botella, y que algunos han calificado de «faraónico»—, es considerable: Pilar del Castillo consigue ampliar de forma notable el número de horas de clase de Matemáticas y Lengua en la Educación Secundaria; adelanta la enseñanza de lenguas extranjeras de los 8 a los 6 años; refuerza el aprendizaje de una segunda lengua extranjera, potencia el estudio de Humanidades (Historia, Literatura, Filosofía, Cultura Clásica y Latín), convierte en gratuita la educación infantil de 3 a 6 años, aunque es voluntaria y, quizá lo más relevante para los alumnos de Secundaria, lo que les provoca más inquietud, se suprime la promoción automática de curso. Se incluyen, en cambio, exámenes de recuperación y se suprime la Selectividad como prueba de acceso a la universidad.

Ya hemos dicho que el aznarato fue pródigo en acontecimientos y obras culturales, pese a los buenos ratos que el presidente pasaba, en los almuerzos de muchos viernes, con poetas, novelistas, cineastas... Una tradición que se rompió con la guerra de Irak, ante la que los intelectuales, hablando en términos globales, se posicionaron radicalmente en contra. Cuando el 11 de diciembre de 2003, en una cena presidida por Aznar, Pilar del Castillo presentó ante unos doscientos comensales el balance de la política cultural de la segunda legislatura, no pudo poner sobre la mesa mucho más que los planes de restauración de catedrales, el proyecto de Archivos Españoles en la Red, un Plan para el Fomento de la Lectura de resultados no definidos, la Ley del Cine y la Ley de Mecenazgo y de Fundaciones. No era gran cosa, en comparación con la otra «pata», la educativa, de su ministerio, aunque bien es verdad que la política cultural está transferida a las autonomías, y que las autonomías, en general, acaso con la relativa excepción de Andalucía, colaboran en la medida de lo casi deseable con el ministerio. Los resultados, empero, han estado lejos de ser espectaculares.

Sin embargo, en el discurso que pronunció en la cena de aquella noche de balances, Aznar volvió a mostrarse tan satisfecho consigo mismo y con sus colaboradores como siempre: habló de la producción editorial, del aumento de los espectadores de cine, del mayor número de conciertos... «Se podrá estar más de acuerdo o menos de acuerdo con lo que se ha hecho, pero nadie podrá desconocer que también en el ámbito cultural la sociedad española de 2004 es distinta de la de 1996», dijo Aznar aquella noche, en un párrafo muy característico de su pensamiento. Y no era un párrafo del todo exacto: quizá en lo que menos ha cambiado la sociedad española durante el aznarato haya sido en el ámbito cultural. Que una cosa son los proyectos urbanísticos, los impulsen o no arquitectos más o menos visionarios, como Álvaro Siza, con quien Aznar quiso retratarse, y otra un verdadero impulso en la cultura de una nación.

CAPÍTULO 8

Algunas patatas calientes

«...Y, además, nos desprecia»

Allá por el verano de 2003, cuando todos los ojos estaban puestos en Rajoy y Aznar se dedicaba fundamentalmente a la política exterior para dejar más cancha a quien había designado como su sucesor, los nacionalistas catalanes de CiU contaban una historia que aseguraban que era cierta, y que incluso recogió algún medio de comunicación: tras un encuentro que habían mantenido Aznar y el entonces presidente de la Generalitat, muy lejos ya los años en que los dos políticos vivían una auténtica luna de miel —Pujol le daba los votos que necesitaba para alcanzar la mayoría en el Congreso de los Diputados, Aznar le daba a Cataluña casi todo lo que Pujol le pedía—, el honorable Jordi Pujol escribió en un papel: «Es despreciable y además nos desprecia».

Si *non è vero* —que parece, repetimos, que sí— *è ben trovato*. Desde luego, en la segunda legislatura de Gobierno del PP, los partidos nacionalistas, sin excepción, aseguraban que se sentían mal tratados por un Aznar que, sin embargo, empleó con ellos guante blanco en sus primeros años de Gobierno, lejos de creer que tendría en las elecciones del año 2000 la mayoría absoluta. El propio portavoz de los nacionalistas catalanes en el Congreso de los Diputados, Xavier Trias, un hombre de espíritu sin duda dialogante y conciliador, tiene, en privado, frases escasamente amistosas hacia Aznar: «Me encontraba con él en el golf en Menorca y ni siquiera hacía aproximaciones más allá de saludar de lejos», se quejaba Trias, quien, pese a su cargo, nunca fue recibido por Aznar en la Moncloa.

Y eso que la colaboración de Trias para llegar a pactos con el PP fue grande. Especialmente, mientras fue conseller de Presidencia, muy cercano a Pujol, y gracias a sus contactos previos con gentes como Gabriel Elorriaga o Pilar del Castillo, que estuvieron junto a Miquel Roca y el propio Trias en la llamada Operación Reformista, que se saldaría con un rotundo fracaso político en las urnas.

Los pactos con los nacionalistas en aquella primera legislatura se presentaban tan difíciles que hasta llegó a decirse que Felipe González podría ser elegido nuevamente, algo que el ex secretario general socialista se vio obligado a desmentir públicamente: el PP había ganado las elecciones y, por tanto, era Aznar quien tendría que intentar formar Gobierno. Si no lo conseguía, deberían celebrarse nuevas elecciones. Una alternativa que, en la primavera de 1996, aquella primavera en la que tantas cábalas se hicieron y que mostró alguna carencia constitucional para dirimir casos como el *impasse* político que se estaba abriendo, algunos dirigentes llegaron a considerar seriamente.

Pero apareció Rodrigo Rato en escena y, al cabo de largas semanas (cincuenta y cinco días, exactamente) de negociaciones en Madrid y en Barcelona, rematadas con un encuentro secreto entre Aznar y Jordi Pujol en el molino de Rato en Carabaña, se cerró el acuerdo entre el PP y CiU que le abría a Aznar las puertas de la Moncloa con la garantía de contar con el respaldo parlamentario suficiente para llevar adelante sus iniciativas de gobierno. Contaba también con los votos de Coalición Canaria y, por tanto, nada impedía que pudiera ser investido presidente del Gobierno.

Claro que se dejaban plumas en la gatera: el PP tenía que ceder hasta el 30 por ciento del Impuesto sobre la Renta de las Personas Físicas a la gestión del Govern catalán, algo «inaceptable» para los populares hasta no muchos días antes. Y las mismas fuentes nacionalistas reconocieron que recibirían unos cuatrocientos mil millones de pesetas gracias al acuerdo, al que, contra lo que ambas partes declararon al comenzar las negociaciones, se llevó en medio del mayor secretismo y de una casi total opacidad.

Había más contenido en el pacto: los gobernadores civiles serían sustituidos por subdelegados provinciales (habría un delegado del Gobierno, algo que se extendió a toda la organización nacional), y el servicio militar obligatorio sería reemplazado por un Ejército profesional a partir de 2001, una medida de gran trascendencia que surgió de estas negociaciones; habría, al entrar en vigor en 2002 esta importante reforma, muy pocos soldados catalanes (y menos aún vascos) en las filas de la milicia profesional española.

Otros flecos del acuerdo incluían la transferencia de las políticas activas del Instituto Nacional de Empleo y la gestión de los puertos. Entre los avances no escritos, una al parecer transformación del espíritu de Aznar, que por aquellos días pronunció una de las frases célebres del aznarato: tras decir que el catalán es «una de las expresiones más perfectas del lenguaje», aseguró «yo hablo catalán en la intimidad».

Todo ello era un hito más en el chalaneo autonómico que caracterizó el mandato de UCD, primero —con aquella absurda distinción entre las «dos vías constitucionales» para acceder a la autonomía—, del PSOE, después, y del PP, finalmente. Un chalaneo —llamémoslo, si ustedes quieren, negociación perpetua— probablemente obligado por la reivindicación permanente de los nacionalistas, pero que ha desembocado en uno de los más importantes problemas que, junto con el terrorismo, arrastra el Estado español casi desde el comienzo de la Transición.

En cualquier caso, las cosas con los catalanes, durante los cuatro primeros años, funcionaron bastante correctamente, pese a escollos como la Ley del Catalán —discriminatoria para el español, según el PP—, o la Declaración de Barcelona, un arranque de nacionalismo declarativo y más bien verbal, pero visto con recelo sumo por el PP, a cargo de Convergència i Unió, el PNV y el Bloque Nacionalista Galego.

El nuevo Galeusca, recuerdo del pacto entre las nacionalidades históricas que funcionó —es un decir— en la II República, no llegó demasiado lejos, y Pujol pudo seguir en la Generalitat (donde llevaba diecinueve años) tras las elecciones de 1999 —pese a haber sacado menos votos, seis mil exactamente, aunque más escaños, que el socialista Maragall— gracias al apoyo del PP, que así le devolvía el que los nacionalistas catalanes prestaban a Aznar en el Parlamento español. Claro que Pujol hubo de comprometerse a no intentar reformar el Estatuto de Autonomía, tema aplazado que constituiría el eje del debate político en la campaña electoral de octubre-noviembre de 2003.

Y todavía en febrero de 1999, Pujol, con su característico desparpajo, decía que apoyaría a Aznar hasta el año 2000, «porque es indispensable». Y lo cierto es que iba a cumplirlo, aunque el término «indispensable» no era precisamente una declaración de amor.

Especialmente, las relaciones del Ministerio de Economía (y del ministro) con sus interlocutores catalanes, sobre todo con el muy dialogante diputado de Unió Josep Sánchez Llibre, iban viento en popa. Luego, pese a las ofertas de Aznar a CiU para que se integrase, de una u otra manera, en el Gobierno central —la última, como veíamos, a Miquel Roca, que ya no es dirigente de la coalición nacionalista—, esas cosas empezaron a torcerse.

Sobre todo porque Pujol salió muy irritado de un encuentro en la Moncloa en el que, tras reiterarle la oferta para tener «ministros catalanes», Aznar le dijo al president que el proceso autonómico estaba «cerrado y ya no hay nada más que negociar en ese sentido».

Por entonces, el Gobierno del PP, a través de Mariano Rajoy, ministro en aquellos momentos de Administraciones Públicas, había concluido con el PSOE, Txiki Benegas, un acuerdo sobre una nueva tanda de reformas de los estatutos de autonomía, con lo que consideraba cerrado el modelo de Estado. Este acuerdo fue el que se iría completando con una serie de transferencias a las autonomías, transferencias más o menos dificultosas, como las del Inem al País Vasco o las de Sanidad a algunas autonomías gobernadas por presidentes socialistas, que acabaron llegando a un acuerdo pese a la inicial oposición de Ferraz.

Y es que, en el fondo, el PP, como antes el PSOE, se ha mostrado siempre muy reticente a «abrir el melón» del proceso autonómico. Algo que desesperaba a un Pujol que pretendía tener el diseño de las «nuevas» relaciones entre Cataluña y «el resto de

España» muy claras. Aunque ese diseño haya sido expresado no siempre tan claramente por parte de los nacionalistas. El conflicto ha estado ahí, latente o explícito, durante todo el aznarato, como antes lo estuvo, aunque acaso con perfiles no tan tensos, durante el «felipato».

Y, de hecho, incluso el debate anual en el Senado sobre el estado de las autonomías fue pronto suprimido por Aznar, provocando las protestas de los socialistas: lo cierto era que el último de estos debates fue un auténtico guirigay de cifras ofrecidas por los distintos presidentes autonómicos. En el mismísimo Ministerio de Administraciones Públicas reconocieron a uno de los autores que carecían de cifras definitivas sobre muchos aspectos de la marcha económica de las autonomías.

Es el caso que una de las características más preocupantes en el balance del aznarato acaso sea el deterioro, incluso personal, con las autonomías históricas de Cataluña, donde el avance de Esquerra Republicana es un hecho, Euskadi, Galicia —donde el Gobierno constató un crecimiento del Bloque Nacionalista, pese a su fragmentación interna— y, en otro orden de cosas, Andalucía. Manuel Chaves apenas fue recibido en la Moncloa durante los ocho años de mandato de Aznar, pese a presidir la comunidad autónoma más grande de España, y el diálogo con el Gobierno central se fue haciendo más y más difícil, generando este alejamiento multitud de conflictos.

Pero Chaves es un socialista, presidente del PSOE, el único superviviente en primera fila de la política de aquella «foto de la tortilla» que retrata, a finales de los años sesenta, a Felipe González, Alfonso Guerra, Luis Yáñez y otros que luego ocuparían importantes cargos de gobierno y en el Partido Socialista. Los «catalanes del ex banquero Pujol» no eran socialistas, ni de izquierdas, y sus planteamientos económicos y sociales coincidían en muchas cosas con los del PP. Eran, sí, nacionalistas, pero tampoco excesivamente reivindicativos, más allá de alguna afirmación ocasional de Pujol para contentar a sus bases más radicales y a las juventudes eventualmente inflamadas por uno de los propios hijos del president. No tenía mucho sentido distanciarse de aquel socio que, negociando hábilmente, había permitido gobernar a los socialistas, primero, y a los populares, después. Sin embargo, el distanciamiento se produjo.

El propio Trias fue testigo y víctima —si es que así puede decirse— del deterioro en las relaciones. A los catalanes les molestó de manera muy especial, por lo significativo, la negativa del propio Aznar a que pudiera introducirse una modificación en las matrículas de los automóviles en Cataluña, pues querían que portasen las letras «Cat». Mayor Oreja, entonces ministro de Interior, se mostró inicialmente de acuerdo, pero el presidente vetó el tema en el Consejo de Ministros. Luego tendría Aznar un duro intercambio de palabras en un encuentro con Trias durante un acto protocolario —una visita del Rey de Marruecos— al que el portavoz de Convergència i Unió estaba invitado.

Trias le manifestó al presidente su malestar por la «guerra de las matrículas» y Aznar, en tono particularmente airado, le dijo que aquello era «una nimiedad». «Ya verás cómo, en cuatro días, la gente va sin el Cat dichoso y se habrá olvidado del tema», agregó. Poco después, la Moncloa filtraba que CiU, aprovechando la debilidad parlamentaria del PP (era el año 1999), trató de que fuese solamente en las matrículas catalanas donde figurasen las siglas de una comunidad autónoma, no en las demás autonomías. Fue en aquel momento, dicen en Moncloa, cuando las negociaciones quedaron cortadas.

A partir de entonces, el diálogo entre Aznar y Trias se hizo más difícil. Y es que lo que al Gobierno central le parecían nimiedades, a los nacionalistas catalanes les pareció siempre, quizá en no pocas ocasiones con un punto de exageración, algo fundamental. Y Pujol, en el momento de su retirada a finales de 2003, tras unas elecciones autonómicas catalanas que variaron notablemente el panorama político en esta autonomía, acabó, decían sus portavoces —y decía él mismo, en semipúblico—, «harto» de Aznar. Varios años de colaboración, con más o menos altibajos, concluyeron en casi total desacuerdo... ¿hasta cuándo?

Pero todo esto ocurrió, claro, en la segunda legislatura, cuando el PP obtuvo mayoría absoluta y cuando ya Pujol daba muestras de ir a poner la sucesión en manos de Artur Mas, cosa que haría a comienzos de 2001. Antes, en 1996, el pacto fue pronto un hecho, que permitió a Aznar formar su primer Gobierno con una relativa tranquilidad, tras varias semanas de tormentosa negociación.

La deriva del PNV

Aun así, aun a pesar de que el PP había firmado acuerdos en 1996 que le permitían gobernar con estabilidad, Jaime Mayor Oreja se empeñó en llegar a algún tipo de acuerdo con el PNV, y Aznar le dio carta blanca para hacerlo, convencido por Mayor de la conveniencia de tener al PNV al lado y no de frente, en la política de la confrontación. Por tanto, y como se cuenta con cierto detalle en el libro anterior de los autores, *Aznarmanía*, Mayor Oreja se reunió en varias ocasiones con el entonces vicelehendakari Ibarretxe, con el que mantenía buena sintonía personal, y se firmaron unos pactos que le permitieron a Aznar presentarse ante la opinión pública como un hombre de talante dialogante y, sobre todo, muy próximo a los nacionalismos históricos.

Lo cierto es que Aznar había establecido, ya como presidente de la refundada Alianza Popular, unas relaciones de cierto entendimiento con Arzalluz, en el marco de la Internacional Demócrata Cristiana, en la que AP, inmediatamente después PP, entró como miembro, tras una cierta resistencia por parte del PNV y de Unió Democràtica de Catalunya, pues Aznar se había proclamado no mucho antes «liberal y no democristiano». Luego, tras la admisión de AP, los contactos con Arzalluz y Duran i Lleida, líder de Unió, menudearon. Aznar les prometió a ambos —corría el año 1993— que si ganaba las elecciones contaría con ambos a la hora de gobernar en España, «porque los nacionalismos son piezas fundamentales a la hora de gobernar y articular el Estado».

A la decepción de 1993 le siguió la agridulce victoria relativa de 1996. Cuando más desorientado parecía el PP en su búsqueda de alianzas y de la reafirmación de su liderazgo —porque no olvidemos que desde algunos círculos se llegó a proponer incluso el nombre de Ruiz Gallardón para encabezar un Gobierno en minoría—, Arzalluz salió a los micrófonos para gritar: «Si el PP ha ganado, que busque apoyos y sea él quien gobierne». Al día siguiente, Rato telefoneaba a Anasagasti para empezar a hablar en el ámbito parlamentario. El pacto, ya hemos dicho que conducido luego por Mayor Oreja, se basaba en cuatro puntos relativamente simples: la formación continua, la renovación del concierto, la devolución del Patrimonio incautado al PNV y la creación de un operador de telefonía propio para Euskadi (Euskaltel). El propio Joseba Egibar, que luego adoptaría posiciones tan hostiles al PP, participaría, junto con el vicelehendakari Ibarretxe, en el equipo negociador, aunque siempre se mostró como uno de los más reacios a llegar a acuerdos con el «Gobierno de Madrid».

Pese a todo, llegar a un acuerdo global no fue tan difícil. Eran, al fin y al cabo, tiempos en los que al frente del Gobierno vasco estaba un hombre dialogante y que se reveló con mucho más carisma del que nadie había pensado a su llegada, José Antonio Ardanza. Prueba del clima que reinaba era el hecho de que, en un par de ocasiones, Rajoy, que participaba en las negociaciones, se levantó de las conversaciones, ausentándose en lo que inicialmente se consideró que era la necesidad de establecer consultas con el «jefe», con Aznar. Hasta que un día se comprobó que estas ausencias se registraban en momentos en los que se jugaban partidos de fútbol especialmente interesantes. Y sí, allí, en una habitación próxima, se encontró cierta vez al impasible Rajoy, fumándose un puro ante el televisor...

No, definitivamente no fue difícil el contacto con el PNV. Aznar quería incluso ir a Sabin Etxea, la sede bilbaína del PNV, a firmar el acuerdo, que con los catalanes sería suscrito en el hotel Majestic de Barcelona. Pero, al final, el propio Arzalluz decidió que lo mejor sería firmar en Madrid, en la mismísima sede del PP, calle de Génova. Y allí, bajo las gaviotas, se hizo la foto el presidente del PNV. Ni siquiera querían firmar, sino sólo rubricar el pacto con un apretón de manos, porque, como dijo Aznar de sí mismo, aludiendo sin duda a la herencia recibida de su abuelo, don Manuel Aznar Zubigaray (que, durante un tiempo, simpatizó con el PNV, antes de inclinarse por otros derroteros), «no hay nada tan fiable como la palabra de un vasco». Luego, en la mejor tradición vasca, se fueron todos, Aznar, Arzalluz, Anasagasti, Mayor y Rato, a celebrarlo con una cena. En el restaurante Jockey, propiedad de un dirigente madrileño del PP, Luis Eduardo Cortés. No era un txoko vasco, pero era todo un indicio del buen clima que reinaba entre ambas partes.

Eran otros tiempos. Aquel idilio iba a durar dos años. Aun en medio de los roces, como que Carlos Iturgaiz calificase en una ocasión a Arzalluz de «viejo chocho». O con las desavenencias del Plan Ardanza, que quería ser un avance sobre la Mesa de Ajuria Enea.

El 20 de diciembre de 1998, Aznar telefonea a Arzalluz para desearle una feliz Navidad; unos días antes, había estallado una tormenta cuando el diario *El Correo* dio la noticia de que el presidente del Gobierno central y el del PNV iban a mantener una importante entrevista (cuyos preparativos se había acordado llevar en secreto) el 8 de diciembre. Moncloa monta en cólera y el encuentro se frustra. Pero los buenos deseos navideños aún se mantienen. Aznar y Arzalluz quedan en verse. Fue la última vez que se cruzaron la palabra. El 9 de enero de 1999, Arzalluz encabeza una manifestación junto con Garaikoetxea, Madrazo y... Arnaldo Otegi. Ahí empezó formalmente la guerra entre el Gobierno del PP y el PNV.

Pero, durante los primeros años de su gobierno, nunca le faltó a Aznar el voto del PNV en los momentos difíciles. El portavoz parlamentario Luis de Grandes no tuvo demasiado trabajo para preparar los plenos: Joaquim Molins por parte de los catalanes e Iñaki Anasagasti, por parte de los vascos, le aseguraban los votos necesarios para sacar adelante las propuestas. Pero todo saltó por los aires a raíz del brutal asesinato de Miguel Ángel Blanco en julio de 1997, días después de que la Guardia Civil, en una acción sin duda brillante, liberara al funcionario de prisiones Ortega Lara tras casi dos años de penoso secuestro. La manifestación de repulsa por el atentado contra Blanco fue la más importante celebrada nunca en el País Vasco, con todos los dirigentes políticos españoles, incluido Xabier Arzalluz, al frente llevando una pancarta de repulsa a ETA.

A las pocas semanas, el PNV empezó a despegarse no sólo del PP sino también del PSE, sus socios de gobierno. Años después, el propio diario *Deia*, portavoz oficioso de los peneuvistas, publicó que tras aquella manifestación se había producido una importante reunión de ETA en la que se tomaron medidas para tratar de recuperar el respaldo social que habían perdido, una pérdida que se hizo visible en aquella manifestación. Entre las medidas más relevantes se analizó la posibilidad de entablar diálogo con el PNV para buscar puntos de encuentro y, si el PNV se avenía a defender en las instituciones sus planteamientos políticos, se podría anunciar una tregua.

Así ocurrió: el PNV inició una serie de movimientos de acercamiento a Batasuna que provocaron tanta inquietud entre sus compañeros socialistas de gobierno que finalmente el PSE decidió abandonar el ejecutivo de Ardanza. En el PNV no se inmutaron y acusaron a los socialistas de electoralismo, ya que las elecciones autonómicas se celebrarían pocos meses más tarde. Y continuaron sus conversaciones con Batasuna. A finales de agosto de 1998, estos contactos se concretaron en el Pacto de Estella, o el Pacto de Lizarra, que precedió a la tregua de ETA anunciada exactamente dos semanas más tarde. Tregua indefinida, dijeron, aunque no definitiva, como desgraciadamente iba a comprobarse después.

Aznar, de visita oficial en Perú, después de hablar con Jaime Mayor quiso hacer público un comunicado muy duro, expresando su absoluta desconfianza hacia la supuesta tregua. El ministro de Interior, sin embargo, a pesar de que dijo desde el primer momento que se trataba de una tregua trampa, aconsejó al presidente que moderase el tono del comunicado, pues a lo mejor se abría una puerta a la esperanza, aunque él personalmente lo dudaba. Aznar se había sentido engañado: el propio ex presidente de Eusko Alkartasuna, Karlos Garaikoetxea, cuenta en su libro de memorias cómo trató de confundir a Aznar sobre este tema durante un encuentro que ambos mantuvieron.

Con el transcurso del tiempo se comprobó que el Pacto de Estella tenía detrás a la propia banda terrorista; no era un acuerdo negociado entre PNV y Batasuna, sino que la dirección de ETA había metido mano en el texto y había sugerido los puntos con los que el PNV tenía que comprometerse. Pero eso se supo mucho más tarde: una vez fracasaron las conversaciones entre ETA y el Gobierno, la banda anunció la ruptura de la tregua y, en enero de 2000, asesinaba en Madrid al teniente coronel Blanco, mediante un coche bomba colocado a la salida de su domicilio. ETA, también se supo más tarde, aprovechó el año y medio de tregua para reorganizarse, rearmarse y, sobre todo, para convencer a determinados dirigentes del PNV (si es que no lo estaban ya) de que sólo si se asumían sus reivindicaciones habría paz en el País Vasco.

Y el PNV las asumió. Las asumieron claramente el propio lehendakari Ibarretxe y el presidente del partido, Arzalluz, que iniciaron la etapa más dura que ha vivido la sociedad vasca desde que hubo democracia en España. No se producían, es verdad, tantos atentados como en la década de los ochenta, pero la vida para los no nacionalistas se hizo insoportable, amenazados por la banda y tratados con absoluto desprecio por los nacionalistas.

El tono duro de Aznar

Ante esa situación, Aznar endureció aún más su discurso y su talante. Llevó hasta sus últimas consecuencias el dicho de «al enemigo, ni agua» y contraatacó con todo cuanto estaba en su mano: medidas políticas, policiales, económicas y judiciales. Contaba, además, con el apoyo del principal partido de la oposición una vez que Zapatero fue elegido secretario general del PSOE, y con ese respaldo Aznar se sintió suficientemente seguro como para tratar al nacionalismo vasco a cara de perro.

Incluso, al final de la legislatura y del aznarato, prescindió de consultar con sus «socios» socialistas alguna medida unilateral de dureza, como introducir unas reformas en el Código Penal que podrían dar con los huesos de Ibarretxe (y hasta con los del catalán Pasqual Maragall) en la cárcel si llevase adelante sus planes de convocar un referéndum. Una reforma, dicho sea de paso, que no pasó por los trámites parlamentarios usuales (fue introducida como enmienda a otra ley en el Senado), y que fue bastante criticada en ámbitos políticos, jurídicos y periodísticos: «La forma como el Gobierno pretende sacar adelante una reforma del Código Penal que permita meter en la cárcel a quien convoque un referéndum sin tener competencia para ello es un disparate que agrava otro disparate», decía un editorial especialmente irritado de *El País*.

El problema fue que no trató así sólo a los nacionalistas vascos, sino que, a partir de 2000, cuando ganó las elecciones por mayoría absoluta, también se mostró distante e incluso hiriente con todos los partidos y formaciones nacionalistas. De ahí el escrito que se le atribuye a Pujol en el que decía de Aznar: «es despreciable y nos desprecia».

En su segunda y última legislatura, José María Aznar provocó tensiones gratuitas entre su partido y los distintos nacionalismos, se negó a cualquier tipo de diálogo constructivo con ellos y en algunas ocasiones llegó incluso a la descalificación personal de sus dirigentes, aunque es cierto que, públicamente, a los catalanes les ofreció nuevamente integrarse en el Gobierno central, cosa que ya había intentado hacer por dos veces con el líder de Unió Democràtica, Duran i Lleida.

Una política de dureza ésta de Aznar que tuvo un efecto bumerán, pues perjudicó al PP más que a los nacionalistas, como se comprobó en las elecciones autonómicas vascas de mayo de 2001, en las que el PNV tuvo una importante subida provocada, según los analistas, porque los vascos se sintieron agredidos por el discurso de Aznar y de Jaime Mayor Oreja y, en menor medida, de un Nicolás Redondo Terreros al que Zapatero desplazó pocos meses después de la Secretaría General del PSE precisamente por el tono excesivamente agrio de su discurso contra los nacionalistas. Abrió así una crisis interna en el Partido Socialista de Euskadi, entre el «sector Redondo» —a quien llegaron a acusar menos que veladamente de estar en connivencia con la Moncloa— y el ganador del Congreso de los Socialistas Vascos, celebrado en San Sebastián el 23 de marzo de 2001, Patxi López, más partidario del diálogo con el PNV, aunque igualmente enemigo del «espíritu de Lizarra» y también autoproclamado constitucionalista frente al nacionalismo.

La historia de las relaciones de Aznar con los nacionalismos en general y con el nacionalismo vasco en particular, así como la historia de su lucha contra ETA, es probablemente lo que quedará más marcado de los ocho años de gobierno del primer presidente que ha tenido el PP. Porque el combate contra el terrorismo se ha mezclado, en España, con lo que parece ser una insuficiente regulación del proceso autonómico —el vasco en particular, pero con referencias también a Cataluña y a la no siempre armónica marcha de las autonomías, en general—. Y ello ha afectado de manera muy especial a la actuación de dos ministerios, de difícil desempeño, como son Justicia e Interior.

Dos auténticas patatas calientes, hirvientes. Que siempre han estado en el punto de mira de la opinión pública, no sólo por lo antedicho, sino también porque la inseguridad ciudadana ha venido ocupando tradicionalmente los primeros puestos en el ránking de las preocupaciones de los españoles, según las encuestas del Centro de Investigaciones Sociológicas, un centro que constituye, aunque ésta sea otra historia, otro punto de polémica política.

No podría decirse que el Ejecutivo de Aznar haya permanecido indiferente a esta preocupación, lógica si se tiene en cuenta la relativa impunidad con que, hasta oportunas reformas del Código Penal y otras leyes, habían venido actuando los delincuentes considerados «menores». Algún súbdito marroquí, para colmo de males inmigrante ilegal, había pasado por comisaría más de doscientas veces en un año, siendo puesto inmediatamente en libertad porque sus fechorías eran de pequeña monta y los jueces apenas podían actuar contra él...

Pero, desde luego, la principal fuente de preocupación del Gobierno, de Adolfo Suárez, Calvo-Sotelo y Felipe González primero, de Aznar después, fue el terrorismo de ETA. José María Aznar llegó a la Moncloa con varias ambiciones en la mochila: acabar con la banda asesina era, sin duda, la principal de todas ellas. Al final del aznarato da la impresión de que ha estado cerca de conseguirlo: las caídas de dirigentes etarras son constantes —el último, a la hora de cerrar esta crónica, el responsable del aparato militar, Gorka Palacios—, la preparación de los comandos, cada día peor, las infiltraciones policiales seguras y el «prestigio» de la banda entre los jóvenes vascos más fanáticamente separatistas, cada vez menor. Solamente la huida y desaparición de Josu Ternera, el ex parlamentario inequívocamente ligado a la banda, que huyó gracias a una dejación judicial, desmiente una larga serie de éxitos policiales.

Cita en «algún lugar» de Suiza

En septiembre de 1998, como hemos dicho, cuando faltaban apenas tres semanas para las elecciones autonómicas vascas, ETA hacía público un comunicado en el que anunciaba una tregua indefinida que ponía fin temporal a treinta años de terrorismo sin cuartel, un terrorismo cruel y ciego que se había cobrado novecientas víctimas.

Los servicios de información se quedaron tan sorprendidos por el anuncio como los ciudadanos de a pie. Ni el Cesid ni los servicios de la Policía o Guardia Civil supieron detectar nada en el entorno de ETA que hiciera pensar que estaban ante una nueva estrategia. El ministro de Interior, Jaime Mayor, reaccionó de inmediato declarando que se trataba de una tregua trampa y que la única tregua posible, creíble, era aquella en la que ETA anunciara que dejaba definitivamente de matar y estaba dispuesta a dialogar con el Gobierno sobre cómo y cuándo entregaría las armas.

Las declaraciones de Mayor Oreja fueron criticadas por los partidos nacionalistas vascos, por la oposición e incluso por personas de su propio partido, aunque en este último caso no se atrevían a hacer públicas sus discrepancias. Porque eran tales las ansias de dar por válido el anuncio de ETA, era tan grande el afán de que, efectivamente, apareciera una luz al fondo del túnel, que la mayoría de los ciudadanos quería creer en este anuncio de la banda terrorista, querían creer que sí había una posibilidad de negociar unos acuerdos que trajeran la paz para siempre.

Desde el primer momento, a pesar de la tregua que consideraba trampa, el Gobierno expresó su disponibilidad a la negociación, aunque sólo en lo concerniente a la situación de los presos y a la forma como ETA dejaría las armas. Ni en público ni en privado se movieron un milímetro de ese escenario: no se negocia jamás sobre la soberanía de un Estado ni sobre sus fronteras ni sobre su unidad, era la máxima del Ejecutivo. Ni siquiera aunque la paz y la libertad estén en juego.

Aznar decide, por tanto, que una delegación se siente con representantes de ETA, como pedían los terroristas. Tanto Aznar como su ministro de Interior, Jaime Mayor, piensan que las personas más indicadas son Ricardo Martí Fluxá, secretario de Estado para la Seguridad, diplomático de carrera y negociador fino, y Javier Zarzalejos, vasco, secretario general de la Presidencia y persona de talante conciliador, gran capacidad de trabajo y lealtad y discreción a prueba de bomba. Dos servidores del Estado sin la menor sombra de duda.

En una reunión entre Aznar y Mayor a la que también asiste Zarzalejos —amigo personal de Mayor Oreja desde hace años—, el ministro sugiere el nombre de Pedro Arriola, asesor del PP desde años atrás, que en los tiempos duros de máxima confrontación entre la CEOE y los sindicatos, en los años primeros de la transición, había representado a los empresarios en la llamada «negociación colectiva» que llegó a buen puerto después de muchos días y horas de tiras y aflojas.

Aznar en principio pone pegas: Arriola no es miembro del Gobierno, ni siquiera es funcionario. Pero Mayor Oreja desmonta estos argumentos. La delegación no tiene por qué estar formada por funcionarios, Arriola conoce muy bien el País Vasco, pues tuvo un papel destacado en las últimas campañas del Partido Popular, sobre todo en la que acababa de finalizar, la de 1998, y sabe muy bien cuáles son las cartas que manejan los batasunos y los terroristas, cuáles son sus exigencias.

Aznar, a su vez, entiende que se trata de una delegación enviada por él, una delegación del presidente, y por tanto Arriola, que es casi su asesor personal, puede encajar dentro de ella. Así lo explica en público, cuando dice que ha aceptado que una delegación suya entre en contacto con el MLNV, Movimiento de Liberación Nacionalista Vasco. Es la primera vez que Aznar pronuncia esas siglas, habituales en el lenguaje de los nacionalistas extremistas. Una terminología que provocó no pocas críticas al presidente.

El nombre de Arriola, sin embargo, no se conoce hasta que ya se había celebrado la primera y única reunión. Tanto es así que el director de *El Mundo*, Pedro J. Ramírez, en una conversación con Arriola le explicó con toda clase de detalles cómo se había producido el encuentro con los etarras... sin saber que hablaba con una de las personas que habían participado en la reunión.

El intermediario fue el entonces obispo de Zamora, monseñor Uriarte, que mantenía una estrecha relación con Jaime Mayor, y que era tío, además, de Jone Goiricelaya, conocida abogada de presos etarras, parlamentaria vasca y miembros de la dirección de Batasuna. El correo de la banda terrorista fue Jokin Etxebarria, que hizo de intermediario con el obispo y fijó la fecha y el lugar de encuentro.

Fue en Suiza, en el mes de mayo de 1999. Con monseñor Uriarte de testigo. En un lado de la mesa, Mikel Antza y Belén Peñalba. En el otro, Zarzalejos, Martí Fluxá y Arriola.

Las reglas de juego eran muy claras y aceptadas por todos: no habría seguridad, nadie portaría armas. Los españoles, confesaban años más tarde, «fuimos con más miedo que vergüenza».

No se estrecharon las manos, no hubo cordialidad, no hubo sonrisas. La reunión fue intensa y tensa, pero no desagradable, y duró más de tres horas. Se trataban de usted. A la delegación de Aznar le sorprendió el aspecto físico de sus interlocutores. Esperaban personas rudas y vestidas con desarreglo. Antza y Peñalba aparecieron impecables. Belén iba elegante, con buena ropa, nada tosca. Un pañuelo al cuello le daba un aire muy de universitaria francesa, de Nanterre o la Sorbona. Apenas habló, pero tomó notas de todo. Llevaba un bolso que provocó miradas de sospecha entre los llegados de Madrid, pues parecía pesar demasiado.

La voz cantante la llevaba Mikel Antza, que pasaba, y pasa, por ser uno de los escasos miembros con algo de intelecto de la banda. Y lo que pedía, lo que exigía, sonó a *dejà vu*, tenía el tinte de los comunicados de ETA: autodeterminación, soberanismo, libertad para los presos, Euskal Herria...

Ambas partes sabían de antemano que no había ninguna posibilidad de éxito, ninguna posibilidad de acuerdo, pero Aznar les dijo a sus enviados, antes de acudir a Suiza, que no quería dejar ninguna puerta cerrada y que escucharan atentamente las sugerencias y propuestas de la otra parte.

Antza se mostró como un independentista exacerbado, casi patológico, quizá incluso fanatizado, pero nada tonto. Se expresaba claro y bien. Se entendía que hubiera llegado a lo más alto dentro de ETA, era un hombre que defendía sus ideas con argumentos sólidos, incluso aunque las ideas fueran tan equivocadas.

Ninguno de los miembros de la delegación española informó sobre la reunión, pero sí lo hizo ETA, que dio incluso datos sobre el lugar de encuentro, algún lugar de Suiza. Y contaron también que habría un segundo encuentro en julio, pero se canceló porque antes de la fecha prevista se produjo una ruptura entre ETA y el PNV por la forma como debía desarrollarse el Pacto de Lizarra.

De todas maneras, no se habría llegado a nada: aquel único encuentro demostró que era imposible avanzar en la negociación. Semanas después fue detenido Etxebarria, y los etarras acusaron al Gobierno español de traición, de haberle seguido cuando realizaba su trabajo de intermediario entre las dos partes. Y después fue detenida Belén en un control policial en Francia. En esa ocasión sí fue, según todos los indicios, un control casual, aunque ya se sabe que cada vez que se detiene a un miembro de ETA en suelo francés después de meses de investigación y seguimiento, recuérdese el caso del asesino Luis Urrusolo Sistiaga, siempre se dice que fue en un control. Pero sí es cierto en el caso de Peñalba. Tiene aversión a conducir y viajaba en un coche con un compañero al volante. Estacionaron en Pau en lugar prohibido; y además en dirección prohibida. Cuando se acercó un policía en moto, el conductor se puso nervioso y salió corriendo, dejando a Belén en el coche. Y fue detenida.

Rotas las conversaciones, rotas las negociaciones, rota la tregua de ETA, el Gobierno de Aznar analiza entonces otras vías para atacar, anular, destrozar y vencer a la organización terrorista y a sus secuaces: mayor coordinación entre los cuerpos y fuerzas de seguridad, presión a las familias de los jóvenes que protagonizan la violencia callejera, promulgación de nuevas leyes, tipificación de nuevos delitos y reformas de los textos judiciales para cerrar el cerco contra los terroristas. Y lo cierto es que la táctica iba a tener un resultado bastante bueno.

Una justicia para eliminar a ETA

Se admiten apuestas. Si se le pregunta a cualquier ciudadano que haya seguido mínimamente los avatares de la política por los logros más importantes del Gobierno Aznar en el campo de la Justicia, respondería, sin duda, que el Pacto para la Justicia acordado con el PSOE, o la Ley de Partidos Políticos que permitió la ilegalización de Batasuna y de los grupos que apoyaban económicamente a ETA, lo que provocó un serio descalabro a la banda terrorista; o quizá mencionen los juicios rápidos, aunque no todos los juristas compartieron el criterio y la extensión de esos juicios —recuérdese la crisis surgida con el entonces fiscal jefe de Madrid, Mariano Fernández Bermejo, que llegó a demandar al ministro de Justicia, Michavila—, o es probable que recuerden las reformas del Código Penal para acomodarlo a los nuevos delitos.

Ha habido reformas en la Justicia, que sigue siendo, no obstante, la gran asignatura pendiente en el funcionamiento de la democracia española. No hay sino que comprobar la impunidad con que algunos jueces desarrollan su actividad (o inactividad), la lentitud, la falta de medios, las peleas entre asociaciones judiciales y fiscales de uno u otro signo, algunos episodios bochornosos en la Audiencia Nacional, no siempre bien atajados por el Consejo General del Poder Judicial, donde los enfrentamientos políticos siguen estando a la orden del día: no en vano hay magistrados-consejeros que se reclaman del PP y otros, que se encuadran en Jueces para la Democracia, a quienes importa poco reconocer en privado que son «de Zapatero».

Todo ello es cierto y es así, sin que la llegada a la cúspide judicial de personas bienintencionadas, como Francisco Hernando, o la presencia al frente de la Fiscalía General del Estado de alguien tan patentemente «desinteresado por las cosas de este mundo» como Jesús Cardenal, o el nuevo sistema de formación del CGPJ, inaugurado en noviembre de 2001, hayan servido para modificar un secular (mal) estado de la cuestión.

Sin embargo, también es cierto que el Gobierno del PP no se quedó de brazos cruzados. Y hubo, entre otras iniciativas, reformas en numerosas leyes obsoletas, como la de Enjuiciamiento Civil, que databa del siglo XIX y de la que Mariscal de Gante, a su paso por el ministerio, hizo una nueva versión, reformada nuevamente a finales de 2003, ya en vísperas del cierre de las cámaras legislativas, para corregir alguna injusticia relacionada con el tratamiento a los medios de comunicación en delitos contra el honor y la intimidad.

Sin embargo, los máximos responsables de la política judicial de los gobiernos de Aznar suelen poner el acento en que una de las iniciativas de las que se sienten más orgullosos es la Ley Concursal, que los profanos probablemente no saben siquiera qué significa ni en qué favorece a la sociedad.

Pues bien, es la ley que regula las quiebras y suspensiones de pagos, la ley que permite que, por primera vez, el análisis económico haya entrado en el mundo de la judicatura, que se creen juzgados de lo mercantil y que haya jueces y juzgados especializados en delitos monetarios. Regula las relaciones de los empresarios con los trabajadores en momentos de crisis, de los empresarios con sus clientes, así como los pagos a los acreedores, incluidos Hacienda y Seguridad Social.

Cambió de arriba abajo una legislación que databa del año 1911 y el Código de Comercio de 1829. Que, evidentemente, necesitaban revisión urgente y sin embargo permanecieron intocados durante los distintos gobiernos democráticos, ocupados en asuntos más políticos.

Pero, independientemente de lo que piensen los distintos responsables gubernamentales sobre cuáles han sido los logros más destacados, el Pacto sobre la Justicia alcanzado entre el PP y el PSOE marcó todo un hito en el Gobierno de Aznar. La prueba es que cuando, al final del verano de 2003, Zapatero regresó de sus vacaciones con ganas de iniciar una etapa de oposición más dura, a cara de perro, su primer anuncio fue la ruptura de ese pacto, hecho que provocó tanta preocupación que finalmente el secretario general del PSOE cambió la palabra «ruptura» por la de «suspensión» de los acuerdos, que sustancialmente era lo mismo, aunque no sonara tan drástico. Siempre los problemas de comunicación en el «nuevo» PSOE... Claro que el PP había decidido por su cuenta cosas sin contar para nada con el PSOE.

Los protagonistas de ese pacto fueron los mismos que los del Pacto Antiterrorista —Pacto por las Libertades y contra el Terrorismo, era su nombre oficial—: Javier Zarzalejos por parte de Moncloa y Alfredo Pérez Rubalcaba por parte del PSOE. Las negociaciones no las llevaron ellos sino expertos en cuestiones judiciales, el entonces ministro de Justicia Ángel Acebes con el secretario de Estado Michavila y el subsecretario Ignacio Astarloa; y por parte del PSOE, Juan Fernando López Aguilar y Diego López Garrido, que procedía de las filas de IU reconvertido al socialismo. Este último, por cierto, poniendo toda clase de «chinitas» en el camino de las negociaciones, como ocurriría más tarde cuando formaba parte del equipo negociador de la Ley de Partidos Políticos. No fue una figura muy admirada entre los miembros del Gobierno y del PP, que elogiaban sin embargo el talante del catedrático López Aguilar.

Los socialistas, por su parte, elogiaban sobre todo el papel de Ignacio Astarloa, al que conocían bien de su etapa de secretario general del Congreso de los Diputados durante el Gobierno socialista, un hombre de talante abierto, dialogante. Y se sintieron cómodos también con Michavila. En ese tipo de negociaciones, el carácter y la forma de ser de quienes se sientan en torno a las mesas negociadoras es fundamental, y en el proceso de redacción de los acuerdos en materia judicial tuvo un papel muy relevante el que los negociadores de una y otra parte se entendiesen bien, que conociesen la materia que querían desarrollar y, sobre todo, que estuviesen decididos a alcanzar acuerdos que les parecían fundamentales para mejorar la administración de la Justicia.

El Pacto para la Justicia significaba una mejora sustancial de la administración de la Justicia, a la que se dotaba de más medios económicos, más personal y más juzgados, aunque a la oposición, incluida la socialista, le parecía que el Gobierno no se aplicaba a ello con la suficiente energía, que no cumplía los plazos previstos. Fue ésa una de las razones por las que Zapatero anunció su suspensión en septiembre de 2003, para expresar su rechazo al considerar que no se había cumplido con los planes previstos.

Pero la Justicia con mayúsculas tiene varios hitos en los años de Gobierno de Aznar, no sólo el pacto alcanzado con el partido mayoritario de la oposición. Unos son de tipo político y otros estrictamente judiciales, cuando no se han producido situaciones en las que la Justicia se ha visto perturbada por supuestas interferencias políticas. O, sin más, judiciales. Porque qué duda cabe de que en España, país de jueces estrella, omnímodos o que aspiran a serlo, se han producido no pocas actuaciones extrañas procedentes de los tribunales.

Entre ellas, la que provocó más desazón, por no decir escándalo, fue la decisión del Tribunal Constitucional de excarcelar, en julio de 1999, a los miembros de la Mesa Nacional de Herri Batasuna, que cumplían condena de prisión por colaboración con banda armada, a causa de un vídeo emitido durante la campaña electoral de 1997 en el que se hacía indudable apología del terrorismo. El alto tribunal consideraba, en su auto de excarcelación, que la formación política había cometido delito, pero que la pena había sido excesiva. Esta excarcelación dio alas al grupo considerado el brazo político de ETA, un grupo que, durante los años del Gobierno de Aznar, empleó toda clase de subterfugios para tratar de eludir la acción de la Justicia.

En 1998, con la Mesa en prisión, Herri Batasuna decide presentarse como nueva plataforma electoral con un nuevo nombre, Euskal Herritarrok, bajo la batuta de Arnaldo Otegi, que se presenta ante la opinión pública con un rostro algo menos hosco que el de los anteriores portavoces de HB. Sectores importantes de la sociedad vasca piensan que Otegi representa una nueva etapa, que está alejada de ETA o al menos no respalda al cien por cien los planteamientos de la banda. Incluso lo cree, o hace creer que lo cree, el PNV y firma con Otegi y con Eusko Alkartasuna un pacto de gobierno que provoca la salida del PSE-PSOE del Ejecutivo vasco.

El PNV rompe el pacto cuando en mayo de 2000 son asesinados en Vitoria el portavoz socialista en el Parlamento vasco, Fernando Buesa, y su escolta. El día del funeral, al que los autores asistieron, fue tensísimo, y el lehendakari y otros miembros del Gobierno vasco fueron durísimamente abucheados al entrar en la iglesia, custodiada por unos ertzainas que no se privaban de criticar, aun sabiendo que les escuchaban periodistas allí mezclados con la multitud, al consejero vasco de Interior.

Sin embargo, a pesar de la ruptura, el PNV no abandona nunca su «coqueteo» con la formación aberzale radical. Sobre todo cuando, tras las elecciones de mayo de 2001, ganadas por apenas cuarenta mil votos por el PNV, accede a la jefatura del Gobierno Juan José Ibarretxe, con un proyecto rupturista que divide a la sociedad vasca en nacionalistas y no nacionalistas, y tras una dramática campaña electoral en la que el PP presenta como candidato a lehendakari al hasta entonces ministro de Interior, Jaime Mayor Oreja, un «duro» con los nacionalismos.

Mayor había dimitido del ministerio, donde, aunque criticado por su «exceso de protagonismo», había realizado una meritoria labor que incluyó la liberación de Ortega Lara y Delclaux de sus secuestradores de ETA —en la misma noche, lo que dio lugar a sabrosas anécdotas— y se había lanzado resuelta y sacrificadamente a la campaña, con un duro discurso antinacionalista que encuentra eco entre los socialistas en aquel momento capitaneados por Nicolás Redondo Terreros. Aunque es cierto que su discurso no deja de suscitar críticas entre otros sectores del PSE y también, aunque soterradamente, del PP. Donde algunos ven que aquel discurso que divide a la sociedad vasca de manera tajante entre «nacionalistas» y «constitucionalistas» no deja de favorecer de alguna manera las pretensiones filorrupturistas de Ibarretxe y de su mentor, un Arzalluz que nada tiene ya que ver con aquel que llegó a acuerdos parlamentarios con el PP y, antes, con el PSOE de Felipe González. Sin embargo, el socialismo vasco, en aquellos momentos aún controlado, aunque difícilmente, por Redondo Terreros, acepta la estrategia de presentar un planteamiento vital y político de pacto de gobierno con el PP en caso de lograr la mayoría suficiente.

Que no la logran, aunque se incrementa el número de votos de los no nacionalistas. Pero el PNV experimenta una subida espectacular, a costa sobre todo de los votos de EH, que pierde la mitad de sus escaños y a costa igualmente de que, ante el mensaje de Jaime Mayor y Nicolás Redondo, aparezcan nacionalistas hasta debajo de las piedras; y, desde todos los puntos de España, donde vivían un retiro en tranquilidad, acuden a votar a su tierra de origen para impedir que un gobierno no nacionalista les deje sin «sus privilegios».

Llega Ibarretxe

Mayor Oreja y Nicolás Redondo sufren una decepción profunda, pero no es ésa la nota más grave de aquellas elecciones, sino la llegada al gobierno vasco de un Juan José Ibarretxe dispuesto, con la ayuda de Arzalluz, a poner en marcha un proyecto autonomista que iba bastante más allá de la Constitución.

Todo ello provocó una lucha sin cuartel entre «Madrid» y «Vitoria» y, también, una ruptura social sin precedentes en Euskadi. Los no nacionalistas viven años amargos, años de auténtica pesadilla, de amenazas, presiones y miedo a atentados, que tienen siempre como objetivo a cargos electos del PP y PSOE, así como a los Cuerpos y Fuerzas de Seguridad del Estado —incluida la Ertzaintza—, a jueces, a periodistas y a empresarios.

El verano de 2000 nunca dejará de ser una etapa de amargo recuerdo para constitucionalistas, nacionalistas de buena voluntad y para todos en general: ETA había comenzado el año matando al teniente coronel Pedro Antonio Blanco con un coche bomba; siguió su siniestra actividad asesinando a Fernando Buesa y a su escolta, atentando con un paquete-bomba contra el periodista Carlos Herrera, que afortunadamente salió ileso, y enviando otros paquetes-bomba a varios profesionales de la información, hazañas que culminó matando al periodista José Luis López de Lacalle en Andoain. Entre junio y septiembre, asesina a un concejal, José María Pedrosa, en Durango; al concejal malagueño José María Martín Carpena; a Juan María Jáuregui, en Tolosa; al empresario José María Korta, en Zumaya; al subteniente del Ejército Francisco Casanova, en Berriozar (Navarra); a dos guardias civiles, en Sallent de Gállego (Huesca), al concejal Manuel Indiano, en Zumárraga...

Un sangriento palmarés hasta finales de año, al que hay que agregar otros seis asesinatos, incluido el del socialista Ernest Lluch. Y, desde luego, muy numerosos atentados con explosivos, que causaron una decena de heridos de consideración y numerosos destrozos materiales. De haber salido bien algunos de los planes de ETA, se habrían producido auténticas carnicerías.

Es la etapa políticamente más dura de las relaciones entre el Gobierno central y el Gobierno vasco. Y el Ejecutivo de Aznar, con la ayuda del PSOE, pone en marcha cuanto mecanismo está en su mano para intentar neutralizar la influencia y el poder de la banda terrorista y de su brazo político, Batasuna o como quiera que diese en llamarse esa formación en los distintos momentos de su historia.

Un pacto que no gustaba a Aznar

Pocos meses después de acceder a la Secretaría General del PSOE en julio de 2000, tras un congreso que ganó frente a José Bono por apenas nueve votos y tras anunciar un «cambio tranquilo» con un nuevo talante, muy distinto al de sus antecesores, José Luis Rodríguez Zapatero propone al Gobierno la firma de un pacto contra el terrorismo. Aznar lo rechaza, su vicepresidente Mariano Rajoy pronuncia incluso frases descalificatorias hacia quien lo promueve y desde Interior un Jaime Mayor al que queda poco tiempo de ministro, pues sabe ya que va a ser candidato a lehendakari, tampoco respalda la idea de firmar un acuerdo con el principal partido de la oposición. Sin embargo, Aznar cambia de opinión después de hablar con su secretario general, el bilbaíno Javier Zarzalejos, que conoce muy bien el País Vasco.

Zarzalejos le organiza una cena con Zapatero, que se celebra en Moncloa, sin que trascienda a nadie, sin que se filtre a ningún medio de comunicación. La conversación es fluida, centrada en las cuestiones relacionadas con el terrorismo y finalmente deciden que vale la pena hacer el esfuerzo y tratar de llegar a un acuerdo sobre política antiterrorista. Y encargan a Javier Zarzalejos y a Alfredo Pérez Rubalcaba «que hablen».

El acuerdo se hace prácticamente a dos. Zarzalejos y Rubalcaba se intercambian correos electrónicos y faxes a diario, corrigen, añaden, cortan, hablan por el móvil media docena de veces al día, hablan sin parar, sin interferencias de secretarias. Consultan los avances con sus inmediatos superiores, pero prácticamente tienen carta blanca para la negociación. Sus superiores confían en ellos, en su sentido de la responsabilidad, en su conocimiento del llamado «conflicto vasco». Y se firma un acuerdo que no se rompe nunca, ni siquiera a pesar de los desencuentros entre PP y PSOE a lo largo de los años, sobre todo de la segunda legislatura; y a pesar de que en esa segunda legislatura, sobre todo en la última parte de la misma, la guerra de Irak y la crisis del *Prestige* prácticamente rompen los tenues lazos que existían entre José María Aznar y José Luis Rodríguez Zapatero.

Tras el Pacto Antiterrorista —así fue conocido popularmente— se firmó el Pacto de la Justicia y también el tercero de los grandes pactos entre el Gobierno y PSOE, la Ley de Partidos Políticos, prácticamente un acuerdo ad hoc para conseguir la ilegalización de Batasuna y de sus afines, del llamado «entorno de ETA». Habría un cuarto acuerdo, sobre inmigración, que apenas llegaría a tener otros efectos prácticos que permitir que una cuarta ley sobre el tema llegase a buen puerto parlamentario. Pero, sin duda, la Ley de Partidos Políticos fue el avance más notable en las conversaciones y negociaciones entre dos políticos que no acabaron de entenderse bien nunca, Aznar y Zapatero, y de los remaches entre dos «segundos de a bordo», Zarzalejos y Alfredo Pérez Rubalcaba, dos buenos conocedores del estilo florentino que se usa en la Moncloa, que, en cambio, sí se entendieron a la perfección.

Esa ley, que fue aprobada masivamente en el Congreso, con la oposición del PNV y de algunos de los partidos minoritarios del Grupo Mixto, fue fundamental para poner a ETA contra las cuerdas. Y demostró además que, en la lucha contra ETA, era fundamental la Justicia y no bastaba la mera acción policial. Nunca los ministerios de Interior y Justicia han ido más de la mano. Más incluso que cuando Juan Alberto Belloch, socialista que luego ocuparía la alcaldía de Zaragoza, era responsable de las dos carteras al mismo tiempo.

Además de la Ley de Partidos Políticos, Batasuna tuvo enfrente a un juez Garzón que se adelantó a las iniciativas parlamentarias que permitía la ley, y que, en este terreno, se apuntó buenos tantos, aunque su dispersa actividad, fruto de su peculiar carácter y de un cierto afán de notoriedad, le llevase desde la persecución de Pinochet hasta a entrar en la lucha contra la Al Qaeda de Bin Laden, cuya caza y captura ordenó por su cuenta. En julio de 2002, pocas semanas después de aprobada la Ley, Garzón inició el proceso de embargo de los bienes de Batasuna.

No era la primera vez que el polémico juez actuaba contra esa formación política; a él se debían el cierre del diario *Egin* y la desarticulación de una serie de empresas vinculadas a la formación radical. Fue un golpe duro contra Batasuna y contra ETA, pero no un golpe mortal. Sin embargo, ahora la Ley de Partidos ponía más elementos de actuación encima de la mesa.

Garzón bloquea, pues, las cuentas de Batasuna y, el 26 de agosto, el mismo día que el Congreso de los Diputados tenía previsto aprobar una proposición de ley pidiendo la ilegalización de Batasuna, Euskal Herritarrok y Herri Batasuna, Garzón dictó un auto de suspensión de actividades de las tres formaciones y envió a la policía para que clausurara sedes y herriko-tabernas. ¿Casualidad? Con Garzón todo es posible, desde que hubiera coincidencia de fechas a que quisiera adelantarse a las decisiones parlamentarias. El caso era estar siempre en primer plano, que no le faltara protagonismo. Eran los tiempos en que se barajaba su nombre para el Premio Nobel de la Paz, tras su actuación contra los dictadores sudamericanos y su coraje en la lucha contra ETA, y el juez, además de moverse para tratar de conseguir votos, realizaba espectaculares actuaciones contra los terroristas, actuaciones que lo llevaban a los titulares de todos los medios de comunicación, españoles y extranjeros.

Sin embargo, a partir de ese verano ya no tuvo él solo la iniciativa en la lucha contra ETA y contra Batasuna: la Ley de Partidos Políticos empezó a aplicarse de forma casi inmediata, aunque se topó con un PNV, un Gobierno vasco y un presidente del Parlamento vasco, Juan María Atutxa, que pusieron pie en pared para evitar por todos los modos posibles la ilegalización de la mal llamada formación nacionalista radical, de cuyas vinculaciones con ETA existen múltiples datos tangibles, que van más allá de la mera sospecha generalizada.

En marzo del 2003, una vez que la Ley provocó la ilegalización de Batasuna y de todos los grupos afines, lo que disminuyó de forma considerable la presencia pública de estos grupos, comenzando por la kale borroka, y sobre todo sus fuentes de financiación, Batasuna decidió cambiar el nombre a su grupo parlamentario para tratar de eludir la acción de la Justicia. Pero la Ley preveía también esa salida, así que el Tribunal Supremo resolvió que debía ser suspendido el Grupo Sozialista Abertzaleak.

Comenzó así un tira y afloja entre el Supremo y el presidente del Parlamento vasco. Juan María Atutxa se negó a acatar la suspensión, acusó al TS y al Gobierno central de interferir en decisiones que sólo competían a las autoridades del Parlamento vasco y recurrió a todas las argucias jurídicas posibles para tratar de evitar lo que sin duda podría poner la primera piedra que llevaría al aniquilamiento de Batasuna y, de resultas, provocaría una gravísima situación en ETA, al no contar con un brazo político cohesionado, fuerte y con posibilidades de sobrevivir al cerco económico.

Al mismo tiempo que Atutxa ponía pie en pared para defender al grupo parlamentario Sozialista Abertzaleak, colocando de paso al Parlamento vasco en una situación imposible, el lehendakari presentaba su plan soberanista, independentista, de Estado libre asociado, que suponía una ruptura total —aunque Ibarretxe siempre lo negara— con el marco constitucional.

Amenaza con ese proyecto, con ese plan, prácticamente desde que toma posesión de su cargo, aunque no lo concreta hasta septiembre de 2003, cuando lo presenta públicamente y anuncia un calendario que se prolongará a lo largo de todo un año y que debería concluirse con un referéndum popular. Previamente, el plan se presentaría en el Parlamento vasco para ser debatido y, supuestamente, aprobado; a continuación tendría que ser ratificado por las Cortes Generales —aprobación imposible, pues tanto el PP como el PSOE plantan cara de forma inequívoca y drástica al plan—, y después tendría que ser aprobado en un referéndum en el País Vasco.

Todos estos pasos eran de imposible cumplimiento por toda clase de razones. La primera, porque Ibarretxe aseguraba que el plan sólo lo llevaría adelante si se daba en un clima de no violencia. Durante los meses previos a la presentación del plan fue un secreto a voces, que Batasuna además confirmaba, que el PNV intentaba negociar una nueva tregua con ETA, y en esa dirección trabajó el portavoz del PNV Joseba Eguibar, con excelentes contactos en el mundo aberzale. No logró que hubiera tregua, aunque sí que, a partir del momento en el que Ibarretxe presentó su plan, ETA dejara de cometer atentados.

Según los peneuvistas, porque el plan abría un camino para la paz, un camino de convivencia. Los responsables de la lucha antiterrorista eran más realistas: ETA no mataba porque perdía fuelle a ojos vista, y cada vez que levantaba la cabeza caían sobre ella las Fuerzas de Seguridad. Por otra parte, la ya mencionada Ley de Partidos Políticos la dejó sin resuello económico y con sus fuerzas sociales muy mermadas, y la llamada violencia callejera prácticamente desapareció a partir del momento que dicha ley, más el Gobierno central, más Garzón, sumaron esfuerzos para poner contra las cuerdas a la banda terrorista y a sus apoyos.

El Plan, su ejecución, se convirtió en el principal objetivo de Ibarretxe y del PNV; acabar con el Plan, evitar su ejecución, se convirtió en el principal objetivo del Gobierno de Aznar y del PSOE, enfrentados en tantas otras cuestiones e incluso en la estrategia de ésta. Así, cuando, el 28 de noviembre de 2003, el Consejo de Ministros aprobaba una serie de cambios urgentes del Código Penal, que entrarían por la puerta de atrás en el Senado, vía modificación de otras leyes, y que posibilitarían hasta encarcelar a Ibarretxe si continuaba adelante con su idea de convocar un referéndum, los socialistas saltaron alarmados, lo mismo que algunas asociaciones de juristas: a ellos nadie les había consultado tan importante y polémico paso, que provocó el consiguiente revuelo en el País Vasco y también en no pocos medios de prensa. ¿Hasta dónde quería llegar aquel Aznar, que prácticamente ya se despedía, en su contienda con el nacionalismo vasco?

El presidente llevaba años sin recibir al lehendakari, con el que solamente se había encontrado, en medio de un grupo, a comienzos del otoño de 2003, ya en plena confrontación política, cuando Ibarretxe acudió excepcionalmente a Madrid para participar en un acto conmemorativo de la Constitución. La frialdad del encuentro se hizo célebre: Aznar, que no es precisamente un prodigio de cordialidad, le preguntó, tras darle la mano, por sus vacaciones, e Ibarretxe, que tampoco pasa por ser un conversador privilegiado, le respondió que había estado haciendo ciclismo. Fuéronse y no hubo nada más. Obviamente, si hay alguien que puede recomponer el diálogo, habrá de ser el sucesor de Aznar.

La ruptura

Para los máximos responsables de la lucha contra ETA, la segunda legislatura de Aznar tuvo una importancia extraordinaria, aunque los dirigentes políticos sufrieron sus horas más amargas porque la ruptura absoluta entre el PP y el PNV, entre el Gobierno y el PNV, radicalizó las posiciones de tal manera que la crispación fue creciendo a lo largo de los meses hasta alcanzar situaciones límite, situaciones insoportables.

En esa segunda legislatura fue más evidente que nunca la ruptura de la sociedad vasca entre nacionalistas y no nacionalistas, o constitucionalistas. Organizaciones como Basta Ya, o el Foro de Ermua, que representaban el sentimiento antinacionalista, radicalizan sus mensajes y vieron crecer el acoso de los gobernantes vascos en su contra. El PNV hizo piña con Ibarretxe y Arzalluz, a pesar de que habían ido mucho más lejos en sus reivindicaciones soberanistas de lo que nunca habían admitido —no estaban muy lejanas las fechas en las que Arzalluz decía que si había independencia en el País Vasco la única salida era cultivar lechugas—, y además tanto Ibarretxe como el entonces presidente del Euskadi Buru Batzar manejaron muy bien su imagen de «víctimas» de lo que ellos llamaban «Madrid».

Ese «Madrid» estaba representado sobre todo por Aznar, por su Gobierno y por lo que Arzalluz, pésimamente asesorado por sus revanchistas colaboradores en esta materia, llamaba la «Brunete mediática». Es decir, los periodistas y columnistas que, según él, bailaban el agua al Gobierno del PP, y en menor medida a Rodríguez Zapatero, con informaciones y análisis contrarios a los proyectos peneuvistas, y sobre todo al llamado Plan Ibarretxe.

Y cierto es que algunos de estos tertulianos y columnistas «de Madrid» se alinearon con las posiciones más extremistas en contra del nacionalismo —de hecho, eran ellos los que representaban estas posiciones más cerradas—, identificando sin más y sin mayores análisis al PNV con ETA. Pero no menos cierto era que tales periodistas eran muy minoritarios y que, por su parte, ni Arzalluz ni el propio Ibarretxe aceptaban ningún contacto con informadores que no fuesen los «de Euskadi», y ni siquiera a todos ellos se les recibía bien en Ajuria Enea. Para no contar, claro, cómo desde algunos medios informativos inequívocamente cercanos al Gobierno vasco se ridiculizaba a los periodistas del «cocidito madrileño».

Sin embargo, los mismos que se presentaban como «víctimas» de la acción del Gobierno central y de esa Brunete mediática no movían un dedo para parar los pies a Batasuna, ni tampoco para ofrecer seguridad a los centenares de cargos electos del PP y del PSOE que se veían obligados a vivir permanentemente controlados por guardaespaldas, ante las constantes amenazas de muerte recibidas. No movieron un dedo por proteger los domicilios y negocios de quienes no se sentían nacionalistas; nada hicieron por pacificar una sociedad absolutamente alterada y convulsionada porque la mitad de ella, la que no comulgaba con las ideas nacionalistas, se sentía permanentemente amenazada y presionada.

Más de cien mil vascos dejaron su tierra, sus raíces; las inversiones extranjeras se redujeron casi a la mitad en el año 2003 por temor a un futuro sin garantías, las víctimas eran rechazadas por los partidos nacionalistas y por algunos sectores del sacerdocio cuando pedían amparo o, simplemente, funerales para sus muertos. Jamás se vivió una situación más crispada en el País Vasco y, aunque es indudable que la mayor parte de la culpa de la situación estaba en el PNV, sobre todo en la dirección del PNV, también es cierto que influyó en el enrarecimiento del clima el distanciamiento de Aznar en esa segunda legislatura respecto a unos dirigentes del PNV con los que compadreaba al inicio de su mandato porque le convenía. Y es que, como explicaban en la Moncloa, Arzalluz y su entorno, comenzando por el portavoz peneuvista Joseba Egibar y, claro, por el lehendakari, que en nada recordaba a su antecesor Ardanza, se habían vuelto, simplemente, «intratables».

Francia echa una mano

Ante ese distanciamiento y la falta absoluta de diálogo, el PNV se acercó todo lo que la prudencia le permitió acercarse a una Batasuna que se convertía en fuerza indispensable para sacar adelante sus proyectos más polémicos, entre ellos el Plan Ibarretxe.

Las cosas así, es difícil comprender a quienes aseguran que la segunda legislatura de Aznar fue vital en la lucha contra el terrorismo. Y, sin embargo, lo fue. ETA vivió el momento más delicado de su historia, tuvo que echar mano de comandos sin apenas preparación que eran detenidos con facilidad por los Cuerpos y Fuerzas de Seguridad del Estado en cuanto sacaban la cabeza; la kale borroka, la violencia callejera, pasó a la historia, y los etarras encontraban dificultades para hacerse con armas y con dinero; apenas encontraban jóvenes para reclutar y, cuando lo hacían, se trataba generalmente de chicos y chicas inadaptados, al margen del sistema y que eran localizados y capturados con facilidad.

En esos tiempos, pocas horas después de que se cometiera un atentado se ponía cara y nombre a quienes lo habían cometido, y ETA no tenía más remedio que echar mano del primero que apareciera para entregarle una pistola o explosivos, con el único «entrenamiento» de un fin de semana en un piso del sur de Francia donde aprendía a montar una bomba artesanal y poco más, con el resultado de que la mayoría de esas bombas no explosionaban o explotaban mientras el terrorista intentaba activarla.

En el verano de 2003, el mismo día en que ETA inició lo que iba a ser un mes de atentados en cadena, se localizó a quienes cometieron el primer atentado. La banda terrorista ordenó entonces una retirada, un alto en la estrategia. Ese año en el que Aznar nombró sucesor y fue apartándose poco a poco del Gobierno, fue el más bajo en víctimas mortales de su historia. Solamente —y nada menos— tres muertos: el concejal de Andoain Joseba Pagazaortundua y dos policías que murieron en Sangüesa al colocar ETA una bomba lapa en un vehículo policial.

Pero aunque la banda estaba bajo mínimos, su brazo político, Batasuna, recibía constantes balones de oxígeno del PNV, de su aliada Eusko Alkartasuna y del representante de la IU vasca Javier Madrazo —aunque no de Izquierda Unida en su conjunto— con aquel Plan Ibarretxe que recogía casi al pie de la letra las reivindicaciones más importantes de la formación política que servía de soporte a ETA.

A finales de 2003, en octubre, por primera vez en décadas no hubo durante un mes ni un solo acto de kale borroka, de violencia callejera. Las Fuerzas de Seguridad del Estado detuvieron en Francia y España a sesenta terroristas que tenían la responsabilidad de captar nuevos miembros para la banda, se habían desarticulado las redes económicas, financieras y empresariales de ETA, Antza había dejado de ser el máximo dirigente y la banda estaba en manos de personas de mucha menos experiencia. Prácticamente todos los etarras que cometían una fechoría acababan pagándolo en la cárcel.

Y lo que era todavía peor para la banda y mejor para el conjunto de la sociedad, algunos de los miembros más destacados de ETA tenían la convicción de que estaban «trufados», tenían un traidor entre ellos, es decir, que había un topo en sus filas. Y hasta sospechaban de quien supuestamente era el jefe, Ibon Fernández Iradi, *Susper*, que en dos ocasiones consiguió fugarse después de ser detenido, la segunda vez desde una comisaría francesa, escapándose de la celda a través del conducto del aire acondicionado, un método tan irrisorio, tan de película, que los focos de la sospecha etarra cayeron unánimemente sobre él.

Esto es lo mejor que podían desear los responsables de la lucha antiterrorista: que no existiera confianza entre los etarras, que se miraran de reojo unos a otros. *Susper* volvía a ser detenido, en todo caso, a primeros de diciembre de 2003, en una operación en la que la Policía Judicial francesa quiso, aparentemente, sacarse la espina de anteriores fracasos. Aunque, por supuesto, las informaciones que condujeron a la detención del peligroso asesino procedían del Cuerpo Nacional de la Policía española. Esa detención de Iradi proporcionó, aparentemente, abundante información a las Fuerzas de Seguridad, que inmediatamente detenían a otros cabecillas de la banda. En aquellos tiempos se rumoreaba que la Guardia Civil tenía a una mujer infiltrada en ETA, aunque nunca se sabrá la verdad, porque también en la estrategia de la lucha antiterrorista figura, lógicamente, el introducir cuñas de inquietud entre los etarras.

Lo que sí era perfectamente comprobable era que a finales de ese año de 2003 la banda había rebajado de forma espectacular sus actividades terroristas, hasta el punto de que en algunos sectores se pensaba que el PNV había logrado negociar con ETA una suspensión de los atentados para conseguir así más respaldo popular al Plan de Ibarretxe. Nadie del PNV confirmaba estas posibles negociaciones, aunque sí recordaban que el lehendakari había advertido que sólo llevaría el Plan a referéndum si se conseguía un escenario de no violencia.

La falta de actividad terrorista de ETA en el último año de Gobierno Aznar la analizaban en el Gobierno en clave de eficacia en la lucha contra la banda. La policía, en términos generales bastante poco activa en la época socialista, sumaba importantes actuaciones contra ETA, casi tantas como las de la Guardia Civil y, además, la colaboración con Francia se había consolidado de forma espectacular cuando Nicolás Sarkozy se puso al frente del

Ministerio de Interior. Desde el primer día tuvo una sintonía muy especial con Ángel Acebes: se reunían al menos una vez al trimestre, se llamaban por teléfono constantemente y establecieron una vinculación personal que fue fundamental para las buenas relaciones políticas. Se entendían y además se tenían afecto.

Acebes comprendía que Sarkozy no pudiera destinar más efectivos a la lucha contra ETA, porque tampoco el ministro español podía dedicar tantos efectivos a la lucha contra el terrorismo islámico como le pedían y hasta exigían algunos gobernantes para los que era vital desarticular a los grupos simpatizantes de Bin Laden. Pero el ministro galo no puso ningún impedimento a que guardias civiles y la policía española trabajaran sobre el terreno e investigaran en Francia a los etarras y colaboradores de etarras. Y tampoco impidió que, una vez conocido el camino que iba a emprender un etarra, los franceses colocaran un «control» de tráfico para detenerlo.

Tampoco puso impedimento para que trabajara en Francia un juez español, Manuel García Castellón, que ejercía de intermediario entre españoles y franceses, se ocupaba de tramitar extradiciones y de que se aceleraran determinados procesos. Consolidó lazos profesionales con miembros de la judicatura francesa que le facilitaban documentación incautada vital para las investigaciones policiales y también se encargó de los casos de etarras detenidos en Francia a los que, tras un acuerdo entre los gobiernos español y francés, se entregaba a España de forma temporal para comparecer ante la Justicia, como acusados o como testigos, para evitar de ese modo que alegaran «olvidos» cuando, tras cumplir condena en Francia, podían finalmente presentarse ante un tribunal español.

Por otra parte, la creación de un equipo policial franco-español no sólo daba más agilidad al trabajo, sino que introducía una fórmula nueva en la colaboración: que las pruebas contra los etarras son aceptadas por los tribunales de uno y otro país, mientras que antes sólo podían aceptarse las que aportaba la policía del país donde se impartía justicia.

Un abogado para Vitorino

«El terrorismo se está combatiendo desde el Estado de Derecho», decían los responsables del Gobierno. Para que fuera así, no sólo se hicieron necesarios la Ley de Partidos Políticos, el Pacto para la Justicia o la Ley Antiterrorista. Se introdujeron modificaciones en el Código Penal a fin de incluir como delitos terroristas algunos que eran considerados faltas: se incluyó entre los delitos la exaltación del terrorismo y se modificó la Ley del Menor para que no le fuera aplicada a los jóvenes de la kale borroka y a los que se integraban en los comandos de ETA para realizar tareas «menores» hasta que les llegara la hora en que pudieran empuñar una pistola o fabricar una bomba.

La segunda legislatura de Aznar, que algunos consideran floja en otros aspectos, sin embargo fue contundente en lo que a lucha contra el terrorismo se refiere, y no sólo por contar con más ayuda internacional gracias a los atentados del 11 de septiembre, que concienciaron a quienes, como Estados Unidos, hasta entonces consideraban que el terrorismo era problema «de otros» y no movían un dedo por cooperar con esos «otros».

El ministro Acebes se hizo cargo de Justicia en mayo de 2000 diciendo, ya en su toma de posesión, que estaba dispuesto a poner en marcha un «plan de choque» y a pactar con la oposición cuanto fuera necesario para conseguir que ese plan se hiciera efectivo. Se tomó casi como una cuestión personal la lucha contra ETA. Desde luego, mucho más en serio que su antecesora Margarita Mariscal de Gante, y eso que no sabía Acebes que, después de Justicia, tendría que hacerse cargo del Ministerio de Interior.

Al mismo tiempo que se negociaba con el PSOE un gran pacto, en circunstancias muy dolorosas, pues ETA golpeó con fuerza a PP y PSOE a lo largo del año 2001, se trabajaba en la Unión Europea para que sus instituciones colaborasen de alguna manera en conseguir un espacio europeo más seguro, con mayor intercambio de información entre los países y mayores facilidades para la aplicación de la justicia.

En ese sentido fue providencial que, justo cuando España estaba presionando para que se aprobara la «euroorden» que implicaba una colaboración entre los países miembros de la UE, Italia necesitara pedir a España la extradición de un importante *capo* de la mafia detenido en nuestro país. Esa situación llevó al Gobierno de Berlusconi a comprender la necesidad de respaldar iniciativas que garantizasen una mayor cobertura judicial y policial entre los países miembros de la UE.

Y, evidentemente, fue también importante el que los atentados del 11 de septiembre hicieran comprender a todo el mundo que nadie estaba a salvo del terrorismo internacional, y que había llegado el momento de unir fuerzas para salvarse todos de los ataques de las bandas organizadas, de dentro o de fuera de sus fronteras. Cuando España fue presidenta de turno de la UE, los responsables de los ministerios de Justicia, de Interior y de Asuntos Exteriores sabían que tenían un asunto prioritario entre manos: conseguir la regulación europea del delito de terrorismo y conseguir una mayor agilización de las extradiciones entre países de la Unión.

A António Vitorino, el eficaz responsable de Justicia e Interior de la Comisión Europea, ex vicepresidente del Gobierno portugués y ministro de Defensa de 1995 a 1997, se le puso a su disposición un abogado del Estado español para que le asesorase y ayudara a preparar la documentación necesaria para aprobar estas dos cuestiones. Desde el primer momento expresó su interés en hacer cuanto estuviera en su mano para conseguir los objetivos que los españoles se habían marcado. Llegó a conocer muy bien los problemas que provocaba ETA en España, no le cabía duda de que se trataba de un grupo terrorista muy peligroso, que pretendía minar la estabilidad del Estado, y nunca vio a ETA como un movimiento de liberación, como ocurría con destacados políticos de otras nacionalidades e incluso con algunos portugueses. Y esa apreciación de Vitorino fue importante para conseguir que las instituciones europeas se sensibilizaran respecto a la necesidad de luchar contra el terrorismo allá donde actuara.

El primer borrador de la euroorden la puso el comisario portugués sobre la mesa a las 48 horas de los atentados del 11 de septiembre y se aprobó al principio de la presidencia semestral española de la UE. Es verdad que esos atentados aceleraron el proceso, pero el trabajo se había realizado antes, y de forma muy minuciosa, sin dejar cabos sueltos. Fue importante también la colaboración de los socialistas españoles, que, en lo que a lucha contra ETA se refiere, trabajaron en la Eurocámara codo con codo con sus compañeros españoles del Grupo Popular. A la euroorden siguió la lista de organizaciones terroristas, donde se incluyó a Batasuna aparte de ETA. Antes del 11-S, en la lista de la UE sólo figuraban grupos islamistas; después se incluyeron otros grupos, entre ellos los que interesaban a los españoles.

Cuando los no nacionalistas sufrían la amargura del Plan Ibarretxe, de consecuencias imprevisibles, se agarraban sin embargo a un clavo ardiendo que para ellos era incuestionable, muy visible: fuera de España ETA era considerada ya una organización terrorista, y no porque estuviera incluida en una lista de la ONU o de la UE, sino porque los dirigentes políticos del mundo democrático, y gran parte de la población, habían comprendido finalmente que se trataba de un grupo terrorista, como también lo era Batasuna, colaborador indispensable de la banda. Cuando Jokin Gorostiaga, el eurodiputado de Batasuna, hablaba en Estrasburgo, ya aparecían diputados de varias nacionalidades y grupos parlamentarios que se levantaban de su escaño para recriminarle que pusiera voz a los terroristas de ETA.

Todo un éxito. Lo que hacía falta, decían los españoles, es que la Eurocámara, sus integrantes, comprendieran también que el PNV estaba metido en una dinámica política de defensa de los planteamientos de Batasuna y ETA. Algo se consiguió en ese sentido: a partir del año 2003 el lehendakari apenas encontró gobernantes dispuestos a recibirle durante sus viajes al extranjero, para bochorno de un Ibarretxe que realizaba esos viajes con un numeroso séquito de periodistas invitados por el Gobierno vasco y que, una y otra vez, comprobaban que si años antes los estadistas tenían hueco en su programa para recibir al presidente vasco, ahora ya no querían hacerlo, y por tanto Ibarretxe debía contentarse con visitar las numerosas casas vascas distribuidas por el mundo, sobre todo por Iberoamérica.

Un año después de aprobarse la Ley de Partidos Políticos que asestó un golpe a ETA que se esperaba fuera mortal, el balance era significativo: en primer lugar, se había demostrado que esa ley no sólo estaba redactada con sentido común, sino que ofrecía una forma de luchar contra el terrorismo con plena legitimidad democrática. Por otra parte, frente a lo que decían Arzalluz y el PNV a raíz de su aprobación, cuando expresaban públicamente su escasa fe en que tuviera éxito, la Ley de Partidos se había revelado como una fórmula muy eficaz contra ETA.

Y de la aplicación de la ley se extraían importantes conclusiones: ETA no era un grupo de pistoleros, sino un conglomerado infinitamente más amplio donde, además de pistoleros, había políticos relevantes, multitud de empresas, medios de comunicación, colectivos de presos, herriko-tabernas, movimientos sociales, agrupaciones de ayuntamientos, centros educativos, grupos religiosos y hasta, aseguran, un parque empresarial casi propio, un parque en el que algunas empresas están vinculadas a personas pertenecientes o colaboradoras de la banda terrorista. Una serpiente con multitud de cabezas, no una sola enrollada en un hacha, como apunta el siniestro emblema de la banda.

Fanáticos islámicos y no tanto

Que ETA sea el principal objetivo de los Cuerpos y Fuerzas de Seguridad del Estado no significa que sea el único. España fue el primer país europeo en contar con una sección policial dedicada a investigar grupos «radicales» relacionados con el islamismo.

Desde el año 1966 existía el Servicio de Asuntos Árabes e Islámicos, integrado en la Comisaría General de Información, que nunca dejó de trabajar de forma más o menos intensa. Se potenció el Servicio en el año 1985. El Gobierno tomó conciencia por primera vez de que el terrorismo islámico podía alcanzar niveles preocupantes cuando se descubrió en Valencia un cargamento de explosivos en latas de tomate que estaban destinadas a Hezbollah para realizar diversos atentados en Europa.

Por otra parte, ese mismo año sufrió España el gravísimo atentado contra el restaurante El Descanso, frecuentado por militares estadounidenses destinados en Torrejón, y en el que hubo dieciocho muertos. También hubo un intento de volar las oficinas de la compañía israelí El Al en Barajas, que fue detectado a tiempo.

En la década de los noventa, el Servicio trabajaba a pleno rendimiento con detenciones muy importantes, que obligaron a la policía española a crear métodos de coordinación con las policías de otros países europeos al detectar que el terrorismo islámico extendía sus redes por el mundo occidental y pretendía cometer atentados en Europa, fundamentalmente en Francia y Alemania. España, en cambio, no era un país donde los terroristas que decían luchar en nombre de Alá quisieran cometer sus acciones más importantes, pero sí era camino de paso y también residencia y refugio de quienes preparaban sus actuaciones y organizaban los comandos que debían realizarlas. Sobre todo al final de esa década, fue muy apreciable la cantidad de terroristas fundamentalistas que circulaban por España en viaje constante de una a otra ciudad y cruzando las fronteras o el Atlántico con destino a Estados Unidos, la mayoría de ellos controlados e incluso vigilados por la policía española cuando percibían que podían estar preparando algún atentado.

Por esa razón no fue extraño que, a los pocos días de los atentados del 11 de septiembre, se produjeran importantes detenciones en España relacionadas fundamentalmente con el GIA argelino, pero con conexiones directas con Bin Laden y sus colaboradores. Otros países tuvieron que reaccionar ante los atentados del 11-S organizando grupos especiales para luchar contra el terrorismo islámico, pero en España existía ya experiencia de años. Mohamed Atta, el jefe de los comandos que actuaron en Estados Unidos el 11 de septiembre, mantuvo varias reuniones en España; pero sólo después del 11-S se encontró su pista española.

La organización de los atentados se produjo en Estados Unidos, donde los servicios de seguridad no detectaron la existencia de un numeroso grupo de musulmanes inscrito en diversas escuelas de aviación; una agente del FBI que sí advirtió algo extraño en el interés súbito de tantos musulmanes envió una nota de advertencia a sus superiores, pero nadie hizo caso de sus voces de alarma.

Lo primero que advierten los expertos españoles que investigan el terrorismo islámico radical es que la mayoría de los terroristas son ajenos al mundo de la inmigración ilegal; tampoco es fácil encontrar terroristas en los ambientes cercanos a las mezquitas legales, donde la mayoría de los imanes mantiene un discurso contrario al terrorismo y a la violencia: el pacifismo es la tónica general entre los más de 400.000 miembros de la comunidad musulmana española, aunque es cierto que en una parte de ellos han prendido ideas conectadas con un cierto fanatismo religioso, lo que en ningún caso quiere decir terrorista.

Cosa distinta es lo que ellos también llaman mezquitas y que son lugares de reunión clandestina, no inscritas como centros religiosos, montados generalmente en la trastienda de comercios o almacenes o incluso de domicilios. Se capta a los posibles simpatizantes invitándoles a una reunión de tipo religioso y, poco a poco, de forma gradual, se les va inculcando un odio exacerbado hacia el mundo occidental, que presentan como el mal que se debe abatir si se quiere salvar la cultura y la religión islámica. Se suelen buscar jóvenes inseguros, abandonados por sus familias, carentes de afecto o con dificultades de adaptación, a los que se les presenta el islamismo como la solución de todos sus problemas.

En esas reuniones, al principio exclusivamente de tipo religioso, se les pide que para vivir más intensamente su espiritualidad sigan las normas del Profeta y renuncien a vicios terrenales propios de los occidentales, como el alcohol; se les incita a que potencien su nueva personalidad dejándose la barba y se les lleva a domicilios particulares donde encuentran a nuevos amigos que les ofrecen apoyo. En la religión empiezan a encontrar salida a sus inseguridades y, a medida que pasa el tiempo, se les van lanzando mensajes en los que se les exige cada vez más vinculación con la defensa de sus creencias y de su religión.

Las casetes con las soflamas de ciertos imanes son escuchadas una y otra vez, de forma reiterativa y envolvente, con sus llamamientos a defender el islamismo sin escatimar medios, referencias a sus hermanos de fe que son víctimas de los más fuertes, como por ejemplo los palestinos, y se les reitera que los héroes del islam son los que mueren defendiendo su religión. Y cierto es, reconocen algunos expertos policiales españoles, que algunos excesos políticos de Sharon en Israel o de Bush en lo que llama lucha antiterrorista —en el otoño de 2003 tuvo que dejar en libertad a sesenta de los detenidos en Guantánamo, que llevaban allí dos años en condiciones especialmente duras y precarias, por falta de pruebas en su contra—, han servido para fomentar este clima de fanatismo antioccidental.

Los líderes de los grupos de reclutamiento conocen bien la psicología de los jóvenes a los que han «tocado», les ponen a prueba con el visionado de vídeos de atentados y acciones violentas y, en función de su reacción, completan o no su «formación». Los que parecen dispuestos a sumarse a la *yihhad* de forma directa, a la guerra santa, aun a costa de su vida, son enviados a campos de entrenamiento en Afganistán —todavía existen a pesar de la guerra y del aparente, que no real, control del territorio por parte de las tropas americanas—, a Indonesia, Yemen, Malasia, Chechenia o algunas de las antiguas repúblicas soviéticas. Los que se muestran menos inclinados a sumarse a la lucha armada son enviados a escuelas religiosas, a las madrasas, donde a su vez aprenden a formar a nuevos acólitos del islamismo más integrista.

En los campos, siempre bajo el síndrome religioso, son adiestrados en la utilización de armas y explosivos, se les familiariza con la tortura y se les insiste en que sólo en la lucha contra el infiel, contra Occidente, encontrarán su salvación y la de su familia.

Desde las primeras semanas se les hace ver que son víctimas de los países occidentales y que la única solución para el islam es acabar con las potencias que sojuzgan a los musulmanes, que no salen de la miseria, mientras los países ricos viven en ambientes de frivolidad, sin principios, a costa de los más desfavorecidos. De ahí a inculcarles odio exacerbado hacia esos ciudadanos que no tienen más dios que el dinero, y a inculcarles que

Alá premiará a quien destruya sus vidas en su nombre, no hay más que un paso.

Poco después del 11-S, se incautó a un grupo terrorista islámico, el llamado Grupo Salafista, una treintena de vídeos considerados significativos por la policía: algunos de ellos eran exclusivamente de tinte ideológico y religioso. Otros, en cambio, mostraban qué había que hacer con los adversarios, con escalofriantes imágenes reales de acciones terroristas realizadas en Indonesia y Chechenia fundamentalmente, con atentados de una crueldad sin límites y torturas a los detenidos que superaban todas las atrocidades que hasta entonces habían visto los responsables de las Fuerzas de Seguridad españolas.

Contra este tipo de fanatismo es muy difícil luchar, pero la policía española ha logrado importantes éxitos: consiguió seguir el rastro dejado por Atta en sus viajes a Madrid y, en coordinación con otras policías, llegar así hasta la desarticulación de distintos grupos que había formado el terrorista egipcio captado por las huestes de Bin Laden cuando estudiaba en una universidad de Alemania.

Y, aunque cometiendo algún error aislado, clamorosamente proclamado desde algún medio de comunicación hostil al Ejecutivo, que amplificó alguna metedura de pata verbal de Aznar, la policía española logró también desarticular, según dijeron, la célula que tenía organizado el suministro económico de distintos grupos terroristas esparcidos por diferentes países europeos, fundamentalmente Alemania y Francia. No eran grupos vinculados con los atentados del 11 de septiembre de 2001, pero sí lo formaban jóvenes aleccionados ya para realizar atentados en cualquier lugar del mundo y dispuestos a entrar en acción.

«El trabajo de investigación del terrorismo islámico no tiene nada que ver con el de ETA», decía un miembro de la policía española especializado en los últimos años en el terrorismo fundamentalista. «Los kamikazes lo complican todo y además su forma de actuar es completamente distinta a la del terrorista occidental convencional. Todos son fanáticos, pero los musulmanes no se ponen límites; no sólo no les importa perder la vida, sino que buscan perderla haciendo el mayor daño posible, porque creen que de esa manera verán a Alá y además disfrutarán de un paraíso donde estarán con las más bellas huríes.»

Por otra parte, se inmolan también por su familia. Si mueren, la familia recibirá un trato especial, será para siempre la familia de un héroe, recibirá mucho dinero, toda clase de apoyos y de reconocimiento social. Sus hijos irán gratis al colegio y a la universidad, y a nadie le faltará de nada en un ambiente en el que comer todos los días es un reto y existe un índice escandaloso de mortalidad infantil.

Sadam Hussein, que presidía un Estado laico y que nunca quiso acoger a terroristas islámicos en su territorio, entregaba veinticinco mil dólares a las familias de los kamikazes palestinos que se inmolaban en atentados contra Israel. De esa manera conseguía un mínimo respeto por parte de los dirigentes islámicos, que abominaban de su laicismo y de su lucha sin cuartel contra los chiitas, a los que no dudó en gasear cuando empezaron a tener influencia en la zona sur de Irak.

Esos veinticinco mil dólares fueron utilizados por George Bush en su cruzada contra Sadam, concluida el 14 de diciembre de 2003 con la captura del ex dictador: entre los argumentos que esgrimía para justificar la guerra, dijo que Sadam estaba presto para utilizar armas de destrucción masiva contra objetivos occidentales y lo presentó como uno de los más peligrosos impulsores del terrorismo integrista. Y Sadam Hussein podía ser, y era, muchas cosas perversas, pero no un miembro de Al Qaeda, contra lo que en algún momento llegó a decir la propaganda de la Casa Blanca.

CAPÍTULO 9

La vuelta al mundo en tres mil días

La guerra y las elecciones de «Ansar»

Le dijo a Bush, al amigo Bush, que contara con él para la guerra contra Irak. No podía ser menos. El amigo Bush le había ofrecido desde el primer momento su plena colaboración en la lucha contra ETA, sobre todo tras los brutales atentados del 11 de septiembre de 2001, fecha que conmocionó a la sociedad americana y al mundo y que obligó a Bush a reflexionar sobre el peligro del terrorismo, de cualquier terrorismo.

Es verdad que ya el antecesor de Bush junior, Bill Clinton, había destacado, en un discurso previo a un intento fallido de atacar Irak en 1998, que sus principales aliados en este proyecto eran Gran Bretaña y España. Pero con Bush las cosas fueron a mayores.

Cuando el presidente de Estados Unidos le pidió a José María Aznar que le apoyara en su guerra contra Sadam Hussein, el jefe del Gobierno español le dio una respuesta afirmativa por varias razones: por el acuerdo de trato preferencial a España que había aprobado Clinton cuando le quedaban apenas unos meses de permanencia en la Casa Blanca; por la convicción de Aznar de que había que liquidar al régimen de Sadam, ya que el dictador iraquí era un peligro para el mundo occidental y, tercero, porque Bush estaba ayudando de forma activa a la lucha contra ETA, con apoyo tecnológico más que con información, pues en información ningún americano podía ofrecer nada a la Policía Española o a la Guardia Civil.

Por tanto, Bush tuvo en aquella conversación con Aznar la respuesta que quería, el sí a la guerra, pero el presidente español le hizo una reflexión: que ese apoyo podía tener consecuencias negativas para su partido, el PP, en las elecciones municipales y autonómicas, pues Aznar era consciente de que la guerra iba a ser en España muy antipopular. Y lo fue: cientos de miles de personas, en manifestación, se encargaron de demostrarlo.

Le preguntó Bush por la fecha de esas elecciones. El 25 de mayo, le dijo Aznar. Y Bush, con el tono de seguridad que usan los inquilinos de la Casa Blanca, le respondió a Aznar que no se preocupase: la guerra finalizaría tres semanas antes.

Fue así. Afortunadamente para Aznar, el presidente Bush pronunció la famosa frase «*The war is over*» pocos días antes de que se celebraran las elecciones. La frase llegó cuando los españoles seguían atónitos e irritados ante el televisor las imágenes de la turbamulta echando abajo la monumental y emblemática estatua de Sadam que presidía una de las plazas más céntricas de Bagdad. Y hay que insistir en lo de afortunadamente para Aznar y para el PP, porque, en la fecha de las elecciones municipales y autonómicas, todavía no se habían producido los errores dramáticos de la posguerra, cuando el equipo de Bush demostró su carencia de proyecto para ese período: les había sido fácil derrotar a un ejército iraquí sin resistencia, pero no iba a ser tan sencillo con la guerrilla posterior.

Aún no se había organizado, en mayo, la guerrilla, al parecer organizada y animada por, entre otros, un Sadam ilocalizable hasta siete meses después de concluida la guerra, y que convirtió a Irak en un infierno para los occidentales, víctimas de atentados brutales que se cobraban una media de dos víctimas mortales diarias y que no respetaron ni siquiera las sedes en Bagdad de Naciones Unidas, la Cruz Roja, diferentes organizaciones no gubernamentales o los hoteles donde se alojaban los periodistas que informaban sobre la situación del Irak post-Sadam en los más importantes medios de comunicación internacionales. Sin contar con que dos periodistas de nuestro país, Julio Anguita Parrado y José Couso, habían muerto mientras realizaban su trabajo en Bagdad. El capitán de navío Manuel Martín Oar y el sargento del CNI José Antonio Bernal Gómez fueron las bajas militares españolas durante la primera etapa de la posguerra.

Pero el peor día, el día más trágico para los españoles, llegó ya bien entrado el otoño, el 29 de noviembre, cuando ocho miembros del Centro Nacional de Inteligencia fueron atacados por un grupo pro Sadam en la carretera de Al Hilla a Bagdad. Sus dos vehículos todoterreno fueron alcanzados por lanzagranadas y las ráfagas de varios kalashnikov, y siete de los hombres de los Servicios de Inteligencia perdieron la vida. Sólo se salvó uno de ellos, al parecer gracias a la intervención de un teniente iraquí que evitó su linchamiento.

La noticia llenó de dolor y consternación a los españoles, pero todavía les sobrecogieron más las imágenes que ofrecieron las televisiones, grabadas por un reportero británico de Sky News: grupos de jóvenes, algunos de ellos niños, saltaban alborozados sobre los cadáveres de nuestros hombres, y los pataleaban, al tiempo que gritaban vivas a Sadam. El funeral por los agentes, insólitamente celebrado en las instalaciones del CNI en la cuesta de las Perdices (Madrid), con la reina Doña Sofía patentemente conmovida y llorando constantemente, tuvo perfiles impresionantes en un día decretado de luto oficial.

Los ocho miembros del CNI habían sido seleccionados para una misión difícil: localizar a los asesinos de su compañero José Antonio Bernal, y continuar su trabajo en Irak. Docenas de miembros del CNI se habían ofrecido para sustituir al sargento, pero sólo unos pocos fueron seleccionados para la delicada misión. Les mataron en la zona supuestamente protegida por las tropas estadounidenses que, aquellos días, sufrían una media de dos o tres bajas diarias. Nunca se sabrá si quienes atentaron contra los dos automóviles todoterreno lo hicieron contra españoles o contra occidentales, sin importar la nacionalidad, llevados por su odio a lo extranjero y lo que una gran parte de iraquíes considera tropas de ocupación. Para España, que en principio sólo pretende realizar labores humanitarias en Irak, y de ayuda a la reconstrucción del país, aquélla fue la hoja más negra, más triste y más dramática de su política exterior.

El apoyo a la guerra contra Irak fue un empeño casi personal de Aznar, que ni siquiera tuvo en cuenta que algunos miembros de su Gobierno no estaban de acuerdo con la política de

Bush. Aunque esos ministros nunca expresaron públicamente sus desavenencias con la política de Aznar: la unidad del partido, por encima de todo. Varios periodistas que viajaron con el ministro de Defensa, Federico Trillo, a Diwaniya y a otras zonas donde las tropas españolas estaban instaladas en territorio iraquí, pudieron comprobar in situ y personalmente que muchos altos jefes militares españoles criticaban sin tapujos la política norteamericana, consistente en establecer una represión brutal y censurada sobre la población iraquí, sin ser capaces, por el contrario, de organizar mínimamente a una sociedad previamente destruida.

Claro que esos mismos periodistas también pudieron hablar con algún soldado norteamericano, apostado en el aeropuerto de Bagdad, que pensaba algo similar: un cierto síndrome Vietnam se había apoderado ya entonces de los soldados americanos, o de una parte de ellos, al menos. La falta de transparencia impuesta a los medios por la Administración Bush —ni siquiera se podían dar imágenes de los ataúdes que llegaban a EE. UU. con los soldados americanos muertos en acción— contribuía, cómo no, a empeorar la situación.

El presidente español no sólo se colocó de forma incuestionable al lado de Bush, sino que buscó votos en el Consejo de Seguridad de la ONU para tratar de llevar adelante las propuestas presentadas por Estados Unidos. Y, de hecho, hay que reconocer que España tuvo, junto con Gran Bretaña, un enorme protagonismo en el Consejo de las Naciones Unidas. Siempre de la mano, claro, de Estados Unidos. En una declaración sin precedentes, Aznar llevó su entusiasmo por Bush hasta el extremo de declarar —dejando estupefactos a propios y ajenos, incluyendo a la totalidad de sus ministros entre los propios— que «Bush debería ser reelegido para facilitar la paz y la estabilidad del mundo».

Pocas semanas antes de la fecha fijada para bombardear Bagdad, Aznar viajó a Estados Unidos a fin de mantener un encuentro con Bush. Previamente, hizo escala en México, con objeto de pedir el voto para una nueva resolución en el Consejo a un presidente Fox que no ocultó su malestar por el hecho de que el jefe de Gobierno español se situara tan claramente al lado del presidente americano. Fox no compareció junto a Aznar en la rueda de prensa que el presidente español celebró al finalizar la reunión, algo que se interpretó, y no fue desmentido por los portavoces mexicanos, como un gesto de rechazo de Fox a la presión que ejercía Aznar para sumar votos a los textos que Estados Unidos, España y el Reino Unido presentaban en el Consejo con la pretensión de conseguir luz verde para el ataque a Irak.

Meses después, en noviembre, cuando los soldados americanos morían, tras haber ganado la guerra, por culpa de acciones guerrilleras, bautizadas como «terroristas» en Estados Unidos, y no sólo en Estados Unidos, Aznar volvería a encontrarse muy solo en Iberoamérica, concretamente en la Cumbre de Santa Cruz de la Sierra, en Bolivia. Una de esas cumbres hispano-iberoamericanas establecidas por los socialistas en 1991 y que, desde entonces, han ido perdiendo en contenido y ganando en fricciones: los presidentes iberoamericanos quisieron dejar muy claro, aunque lo hiciesen en voz baja, su escaso apoyo a la política de Bush en Oriente Medio. Aunque tropas de Nicaragua, El Salvador, Honduras y República Dominicana se encuentren en territorio iraquí —en la zona de influencia española— cooperando en las tareas de la teórica reconstrucción.

Aznar, muy crítico con Francia y Alemania por no sumarse a la estrategia de Bush, siempre mantuvo que estos dos países acabarían apoyando la coalición contra Sadam. Se equivocó de plano. Tomó la iniciativa de proponer la redacción de un texto de la Unión Europea en el que se respaldaría la línea marcada por el Pentágono y el Departamento de Estado, pero tuvo que recurrir a los países de la ampliación, de manera señalada Polonia, para conseguir una mayoría relevante de votos.

Los tres ministros de Exteriores de Aznar

Aznar acusó a Alemania y a Francia de romper la unidad y el consenso europeo; tanto Chirac como Schröder acusaron a Aznar de lo mismo, de romper el consenso europeo, y de sacar adelante un texto —publicado simultáneamente en varios periódicos de Europa— que no obtendría el respaldo de la mayoría si no fuera porque se sumaron a él los países que aún no eran miembros de la UE y que, por haber quedado bajo la órbita de la Unión Soviética tras la guerra mundial, ante la guerra de Irak se inclinaban por la posición de Estados Unidos; estos países no querían coincidir con Rusia, donde Putin también se mostraba contrario a la guerra. Y, además, por supuesto, Estados Unidos sabía ser agradecido ante estos gestos de solidaridad.

Por si no fuera suficiente para Aznar el escaso éxito de sus gestiones diplomáticas a favor de la guerra, dentro de España se encontraba con una oposición que prácticamente se mostraba unánime en contra, y con un porcentaje masivo de la población —que salió masivamente a manifestarse— contraria también al empeño de Bush de liquidar físicamente al tirano Sadam, aun a costa de producir víctimas civiles en los bombardeos contra los centros neurálgicos de Irak. Hoy todavía se desconoce el número exacto de muertos en aquella guerra, porque la desinformación impuesta desde Washington, es ciertamente grande.

Y tampoco era ningún secreto que entre los miembros del PP algunas voces se mostraban en privado discrepantes con la línea que marcaba el presidente. Pero, como ocurrió a lo largo de todo el aznarato, los discrepantes, cuando los había, mantenían un disciplinado silencio ante los micrófonos.

Ese malestar en las filas del PP fue aprovechado por Rodríguez Zapatero para presentar una propuesta en el Congreso de los Diputados de que fuera secreta una votación en la que se debatía el apoyo a la política del Gobierno respecto a Irak. Creía Zapatero que de esa manera se demostraría que existían divisiones internas en el PP, pero el secretario general socialista se equivocó: como ha sido habitual en el PP en los ocho años de Gobierno de Aznar, no se producen fisuras en el partido, no hay discrepancias, la lealtad al PP está por encima de los intereses personales y de las opiniones de cada uno. No falló ni un solo diputado popular: todos los asistentes votaron a favor del Gobierno.

En sus ocho años de Gobierno, Aznar tuvo tres ministros de Asuntos Exteriores, Abel Matutes, Josep Piqué y Ana Palacio, como se narra en el capítulo correspondiente. El más profesional de la cosa era Matutes, comisario europeo en los últimos ocho años y con unas amplias e importantes relaciones internacionales, algunas de tipo comercial. De los tres, era el único que conocía bien a Aznar antes de que el PP llegara al Gobierno.

Sin embargo, paradójicamente, con quien Aznar mantuvo mejor comunicación personal y política fue con Piqué, con el que apenas había tenido trato antes de que lo llamara para formar parte de su equipo. Pero cuando le nombró ministro portavoz además de ministro de Industria, el contacto fue tan estrecho con él que Aznar decidió asignarle unas responsabilidades más políticas y de mayor envergadura, la cartera de Asuntos Exteriores. Y la sintonía entre los dos fue perfecta.

Al hacer balance de la política exterior de Aznar, la guerra de Irak se llevará todo el protagonismo, aunque ha habido otros asuntos de importancia extraordinaria como las siempre delicadas relaciones con Marruecos o el eterno contencioso de Gibraltar, aparte de las relaciones con Iberoamérica, con los países árabes o con los compañeros de la Unión Europea. Pero Irak estará siempre en lo alto de la lista de asuntos internacionales a los que Aznar y su Gobierno prestaron la máxima atención. Tanta, que la posición del Gobierno de Aznar en la guerra contra Irak en cierto sentido «contaminará» el resto de sus relaciones exteriores.

En la colaboración con Bush en su guerra contra Sadam tienen mucho que ver las especiales relaciones que se establecieron con Estados Unidos durante el Gobierno de Aznar. Relaciones que ya eran muy buenas durante el mandato de Felipe González, a pesar de que fueron dos republicanos como Reagan y Bush los que ocuparon la Casa Blanca durante el tiempo de un gobierno socialista en España. Pero Aznar dio un importante impulso al trato con Estados Unidos, sobre todo cuando fue Piqué el ministro de Asuntos Exteriores.

A Josep Piqué le correspondió renegociar el Acuerdo de Defensa, así que a ello se dedicó nada más tomar posesión de su cargo, con Madeleine Albright como interlocutora, de la que se hizo tan amigo que, cuando ésta ya había dejado el Departamento de Estado, la Albright telefoneaba a Piqué cada vez que venía a España para cenar o almorzar con él y recordar los viejos tiempos. La negociación sobre Defensa iba avanzando a medida que transcurrían los meses, cada vez ampliando el campo de colaboración y al final se elaboró un documento conjunto en unos términos que reforzaban sensiblemente la situación anterior, y que la Albright quiso firmar antes de que tomara posesión el presidente electo George Bush y ella tuviera que abandonar el Departamento de Estado, aunque aconsejó que se pasara el texto al equipo de Colin Powell, su sucesor.

Why not?

El propio Powell, al conocer el texto, dijo a Piqué que su intención era potenciar de forma significativa las relaciones con España, que Bush personalmente estaba muy interesado en que así fuera y que quería ser un estrecho aliado cuando tomara posesión de su cargo como presidente. Piqué expresó su satisfacción e hizo un comentario respecto a que, efectivamente, el Gobierno español quería también dar la máxima prioridad a las relaciones con USA, «aunque sabemos que nunca serán tan estrechas como las que tienen con el Reino Unido», a lo que respondió Powell con un expresivo: «*Why not?*»

Bush quiso ir a España en su primer viaje fuera del continente americano y fue entonces cuando el presidente estadounidense conoció a José María Aznar. El «flechazo» entre los dos fue casi inmediato y Aznar se convirtió en ese viaje en «el amigo español» de Bush, quitándole el puesto a un Antonio Hernández Mancha que mantenía una excelente, aunque poco profunda, relación con Bush Jr. desde los tiempos en que, siendo el máximo dirigente de AP, realizó un viaje a Washington y le asignaron como anfitrión y guía al hijo del presidente, entonces congresista y del que nadie podía suponer que un día también sería presidente.

Hernández Mancha es, además, amigo personal de Jeb Bush, el gobernador de Florida, hermano pequeño del presidente, a través de las relaciones entre sus respectivos hijos. Es más, del antiguo presidente de Alianza Popular se dice que es el «hombre de muchos negocios» de Florida en España. Nada sorprendente viniendo del peculiar y activo Hernández Mancha, el primero que se atrevió a establecer oficina en Bagdad tras la guerra.

En las relaciones personales y políticas entre Bush y Aznar hay un elemento que los dos suelen utilizar con sus colaboradores cuando se refieren al otro: que son personas de palabra, que cumplen sus compromisos. Aznar desde luego se lo demostró sobradamente a Bush: le apoyó sin fisuras en la guerra contra los talibanes de Afganistán, cosa fácil pues existía el respaldo de Naciones Unidas y un consenso internacional prácticamente unánime en el sentido de que había que castigar a Bin Laden y a sus seguidores tras las atrocidades del 11 de septiembre; pero luego le apoyó en una guerra mucho más cuestionada, la de Irak.

El empeño de Aznar por cumplir sus promesas, por demostrar que era fiel a la palabra dada, provocó como hemos dicho la crisis más grave que sufrió Aznar en sus ocho años de mandato, no sólo por hacer la guerra sino por empeñarse en apoyarla incluso sin tener el respaldo de Naciones Unidas, aunque el presidente español siempre interpretó las resoluciones en el sentido de que daban luz verde para iniciar el ataque. Hasta el punto de que, cuando finalizada la guerra se aprobó la resolución 1.511 que aprobaba la reconstrucción de Irak y obligaba a elaborar un calendario para celebrar elecciones en Irak y designar un gobierno, resolución que fue aprobada por unanimidad en el Consejo de Seguridad, Aznar indicó que esa resolución avalaba la acción bélica de Bush de meses atrás.

Las actividades del espionaje español

Pero habría que señalar que al menos Aznar no envió al Ejército para participar en las acciones militares, como hizo el Reino Unido, sino que en el último momento decidió que los españoles realizarían exclusivamente tareas humanitarias. A esta decisión fue empujado, según coinciden distintas fuentes, por las reflexiones que le hicieron el entonces vicepresidente primero Mariano Rajoy y el propio ministro de Defensa, Federico Trillo.

Aun así, esa guerra y sobre todo las informaciones de la posguerra que indicaban que hubo engaños y mentiras por parte de los Servicios de Información americanos y británicos respecto a la capacidad de Hussein de disponer de forma inmediata de armas de destrucción masiva, así como de su capacidad para utilizarlas contra objetivos occidentales, provocó un casi unánime malestar en la ciudadanía española. Malestar que, pese a las espectaculares manifestaciones callejeras, no tuvo reflejo en las elecciones municipales y autonómicas de mayo que tanto preocupaban a Aznar. El PSOE y Rodríguez Zapatero no supieron gestionar a su favor esa guerra que tuvo como principales promotores a Bush, Blair y Aznar.

Finalizada la guerra, cuando empezaron a caer una a una las caras de la baraja que Bush distribuyó entre sus soldados para que no tuvieran dudas de que la prioridad del Ejército americano era detener a Sadam, a sus familiares y colaboradores, España participó de forma activa en la reconstrucción de Irak, con el trabajo humanitario de los militares españoles que instalaron hospitales de campaña en el sur del país y con la labor de reconstrucción que debían realizar los soldados enviados a Diwaniya.

En esas semanas posteriores al supuesto final de la guerra, el Centro Nacional de Inteligencia envió importante información a sus compañeros de otros servicios sobre la coordinación de los seguidores de Sadam en la preparación de los atentados terroristas, y también en el intento de localizar a Sadam Hussein y a los hombres más duros del partido Baaz y de su guardia personal. La desaparición de Bin Laden, primero, y posteriormente la de Sadam —capturado el 14 de diciembre de 2003, veintiséis semanas después de haber perdido la guerra—, angustiaba a la Casa Blanca, a la CIA y a los servicios de información occidentales.

Ese trabajo de información, más relevante de lo que se piensa, fue el que costó la vida al sargento José Antonio Bernal Gómez, cuando un grupo de iraquíes que supuestamente trabajaban con él o habían colaborado con él en alguna ocasión, acudieron a su domicilio y lo asesinaron a sangre fría en la calle, cuando trataban de secuestrarlo, presumiblemente para arrancarle los nombres de sus contactos iraquíes. Al tratar de huir Bernal, prefirieron matarlo, posiblemente porque el sargento, que pertenecía al CNI, conocía a algunos de los que fueron a buscarlo.

Y lo preocupante para la agencia española de espionaje era, confesaron sus dirigentes, que la guerrilla de Sadam conociese, aparentemente, su cualidad de miembro de los Servicios de Inteligencia. Era uno de los dos agentes españoles en la zona; el otro, dijeron, fue rápidamente llamado de vuelta a Madrid, junto con la mayor parte de la legación diplomática española que quedaba en el país que fuera feudo del dictador Sadam. Sin embargo, el asesinato de los siete agentes españoles mostró que el CNI tenía más presencia en la zona de lo que se había dicho. Lamentablemente, mostró también que algún agente doble se había «colado» entre los iraquíes reclutados como informantes por los españoles.

Al menos, eso fue lo que dijo el Ministerio de Defensa. Luego tenue, pero firmemente, fue desmentido por el propio CNI, que hizo saber que, en su opinión, el atentado contra sus ocho agentes en una carretera al sur de Bagdad fue un «ataque indiscriminado», descartando cualquier delación. ¿Una prueba de las malas relaciones entre el ministerio de Trillo y los servicios, teóricamente, a sus órdenes, aunque dependan directamente de la Presidencia del Gobierno?

El sargento era la segunda víctima española —sin contar a los dos periodistas ya mencionados— en la guerra contra Irak. El primero, el capitán de navío Manuel Martín Oar, cayó el 20 de agosto de 2003, cuando guerrilleros iraquíes realizaron un atentado suicida contra el hotel Canal, sede en Bagdad del Consejo de Cooperación Internacional, organismo dependiente de la Autoridad Provisional iraquí en la Coalición encargada de la ayuda humanitaria y de la relación con las ONG y las Naciones Unidas, cuyo representante, Vieira de Mello, también cayó en el atentado.

La guerra y la posguerra en Irak fueron un duro banco de pruebas para el nuevo CNI, el sucesor del Cesid, cada vez compuesto por un mayor número de civiles (y, por tanto, por menos militares), más universitarios y más mujeres. La reforma de los Servicios españoles de Inteligencia fue uno de los grandes retos que hubo de afrontar Federico Trillo, tras los escándalos de la era del teniente general Emilio Alonso Manglano, el fulminante cese por un Gobierno socialista ya en funciones del «interino» general Félix Miranda y las acusaciones que amargaron la última etapa al frente del Centro del teniente general Javier Calderón, sustituto de Miranda.

La llegada al CNI, como director con rango de secretario de Estado, del diplomático Jorge Dezcallar, marcó una nueva etapa para el Centro. Amparado en la Ley 11/2002, de 6 de mayo, reguladora del Centro Nacional de Inteligencia, y de la Ley Orgánica de la misma fecha reguladora del control judicial previo del CNI (actualmente el Centro se encuentra bajo la «vigilancia» del magistrado Ángel Rodríguez), Dezcallar comenzó a actuar, especialmente en el ámbito exterior, donde ya sus antecesores habían creado una red de cierta envergadura, con delegados en más de cincuenta países. Durante un encuentro con empresarios, el titular de Defensa, Trillo, dijo orgullosamente que el CNI era «una de las mejores redes de Inteligencia del mundo» y que, bajo la dirección de Dezcallar, «no se ha producido ni un solo escándalo».

El CNI envía un papel diario de información sectorial a Aznar, y también a Rodríguez Zapatero. Dezcallar, un brillante diplomático que se consideraba no lejano a los planteamientos del Gobierno socialista al que sirvió como director general de África y Oriente Medio y, como última misión, en la embajada en Rabat, pidió total independencia antes de aceptar la difícil misión en el antiguo Cesid, y la obtuvo. Inmediatamente creó una célula especial —ya existía un embrión— de estudio del terrorismo islámico, que se encontró perdida en un vasto mar: quinientas mezquitas y medio millón de musulmanes «organizados» no es terreno fácil de controlar. Y en alguna ocasión, los servicios policiales, alertados por el CNI, dieron algún palo de ciego.

Lo mismo que el celo vigilante del juez Baltasar Garzón, que ordenó, con grandes medidas propagandísticas, detener al periodista de Al Yazira en España, Taysir Aloni, bajo la acusación de que trabajaba para la organización criminal Al Qaeda de Bin Laden, para luego ponerlo en libertad bajo una fianza de apenas seis mil euros (un millón de las antiguas pesetas): demasiado poco si la peligrosidad del personaje hubiese sido realmente tanta.

No faltó, desde luego, quien viese en el celo instructor de Garzón en los temas islámicos un reflejo de las informaciones contenidas en un libro de la periodista Pilar Urbano —exégeta de Garzón en otro libro anterior, que se dijo habían escrito casi al alimón— sobre las ramificaciones de Al Qaeda en España.

Claro que no hay que ser excesivamente exigente con los servicios españoles, ni con los británicos —que solamente entre las ramas MI5 y MI6 tienen ocho veces más personal que el CNI—, ni con los franceses, ni con los alemanes, cuando la CIA y el FBI estadounidenses parecen completamente desconcertados acerca del paradero de Bin Laden y su lugarteniente, el mullah Omar, así como sobre el funcionamiento de Al Qaeda. Las críticas al mantenimiento de algunos presos en Guantánamo, cuando las pruebas de que pertenecen a la siniestra red de Bin Laden son, por decir lo menos, bastante tenues, no han ayudado precisamente a mejorar la opinión acerca de los multimillonarios y potentes Servicios de Inteligencia americanos.

Y para qué hablar de Sadam Hussein, tantas veces dado por muerto por presuntos especialistas norteamericanos y por periodistas tan prestigiosos como Bob Woodward, el hombre que, junto con Carl Bernstein, contribuyó a destapar el asunto Watergate, que acabó con la carrera de Richard Nixon. Esos sedicentes especialistas fueron los que aseguraron a Bush, y a su ministro de Defensa Donald Rumsfeld, y al secretario de Estado Powell, y a la dura asesora presidencial Condoleezza Rice, que las tropas norteamericanas serían recibidas con banderitas de barras y estrellas por las calles una vez liberasen a Irak del tirano Sadam.

Craso error, del que, aparentemente, habían avisado previamente los servicios españoles, con una presencia cuantitativa en todo Oriente Medio mucho menor que la CIA, pero, a lo que parece, con una capacidad de análisis mucho mayor. Y, por supuesto sin confirmación oficial, son varias las fuentes que aseguran que los informes del CNI avisaron al Gobierno español de que no se detectaban de manera concluyente armas de destrucción masiva de tipo alguno en Irak.

Fue un primer aviso. Anteriormente, el representante de los intereses españoles en Bagdad, el diplomático Fernando Valderrama, ya había dado un toque de atención —y qué toque— dimitiendo con clamor y estrépito de su cargo, advirtiendo que la situación que pretendían imponer los norteamericanos con la guerra tornaría las cosas imposibles.

Lo cierto fue que no hubo banderitas de bienvenida y sí mucha actividad guerrillera, inspirada en mayor o menor medida por el escondido Sadam. Y su captura, a mediados de diciembre, en su localidad natal de Tikrit, fue sin duda una buena noticia para las posibilidades de reconstrucción de Irak. Pero ello no eliminaba las hipótesis de que la violencia iba a seguir en todo o en una parte del territorio iraquí.

Una salida negociada

Cuando apenas faltaban tres semanas para el inicio de la guerra, la Unión Europea tomó la decisión de desalojar sus embajadas en Bagdad por razones de seguridad y repatriar al personal diplomático y a los funcionarios.

España quiso retrasar la decisión porque los dos hombres que tenía oficialmente acreditados el CNI en Bagdad —de «amarillo brillante» llaman en el CNI a los acreditados— enviaban muy buena información. Pero, a pesar de que el ministro Trillo hizo un esfuerzo para que se retrasara el regreso de los españoles, el Gobierno se sumó a la política de la UE y cerró la embajada. Los hombres del CNI, uno de ellos el ya mencionado sargento Bernal, apenas tuvieron tiempo de reclutar a un puñado de iraquíes para que les contaran cuanto supieran una vez que se fueron a España.

No les fue muy difícil reclutar voluntarios, no sólo porque iban a estar bien pagados, sino también porque cuando un régimen vive sus últimas horas aparece una multitud de personas dispuestas a colaborar con los seguros vencedores a cambio de negociar un futuro mejor para sí mismas y para sus familias. Y porque, claro, a Sadam, un hombre que gobernó despóticamente Irak durante veinticuatro años, no le faltaban enemigos en el interior, por muy dispersa que la oposición «formal» estuviese en el extranjero.

Los datos que enviaban estos colaboradores de los miembros del CNI eran muy precisos, y no concordaban exactamente con los de la CIA, que provocaron que el bombardeo de Bagdad se adelantara unos días sobre la fecha prevista cuando aseguraron que Sadam Hussein y sus hijos se escondían en un lugar determinado de Bagdad. Contra ese lugar se centraron los bombardeos de la primera noche, convirtiendo en ruinas el sitio donde se suponía que se encontraba el dictador... que, obviamente, no estaba allí. Durante nada menos que siete meses prosiguió la afanosa búsqueda, en la que miles de soldados americanos peinaban la búsqueda de Sadam, escondido, tal y como se suponía, en su ciudad natal de Tikrit.

Durante la guerra, las noticias sobre el paradero de Sadam y sus principales secuaces se sucedían todos los días, los Servicios de Información de Estados Unidos aseguraban que los tenían localizados, y todas las operaciones para tratar de destruirlos fueron inútiles.

Los informes del CNI que tenía el Gobierno decían, sin embargo, que Sadam y sus hijos no habían encontrado refugio en ninguno de sus palacios, tampoco estaban en Tikrit, feudo de los Sadam, ni tampoco en ninguno de los búnkeres del desierto, ni en las montañas, ni habían huido a Siria ni a Jordania. Esos informes, que diariamente recibían los miembros del «gabinete de crisis», y que tantas veces eran contradictorios, aseguraban que Sadam no pisaba ninguno de esos lugares consciente del riesgo, que no había salido de Bagdad, se trasladaba en taxi por la ciudad o en coches particulares que prácticamente paraban en la calle algunos de sus colaboradores, y dormía en casas en las que entraba sin avisar, de paso, y que abandonaba después de descansar, con el aviso previo a sus moradores de que si contaban que había estado allí perderían la vida. Finalmente, como se sabe, resultó que Tikrit sí era el escondite de Sadam.

Finalizada la guerra, los países que la habían apoyado, España entre ellos, trataron de buscar también una salida negociada para Sadam, aunque sin bajar la guardia en la labor de su busca y captura.

Se pidió a Arabia Saudí que acogiera a Sadam y, a través de conductos que nunca fueron revelados, se le hizo llegar a Sadam, allá donde estuviera, que además de garantizarle que tanto él como su familia estarían a salvo, se le daría la posibilidad de disponer de las enormes cantidades de dinero que había acumulado durante los años en que había gobernado Irak con mano de hierro y amasando una ingente fortuna.

La respuesta que se recibió fue que, además del dinero, quería cuarenta salvoconductos para personas de su confianza y para su familia. Estados Unidos estaba dispuesto a aceptar la transacción, pero no la aceptó en cambio Arabia Saudí, que temió que entre esas cuarenta personas pudieran encontrarse algunos de los esbirros más destacados del círculo de Sadam y su presencia en Arabia pusiera en riesgo la seguridad del país. Por otra parte, un sector amplio de musulmanes empezaba a mirar mal a una Arabia Saudí que colaboraba demasiado con Estados Unidos, tanto en la guerra del Golfo como en la guerra contra Afganistán.

La prueba es que Arabia fue uno de los países objetivo de las milicias terroristas de Bin Laden, que atentaron en dos ocasiones contra barrios residenciales de Riad donde tenían su vivienda no sólo diplomáticos y empresarios occidentales, sino incluso miembros de la familia real saudí. Atentados que se saldaron con medio centenar de muertos. Y, presumiblemente, con una represión de la que Occidente jamás iba a enterarse, dada la escasa transparencia de la información en el régimen saudí.

Descartada Arabia Saudí como lugar de acogida de Sadam, se intentó entonces que fuera Libia quien aceptara tener en su territorio al tirano iraquí, y en ese sentido José María Aznar jugó un papel destacado en el entorno de Gaddafi; pero tampoco aceptó la propuesta el presidente libio, por el riesgo que suponía. Semanas después de las gestiones de varios políticos occidentales ante Gaddafi, José María Aznar viajó oficialmente a Libia, una visita que sorprendió y que se «vendió» como un reconocimiento al cambio de talante de Gaddafi en los últimos años, que había dado lugar al levantamiento de las sanciones económicas europeas meses antes.

Aznar fue el primer jefe de Gobierno occidental que se entrevistó con el líder libio tras el fin del bloqueo y, aunque oficialmente se le dio un contenido especialmente económico a la visita, se habló largamente de Sadam y de su situación personal. Y, por supuesto, del futuro de Irak y de la situación cada vez más complicada de Oriente Medio. Gaddafi reiteró en ese encuentro lo que ya había hecho llegar a la «autoridad competente» a través de otros conductos: no quería aceptar a Sadam en Libia, le parecía un «invitado» que pondría en peligro la seguridad de sus ciudadanos. Aparte de que a Gaddafi no le interesaba, por su propia estabilidad política, abrir nuevos frentes de batalla con los musulmanes radicales, contra los que había luchado desde el primer día que se convirtió en el máximo dirigente libio y proclamó la llamada *yamahiria*, la Revolución Verde, ajena al islamismo y que tuvo entre los adversarios a abatir a los musulmanes radicales, algunos de ellos muertos en la horca, en espectáculo público, para tratar de evitar que sumaran adeptos entre los ciudadanos libios.

La difícil asignatura europea

El Aznar aliado de Bush, por ser tan aliado de Bush perdió influencia en otros escenarios, en otras geografías. Por ejemplo en Iberoamérica y, desde luego, en la Unión Europea, aunque, lógicamente, nunca Aznar aceptó esa pérdida de influencia, sino que, por el contrario, se consideraba un referente, un referente de influencia, en los dos escenarios.

Es indudable que durante sus primeros años de Gobierno, Aznar tuvo un papel destacado en la construcción de la Europa que preparaba su ampliación. Incluso trabajó de forma intensa para lograr que se diera un gran impulso a esta ampliación precisamente durante el semestre de presidencia española, para demostrar con ello su interés en construir la Europa de los Veinticinco. Ese empeño provocó un reconocimiento de los países del Este al presidente español, a quien hacían valedor y principal responsable de que se pudieran cumplir sus ansias de pertenecer a la Unión Europea. Para muchos de esos países era ésta la única garantía de futuro tras décadas de dictadura socialista, falta de libertades, corrupción institucionalizada y economía de pobreza.

Sin embargo, la alianza incuestionable con Bush en la guerra contra Irak provocó reticencias hacia Aznar entre algunos de sus socios europeos. Desde luego, en Alemania y Francia, pero no sólo entre esos dos grandes. Reino Unido, principal aliado también de Bush, no mantuvo tensiones con esos grandes de Europa, ya que los británicos tradicionalmente han estado al lado de sus «primos» estadounidenses, y en cierto sentido se contaba con que se situarían al lado de Bush. Por otra parte, el sentimiento europeísta de los británicos es perfectamente descriptible: ni siquiera han aceptado sumarse al euro y una gran mayoría de la población mantiene el criterio de que, si hay niebla sobre el canal de la Mancha, Europa se queda aislada.

Blair tuvo conflictos internos por su alianza con Bush, pero no por la alianza en sí, sino porque hubo indicios serios de que había autorizado la manipulación de algunos informes sobre las armas de destrucción masiva que supuestamente tenía Irak para utilizarlas de forma inminente, y justificar así ante la opinión pública el envío de tropas a Irak.

El premier británico tuvo, en todo caso, muy serios problemas de opinión pública, especialmente cuando se suicidó el científico David Kelly, asesor del Ministerio británico de Defensa, a quien el mismo ministerio acusó, en una filtración periodística, de haber revelado a la BBC que los informes citados «exageraban». Y esos problemas de opinión pública estallaron cuando, en noviembre de 2003, en plena crisis de la posguerra en Irak, donde seguían muriendo numerosos soldados estadounidenses, y donde acababan de morir 19 efectivos de seguridad italianos (12 carabinieri, 5 soldados del ejército italiano y 2 civiles), Bush visitó oficialmente Londres. Las manifestaciones fueron tremendas, mientras 14.000 policías custodiaban las calles y el alcalde de la ciudad, Ken Livingstone, Ken *el Rojo*, declaraba en una revista que Bush era «la mayor amenaza para la supervivencia del planeta». Nada menos. Una exageración, sin duda, pero que mostraba el ardor del debate en Gran Bretaña, la principal aliada de Estados Unidos desde siempre.

Pero Blair es hombre de especial habilidad, y en el frente interno ha sabido aprovechar al máximo la debilidad de sus rivales políticos, los conservadores. En el frente externo logró no enfrentarse con sus colegas europeos. Claro que, si no hubo tensiones entre Blair y estos colegas europeos, sí las tuvo Aznar, y muy serias, con algunos de ellos, especialmente con Chirac y con Schröder. El propio Bush no favorecía demasiado la concordia con lo que uno de sus más insignes ayudantes, el secretario de Defensa, Rumsfeld, llamó «la vieja Europa»: con un lenguaje escasamente diplomático, el presidente americano hizo saber que solamente los países que habían «sufrido» en la guerra de Irak podrían beneficiarse de los contratos para reconstruir aquel país. Y, claro, ni Francia, ni Alemania, ni Rusia, habían «sufrido». Pero el impacto que causó en París, Berlín y Moscú esta tajante exclusión fue enorme.

En las reuniones bilaterales y en las cumbres europeas se mantuvieron las formas, la cortesía exquisita y hasta las bromas, pero Francia y Alemania dejaron de ser socios y amigos leales de España y lo demostraron en un asunto que para España era vital: el reparto de poder de la futura Europa. Ocurrió cuando decidieron revocar lo que se había aprobado en la trascendental Cumbre de Niza y presentaron en la Convención y en la Conferencia Intergubernamental una propuesta que apartaba a España del grupo de países de mayor influencia y la obligaba a buscar alianzas con más países de los previstos si quería presentar un veto a algunas de las propuestas que fueran elevadas a las instituciones europeas.

En contra de lo que esperaba Aznar, también Blair se sumó a las propuestas de Francia y Alemania, de donde aprendió el presidente español que, en las relaciones internacionales, en cada cuestión nueva se parte de cero, sin tener en cuenta los apoyos y alianzas previas, ni tampoco las relaciones personales. En esa contienda Aznar tuvo enfrente a Chirac, Schröder, Blair y a Berlusconi, su supuesto buen amigo Berlusconi, invitado a la boda de Ana Aznar y Alejandro Agag, con quien tanto contacto mantiene el polémico primer ministro italiano.

Pero il Cavaliere no se casa con nadie y en la Conferencia Intergubernamental su único afán era que el equipo de Giscard d'Estaing trabajase deprisa y sin trabas en su camino para que la Constitución Europea se aprobara durante el semestre italiano y pudiera llamarse la Constitución de Roma. En diciembre, la Cumbre europea de Bruselas, que debería haber supuesto un avance para la euroconstitución, se cerró con un estrepitoso fracaso, del que, claro, se culpó a la dureza negociadora española, una dureza que estaba tibiamente respaldada por todas las fuerzas políticas, al menos en principio.

Y había no pocos motivos para las reticencias españolas en esa Constitución que, de atender a las palabras de Giscard, un viejo enemigo de nuestro país, serviría para contener las «excesivas» ventajas logradas por los negociadores españoles. Claro que lo estrecho que sirve para tratar a España nada tiene que ver con lo ancho que Francia y Alemania utilizan para darse ventaja a sí mismas, como motores de Europa que son, o se proclaman. A finales de noviembre de 2003 rompían el pacto de estabilidad y evitaban ser sancionados por la Comisión por no haber «hecho sus deberes» económicos. Así que ni Niza, ni Pacto de Estabilidad, ni arbitraje de Bruselas. Nada; la «locomotora» europea, es decir, París y Berlín, rompen las reglas del juego bilateralmente. Y es Aznar quien más clama en el desierto, y sin duda con razón, contra ese injusto estado de cosas.

Hay que reconocerle a Aznar una tozudez y firmeza en la negociación que le hicieron valedor del honroso título de persona incómoda en la defensa de los intereses de su país. El presidente español nunca perdonaría haberse enterado de la concreción de la última alianza franco-germana, concretada durante una cena en Versalles, casi al mismo tiempo que los periodistas, convocados de urgencia por la noche al palacio francés por Chirac y Schröder.

Lo que más indignó al Gobierno español y a otros varios ejecutivos europeos fue que Chirac y Schröder se arrogasen la posición europea sobre la guerra contra Irak. Un exceso que daría origen a la «carta» que varios presidentes y jefes de Gobierno europeos, comenzando por Aznar, Blair y Berlusconi, publicaron en importantes periódicos del Viejo Continente, iniciativa considerada como una «agresión» en París y Berlín, sin reparar en que los primeros agresores fueron ellos.

Probablemente, en esa descortesía hacia los restantes miembros de la UE, en general, y hacia Aznar, en particular, haya que buscar algunas de las razones de la férrea adhesión del mandatario español a los dictados del inquilino de la Casa Blanca. Dicen sus próximos que, de pronto, Aznar se sintió muy solo en Europa. Incluso promovería el ya citado artículo periodístico, firmado por varios líderes europeos, que sentó particularmente mal en París y Berlín.

Dos «socios» que, a un mes de concluir las negociaciones sobre el proyecto de Constitución europea, que incluía un nuevo reparto de poder en la Unión que España y Polonia rechazaban frontalmente, ofrecían al Gobierno español negociar un compromiso. Un «cierto» compromiso, a partir del proyecto constitucional, y no, como Aznar quería, del Tratado de Niza. Pero lo cierto era que España se iba quedando aislada en la UE, como se demostró en la Cumbre de Nápoles, de 29 de noviembre de 2003, donde la ministra Palacio se vio enfrentada incluso con las posiciones italianas. Imposible adivinar, cuando la presente edición de este libro se cerraba, por dónde irán los tiros.

El caso Arias

La posición española respecto a Irak provocó también una seria crisis en el Ministerio de Asuntos Exteriores. En el verano de 2003, en plena resaca de la guerra, con la posguerra provocando muertos todos los días, el embajador de España ante la ONU, Inocencio Arias, aquel que por encargo del Gobierno tanto había negociado votos a favor en el Consejo de Seguridad para apoyar las tesis de Bush, viajó a Madrid para iniciar unas merecidas vacaciones después de muchos meses de tenso e intenso trabajo.

En ese viaje, Arias, persona siempre de fácil trato con los periodistas y de una sinceridad aplastante, dijo en las universidades de verano de El Escorial y Santander que tenía dudas respecto a las pruebas que se habían presentado sobre las armas de destrucción masiva que supuestamente tenía Irak. Y que si no aparecían las armas, la guerra quedaría en tela de juicio.

La reacción de Ana Palacio fue fulminante: tras reunirse con su equipo más cercano de colaboradores, decidió cesar al embajador de forma inmediata. Pero al llamar al presidente Aznar para comunicarle sus intenciones, se encontró con la negativa presidencial.

Nunca se sabrá si la negativa se debió a que Aznar consideró poco prudente cesar a un diplomático de reconocido prestigio —que además mantenía excelentes relaciones con políticos de todas las ideologías y con los más destacados periodistas, aparte de que había demostrado sobradamente durante años su talante negociador, si bien es cierto que a veces caía excesivamente en la campechanía—, o si la negativa presidencial estuvo provocada porque Arias en cierto sentido era el «tutor» de José María Aznar Botella en Nueva York.

Porque Arias fue la persona que tuvo viviendo durante un tiempo al hijo del presidente en su casa, en la residencia oficial, y que mantenía una estrecha relación con el joven, con quien compartía tardes de partidos de fútbol ante la televisión, largas charlas e invitaciones a cenar o acudir a conciertos. Arias, por ejemplo, estuvo en la boda de Ana Aznar, en el grupo de los invitados personales de la familia de la novia.

Ana Palacio se quedó, por tanto, sin la posibilidad de cesar a Arias, pero sí se tomó la pequeña o gran venganza de dejarle sin vacaciones, porque dio instrucciones de que regresara de inmediato a Nueva York, a su puesto en Naciones Unidas, para hacer un seguimiento de conflictos internacionales que por otra parte no tenían demasiada importancia, como la propia ministra sabía: la eterna crisis de Liberia, que debía ser abordada una vez más por el Consejo de Seguridad. Curiosamente, Palacio había pedido a Inocencio Arias, apenas seis meses antes, que continuara al frente de la legación al menos un año más, aunque se había cumplido el tiempo máximo que un embajador debe permanecer en un destino fuera de España. Pero la guerra de Irak y la forma en que Chencho se desenvolvía en el Consejo de Seguridad, aconsejaban mantenerlo en Nueva York al menos doce meses, hasta que España dejara de ser miembro del Consejo.

El ¿amigo? del sur

Aznar acompañó al Rey y al Príncipe a Marruecos cuando falleció el rey Hassan II, con quien don Juan Carlos mantenía una relación casi familiar. Esa proximidad facilitó extraordinariamente las siempre delicadas relaciones entre ambos países, pues cuando se tensaba demasiado la cuerda el Rey cogía el teléfono en Zarzuela y llamaba a Rabat, Fez, Marrakech, Mekness, Sjirat o cualquiera de los muchos palacios donde pudiera encontrarse Hassan para exponerle el nuevo problema. Y Hassan lograba contener a aquellos que habían provocado un nuevo conflicto y que, en algunos casos, habían sido azuzados por el propio Hassan precisamente para provocar la crisis de que se tratara.

Pero mal que bien, y gracias fundamentalmente a esa extraordinaria relación personal entre los dos reyes, las relaciones con Marruecos, con el «amigo del sur», siempre fueron llevaderas, aunque en algunos momentos pareciera que se había llegado a un punto sin retorno, y no sólo ocurrió cuando la famosa Marcha Verde de los estertores del franquismo. La falta de interés de las autoridades marroquíes por controlar la oleada de inmigrantes a España, los conflictos pesqueros, la diferencia en las posiciones sobre el Sáhara, la eterna reivindicación sobre Ceuta y Melilla —que Hassan, hay que reconocerlo, contenía— y el tráfico de drogas eran cuestiones que envenenaban las relaciones, pero siempre, en el último minuto, la intercesión real de uno y otro lado lograban solucionar el problema, o al menos, apaciguarlo.

Marruecos fue uno de los primeros países que visitó Aznar como presidente de Gobierno, siguiendo con la tradición de sus antecesores que antes de a cualquier otro país viajaban a Rabat y a Lisboa, los vecinos con los que estamos obligados a entendernos. Las entrevistas que mantuvo con Hassan durante sus años de Gobierno fueron corteses y nada hacía pensar que con su hijo Mohamed VI las cosas no iban a ser igual o parecidas.

En las exequias de Hassan, multitudinarias, desordenadas, con asistencia de los más importantes dirigentes del mundo, que se encontraban mezclados sin orden ni concierto, el nuevo rey, Mohamed VI, se dirigió a don Juan Carlos con un afecto extraordinario, de hermano menor a hermano mayor, lo que indicaba aparentemente su disposición a mantener la misma línea de amistad y confianza mutua de su padre con el rey español.

No fue así. Durante los primeros meses el nuevo rey inició una tímida apertura e incluso decretó la libertad para los más importantes presos políticos, pero al cabo del tiempo demostró ser un hombre caprichoso, poco amigo de asumir responsabilidades, inclinado a la diversión permanente, que nombró a sus antiguos compañeros de estudios, francófilos, para importantes puestos de responsabilidad y para formar parte de su círculo más cercano. Y que, además, no hizo ningún esfuerzo para poner fin a la corrupción en las alturas, tanto en Palacio como en el Gobierno.

En septiembre de 2001, el ministro Josep Piqué hizo unas declaraciones en *El Mundo* en las que criticaba al Gobierno marroquí por no tomar medidas que impidieran el tráfico ilegal de inmigrantes hacia las costas españolas. A los pocos días, el rey Mohamed VI declara en una entrevista en el periódico francés *Le Figaro* que las lanchas de inmigrantes marroquíes que partían hacia España estaban compradas en España y que las mafias españolas dedicadas al tráfico ilegal de inmigrantes eran más poderosas que las mafias marroquíes dedicadas al mismo y miserable negocio.

En Madrid, el secretario de Estado de Política Exterior, Miquel Nadal, responde que la inmigración «se origina en las playas de Marruecos, y es ahí donde hay que actuar» y emplaza al Gobierno marroquí a que, si tiene información sobre mafias españolas, la facilite al Gobierno español, porque éste actuaría de forma inmediata contra los delincuentes. El embajador de Marruecos en España, Abdesalam Baraka, convoca una rueda de prensa en Madrid para hablar de los medios que dedica su país a luchar contra las mafias de la inmigración y de la droga, y dio unas cifras que no sólo contradecían a su propio rey, sino que no coincidían con las que previamente se habían dado a la policía española.

A medida que pasan las horas se va «envenenando» cada vez más el problema; el embajador Baraka envía al Ministerio de Asuntos Exteriores una nota verbal de protesta por las declaraciones de Nadal —una nota verbal en lenguaje diplomático es en realidad una nota escrita— y finalmente el día 8 de octubre, el ministro de Asuntos Exteriores Mohamed Benaissa —uno de los cuatro ministros de Estado designados por el rey— llama a Rabat al embajador, hasta nueva fecha. Se iniciaba así un año tenso, difícil, que en realidad es de ruptura de relaciones, aunque en los dos gobiernos se dice —siempre la terminología diplomática— que se trataba de una mera llamada a consultas.

A partir de la crisis del islote Perejil, en el mes de julio, también es llamado a consultas el embajador español, Fernando Arias Salgado. Entonces se produjo la crisis más grave de ese largo año de práctica ruptura de relaciones entre los dos países y uno de los conflictos diplomáticos más serios no sólo del aznarato, sino del último cuarto de siglo, por lo menos.

La postura sobre el Sáhara

Antes de la crisis de Perejil, narrada detalladamente en otro capítulo, se sucedieron los incidentes en una y otra parte, la mayoría de ellos agudizados por el eterno problema del Sáhara, que no logró resolver Hassan II y que su hijo Mohamed VI considera cuestión prioritaria, y en el que no ha encontrado respaldo en el Gobierno español para defender sus intereses, ya que España defiende, desde siempre, una solución que sea respaldada por el Frente Polisario, Argelia y Marruecos, aparte de Naciones Unidas.

Mohamed VI hubiera preferido que España se situara en una posición parecida a la de Francia, donde su buen amigo Chirac siempre ha defendido la marroquización de la antigua colonia española, a la que los Acuerdos de Madrid, firmados durante la agonía de Franco en el año 1975, convirtieron en un territorio cuyo destino quedaba en manos de Marruecos y Mauritania y no de sus habitantes. La mayoría de ellos simpatizantes y seguidores del Frente Polisario, que tuvo que instalar campamentos en el desierto argelino, cerca de Tinduf, para acoger a los saharauis.

Desde 1975, el Polisario, visto con simpatía por una parte importante de la población española, está en guerra con Marruecos —Mauritania renunció a sus derechos sobre la antigua colonia— para tratar de recuperar un territorio que Hassan, primero, y Mohamed VI, después, consideran provincia marroquí.

En noviembre de 2001, a los pocos días de que el embajador Baraka fuera llamado a consultas, el rey Mohamed visitó por primera vez el Sáhara, en plena crisis con España, y allí habló de su disgusto ante el Plan Baker, el emisario de Naciones Unidas a la zona en conflicto, y que recogía una fórmula de soberanía marroquí para la ex colonia, en cuyas aguas, por cierto, han aparecido importantes cantidades de petróleo. De cuya extracción se encarga, entre otras, una empresa norteamericana a la que algunos informes consideraban ligada a Baker.

Pocos días después, el líder de la oposición, Rodríguez Zapatero, visto el enconamiento de las relaciones entre Rabat y Madrid, decidió viajar a Marruecos para tratar de apaciguar los ánimos, aprovechando las excelentes relaciones personales de Felipe González e incluso de su entonces responsable de Relaciones Exteriores, Trinidad Jiménez, con el primer ministro marroquí, el socialista Yusufi. El Gobierno español reaccionó con una fuerte crítica al secretario general del PSOE, al que descalificó en todos los tonos, en lo político e incluso en lo personal, negándole la posibilidad de interceder a favor de una mejora en el clima entre los dos países.

Zapatero fue recibido casi con honores de Estado, lo que enfureció aún más a José María Aznar y a los miembros de su Gobierno, así como a un sector de periodistas, que afilaron su pluma y su verbo contra el líder de la oposición. Pero se produjo además, unas semanas más tarde, una extraña peripecia político-diplomática, cuando se publicó que Felipe González se había trasladado a Tánger, donde habría mantenido un encuentro con Yusufi primero y con el propio rey Mohamed a continuación, dato que provocó las iras del Gobierno, empezando por el propio Aznar que pronunció graves frases contra el ex presidente.

La noticia era falsa, pero sólo hasta que fue desmentida por el propio Yusufi la dieron por buena los gobernantes españoles, que demostraron así su nula disposición a confiar en la palabra de González. Éste dijo desde el primer momento que era cierto que se encontraba en Tánger en las fechas indicadas, pero no había mantenido los contactos de alto nivel que se decía. Esa entrevista no celebrada provoca una fuerte tensión entre el Gobierno y el PSOE —que culpa al ministro portavoz de la falsa filtración—, pero además echa por tierra los tímidos avances que se habían logrado en la recomposición de las relaciones bilaterales.

En marzo, el Rey contrae matrimonio y no invita a don Juan Carlos, aunque en fuentes oficiales españolas se justifica la descortesía con el argumento de que se trataba de una ceremonia privada. Lo era, pero en anteriores ocasiones, cuando reinaba el rey Hassan, el monarca español era el invitado de honor en celebraciones privadas de todo tipo, pues se le consideraba como un miembro de la familia real alauí. Así lo reconoció el propio Mohamed VI durante el entierro de su padre, cuando se refirió a don Juan Carlos como su hermano mayor.

Días después de la ceremonia de su boda, el rey Mohamed VI coincide con Aznar en una reunión de la Liga Árabe y desde el Ministerio de Asuntos Exteriores y desde la propia Presidencia se apresuran a informar de que el presidente español había felicitado al rey marroquí por su matrimonio y que el intercambio de frases había sido cordial.

Pero en boca de los que siguen la información de política exterior quedaba en el aire una pregunta: ¿Había felicitado el Rey Juan Carlos a Mohamed VI por su matrimonio? ¿Había aprovechado esa excusa para hablar sobre las relaciones entre los dos países? ¿Por qué el Gobierno no había aprovechado las tradicionalmente buenas relaciones entre el Rey de España y el Rey de Marruecos para rebajar la tensión? ¿Le habría dicho Aznar al Rey que no interviniera, celoso de las relaciones de don Juan Carlos con algunos de los más importantes políticos del mundo? ¿Es que no sabía Aznar que don Juan Carlos, con un telefonazo oportuno a su «hermano» Hassan II, había parado pocos años antes la nueva Marcha Verde sobre Melilla que organizaba el partido Istiqlal?

En aquel año de crisis, grave crisis, seguro que el Rey podría haber hecho un papel en la sombra, como en más de una ocasión hizo en tiempos de los Gobiernos de Felipe González y de Adolfo Suárez. Pero no se le dio oportunidad a mover un dedo, a pesar de que se vivía la crisis más grave surgida entre España y Marruecos desde la muerte de Franco.

Una crisis que no tendría fin hasta bien entrado el año 2002, cuando Ana Palació llegó al Ministerio de Asuntos Exteriores en sustitución de Piqué. A Palacio le correspondió lidiar con el asunto más grave de las relaciones con Marruecos, la toma del islote Perejil, pero después de semanas de graves tensiones no sólo se recuperó el buen clima entre ambos países sino que nació una extraña amistad entre dos ministros aparentemente distintos y distantes: Ana Palacio y Mohamed Benaissa.

En noviembre de 2003, Mohamed VI daba un paso que podría ser trascendental si efectivamente fuese algo más que una declaración de intenciones: creó un organismo especial para luchar contra el tráfico de pateras conduciendo inmigrantes a las costas españolas. Lo cierto es que el clima mejoró, pese a los actos de evidente hostilidad registrados el verano anterior contra algunos turistas españoles, pese al estancamiento de las relaciones económicas y pesqueras, pese a la cuña francesa en la UE. Pese a todo. Y es que España, aparentemente, se ha mostrado dispuesta, en conversaciones privadas, a «dulcificar algo» su postura sobre el Sáhara. Intención que, por cierto, Ana Palacio negó a los autores.

Política de cuchara y tenedor

Octubre de 2003. Se celebraba la Conferencia de Donantes en Madrid, y, finalizadas las reuniones, la ministra Ana Palacio celebró una cena muy especial en su domicilio. Tan especial que había pedido a la guardesa de su casa en el País Vasco que se desplazara a Madrid para preparar una de sus especialidades, el bonito encebollado. Olivia, la guardesa, aceptó encantada: no siempre se tiene la oportunidad de cocinar para el secretario de Estado americano. Entre otros vips.

Colin Powell era el invitado personal de Ana Palacio. Un Colin Powell que desde que la ministra accedió al cargo en julio de 2002 habla prácticamente a diario con ella. Tan a menudo que, cuentan las crónicas, cuando Powell llega a su despacho lo primero que pregunta a sus asistentes es si ha llamado «Ana». Sin apellidos. Y algo de cierto debe de haber, porque, en una reunión de miembros de la Comisión Europea con Bush, cuando Romano Prodi le dijo al presidente americano quién era la vicepresidenta de la Comisión y que se llamaba Loyola de Palacio, Bush respondió: «*Oh yes, Ana's sister*», lo que indicaba que su secretario de Estado le hablaba con frecuencia de la ministra española.

Esa noche, en el domicilio de Ana, era Colin Powell el principal invitado, pero no el único. También estaba el ministro de Asuntos Exteriores de Marruecos, Benaissa, y el ministro de Asuntos Exteriores de Holanda, Jap de Hoop Scheffer, que acababa de ser elegido secretario general de la OTAN. Estaban también Loyola de Palacio y su colega en la Comisión, Cris Patten, responsable de Relaciones Exteriores. Y un hombre importante, que no tenía puesto (oficial, al menos) entre los ministros en la Conferencia de Donantes: Emilio Botín.

Ana Palacio, responsable de la política exterior en los dos últimos años del Gobierno Aznar, ha sido una mujer controvertida por sus decisiones y muy criticada por su verbo, por su forma de expresarse y por su forma de vestir, que enseguida centró la atención de los humoristas, cuyo trabajo consiste en fijarse en lo superficial más que en el fondo de las cuestiones. Esa mujer menuda, la primera que llega a tal cargo, ha utilizado la «política de cuchara y tenedor» y ha salvado más de una situación delicada en torno a una mesa.

En uno de sus viajes a Marruecos para tratar de apaciguar los ánimos cuando se vivían las consecuencias de la ocupación del islote de Perejil y se arrastraba ya un año de desencuentros entre los dos países, Ana Palacio consiguió un acuerdo con Benaissa para reconducir la situación y partir de cero, en un clima de mejora de las relaciones. Para rematar ese acuerdo fue recibida en Palacio por Mohamed VI, lo cual retrasó el programa y obligó a la ministra y a sus colaboradores a buscar hotel para hacer noche en Rabat y regresar al día siguiente.

Benaissa, con quien Palacio mantuvo buena sintonía a pesar de las tensiones, organizó inmediatamente una cena en su casa para Ana y su séquito, un gesto de amistad que sólo los que conocen los hábitos y costumbres de la sociedad musulmana sabían valorar. A la cena acudiría además su esposa, un valor añadido al hecho de invitar a una persona extranjera a su propia casa.

En su entrevista con el Rey, que trató de forma exquisita a Ana Palacio, como si nunca hubiera existido el menor problema en las relaciones entre España y Marruecos, Mohamed VI le transmitió sus mejores deseos de felicidad para el Rey Juan Carlos y su familia, hablaron de la necesidad de afianzar la amistad entre los dos países y, al despedirse, le advirtió que sabía que cenaría en casa de Benaissa y que merecía un banquete real, que él se ocupaba personalmente de que lo tuviera. Y lo tuvo: el rey envió un cordero asado al estilo árabe para Benaissa y sus invitados. Ni que decir tiene que en el siguiente viaje de Benaissa a Madrid, Ana Palacio le invitó a cenar a su casa... y cocinó para él.

En los encuentros últimos, Marruecos eludió pronunciar la palabra «Sáhara», origen siempre de las tensiones con España, como si hubiera asumido ya que la resolución del problema dependía más de Naciones Unidas que de la posición que pudiera adoptar el Gobierno español. Y las aguas entre España y Marruecos, poco a poco, muy poco a poco, volvieron a su cauce.

Ya en noviembre de 2003, el rey Mohamed VI protagoniza un hecho que indica claramente la voluntad del monarca marroquí de enderezar definitivamente las relaciones entre ambos países. En esas fechas los medios de comunicación dedicaban sus titulares a la tragedia vivida por docenas de inmigrantes marroquíes que perdieron la vida en el Estrecho cuando a causa del temporal las lanchas de la Guardia Civil no pudieron intervenir para rescatarles. Las imágenes eran dramáticas, con los cadáveres alineados en las playas y unas aguas turbulentas que durante una semana siguieron arrojando cuerpos a la arena.

Mohamed VI convocó a sus colaboradores a Palacio para indicarles que iba a encabezar personalmente la lucha contra las redes que enviaban a los inmigrantes a la muerte y que se hacían de oro con ese tráfico inhumano y miserable.

De esa reunión surgió la ya citada instrucción del monarca alauita de crear un Comité Permanente de investigación de las mafias, dependiente del Ministerio de Interior, que tendría la obligación de detener un tráfico infame. Mohamed VI incluso mencionó las siete ciudades marroquíes donde tendrían que tomarse las medidas necesarias para detener a los responsables que enviaban a inmigrantes ilegales a las costas de Canarias o de Andalucía, en la mayoría de los casos a una muerte segura.

Lo más importante de ese encuentro fue que lo convocara el propio Rey y que además anunció a la Unión Europea y a España su decisión de emprender una lucha específica contra la inmigración ilegal, anuncio que indicaba su implicación personal. Era la primera vez que Mohamed VI reconocía la existencia de redes de tráfico humano dentro de Marruecos. Y el solo hecho de asumir personalmente el compromiso de luchar contra la inmigración ya implicaba un serio aviso para quienes participaban en esas redes, una excelente noticia por mucho que la comisión marroquí no fuera luego muy eficaz en su labor de investigar a los mafiosos. Como era una excelente noticia también que responsabilizara al Ministerio de Interior de esa cuestión, y que implicara a militares y a la gendarmería.

A los pocos días de esa reunión y del comunicado que salió de ella, viajó a Madrid el ministro de Interior de Marruecos para reunirse con su colega Ángel Acebes. Le transmitió la intención de Mohamed VI de trabajar de forma activa contra la inmigración ilegal desde dentro de Marruecos, algo que el Gobierno español pedía sin éxito desde años antes. Se decidió crear un órgano permanente hispano-marroquí dedicado específicamente a tratar todos los asuntos relacionados con la inmigración, desde la desarticulación de mafias a la vigilancia costera, cupos para ofrecer puestos de trabajo, normas para los ciudadanos subsaharianos que salían hacia España y Europa desde las costas de Marruecos o legalización de documentos.

Dicho órgano se reuniría una vez al mes para hacer balance de su trabajo, lo que garantizaba la continuidad, y además los dos ministros decidieron que miembros de los Cuerpos y Fuerzas de Seguridad española podrían trabajar dentro de Marruecos en la lucha contra el tráfico ilegal de inmigrantes, siguiendo el modelo de Francia, donde Policía y Guardia Civil trabajan en la detección de terroristas, aunque son detenidos, como marca la ley, por los franceses.

Ese acuerdo, además de ser fundamental para España, indicaba algo más: que se había superado la crisis con Marruecos, con el amigo del sur. Se había superado, claro, otra crisis. Porque las relaciones con Rabat siempre pasaron, y pasan, por altibajos.

En el otro plato de la balanza está el eterno contencioso de Gibraltar, aquel del que Hassan decía que, el día que se solucionase, entonces Marruecos podría empezar a plantear seriamente la situación de Ceuta y Melilla, pues, según el fallecido Rey de Marruecos, no sólo la visión del mapa evidenciaba que esas dos plazas deben ser marroquíes, sino sobre todo porque España no puede controlar las orillas norte y sur del Estrecho, Gibraltar con su importante base naval, más los efectivos militares situados en Ceuta y Melilla.

La Roca no se mueve

Recuperar Gibraltar ha sido una de las grandes ambiciones, no precisamente secretas, de Aznar. Tanto, que, en contra de lo que suele, en este asunto se ha mostrado impaciente y falsamente esperanzado.

El ministro Piqué puso toda la carne en el asador con su colega Jack Straw para intentar que los británicos asumieran de una vez la necesidad de abordar el problema de la soberanía del Peñón. Y, ante la sorpresa de los españoles, que llevan décadas sin ver ningún avance en la posición de Londres, el ministro Straw no sólo no tuvo ninguna dificultad en potenciar las negociaciones entre las delegaciones española y británica, sino que tampoco se cerró a la posibilidad de cambiar impresiones sobre la soberanía.

En la primavera de 2002 incluso se dio por seguro que antes de fin de año se llegaría a un acuerdo sobre la soberanía, que podría ser compartida. Falsa ilusión. Las autoridades del Peñón pusieron pie en pared y anunciaron la convocatoria de un referéndum que preocupó a las autoridades británicas.

Ana Palacio, que sustituyó a Piqué en Exteriores en julio del 2002, no logró avanzar ni un milímetro más allá de lo que había hecho Piqué. Se celebró el referéndum en la Roca con un resultado a «la búlgara», con más del 90 por ciento de los ciudadanos gibraltareños expresando su rechazo a perder la ciudadanía británica.

Aunque el referéndum no era vinculante, el Gobierno de Blair puso no sólo el freno sino también la marcha atrás, y poco a poco empezó a desinflarse el globo ilusionante de un Gibraltar donde podrían ondear las banderas española y británica. La política de Ana Palacio consistió en abordar el problema dentro del marco de la Unión Europea, con insistencia ante los Quince para que obligaran a Gibraltar a cumplir las normas y leyes de la UE, por ver si de esa manera se ahogaba la economía de los gibraltareños y finalmente se avenían a permitir que el Foreign Office prosiguiera sus negociaciones con España con vistas a encontrar una solución para el Peñón satisfactoria para todas las partes.

Hay que decir, sin embargo, que las soluciones siguen viéndose lejanas, mientras en Gibraltar florecen los negocios ilegales de todo tipo y se estrellan las más elementales normas europeas de homogeneización y anticorrupción.

Cuba, algo más que cambio de corbatas

Si existe alguien que en sus ocho años de gobierno haya sacado de quicio a Aznar ha sido Fidel Castro. Con Castro no hubo ni un solo momento en que pudiera hablarse de un posible diálogo, aunque en una de las cumbres iberoamericanas, la celebrada en Chile, primera a la que asistió Aznar, se intercambiaron las corbatas, ante el regocijo general, cuando el dirigente cubano elogió la del presidente español y Aznar respondió quitándosela para regalársela al presidente cubano.

El primer mandatario extranjero que visitó España, a los

pocos días de que Aznar asuma la Presidencia del Gobierno, fue el entonces vicepresidente de Estados Unidos, Al Gore, que viaja a España, más que para reforzar lazos, para visitar a su hija, estudiante en Madrid.

Fue recibido en Moncloa por un presidente que acaba de conseguir los apoyos necesarios en su investidura y, al celebrar la posterior rueda de prensa, dijo que deseaba agradecer la línea dura de las relaciones del nuevo Gobierno español con Cuba, lo que Aznar ratifica al añadir que se interrumpe la colaboración política con La Habana, que tendrá solamente carácter humanitario.

Tres meses más tarde, cuando llega el momento del relevo de embajadores, el Gobierno español propone a un diplomático de prestigio, José Coderch, que trabajó estrechamente con Adolfo Suárez y con la suficiente experiencia, don de gentes y mano izquierda como para moverse bien en las complicadas aguas de la política y la sociedad cubanas. Cuba tarda dos meses en dar el plácet, pero lo da, aunque la tardanza hace ver al Gobierno español que las relaciones con el régimen castrista serán difíciles.

Efectivamente no lo son, pero no sólo porque Fidel Castro hace tiempo que marca distancias con España, como bien sabía Felipe González, quien durante años mantuvo buen trato con el dirigente cubano hasta que Castro empezó a tensar la cuerda. Tampoco José María Aznar hizo nada por mantener las relaciones con Cuba en un plano de cierta cordialidad. Todo lo contrario: ya antes de asumir las responsabilidades de gobierno expresó su simpatía por el exilio cubano de Miami y por su dirigente más radical, Jorge Mas Canosa, culpable de la crisis laboral de Sintel.

En octubre de 1996, Mas Canosa viajó a España para crear una Fundación Hispano Cubana patrocinada por varios dirigentes del PP, entre ellos el propio marido de la ministra de Cultura, Guillermo Cortázar. Castro montó en cólera sin disimulos. Pocas semanas más tarde retira el plácet a un Coderch que nunca llega a tomar posesión de su cargo como embajador y se inicia una etapa de desencuentros y problemas que se han prolongado a lo largo de los ocho años de Gobierno de Aznar. Ni Castro ni Aznar hacen nada por arreglarlo, por reconducirlo.

Entre las decisiones que más molestaron a Fidel Castro estuvo la negativa de Aznar a que el rey Juan Carlos viajara oficialmente a Cuba antes de la Cumbre Iberoamericana de La Habana. Y es probable que también haya sido una de las decisiones de Aznar que más haya molestado al Rey, aunque nunca lo haya podido o querido demostrar, ni siquiera insinuar. Don Juan Carlos no sólo quería hacer aquel viaje porque Cuba era el único país iberoamericano por visitar oficialmente, sino también porque no le parecía correcto viajar a La Habana por primera vez porque allí se celebraba una cumbre, y quería hacerlo antes, pues se trata de un país con el que España tiene unos lazos especialmente estrechos, independientemente de la dictadura de Castro.

Aznar nunca movió un dedo para suavizar las cosas, sino todo lo contrario: hizo cuanto estuvo en su mano para que la Unión Europea endureciera su política respecto a Cuba y apoyó las medidas sancionadoras de Estados Unidos —con un *lobby* anticastrista muy influyente, movido desde Miami— excepto en lo concerniente a la Ley Helms Burton que sancionaba a las empresas extranjeras que operaban en Cuba. Aznar no la respaldó por una razón de peso: afectaba a docenas de empresas españolas, que llevaban años invirtiendo en la isla, fundamentalmente en el sector del turismo y del tabaco.

El primer ministro de Asuntos Exteriores de Aznar, Abel Matutes, hizo cuanto pudo por enderezar las cosas con Cuba, pero fue tarea inútil. Aznar no había querido nombrar embajador cuando Cuba retiró el plácet a Coderch. Ello provocó una situación que no se había dado ni en tiempos de Franco, de práctica ruptura durante año y medio, el tiempo que tardó España en nombrar nuevo representante.

Matutes realizó en noviembre de 1998 un viaje de tres días a Cuba, viaje oficial, justo después de nombrar nuevo embajador y de que se desplazara a Madrid el ministro de Exteriores cubano, Roberto Robaina. Con Matutes «casi» se normalizaron las relaciones, pero el «casi» estuvo permanentemente ahí, nunca hubo normalización completa. Y sí hubo, por el contrario, intercambio de descalificaciones y hasta insultos entre Aznar y Castro, que no disimularon nunca que se detestaban mutuamente.

Castro dijo de Aznar que era «un führercito con bigote», «un payaso», «un personaje de ideología fascista», «un caballerito» y «una celestina». Y lo resumía con una calificación contundente: «Hay que tener mucho estómago para aguantarlo».

Es evidente que en tiempos de Aznar las cosas con Cuba estuvieron mal. Muy mal. Pese a Fraga, cuya sintonía con el «gallego» Fidel siempre fue bastante buena.

Y no fueron mal con Iberoamérica en general, aunque la «tradicional amistad» entre España y los países del centro y sur de América se enfrió considerablemente durante los años de Gobierno de Aznar. Al presidente español le interesaban más otros escenarios: se le notaba mucho más satisfecho al lado de los presidentes europeos, o de los que tenían mando en plaza en Oriente Medio, que de los políticos iberoamericanos que a duras penas trataban de sacar adelante sus países en condiciones muy críticas. Aznar sintonizó muy bien con quien fue presidente de Colombia durante sus primeros años de gobierno, Andrés Pastrana, que incluso se trasladó a vivir a España una vez finalizó su período de mandato, pero no tuvo demasiada sintonía personal con otros dirigentes iberoamericanos.

A Chávez, el peculiar presidente venezolano, lo recibió siempre con todos los honores y las frases de cordialidad estuvieron constantemente en boca de ambos. Pero las relaciones con él atravesaron momentos muy delicados, sobre todo cuando Chávez estuvo a punto de ser víctima de un golpe de Estado y el embajador español mantuvo una posición muy poco clara en su obligado respaldo al orden establecido. Por otra parte, el derrotero que dio Chávez a su política tampoco provocaba muchas simpatías hacia su persona y hacia su gestión.

Por no hablar de su nula disposición, en tiempos muy duros de terrorismo, a extraditar a España a los etarras y colaboradores de etarras que residían en su país. Venezuela fue la nación que más tardó en ayudar a España a neutralizar las células de apoyo a ETA que colaboraban con la banda desde el extranjero. Y eso que el Ministerio español del Interior se esforzó en una batalla curiosamente inédita: revelar al mundo la verdadera naturaleza de ETA, algo que algunos países iberoamericanos, como la propia Venezuela, México o Uruguay (o, incluso, algunos senadores despistados de Estados Unidos), parecían tener poco claro.

Tampoco fueron mejor las cosas con los presidentes argentinos, aunque en ese caso porque se trataba de un país en ruinas, en quiebra económica, dirigida por políticos y empresarios de una corrupción inimaginable, que no sólo no entonaban un mea culpa, sino que hacían culpables a las empresas extranjeras, sobre todo a las españolas, de haber invertido en el país para llevarse más que sustanciosos beneficios.

Esta manipulación de la realidad provocó situaciones complicadas para los empresarios españoles, e incluso para los trabajadores de las empresas españolas. Por ejemplo, cuando Iberia decidió desprenderse de Aerolíneas por ser un permanente foco de conflictos laborales que impedían la puesta en marcha de un plan de viabilidad, las tripulaciones de la compañía de bandera española tenían que trasladarse a sus hoteles y al aeropuerto sin uniforme y en autobuses sin distintivos, después de haber sido víctimas de varias agresiones.

Y en el primer viaje oficial de Néstor Kirchner a Madrid también se pusieron al descubierto las reticencias argentinas a los empresarios españoles, cuando, en un encuentro con la dirección de la CEOE, el presidente argentino se mostró muy áspero con el papel de los españoles en su país. Sólo una posterior visita de los Reyes a Argentina limó algo esas asperezas, pero quedaba en el aire la sensación de que los españoles no eran muy queridos en aquellas tierras y de que Kirchner no iba a ser precisamente quien mejorase la situación. Y, pese a ello, las empresas españolas permanecieron, y permanecen, en Argentina, con alguna renuncia, si acaso, por parte de algún banco.

También hubo reticencias con Buenos Aires cuando el juez Garzón pretendió intervenir contra antiguos miembros del Gobierno argentino para llevarlos ante los tribunales por los crímenes, torturas y desapariciones de ciudadanos españoles o descendientes de españoles durante la dictadura militar. Garzón, muy crecido por su persecución a Pinochet, persecución implacable que durante mas de un año colocó al juez español en los medios informativos de todo el mundo, quiso ampliar su campo de acción a otros dictadores, aunque con menor éxito.

La actuación de Garzón contra Pinochet provocó una situación delicada entre los Gobiernos de España y Chile, aunque tanto aquí como allá, y en el propio Reino Unido, donde Pinochet cumplía condena domiciliaria, fueron muchas las manifestaciones de apoyo al trabajo del juez español y de reproche al dictador que derrocó a Allende a través de un golpe militar y escribió una de las páginas más sangrientas de la historia de Chile y de la Humanidad.

Finalmente, después de un año largo de actuaciones judiciales en España, Londres y Santiago de Chile, Pinochet fue trasladado a su país para ser juzgado por los jueces chilenos. No es lo que quería Garzón, pero, al menos, con su iniciativa, impidió que Pinochet disfrutara de una vida acomodada y tranquila en la convicción de que nunca tendría que comparecer ante los tribunales para dar cuenta de sus fechorías.

Poner una pica en Oriente Medio

A José María Aznar, se le notó desde el primer día de gobierno, siempre le gustó sentarse junto a quienes llevan las riendas de la política internacional. Ya hemos recogido que en su relación con Bush tenía mucho que ver la fascinación que siente el presidente español por quien es el hombre más influyente del mundo, aunque en el caso de Bush hubo también, desde el primer encuentro en la finca de Quintos de Mora (el «rancho» de Aznar, para la prensa norteamericana), una sintonía personal que no fue tan intensa con su antecesor Clinton.

A Aznar le ha entusiasmado, como a tantos otros dirigentes que quieren olvidar los debates en su propio país, la política internacional: siempre se ha sentido más cómodo con dirigentes extranjeros que con los políticos españoles. Durante el semestre en que España ostentó la Presidencia de la UE, Aznar prácticamente dejó de lado la política nacional, lo que llegó a provocar auténtica preocupación en su partido, pues el presidente parecía empeñado exclusivamente en cumplir con sus obligaciones de viajar constantemente de un lado para otro por los países de la UE, y participar además en las cumbres y en los más importantes foros internacionales, como presidente de la UE. Y, por cierto, nunca consensuó esta política europea con la oposición: durante el semestre presidencial español, ni una vez llamó a la Moncloa a Rodríguez Zapatero.

Su «síndrome de Estocolmo» con los presidentes y primeros ministros le llevó a cometer algún error importante: el día que se encontró por primera vez con Sharon en Jerusalén, un Sharon que aún no había sido investido primer ministro y cuya elección llenaba de preocupación a todo el mundo, pues era conocida su dureza y su intransigencia, Aznar no dudó en declarar que aquel hombre iba a ser fundamental en el camino de la paz en Oriente Medio. Ante la cara de duda de algunos de los asistentes, advirtió que los grandes acuerdos de paz los firman precisamente las personalidades aparentemente más duras en sus planteamientos, más «halcones», y puso el ejemplo de Begin y Shamir. Dos ex jefes de gobierno con una trayectoria que, dicho sea de paso, nada tenía que ver con la de Sharon.

Oriente Medio, como ha ocurrido con otros muchos políticos, produjo un especial atractivo en Aznar, quizá porque es el conflicto que provoca más problemas en otros puntos geográficos, porque echa leña al fuego del fundamentalismo integrista y porque se prolonga además desde hace más de medio siglo.

Aznar siempre quiso encontrar justificación a la guerra de Irak con el argumento de que la destrucción de Sadam y la intervención enérgica de Bush apaciguarían el terrorismo. Se equivocó de medio a medio. Por otra parte, siempre fue su obsesión que se convocara una nueva Conferencia de Paz en España, probablemente porque quería al menos igualar a Felipe González, a quien los más importantes dirigentes internacionales pidieron que organizara la Cumbre de Madrid, no sólo por la posición de España, sino también por consideración personal y política a su presidente. Además, nuestro país siempre ha tenido muy considerables especialistas en el tema, como el ex «embajador volante», Miguel Ángel Moratinos, que desarrolló una enorme tarea de mediación entre Arafat y Sharon. O que, cuando menos, lo intentó.

No se puede analizar objetivamente la política exterior de Aznar —una política sin duda importante, aunque no haya tenido los resultados apetecidos en todas las ocasiones ni haya sido suficientemente debatida con todas las fuerzas políticas— sin tener en cuenta este último aspecto: siempre quiso ir más allá que Felipe González, siempre quiso tener mayor protagonismo que su antecesor en Moncloa, siempre disfrutó más al conseguir una buena sintonía con un dirigente político si ese dirigente era amigo de Felipe González.

CAPÍTULO 10

El triunfador (II) El año en el que Aznar vivió muy peligrosamente

Las guerras de Bush

Diciembre, 7, 2003

Cada aniversario de la Constitución de 1978 es como un anticipo de las fiestas navideñas. La recepción en el Congreso de los Diputados, a la que acuden desde políticos y periodistas hasta representantes de la milicia, de la judicatura, del clero, de las artes, de la docencia, prologa los días de ágapes y relativa holganza en que se resume la segunda parte del mes de diciembre. El año 2003, la conmemoración del aniversario de la aprobación de nuestra ley fundamental tuvo un carácter especial, porque la Constitución cumplía un cuarto de siglo.

Aznar, traje gris marengo, corte impecable que resaltaba su delgadez y su buena forma física, convoca a la prensa en el salón que en las primeras legislaturas albergó el famoso bar de las Cortes y que ahora preside una soberbia estatua de Isabel II. La presidenta del Congreso, Luisa Fernanda Rudi, ofrece una recepción con motivo del XXV aniversario de la Constitución. Es una gran fiesta que sigue a la del día anterior, cuando el Rey compareció en el hemiciclo de las Cortes para pronunciar un discurso con motivo de esta conmemoración: pidió consenso, pidió también que nadie utilizara la Constitución con sentido patrimonialista y sugirió dejarse de aventuras reformistas de la norma fundamental. Un discurso el de ese 6 de diciembre que hará historia, por lo que dijo, dónde lo dijo, a quién lo dijo y en qué momento lo dijo. Uno de esos días institucionales, en el que incluso «reapareció» doña Letizia Ortiz, vestida con un severo traje de tonos oscuros, provocando sensación entre los espectadores que allí habían podido congregarse.

Ahora, domingo 7 de diciembre, se repite festejo —pero sin el Rey ni la Familia Real— y se repiten canapés. Y Aznar reúne a los periodistas para trasladarles su mensaje, su penúltimo mensaje político: reformar la Constitución es posible, pero solamente en temas «secundarios». Porque hay algunos —dijo, refiriéndose sin duda a los nacionalistas vascos, y a la emergente Esquerra Republicana de Catalunya, entonces en proceso de formación de gobierno tras las elecciones autonómicas del 16 de noviembre— que lo que tratan es de cambiar el sistema, y eso es muy grave.

Tenía razón Aznar: era grave lo que estaba ocurriendo. Aunque él no lo admitiese en el mismo sentido en el que, minutos después, mismo escenario, lo afirmaba José Luis Rodríguez Zapatero.

En España, los afanes reformistas de la Constitución —afanes reformistas que Aznar detenía en seco— se multiplicaban; algunos medios de prensa extranjeros, con mala uva sin duda teledirigida, hablaban del riesgo de «balcanización» de España a causa de los conflictos con los nacionalistas. Ibarretxe trataba de sacar adelante su Plan fuera como fuese y en Cataluña la Esquerra de Carod-Rovira se erigía en fiel de la balanza del nuevo Govern. Y estaba además, claro, lo de Irak.

Apenas cinco días antes, el 2 de diciembre, el presidente había tenido que comparecer ante el pleno del Congreso para explicar qué estaba pasando en la terrible posguerra de Irak, que el fin de semana anterior había costado la vida de siete agentes del Centro Nacional de Inteligencia español. El presidente presentó un cuadro francamente optimista, casi idílico, acerca de los progresos en la reconstrucción de Irak, y se aferró al calendario anunciado por Estados Unidos, que preveía la celebración de elecciones democráticas en 2005. Signifique lo que signifique esta promesa electoral en un país devastado, dividido, desgarrado, sin un Gobierno autónomo reconocido por todos y presa de la guerrilla.

Allí, en aquel debate, el socialista Rodríguez Zapatero le tendió una mano al presidente, mostrándose «dispuesto a superar» la fase de discusión sobre las responsabilidades de Aznar en las consecuencias negativas que ha tenido la intervención militar; si el presidente «rectificase» y recabase la intervención de la ONU y una colaboración más estrecha con la Liga Árabe y los países islámicos del entorno de Irak, podría contar con el apoyo de los socialistas. En ese discurso parlamentario, Zapatero había dado marcha atrás sobre su inicial postura pidiendo el pronto regreso de las tropas españolas en Diwaniya, Nayaf y otros puntos del territorio iraquí: había asumido que no se podía dejar a la población local abandonada a su suerte, a los eventuales «señores de la guerra». Aznar rechazó las sugerencias de Zapatero: «Si se hacen apelaciones al consenso, que sean serias, firmes y se mantengan durante un tiempo», dijo. El tono hosco de siempre, su estrategia de «al enemigo, ni agua».

Así, la posibilidad de un consenso en política exterior sobre Irak se desvanecía. Al menos, hasta después de marzo. Como tantos otros acuerdos pendientes. De momento, Mariano Rajoy, el candidato a suceder a Aznar, sí pareció recoger la mano que Zapatero había tendido días antes en el Congreso de los Diputados en unas declaraciones periodísticas aparecidas, apenas seis días después del debate parlamentario, en *La Razón*. Una vez más, Rajoy se distanciaba en las formas —y las formas, en política, siempre son importantes, a veces tanto o más que el fondo— de José María Aznar.

El debate parlamentario tuvo lugar por la tarde, y por la mañana se habían celebrado, insólitamente en la sede del CNI, los funerales por las siete víctimas de lo que el Gobierno llamaba «terrorismo» de los fieles a Sadam Hussein. Aunque, bien mirado, acaso fuese más bien el calificativo de guerrillas lo que mejor cuadraba con lo que estaba ocurriendo con la resistencia en Irak, donde la sombra de Vietnam se cernía cada vez más sobre el inquietante panorama.

El terrorismo. Una clave muy repetida para explicar muchos de los acontecimientos del decisivo año 2003. La alianza Aznar-Bush contra el terrorismo, que hizo que finalmente Estados Unidos incluyese a la coalición Batasuna, incluso antes de ser ilegalizada, en la lista de las organizaciones terroristas, junto a Al Qaeda y el Baaz iraquí, algunos de los grupos palestinos, movimientos guerrilleros centroamericanos, más los independentistas chechenos, más... Aznar y Bush lo metían todo en el mismo saco: a la banda asesina ETA y a quienes mataban a soldados norteamericanos —y españoles— en los alrededores de Bagdad.

EE. UU. se defiende

Todo había empezado aquel nefasto 11 de septiembre de 2001, cuando un grupo de fanáticos suicidas islamistas, actuando bajo la coordinación y las órdenes de Al Qaeda, el grupo terrorista animado y financiado por Osama Bin Laden, derribó las Torres Gemelas de Nueva York a bordo de dos aviones de línea secuestrados. Un tercer avión habría impactado contra el Pentágono, en Washington, pero el suceso quedó envuelto desde el primer momento en el mayor secreto. Fue de conmoción mundial aquella jornada luctuosa, que se saldó al final con algo más de tres mil trescientos muertos.

El presidente Bush no tardó en reaccionar: el FBI culpó desde el primer momento a Bin Laden, refugiado en Afganistán, a quien ya se había responsabilizado de la muerte de 258 personas, con miles de heridos, a raíz de los ataques contra las embajadas de EE. UU. en Kenia y Tanzania, en agosto de 1998. «Más que un acto de terrorismo, ha sido un acto de guerra», declaró el inquilino de la Casa Blanca, lanzando una cruzada sin igual, la Operación Libertad Duradera —inicialmente bautizada, con sin par desacierto, Operación Justicia Infinita.

El domingo 7 de octubre, a las 18.25 h, hora española, EE. UU. bombardeaba Afganistán con ayuda de Gran Bretaña. Apenas cuarenta días después, el régimen de los talibanes era ya historia, aunque el territorio afgano no quedaría por completo apaciguado jamás. España, y el mundo occidental entero, y casi todos los gobiernos —que no las poblaciones musulmanas— apoyaban con mayor o menor entusiasmo la acción contra el régimen fanático y cruel de los talibanes pastunes, tayicos, uzbecos y de la etnia hazara, que en diez años de conflicto, contra Rusia y contra el mundo, al que suministraban opio, apenas habían logrado hacerse con el control tiránico del 10 por ciento del país.

Pero aquella primera guerra nada iba a tener que ver, desde luego, con la de Irak, que iba a dominar todo el año 2003 y a provocar las protestas de millones de ciudadanos occidentales, a dividir a los gobiernos de Europa y a colocar la espoleta de un serio conflicto de civilizaciones entre Occidente y el islam, que ya Huntington había pronosticado, por más que algunos le negasen la paternidad y la razón en la profecía.

No: Afganistán e Irak, pese a ser dos guerras casi simultáneas —tres con la anterior de Kosovo—, tenían poco que ver, excepto que suponían un enfrentamiento entre Occidente y naciones islamistas en diversos grados (no lo era el Baaz iraquí) y que los dos principales cabecillas enemigos de Estados Unidos habían escapado del ataque contundente.

La guerra contra Irak estuvo precedida por informaciones de dudosa solvencia: la existencia de armas de destrucción masiva en el feudo del tirano Sadam —que sí, era un tirano, pero sin armas de destrucción masiva, como bien avisaban desde los inspectores de la ONU, con Hans Blix al frente, hasta los Servicios de Inteligencia de todos los países occidentales—, las conexiones de Al Qaeda y el régimen iraquí, la proliferación de bases de entrenamiento de terroristas de todo el mundo en diversas zonas de Irak, y, en el fondo, la supuesta connivencia de Sadam Hussein con el derribo de las Torres Gemelas, connivencia nunca demostrada. Más bien todo lo contrario, el laicismo del régimen de Sadam nunca fue bien visto por Al Quaeda y por Bin Laden. Un Sadam que detestaba a los chiitas, a los que no dudó en gasear en un intento cruel de exterminio.

Es cierto que Sadam proporcionaba los veinticinco mil dólares que recibía la familia de los kamikazes palestinos que morían matando a israelíes, pero, al igual que una mayoría de israelíes desprecian a los judíos que creen cumplir con su religión y con su raza enviando grandes cantidades de dinero a Israel sin probar la dureza de vivir en ese país en guerra permanente con sus vecinos, la mayoría de los musulmanes radicales despreciaban a un Sadam que creía cumplir con sus deberes religiosos enviando ese dinero a los familiares de los kamikazes palestinos. Ésa era toda su aportación a la causa palestina, aunque se le llenaba la boca proclamando el derecho de los palestinos a tener un Estado y exigiendo a Occidente que presionara a Israel para que cumpliera sus acuerdos de paz y las resoluciones de la ONU.

La maquinaria del Pentágono y de la Casa Blanca se puso a pleno rendimiento para difundir la especie de que Sadam era el origen de todos los males, el inductor de todos los actos de terrorismo, un peligro para Occidente al que pretendía destruir con armas que tenía preparadas para provocar una catástrofe mundial en cualquier momento.

El propio Aznar se había involucrado en estas falsas informaciones. Nadie duda, por la vehemencia con que el presidente español se mostraba seguro de que «se van a encontrar» las famosas armas de destrucción masiva, de que lo hacía convencido de la verdad de sus argumentos. Pero, luego, no ha habido autocríticas ni rectificaciones; ni en Washington, ni en Londres, ni en Madrid.

El año 2003 iba a estar poblado de intoxicaciones informativas, cuando no de puras mentiras lanzadas desde el poder, e iba a estar dominado por los preparativos de la guerra contra Irak, por la propia intervención contra el régimen de Sadam, que provocó un número indeterminado de muertos entre la población civil, y que fue una guerra rápida, con muy pocas bajas occidentales —se dijo que habían muerto casi tantos periodistas como soldados norteamericanos— y por la posguerra. Una posguerra en la que apareció un movimiento guerrillero nunca previsto por los expertos del secretario de Defensa norteamericano, Donald Rumsfeld, un pésimo gestor de la situación.

La CIA, el FBI y los analistas del Pentágono habían pensado, más bien, que la población iraquí recibiría a los salvadores americanos agitando banderitas de barras y estrellas al paso de las tropas victoriosas, como en el París liberado de los nazis.

Y es que había mucho de motivaciones ideológicas, aunque igualmente estratégicas y también económicas (petrolíferas, de la industria de armamento), en la intervención contra Irak, que ya había sido diseñada, no lo olvidemos, por Bill Clinton tres años antes del atentado del 11 de septiembre de 2001, aunque entonces no llegó a consumarse una guerra que ya contaba, el propio Clinton lo dijo, con el beneplácito y el apoyo explícito de España.

Un apoyo que adquirió rango de protagonismo cuando, en la Cumbre de la isla Terceira, en las Azores, 16 de marzo 2003, inmediatamente antes del primer bombardeo contra Bagdad, Aznar se situó en el atril en el mismo plano que Bush, Blair y el anfitrión portugués Durao Barroso. La mano del presidente americano sobre el hombro de Aznar sería una de las fotografías del aznarato. El mandatario español se siente ostensiblemente orgulloso del gesto amistoso con que le distingue el hombre más poderoso del mundo, el hombre que le había invitado, una deferencia totalmente infrecuente, a su propio rancho tejano, del que Aznar salió para dar una conferencia de prensa en la que se le pudo advertir el leve pero inequívoco contagio de un cierto acento latino, con dejes quizá puertorriqueños.

El líder de la oposición

Así, el año 2003 iba a tener una particular relevancia e intensidad política. Fue, insistamos, el año de la guerra contra Irak; el año que, hasta septiembre, iba a estar marcado por la incertidumbre de la sucesión de Aznar; el año de los conflictos autonómicos, el año del aniversario de la Constitución y el año en el que todos tratamos de olvidar la catástrofe ecológica derivada del hundimiento del petrolero *Prestige* frente a las costas coruñesas. Un año enormemente intenso, en que Aznar, ya de retirada, hizo gala de una enorme dosis de sangre fría, de valor, de tozudez, de calidad política, de dureza y de ceguera ante el clamor de los ciudadanos, todo ello junto y revuelto. Un año que puso a prueba la cohesión que Aznar supo darle a su partido, el que él refundó. El último año del aznarato y el que daría paso, por tanto, a la que todos consideraban sería una nueva era.

El año 2003 había comenzado con una Convención del Partido Popular donde apenas se habló de otra cosa que de la sucesión de Aznar, que entonces apasionaba todos los comentarios políticos: ¿Rato, Rajoy, Mayor, un tapado? En febrero habían comenzado las manifestaciones, de acaso millones de personas, contra la guerra: el secretario general del PSOE, y por tanto líder de la oposición, José Luis Rodríguez Zapatero, convocó movilizaciones en los ayuntamientos contra la intervención en Irak que ya amenazaba el panorama mundial. Actores, artistas y cantantes adquirieron un papel protagonista en el movimiento pacifista, y se arriesgaron a recibir el fuego graneado de los ataques gubernamentales: «Contra los bardem, los anabelén, victormanuel y compañía».

Luego, y protagonizados por gentes que poco tenían que ver con el PSOE y quizá algo más con Izquierda Unida, aunque no sólo con la coalición que coordina Gaspar Llamazares, se produjeron algunos incidentes contra sedes del PP, que llegaron a ser apedreadas y algunos de sus ocupantes, atacados. Ataques intolerables que, no sin exageración, fueron comparados por el propio Aznar con los que los nazis dirigieron contra los judíos.

La tensión entre populares y «socialistas y comunistas» (como se insistía desde el PP), casi en vísperas de unas importantes elecciones municipales y autonómicas, las del 25 de mayo, llegó a ser insoportable. El 2 de febrero, Aznar, rara avis, había convocado a Zapatero a la Moncloa. Le ofreció adherirse a sus planes, los de Aznar y Bush, de intervención en Irak. El líder socialista se atuvo a sus primeras declaraciones: rechazaría una intervención contra Irak incluso cuando la ONU la aprobase.

—Me has rechazado tres veces la oferta de consenso; sabrás que, a partir de ahora, voy a tener que darte leña —dijo Aznar, sonriendo, a su interlocutor.

—Supongo que eso no te costará mucho trabajo: te coge entrenado —le respondió, igualmente sonriente y cortés, Zapatero.

Así concluyó el encuentro y comenzaron, o mejor se reanudaron, las hostilidades. A Zapatero, las consignas emanadas del PP le tildaban de «líder de pancarta», por entender que se colocaba junto a cualquiera encabezando manifestaciones de protesta varias. Zapatero llegó a proclamar, indignado, la «cobardía» y «vileza» de Aznar.

Y eso que, aparentemente, los sentimientos de Aznar hacia Zapatero no eran los mismos que hacia Felipe González. En la primera reunión que mantuvieron, la primera de tan sólo siete en los tres años que Zapatero llevaba como secretario general tras vencer sobre José Bono en el dramático 35 Congreso del partido, a finales de julio de 2000, Aznar le dijo que no quería tensiones entre ambos: no voy a ser yo tu contrincante en las próximas elecciones, así que ahorrémonos agarradas personales, vino a decirle.

Luego se sucederían las otras seis reuniones —una de ellas, una cena teóricamente secreta de la que pronto se enteró todo Madrid—, y tres debates sobre el estado de la nación, que fueron casi unos juegos florales en comparación con los vividos entre Aznar y González, Aznar y Almunia y Aznar y Borrell y que, según el CIS, fueron ganados dos por Zapatero y uno por Aznar.

Vendrían también los pactos antiterrorista y por la reforma de la Justicia, ya comentados en otro capítulo. Y, casi, un cierto consenso, por fin, sobre la Ley de Extranjería. Y profundos desacuerdos en casi todo lo demás, incluidas, a veces, las materias sometidas a pactos.

Aznar no se ha caracterizado precisamente por abrir con frecuencia las puertas de la Moncloa para entrevistarse con otras fuerzas políticas. Ni los nacionalistas —al final, ya hemos visto cómo acabaron las cosas con Pujol—, ni los presidentes de comunidades autónomas socialistas ni, desde luego Zapatero o Llamazares, han podido ser considerados asiduos del palacio presidencial. Con Zapatero ni siquiera debatió temas internacionales de Estado como el desarrollo de la Presidencia española de la UE, tan importante y sometida a las tensiones de los movimientos antiglobalización.

A Joaquín Almunia, cuando era secretario general del PSOE y candidato a la Presidencia, le recibió seis veces, la mayor parte de ellas para hablar del País Vasco. A Borrell, una, y ello porque el ganador de las primarias del PSOE lo exigió como garantía de su legitimidad. Ninguno de los dos se entendió bien con Aznar. Con Zapatero no es fácil pelearse, según dicen unánimemente sus interlocutores políticos (con Rajoy tuvo una asidua relación cuando ambos se ocupaban de temas relacionados con las Administraciones Públicas. Además, mantuvo muchos contactos con Arenas, de quien el líder del PSOE habla particularmente bien y con el que llegó al acuerdo para el Pacto de Reforma de la Justicia, y, aunque algo menos, también con Rato y otros ministros...).

Sí, con Zapatero es difícil llegar a la confrontación personal, y así lo reconocen varios miembros del Gobierno del PP, aunque, obviamente, luego dediquen al líder de la oposición, y a sus colaboradores, otros varios calificativos. Pero, a lo largo del proceloso primer semestre de 2003, la actitud de Zapatero contra la guerra, que en el fondo coincidía con la de más de un 80 por ciento de españoles, llegó a indignar genuinamente a Aznar. Y viceversa.

Tampoco la actitud de los socialistas hacia el PNV, más dialogante que la muy dura del PP, gustaba a los dirigentes populares. Porque, con respecto al País Vasco, y pese al entendimiento entre PP y PSE en las elecciones autonómicas de mayo de 2001, siempre ha existido una disparidad de criterios entre Aznar y Zapatero con respecto al alcance del Pacto Antiterrorista: para los socialistas, lo que está en el fondo del pacto es la estrategia sobre cómo ganar terreno en Euskadi. Y, para el secretario general del PSOE, la posibilidad de que haya un gobierno de constitucionalistas en el País Vasco sólo se haría realidad con un lehendakari socialista. Una hipótesis frontalmente desestimada por Mayor Oreja y por Aznar, que no cesa de insistir en las «contradicciones internas» de los socialistas vascos, unas contradicciones que, aseguran en el PSE, son subterráneamente alentadas desde el PP.

Y en el PSOE irritaba el permanente desprecio hacia los sucesivos líderes socialistas. Las continuas lecciones acerca de cómo había que hacer oposición, la burla constante acerca de que, en tres años, Aznar había tenido «cuatro interlocutores» socialistas, y «a ver cuándo llega el próximo», las referencias a la «política apolillada, que apesta a naftalina» del PSOE, a las «diecisiete tiendas» en las que se dividía el socialismo español. O algunas referencias más gruesas, en la última etapa, a la «traición» y la «deslealtad constitucional» de un PSOE que practicaba la oposición a la guerra y la crítica a la actuación gubernamental en el caso del chapapote.

Por no hablar del plantón que Aznar le dio a Zapatero en la recepción del aniversario de la Constitución de diciembre de 2002.

Y eso que lo había citado por carta, quizá con la intención de hablar sobre la crisis que el chapapote procedente del *Prestige* iba provocando en los encrespados ánimos de la ciudadanía. El encuentro, que debía haberse celebrado entre ambos aprovechando que los dos acudirían a las Cortes para celebrar el 24 aniversario de la Carta Magna, acabó por no tener lugar. Ni siquiera se saludaron, aunque estuvieron a escasos metros el uno del otro.

Claro que la verdad es que cuando, el 22 de julio de 2000, Zapatero se hace cargo del PSOE, el principal partido de la oposición, el partido que había gobernado en España durante trece años y hasta cuatro antes, atravesaba unas horas bastante bajas, por decir lo menos. Llevaban tres años de crisis.

La difícil herencia de Felipe González

Con su retirada, dimitiendo como secretario general en junio de 1997, Felipe González abría una severa crisis en el Partido Socialista que había perdido, aunque por no mucho, las elecciones generales del año anterior. El dedo de González señaló a Joaquín Almunia, que abrió un proceso de elecciones primarias en el partido para ver quién sería el candidato ideal para las siguientes elecciones generales, él o un personaje alternativo. Josep Borrell se presentó frente a Almunia y, contra todo pronóstico, y contra el deseo de los barones del partido, y contra el de Felipe González, cuya sombra aún planeaba sobre la sede de Ferraz, ganó. Ganó con un programa en el que lo sustancial consistía en una subida de impuestos y una alternativa muy parecida a la «tercera vía» que entonces parecían encarnar Tony Blair, Gerhard Schröder y el propio Bill Clinton. Era el mes de abril de 1998; otros tiempos...

Se instauraba una incómoda y difícil bicefalia en el PSOE. Borrell, el candidato a la Moncloa. Almunia, el secretario general cuya dimisión, tras su derrota en las primarias, se evitó in extremis. Una situación que iba a durar un año, porque Borrell, en un gesto honorable, dimitiría irrevocablemente al conocerse las irregularidades financieras de dos antiguos colaboradores suyos, José María Huguet y Ernesto Aguiar, durante su etapa de secretario de

Estado de Hacienda. Así que Almunia, algo reticentemente por cierto, se convirtió en lo que desde el principio estaba destinado a ser, hasta que se le ocurrió la malhadada idea de celebrar las primarias: el cabeza de candidatura frente a Aznar en las elecciones generales de marzo de 2000. Una candidatura en la que, de manera no bien explicada, iba de la mano de Izquierda Unida, liderada por Francisco Frutos, el sucesor de Julio Anguita.

Las elecciones, como ya se ha contado, fueron un desastre para el PSOE, que perdió 16 escaños y 1,6 millones de votos. Así que a Almunia, pundonoroso, le llegó el turno de dimitir. El PSOE pasaba, en unos meses, de la bicefalia a la acefalia.

La crisis, cuando se convoca el 35 Congreso del partido, era seria. No sólo por la falta de liderazgo, sino también por las evidentes divisiones en algunas federaciones —en Euskadi, en el País Valenciano, en la siempre inestable Federación Socialista Madrileña—, por la excesiva autonomía con la que volaban algunos «barones» sustentados en sus muchos votos y por el protagonismo programático de dirigentes como Pasqual Maragall, que una vez más distanciaba al PSC del conjunto del PSOE, proponiendo un regreso al federalismo y una mayor vinculación a Esquerra Republicana de Catalunya y a Iniciativa per Catalunya-Els Verds. Un anticipo de lo que ocurriría en el otoño de 2003 tras las elecciones autonómicas catalanas.

Para colmo, una parte del PSOE no había acabado de ajustar del todo sus cuentas con el pasado. Todavía estaba fresca la tinta de la polémica surgida a raíz del indulto parcial concedido por el Gobierno en diciembre de 1998 a José Barrionuevo y Rafael Vera, ex ministro del Interior y ex secretario de Estado para la Seguridad, respectivamente, que habían sido condenados en julio de 1998 a trece años de prisión por su participación en el secuestro del ciudadano francés Segundo Marey. Y aún coleaban las imágenes de Felipe González y otros dirigentes históricos socialistas frente a la puerta de la cárcel de Guadalajara, donde Barrionuevo y Vera comenzaron a cumplir condena.

Así que la llegada de una figura nueva, atractiva, como José Luis Rodríguez Zapatero fue saludada con alborozo por la desmoralizada militancia socialista. Zapatero, a quien entonces le faltaban dos semanas para cumplir los 40 años, había ganado a José Bono, el eterno presidente de Castilla-La Mancha, por apenas nueve votos. Era casi un desconocido, como tantos diputados socialistas. Pero inmediatamente se convirtió en el líder más valorado, por delante de Aznar, en el barómetro del CIS de ese otoño. Luego, esa dosis de popularidad oscilaría, y en el otoño de 2003 el candidato del PP a suceder a Aznar, Mariano Rajoy, se alzaría con el volátil título de líder más valorado en las casquivanas, volubles, encuestas.

Cuando los ciudadanos gritan Nunca Mais

Zapatero tuvo que andar el difícil sendero dominado por un PP con mayoría absoluta y un Aznar provisto de un enorme poder, que a veces no se recataba en mostrar. Pero le ayudaron, o eso parecía inicialmente al menos, algunas circunstancias.

Una de ellas, sin duda indeseable, fue la crisis del *Prestige*. Por segunda vez durante el mandato del PP se producía una seria catástrofe ecológica. La primera había sido en abril de 1998, con los vertidos tóxicos de la empresa Boliden que la ruptura de la presa de Aznalcóllar arrojó sobre 1.500 hectáreas del Parque Nacional de Doñana, unos vertidos que pusieron a prueba los reflejos y capacidad del ministerio de nuevo cuño aportado por los populares, el de Medio Ambiente. Un ministerio que iba a ir de encontronazo en encontronazo con otros, como Fomento o Economía y Hacienda. La gestión de aquella desgracia puso de manifiesto que la Administración central y la Junta de Andalucía eran difícilmente capaces de cooperar para paliar los daños. Y el entorno de Doñana seguía contaminado casi tres años después de la rotura de la presa.

Lo del petrolero que se hundió frente a las costas gallegas fue mucho peor.

En la tarde del 13 de noviembre de 2002, en el Centro Zonal de Coordinación de Salvamento Marítimo de Finisterre se recibe «un SOS llamada selectiva digital que corresponde al buque *Prestige*. Peligro no definido». No tardan mucho en comprobar, con espanto, que olas de ocho metros golpean al petrolero *Prestige*, con pabellón de conveniencia, un viejo buque monocasco cargado con 77.000 toneladas de fuel, procedente de San Petersburgo y destino no bien definido, que podría ser, en principio, Gibraltar. El *Prestige* solicitaba evacuación de su tripulación, ya que estaba muy escorado y con patente riesgo de hundimiento.

Comienza así una catástrofe ecológica de la que el Gobierno y la mayoría de los españoles sólo tomarían conciencia algunos días más tarde. El 17 de noviembre, según el relato oficial del mentado Centro Zonal, el Gobierno ordena que el buque se vaya «al quinto pino», lo más lejos posible de la costa. Empieza el rastro del chapapote que llega hasta las playas de Muxía vertido por el buque, que el día 19 se hundía, partido en dos.

Las fotografías que siguen al accidente son estremecedoras: playas ennegrecidas, aves moribundas con las alas pringadas por el fuel, grandes manchas de combustible sobre el mar, enormes pérdidas para los pescadores y mariscadores, que deambulan entristecidos y desorientados por las costas. Las reacciones, aunque tardías, son tremendas: una inmensa indignación sacude a la población gallega, irritada con el presidente de la Xunta, que ha negado haberse encontrado de caza en Aranjuez precisamente cuando se produjo la catástrofe. Son días de gran conmoción para el veterano político, que, además, no muchas semanas después, tenía que prescindir de quien hasta recientemente había sido considerado su delfín, el hasta entonces conselleiro de Política Territorial José Cuiña, cuya madre, octogenaria, figuraba como presidenta de una empresa que vendió al Gobierno gallego más de ocho mil trajes y tres mil palas para limpiar las playas.

Pero las escenas de picaresca, muy aisladas, no empañan la grandeza del espectáculo de solidaridad de miles de voluntarios que, desde toda España, acudieron a colaborar en la limpieza de la costa. Ese gesto, y la aparición del movimiento reivindicativo de protesta Nunca Mais, que según el Gobierno central y la Xunta estaba animado por el Bloque Nacionalista Galego, aunque tal cosa no se confirmase en las posteriores elecciones municipales de mayo, fueron dos detonantes que pesaron sobre la crisis durante un semestre.

Como pesó la diversidad de datos técnicos que ofrecían unos u otros departamentos, mientras voces espontáneas inundaban las radios o las redacciones de los periódicos ofreciendo las más imaginativas y pintorescas «soluciones» para detener los «hilillos» del vertido del barco hundido, minuciosamente inspeccionado desde el batiscafo francés *Nautile*.

O quizá no tan minuciosamente: nueve meses después de la tragedia, cuando ya la mayoría de las casi ochocientas playas afectadas estaban limpias —al menos, en la superficie—, Mariano Rajoy, todavía vicepresidente del Gobierno y sobre cuyos hombros había recaído la principal responsabilidad en la lucha contra el vertido, reconocía que eran 64.000 las toneladas de fuel llegadas a las costas. Es decir, 24.000 más de las admitidas oficialmente hasta entonces. Y ni siquiera la sensata actuación del comisionado nombrado por el Gobierno para hacer frente a la crisis, el veterano Rodolfo Martín Villa, pudo arrojar una estimación exacta de los daños económicos causados por el *Prestige*: ¿setecientos, ochocientos millones de dólares? ¿Más?

Y estaba, desde luego, el combate político. No sólo fue Fraga el acusado: también de Álvarez Cascos, el ministro de Fomento que se responsabilizó de la polémica orden de alejar el barco en lugar de llevarlo a un puerto de abrigo, se dijo que se encontraba de caza en los días fatídicos, aunque luego el ministro ganase una demanda interpuesta contra la SER, que difundió que se hallaba en Sierra Nevada.

Y del ministro de Medio Ambiente, Jaume Matas, se aseguró que se demoró excesivamente en Doñana: sólo un año después, este ministerio, ya regido por Elvira Rodríguez, presentó un balance de sus actuaciones derivadas de la catástrofe. Desde su nacimiento y asunción inicial por Isabel Tocino, Medio Ambiente, cuya creación había sido saludada como una buena idea, no había cumplido las expectativas más allá de dar a luz el Plan Hidrológico Nacional, que tanta polémica y tanta guerra interterritorial generara. La ministra Rodríguez pintó un panorama bastante alentador, destacando que, en noviembre de 2003, tan sólo ocho playas permanecían afectadas, y que brigadas ambientales vigilarían la costa y restaurarían espacios protegidos, marismas y zonas dunares.

Lástima que el informe de Elvira Rodríguez coincidiese, en este primer aniversario, con otros dos del Defensor del Pueblo, que vinieron a deslucir algo el optimismo oficial. Venía a hacer notar Enrique Múgica que «la dirección y coordinación de la reacción administrativa estatal ante la catástrofe han sido improvisadas, al menos en parte». Además, sobre la información proporcionada a los ciudadanos por los poderes públicos, el Defensor establecía en sus escritos que puede «ser muestra de una política informativa defectuosa y hasta partidista». Lo infrecuente de las críticas de Múgica, que pasó del Partido Comunista, donde mantuvo una sacrificada lucha contra el franquismo, al Partido Socialista y, luego, al asumir el cargo que le ofreció el PP, a la independencia, hacían más relevantes estos informes.

Hubo confrontaciones parlamentarias de enorme virulencia, en las que los socialistas fueron acusados de «deslealtad» y de pretender «hacerse la foto» a costa de la tragedia, algo de lo que se hizo eco el Rey, refiriéndose tácitamente a toda la clase política.

Sin embargo, al desconcierto inicial y a la falta de iniciativa política que el Gobierno reconocía —claro que en voz baja—, siguió una actividad frenética y efectiva. En marzo, la mayor parte de los mariscadores habían reanudado sus tareas. Y, ya a finales de enero, el PP, cuyos dirigentes habían sido abucheados por las calles gallegas, contraatacaba con una serie de medidas beneficiosas para diversos sectores sociales de la región —incluyendo la instalación de un parador en Muxía—. Y contraatacaba también con la celebración de una Convención Municipal del Partido Popular de Galicia, a la que asistieron unas tres mil personas y en la que Aznar, que por fin viajaba a la zona, descargó todo el enfado que había acumulado durante dos meses: «Vamos a levantar Galicia y otros se podrán quedar ladrando su rencor por las esquinas». Era, claro, una frase hiriente dedicada muy específicamente, admitieron fuentes monclovitas, a Rodríguez Zapatero, «el hombre detrás de una pancarta». Una pancarta que fue frecuente ver, porque las movilizaciones fueron importantes.

Unas primarias en mayo... y secundarias en octubre

Y lo cierto es que todo el desgaste, toda la indignación ciudadana ante las iniciativas gubernamentales a favor de Bush en la guerra contra Irak y ante el vertido de miles de toneladas de fuel, que no era propiamente hablando una responsabilidad del Ejecutivo, amenazaba con plasmarse en los resultados de las elecciones en ocho mil municipios y trece autonomías españoles, convocadas para el 25 de mayo.

Unas elecciones que eran casi unas primarias de las generales del 14 de marzo de 2004, según reconocían casi todos. Y los primeros, Aznar y Zapatero, que se lanzaron a una intensísima campaña, casi un duelo político a dos.

¿Quién gana, quién pierde, en unas elecciones municipales? Todos reclaman la victoria. Y, como sucedió en otras varias elecciones autonómicas y municipales, no estaba claro quién había ganado aquellas del 25 de mayo. Precedidas por una campaña de especial dureza, en la que Aznar y Zapatero se «dieron leña» a placer, lejos aquellos tiempos del consenso y de las entrevistas en Moncloa.

El presidente no dejó de resaltar, obviamente, los puntos flacos del entorno de Zapatero, algunos de cuyos colaboradores eran calificados de «inadecuados» en algunos entornos no precisamente del PP. Tampoco algunas declaraciones y reacciones de ciertos barones socialistas, como ciertos arranques ocasionales del extremeño Rodríguez Ibarra, ayudaban demasiado, ésa es la verdad. Y el líder socialista no dejó de incidir, durante la campaña autonómica y municipal, en dos temas que era fácil imaginar que estaban desgastando al Gobierno y al partido que lo apoyaba, la guerra contra Irak y el *Prestige*.

Las elecciones de mayo las ganó, en principio, Aznar. No el PP, que no las perdió, sino Aznar, Aznar en persona. Es decir, ganó donde ganó, porque el PSOE tuvo éxitos considerables y consiguió luego el Gobierno de Cataluña con una coalición de izquierdas presidida por Pasqual Maragall, a pesar de que CiU obtuvo más escaños; pero en cambio perdió en el último minuto, y tras la repetición de las elecciones, el Gobierno de Madrid, donde también una coalición «roja» se vino abajo por culpa de dos tránsfugas. Bochornoso espectáculo que puso a prueba la credibilidad de toda la clase política, al menos la madrileña, comenzando por los socialistas, pero con extensión también a las prácticas de los populares.

Y es que, por esas fechas, que transcurrieron entre la primavera y el otoño de 2003, se hizo público un durísimo informe del Tribunal de Cuentas sobre la financiación de los partidos que no dejaba, para ninguna formación, aunque para algunas más que para otras, títere con cabeza. Los partidos se financian en buena parte a través de donaciones anónimas —lo que lleva a la tentación de pensar en «favores» no menos anónimos a cambio de tales donaciones— y a través de ayudas procedentes de los ayuntamientos. Cosa esta última que hace sospechar que algunas «recalificaciones» y favores a sectores concretos, como la construcción, redundan en pro no sólo de ciertos bolsillos particulares asentados en sillones públicos, sino también benefician el estado de las cuentas de las formaciones políticas.

Increíblemente —o muy creíblemente—, el informe pasó sin pena ni gloria. Fue destacado en la prensa (tampoco demasiado, especialmente en Cataluña, donde CiU recibía un duro varapalo) y ni un solo portavoz de partido alguno salió a comentar, puntualizar, rebatir o a admitir la razón que asistía al Tribunal. Silencio sin duda bastante culpable. Fue este marco el que acogió las elecciones de mayo y, luego, en Madrid, las de octubre.

Decimos que las elecciones municipales y autonómicas de mayo del 2003 las ganó Aznar, aunque los socialistas obtuviesen unos miles más de votos en el conjunto de España, porque apenas dos meses antes de esa fecha nadie preveía que el PP iba a conseguir mantenerse donde ya gobernaba y, menos aún, que además iba a recuperar el gobierno de Baleares donde el pentapartito, la coalición de todos los partidos de la oposición, había dejado sin gobierno a Jaume Matas en 1999.

Pero, a pesar de que nadie auguraba nada bueno para el PP dos meses antes de las elecciones, Aznar no se dio por vencido y personalmente decidió dar la batalla para conseguir unos buenos resultados. Reunió a la dirección de su partido a principios de abril y, en su tono habitualmente conminatorio, les dijo que no se podía tirar la toalla, que no admitía el desánimo y «tocaba» ponerse a trabajar para ganar las elecciones. Con él al frente de la manifestación, al frente del equipo que tenía que recuperar el terreno perdido por la crisis del *Prestige* y por la guerra de Irak.

Fue quien más empeño puso en la campaña, el que dedicó más horas a recorrer España para pedir el voto que le permitiría al PP gobernar en ayuntamientos y gobiernos regionales. Dejó de lado su gestión de Gobierno para aparecer en todos los puntos de España, en todas las regiones, ayudando a sus candidatos y, sobre todo, dándoles confianza, repitiendo machaconamente que se podía ganar al PSOE y a los nacionalistas. Era obvio que había aprendido a moverse en escena y que disfrutó en los mítines, rodeado de «su» público, un público que le pedía «no te vayas».

Su esfuerzo fue un ejemplo para la militancia, que tampoco parecía desmoralizada pese a todo; pero también había que tener en cuenta que era Aznar, con sus polémicas e impopulares decisiones de Gobierno, el que había llevado al PP a una situación complicada, con las encuestas que auguraban una bajada considerable en las elecciones y un PSOE crecido por un Zapatero que iba ganando terreno poco a poco, y ello a pesar de que sus apariciones constantes junto a Gaspar Llamazares parecía que iban a dar más votos a Izquierda Unida que al secretario general del PSOE. Pero ésa es otra historia.

Apenas unas semanas antes del 25 de mayo, las encuestas eran demoledoras para el PP. Pero Aznar demostró una vez más que se crece ante la adversidad. Y ese crecimiento, más el esfuerzo considerable que realizó de cara a esas elecciones en las que el PP se jugaba mucho, fueron fundamentales para la «remontada» del PP, que tuvo unos resultados más que aceptables a pesar de los pronósticos (que casi siempre se equivocan, por cierto).

Aparte de que Aznar jugaba también con su mejor baza: presidía un partido, el PP, que cuando le venían mal dadas aparecía unido como una piña, sin una sola discrepancia. Lo acababa de demostrar en una sesión plenaria del Congreso, cuando Zapatero forzó para que fuera secreta una votación sobre la guerra de Irak, pensando que así aparecerían públicamente las discrepancias sobre la forma en que Aznar estaba llevando la guerra de Irak y sin embargo no hubo ni un solo voto contrario en las filas del PP. Una vez más se vio que los diputados del PP pueden no estar de acuerdo con decisiones del partido o del Gobierno, pero jamás expresan esas discrepancias de manera que puedan ser perjudiciales.

En las elecciones de mayo del 2003 el PP había hecho apuestas arriesgadas, como presentar candidato a la alcaldía de Madrid a Alberto Ruiz Gallardón y a Esperanza Aguirre candidata al Gobierno regional, cuando se daba por hecho que el cartel iba a ser a la inversa. Y una apuesta arriesgada también en Castilla-La Mancha, con el «fichaje» de Adolfo Suárez Illana para competir con José Bono por la Presidencia del Gobierno regional; siempre la fascinación de Aznar por los apellidos sonoros del pasado. En la mayoría de las restantes comunidades repitió candidatos y tampoco hizo cambios sobresalientes en las alcaldías.

El tirón inicial de Suárez Illana se desinfló mucho antes de que se iniciara la campaña electoral, en cuanto empezó a hacer declaraciones públicas. Sus propuestas eran de una torpeza tan inaudita que el entonces secretario general del partido, Javier Arenas, le recomendó que no se prodigara demasiado, y la respuesta del hijo del mítico ex presidente de Gobierno fue no pronunciar palabra, lo que llenó de estupor a la militancia del PP. Le organizaron actos con muy pocas personas, casi una charla, un cambio de impresiones y, ya en campaña, pocos mítines y en lugares más bien reducidos, aunque la plana mayor del PP, Aznar incluido, fue a echarle una mano para que no dijera que no apostaban con fuerza por su candidatura.

En el PP, donde saben de estas cosas, adivinaron pronto que el resultado en Castilla-La Mancha, que al principio creyeron triunfal por la personalidad de Suárez, no iba a ser el esperado. No se equivocaron, fue muy malo, el peor en la historia del partido. Una vez conocido ese resultado, Suárez Illana exigió a Aznar el cambio en la Ejecutiva regional y plenos poderes para dirigir la política manchega, haciendo responsables a sus colaboradores de su fracaso. Aznar se negó y Suárez Illana decidió marcharse a su casa, abandonó el escaño y no apareció más por la sede del partido, del que había sido nombrado miembro de la dirección en el último congreso. El desastre Suárez provocó que el PP perdiera la mayoría de sus alcaldías y diputaciones manchegas, aunque consiguió conservar la importantísima de Toledo, donde su candidato, José Manuel Molina, logró mayoría absoluta.

Tampoco tuvo éxito Carlos Floriano en Extremadura, otra de las figuras en la que más confiaban en esas elecciones, creyendo que al menos podría arrebatarle la mayoría absoluta al veterano Juan Carlos Rodríguez Ibarra. No fue así, pero al menos Floriano siguió en su lucha y decidido a incrementar el voto del PP en las siguientes elecciones.

El PP mantuvo su mayoría, más que holgada, en el Gobierno de Castilla y León, aunque perdió poder municipal, y también tuvo el éxito esperado en la Comunidad Valenciana, a pesar de que los socialistas estaban convencidos de ganar terreno al no presentarse candidato el carismático Eduardo Zaplana. En el Gobierno valenciano, por cierto, esas elecciones demostraron a las pocas semanas que no todo es paz en el PP a la hora de los relevos. Francisco Camps, hombre criado políticamente a los pechos de Zaplana, y al que Zaplana señaló con su dedo todopoderoso para ser candidato a la Generalitat, una vez que consiguió la presidencia autonómica empezó a tomar decisiones sin contar con su mentor, que sin embargo continuaba siendo presidente regional del PP.

Las tensiones entre Zaplana y Camps empezaron desde el primer momento, por la política de nombramientos del nuevo presidente, y han continuado después ante el empeño lógico de Camps de no permitir injerencias en su gestión y el empeño quizá no tan lógico de Zaplana de pretender que hubiera continuidad entre el Gobierno de Camps y el que él había presidido durante ocho años. Las tensiones valencianas serían una de las malas herencias que dejara el 25 de mayo al nuevo responsable del PP, Mariano Rajoy, quien, por cierto, mantiene estrechas relaciones con Eduardo Zaplana.

El PP, por otra parte, logró sin mucho esfuerzo mantenerse en los gobiernos de La Rioja, Navarra, Murcia y las plazas de Ceuta y Melilla. Y recuperó Baleares para Jaume Matas, que la noche del 25 de mayo fue uno de los hombres más felicitados del partido al conseguir mayoría absoluta y enviar a la oposición a quien, según el PP, le había «robado» el Gobierno en 1999 con un pacto contra natura, como los populares repitieron ad nauseam a lo largo de los cuatro años que Antich gobernó en las islas.

En Andalucía, el gran granero de votos, el PP conquistó cinco de las ocho capitales de provincia, aunque perdió en número total de votos frente al PSOE, que se quedó con la alcaldía de la capital, Sevilla, y con la de Jaén, IU mantenía Córdoba con Rosa Aguilar y el PP, que retrocedió en veintidós mil votos, se quedaba con la importante plaza de Málaga, con Granada, con Cádiz, feudo de Téofila, con Huelva y con Almería. Todo un test de lo que podría ocurrir en las autonómicas de marzo de 2004, una fecha que todos pensaban que sería favorable al PSOE andaluz, al de Chaves, que no siempre ha sido el de Zapatero.

El PP sufrió un revés importante en Aragón, probablemente por culpa del Plan Hidrológico Nacional. No hizo mella la campaña del PP en el Gobierno autónomo del socialista Marcelino Iglesias, que continuó como presidente, y además perdió la alcaldía de Zaragoza, que fue a parar a manos del ex ministro socialista Juan Alberto Belloch. Y en Asturias, aunque el PP incrementó su voto, no pudo superar a la coalición de PSOE e IU que le había dado ya la presidencia al PSOE en 1999.

Perdió el PP el Gobierno de Cantabria, en este caso porque su hasta entonces presidente, el popular José Joaquín Martínez Sieso, que había gobernado en coalición con el regionalista Revilla, se pasó toda la campaña anunciando que no renovaría ese pacto y poniendo de vuelta y media a quien había sido su vicepresidente. Con los resultados ya en la mano y cuando Martínez Sieso creía que seguiría en el Gobierno en virtud del pacto, Revilla se acercó a los socialistas y les dijo que estaba dispuesto a formar coalición con ellos. De esa manera, Cantabria dejó de tener una gaviota en el mapa autonómico y pasó a contar con el líder del ambiguo Partido Regionalista en la Presidencia de la comunidad. En los medios políticos y económicos cántabros siempre cundió la sospecha de que el pacto del PRC con el PSOE tenía que ver con un boicot al Plan de Ordenación del Litoral, POL, alumbrado por el Gobierno de Martínez Sieso. Hubiese sido este episodio un escándalo político de no haber mediado otro mucho mayor, el que afectó a la Comunidad de Madrid.

No hubo grandes novedades en el País Vasco, al menos no en las alcaldías de las capitales, donde el reparto continuó igual que hasta entonces, el PSOE en San Sebastián, gracias al pacto con el PP, el PP en Vitoria gracias al pacto con el PSOE, y el PNV en Bilbao (Aznar concurrió en el último lugar de la lista del PP). Y la importante Diputación alavesa continuó con un presidente del PP, el carismático Ramón Rabanera, aunque luego los «aliados» socialistas, de la mano de Javier Rojo, planteasen sus aspiraciones a ocupar cuotas de poder en la institución.

El resbalón de Simancas

Capítulo aparte merecen Madrid, que tuvo elecciones dobles y escándalo triple, y las autonómicas catalanas, que se celebraron en noviembre de 2003.

En Madrid, como estaba previsto, Alberto Ruiz Gallardón consiguió mayoría absoluta en la alcaldía, pero Esperanza Aguirre se quedó a un escaño y a poco más de veinte mil votos de lograr la mayoría absoluta en el Gobierno regional. Ello provocó un acuerdo inmediato entre el PSOE e Izquierda Unida, en el que Rafael Simancas, el candidato del PSOE, no dudó en entregar a IU algunas carteras sustanciosas, hasta el punto de que el control de la mitad del presupuesto regional quedaba en manos de IU.

Cuando estaban repartidas las carteras y Simancas incluso distribuía ya algunos cargos institucionales antes de la sesión de investidura (anunció que sustituiría al presidente de Caja Madrid, Miguel Blesa, por otra figura «más progresista»), saltó el escándalo en la sesión de constitución de la Mesa del Parlamento regional, el 10 de junio, cuando dos tránsfugas socialistas, Eduardo Tamayo y María Teresa Sáez, se ausentaron de la sala y permitieron así que la presidencia de la Cámara fuera a manos del PP.

Aquel 10 de junio fue una de esas fechas a no olvidar en el calendario agitado del aznarato. El primero en darse cuenta fue un diputado autonómico del PP, Oficialdegui, sentado ya en su escaño de la Asamblea de Madrid, un moderno edificio levantado en el barrio de Vallecas. Estaba a punto de comenzar la sesión en la que se elegiría, teóricamente, al socialista Francisco Cavaco como presidente de la Cámara legislativa madrileña, frente a la popular Concepción Dancausa, a la que ya habían aleccionado como perdedora.

—Faltan dos de ellos —se limitó a decir Oficialdegui.

Se organiza cierto revuelo. A las 10.20 h de la mañana, el diputado socialista Carlos Westendorph pide que se retrase la votación. No se lo conceden, y los socialistas tampoco insisten, porque minutos después, con rostro desencajado, el candidato a la Presidencia, Rafael Simancas, acude al escaño de Esperanza Aguirre.

—No es un percance, es un plante. Vais a tener la Presidencia de la Asamblea. Negociemos la Vicepresidencia —dice.

En ese momento, Aguirre telefonea a su jefe de Gabinete, Regino García Badell.

—La presidenta va a ser Concha Dancausa; prepárale un discurso —le dice.

Se lo preparó a toda velocidad. Dancausa lo leyó y se convirtió, lo que de ninguna manera esperaba (pese a lo que dijeron voces malintencionadas, que trataron de presentar el affaire como un pacto urdido en la sombra por el PP), en presidenta de la Asamblea. Lo que abría la puerta a la repetición de las elecciones. Y así comenzó todo.

El escándalo fue de los más graves que se han vivido en la historia reciente. Zapatero, reunido urgentemente con sus colaboradores más cercanos, decidió la expulsión inmediata del partido de los dos tránsfugas y desde la sede central del PSOE se les acusó de traidores, corruptos y de formar parte de una trama inmobiliaria que temía la llegada de los socialistas al Gobierno. Tamayo y Sáez pasearon su versión por las redacciones de Madrid, asegurando que sólo querían llamar la atención antes de la sesión de investidura para evitar los términos del acuerdo con Izquierda Unida. Zapatero, que en alguna declaración había reconocido, dos años antes, cuánto debía a Tamayo y a su mentor político, José Luis Balbás, para haber llegado a la secretaría general del PSOE, se negó a recibirles.

La Comisión de Investigación parlamentaria provocó audiencias inauditas en Telemadrid, que las emitió en directo durante doce y catorce horas al día en un espectáculo en el que salieron a la luz los personajes más atrabiliarios y las maniobras más dudosas de las que son capaces los políticos con pocos escrúpulos. Nunca se sabrá si hubo corrupción, porque al menos en esa comisión, que se prolongó durante todo el verano de 2003, nadie logró demostrarla.

Pero lo que sí quedó en entredicho fue la honorabilidad de algunos de los que se presentaban candidatos al Parlamento regional, entre ellos el secretario general del PP de Madrid, Ricardo Romero de Tejada. Sin embargo, el principal perdedor fue el PSOE: la falta de dominio de Zapatero en la siempre revuelta Federación Socialista de Madrid, la escasa vigilancia de Simancas a la hora de confeccionar las candidaturas, la propia falta de talla política del candidato a presidir la CAM, quedaron patentes.

Y sobre los cielos sobrevoló, según iban avanzando las investigaciones, la sombra de una corrupción generalizada en el sector de la construcción madrileña. Y no sólo en Madrid, claro: los precios de las viviendas seguían subiendo en España casi como cuando la economía crecía al doble que en la primavera de 2003. El precio de las viviendas nuevas creció en el último año en casi un 15 por ciento, y las de segunda mano casi en un 19 por ciento. En Madrid, ciudad en la que se calcula la existencia de 300.000 pisos vacíos, las grúas de la construcción siguen su imparable avance, en operaciones Chamartín, PAUS, Real Madrid... haciendo temer el estallido de esa burbuja con la que ya amenazan algunos expertos, Banco de España incluido.

Sombras y sospechas apenas, porque, exceptuando un par de casos muy menores, nada lograron probar los socialistas acerca de la existencia de una gigantesca trama capaz de comprar a dos diputados autonómicos para torcer la voluntad de las urnas, que, insistían PSOE e IU, era la de propiciar un giro a la izquierda en la importante Comunidad madrileña.

Ante la imposibilidad de formar un nuevo Gobierno regional estable, el patético asunto acabó con nueva convocatoria de elecciones en las que el PSOE tuvo que presentar una nueva lista sin apenas cambios (excepto, claro, los de los traidores Tamayo y Sáez) y con el mismo candidato, Rafael Simancas, a pesar de que había salido muy «quemado» del caso, con la ex ministra guerrista Matilde Fernández como número dos.

Se llegó a comentar, y es cierto, que algunos dirigentes del PSOE hicieron llegar a Gregorio Peces-Barba, ex presidente del Congreso y rector de la Universidad madrileña Carlos III, la oferta de que fuese él quien encabezase la lista socialista en esta segunda edición de las elecciones madrileñas. Luego, esa oferta no llegaría a concretarse, por razones diversas, pero el hecho muestra con qué falta de confianza en la victoria afrontaba la dirección del PSOE esta convocatoria electoral.

Y en esa segunda convocatoria de octubre, Esperanza Aguirre, a la que apoyó todo el partido en la nueva campaña, logró, tras una noche de infarto en los recuentos, la mayoría absoluta para el PP. E, indirectamente, para Aznar, pues Aznar apostó personalmente por Aguirre para que fuera presidenta de los madrileños.

La era Carod

El mapa autonómico quedó completado en 2003 con las elecciones del 16 de noviembre en Cataluña, las primeras en las que Pujol no se presentaba candidato después de veintitrés años de Gobierno.

El PP apostó fuerte en esas elecciones, con Josep Piqué como candidato. No tenía ninguna posibilidad de ganar, pero sí aspiraba a ser llave, a ser clave para dar a CiU la mayoría que le permitiera gobernar. Y era el único partido que rechazaba la reforma del Estatuto de Autonomía, cuando todos los demás pedían un nuevo Estatut.

Sin embargo, no salió bien la jugada, y no por culpa del PP: Piqué dobló los votos respecto a las elecciones autonómicas anteriores y subió más escaños incluso de los esperados, pero CiU perdió diez escaños y por tanto no le quedaba más posibilidad de gobernar que un pacto con Esquerra Republicana de Catalunya, la fuerza en alza, en alza espectacular, con un Carod-Rovira que se convirtió en el no tan oscuro objeto del deseo de Artur Mas por un lado y de Pasqual Maragall por el otro.

Fue una carrera de los dos para ver quién se mostraba más soberanista, más autonomista.

Mas llegó a peregrinar a Vitoria para mostrar su apoyo al Plan Ibarretxe, un gesto que buscaba congraciarse con Esquerra y que en el partido de Carod juzgaron, dijo una fuente, de «despreciable oportunismo». No fue el único error: Jaime Mayor Oreja llegó, durante la campaña, a hacer unas declaraciones comparando a Carod-Rovira con el entorno de ETA, declaraciones que sentaron muy mal a Piqué, que veía que la intolerancia verbal con la que el ex ministro del Interior trataba los temas vascos se exportaba también a los catalanes. Pero en Cataluña las cosas son mucho más templadas, y nada tiene que ver la Esquerra Republicana, con sus legítimas pretensiones independentistas, con la Batasuna que amparaba, cuando era legal, a ETA. Las relaciones entre Piqué y Mayor iban a tardar en recomponerse del todo.

Por lo demás, en comparación con las tensiones en Madrid, la campaña electoral catalana fue, como suelen ser las campañas en Cataluña, tranquila y bastante dialogante, con debates televisados —lo que no se pudo hacer en Madrid en la segunda vuelta ante la negativa de Esperanza Aguirre— y propuestas de todo tipo, ninguna de las cuales, por supuesto, excepto la del PP, gustaba ni en el Gobierno central ni en el cuartel general del PSOE, en la calle Ferraz, pese a que Zapatero, con la boca más bien chica, tuvo que ir a la campaña en Barcelona a decir que a él también le parecía muy bien la idea de un nuevo Estatut y hasta, si a Maragall era eso lo que le convenía, un pacto con Esquerra.

Josep Piqué quedó fuera de juego a pesar de sus buenos resultados y, en su primer encuentro con Mariano Rajoy el día siguiente de las elecciones, le insistió en que su obligación era dedicarse a la política catalana para continuar abriendo hueco para el PP, para intentar que el voto se incrementara de elección en elección.

Otra cosa es que Rajoy quiera ese destino para Josep Piqué, uno de los hombres más capaces del PP y menos vinculado a la tradición más dura de ese partido. Ese día después de las catalanas, todo estaba demasiado en al aire como para que Rajoy (que, además, ejerce de gallego imprevisible) estuviera en condiciones de plantear a nadie su futuro. Y es que había otras cosas de las que preocuparse: por ejemplo, del hecho de que, al final, fuese un Govern tripartito de izquierda quien fuese a ejercer el poder catalán durante los próximos cuatro años, con la Generalitat presidida por Maragall y con Carod como conseller en cap. Para el PP, este Govern era un duro golpe.

Pero también lo era para Zapatero, porque, al pactar el PSC con Esquerra, dejaba a Convergència i Unió en la oposición, libre para llegar a acuerdos de gobierno con el Partido Popular en Madrid, si en las elecciones de marzo Rajoy no alcanzase la mayoría absoluta. Y no faltaba en aquellos días quien asegurase por Barcelona que en el primer Gobierno postaznarista habría «algún ministro catalán» porque Rajoy renovaría, si ganaba, los ofrecimientos que Aznar hizo en el pasado, y ya no estaba allí Pujol para oponerse.

Una vez más, el poder nacionalista saltaba al ruedo de la actualidad política, mostrando claramente al sucesor de Aznar que el aznarato se había terminado: ahora habría que buscar soluciones nuevas para problemas quizá no tan nuevos, pero que hacían acto de presencia con fuerza inusitada. Carod, un independentista confeso, con apenas un 16 por ciento de los votos, se convertía en árbitro en Cataluña y hacía pensar a todos, catalanes y resto de los españoles, en que llegaba una nueva era.

EPÍLOGO

Un personaje que no cuida las formas

Un recorrido por el aznarato con ocho años de poder casi absoluto —en especial los cuatro últimos, debido a su mayoría parlamentaria— tiene que detenerse en el fondo de algunas reformas, como hemos pretendido hacerlo a lo largo de este libro, y también en las formas, que en política son acaso tan importantes o más. Aznar ha acometido con brío, decisión y valor algunas de las tareas reformistas o regeneradoras que se había impuesto: ahí está aquel informe del Fondo Monetario Internacional destacando que España había mejorado su imagen anticorrupción desde que Aznar llegó a la Moncloa.

Y sí, es cierto que ha habido algunos asuntos polémicos o declaradamente pecaminosos en la actuación de algunos hombres del PP a lo largo de estos años: Tomey, Cañellas, el caso Zamora, Fabra, las culpas que pudieran corresponder en el asunto del lino —un alto funcionario de Agricultura fue cesado porque su familia se había beneficiado de ayudas europeas— o lo que pudiera derivarse del feo caso Gescartera. Pero ni marioscondes, ni javieresdelarosa, ni manuelesprado, ni toda aquella constelación de escándalos que fue la tónica del último período de mandato socialista. Ni GAL, ni escuchas del Cesid, ni otros «pinchazos» telefónicos irregulares. Las corruptelas del aznarismo han sido, definitivamente, localizadas y de tono menor. Al menos, en comparación con lo que conocíamos y hasta donde conocemos.

Durante el aznarato ha habido progresos relevantes en materia de reforma del Código Penal, de lucha contra el terrorismo, de liberalización de la economía, aunque algunos de ellos no han estado exentos de polémica, cuando algunas de las reformas eran demasiado ad hoc, aprobadas para actuar contra determinado asunto, determinado personaje, determinada situación, como ha ocurrido por ejemplo en alguna de las iniciativas contra Batasuna o políticos «rebeldes» del PNV.

Se han producido avances legislativos importantes en lo referente a la modernización global de España y nuestro país ha recuperado una voz potente en Europa y en el mundo. Tal vez demasiado potente en algunas ocasiones: el balance de la política europea no ha sido finalmente bueno para un Aznar a quien en la Cumbre de Bruselas que pretendía aprobar la Constitución se le acusó de romper la UE, papel que en lógica tendría que haber correspondido en todo caso a Francia y Alemania; sin embargo, el sambenito se le colocó a Aznar, probablemente por el talante distante que mantuvo en los últimos tiempos, desde que estrechó lazos con Bush en el asunto Irak y no dudó en descalificar de forma mordaz a quienes no compartían el mismo criterio que el presidente americano.

Porque el aznarismo, o más bien Aznar, ha fallado seriamente en las formas. Su gobernación ha sido distante, antipática, un punto autoritaria. Comenzando por las relaciones con los suyos, incluso con los más íntimos. A Aznar, los suyos, el PP y todos los españoles le han tolerado muchos desplantes. Puede que eso lo pague su memoria: venerada durante su paso por el poder, porque era temida y porque era eficaz, puede que la figura de Aznar se convierta ahora en el blanco de críticas por parte de quienes a veces se sintieron humillados por él. Desde sus cercanos hasta, por ejemplo, el fiscal anticorrupción, pasando por otros colectivos, entre los cuales no faltan algunos periodistas. Que, por cierto, también en materia de prensa y libertades ha habido carencias importantes.

El Aznar respetado, aplaudido, seguido hasta el final en sus arranques desmarcándose del pelotón, ¿ha sido realmente querido? No olvidemos la profecía con la que se inicia este libro, esa predicción lanzada un día por Miguel Ángel Rodríguez, uno de los pocos que siempre se han atrevido a decirle al presidente las cosas a la cara: «Te irás de la Moncloa sin un solo amigo».

A la hora de hacer balance habrá que sopesar fondos y formas conjuntamente. Defectos y cualidades del personaje, que también estas últimas las tiene, y muchas, y aquí han quedado expuestas en la medida en que los autores han podido, en sus contactos con el propio Aznar, con su círculo más próximo, con sus deudos y con sus enemigos, conocerlos.

Porque no es fácil conocer a José María Aznar, posiblemente un gran tímido que se esconde tras una capa de frialdad glacial rayana en la prepotencia y en el desprecio aparente al interlocutor. Probablemente él se conoce bien y sabe de su falta de sentido del humor y chispa social y, entonces, prefiere ser hosco.

Pero no se trata de hacer aquí un retrato psicológico del personaje, cosa que otros han ensayado en otras obras. Nosotros, los autores, hemos tratado de almacenar aquí hechos, dejando que sean otros quienes decidan si el aznarato ha sido o no positivo para España. Los datos para el veredicto de los historiadores y, en general, de la opinión pública, están ahí.

Lo que sí es seguro es que los modos, las tendencias, las ambiciones y hasta los logros del aznarato no van a poder repetirse fácilmente. Los dos posibles sucesores de Aznar cuentan con caracteres que poco o nada tienen que ver con el del hasta ahora presidente del Gobierno. Y, por supuesto, el carácter de un líder tiene mucho que ver con la política que vaya a desarrollar a favor (o en contra) de los ciudadanos; sólo es parcialmente cierto aquello de que ya da igual la derecha que la izquierda, porque ambas tendrán que hacer una misma política. El talante del líder y del equipo que le acompaña, sus creencias más arraigadas, su ética y su estética, juegan, definitivamente, un importante papel.

El agotamiento del aznarato

Pensamos, o tal vez sea más bien la expresión de un deseo, que llegan tiempos de mayor diálogo, de menor crispación verbal, de más análisis y más pragmatismo, de mayor tolerancia hacia las ideas del otro. Aquellos que van a regir la vida de España a partir de la primavera de 2004 encarnan ciertos valores de los que

Aznar ha carecido, de la misma manera que carecen de algunas de las cualidades que ha mostrado Aznar en momentos particularmente delicados.

La coyuntura que vivirán no será la misma y también serán diferentes los personajes políticos con los que tendrán que convivir: ni Pujol ni Arzalluz estarán ahí. Y, en cuanto al panorama internacional, quién sabe: el nuevo inquilino de la Moncloa es difícil que comparta esa seguridad expresada por Aznar de que es conveniente reelegir a Bush «por la paz y la estabilidad del mundo». Antes al contrario, intentará sin duda un acercamiento a los vecinos europeos hoy distanciados.

Sí, el aznarato, con todos sus claroscuros, se ha agotado. Ha protagonizado una época básicamente positiva de la Historia de España, aunque a saber cuál será la cuantía de las hipotecas que nos quedan: siempre quedan tras ocho años de mandato tan personalista. Por ejemplo, ahí está abierto de par en par el capítulo de la marcha autonómica, de las relaciones con los nacionalismos, de la armonización definitiva de todas las Españas. Y ahí resta, no menos inconcluso, otro capítulo, el de la verdadera posición de España en el mundo.

Concluimos, pues, este libro como lo empezamos. Pocas veces como ahora se ve tan claro el inicio de una nueva era política. Una era que exigirá reformas importantes, profundizar en la democracia, acometer con soluciones imaginativas los problemas de siempre. Quizá José María Aznar fue un hombre providencial cuando llegó. Eligió él mismo el momento del recambio y probablemente hace bien en marcharse cuando se marcha. La cosa, que cundió tanto, ya no daba más de sí.

¿Qué hará ahora Aznar? Unos dicen que aspira a mucho; otros que no ambiciona ya casi nada. Posiblemente, entre la Secretaría General de la ONU, que algunos dicen que quisiera ocupar, y la presidencia de la Fundación FAES, dirigida por un personaje que gusta de las sombras, como Baudilio Tomé, tiene que haber terrenos intermedios. Puede que representar a Naciones Unidas sea mucho —aunque bien deseable sería tener ahí a un español de la talla de Aznar—, pero presidir la FAES, por mucho que la Fundación quiera potenciar ahora sus actividades teóricas a favor del centro-derecha, es demasiado poco. A menos, claro, que guarde más cosas la inexpugnable mente presidencial. Pero el futuro inmediato del protagonista de este libro, personaje complejo donde los haya, nada tendrá que ver con el irrepetible aznarato que ha llegado a su ocaso.

LOS AUTORES

Madrid, febrero de 2004.

APÉNDICE
Cronología

1996

3 de marzo. Elecciones generales. El PP consigue 156 escaños, 38,86 por ciento de los votos. PSOE, 141 escaños, 37,47 por ciento de votos; IU, 21 escaños, 10,57 por ciento de votos; CiU, 16 escaños, 4,61 por ciento de votos; PNV, 5 escaños, 1,28 por ciento; CC, 4 escaños, 0,89 por ciento; BNG, 2 escaños, 0,88 por ciento de votos; HB, 2 escaños, 0,73 por ciento; ERC, 1 escaño, 0,67 por ciento; EA, 1 escaño, 0,47 por ciento; UV, 1 escaño, 0,37 por ciento.

4 de marzo. José María Aznar ofrece un pacto sin condiciones a CiU y renuncia a aplicar íntegramente su programa.

ETA asesina en Irún al suboficial de Información de la Ertzaintza Ramón Doral.

27 de marzo. Federico Trillo elegido presidente del Congreso.

9 de abril. Un documento revela que el general Galindo organizó los GAL de la Guardia Civil.

14 de abril. ETA libera a José María Aldaya, tras 342 días de secuestro.

4 de mayo. Aznar es investido presidente del Gobierno con los votos de PP, CiU, PNV y CC.

6 de mayo. Primer Gobierno del PP:

Presidente: José María Aznar. Vicepresidente 1º y ministro de la Presidencia: Francisco Álvarez Cascos. Vicepresidente 2º y ministro de Economía y Hacienda: Rodrigo Rato. Ministro de Asuntos Exteriores: Abel Matutes. Ministro del Interior: Jaime Mayor Oreja. Ministro de Defensa: Eduardo Serra. Ministro de Justicia: Margarita Mariscal de Gante. Ministro de Administraciones Públicas: Mariano Rajoy. Ministro de Fomento: Rafael Arias-Salgado. Ministro de Sanidad: José Manuel Romay Beccaria. Ministra de Educación y Cultura: Esperanza Aguirre. Ministro de Industria y Energía: Josep Piqué. Ministro de Trabajo y Asuntos Sociales: Javier Arenas. Ministra de Medio Ambiente: Isabel Tocino. Ministra de Agricultura y Pesca: Loyola de Palacio.

23 de mayo. Galindo entra en prisión acusado de participar en el secuestro, tortura y asesinato de Lasa y Zabala en los años ochenta.

11 de junio. Garzón deja en libertad a Idígoras con una fianza de 5 millones de pesetas.

2 de agosto. El Gobierno no desclasificará los «papeles del CESID».

13 de agosto. El Gobierno acuerda poner en libertad a Galindo.

7 de noviembre. Aznar ofrece en Bilbao dialogar con ETA si abandona las armas

12 de noviembre. ETA secuestra a Cosme Delclaux.

13 de noviembre. Aznar propone en la UE un plan de acoso económico contra Cuba.

26 de noviembre. Fidel Castro responde a la hostilidad de Aznar negando el plácet para el embajador español.

14 de diciembre. Aznar logra en la Conferencia de Dublín eliminar el derecho de asilo entre los países de la UE.

20 de diciembre. El Gobierno pone en marcha las privatizaciones con la venta de Telefónica.

1997

8 de enero. ETA asesina a tiros en Madrid al teniente general Jesús Cuesta Abril.

30 de enero. La nueva ley del catalán provoca el segundo enfrentamiento entre el Gobierno del PP y sus aliados de CiU.

3 de febrero. Policías con pasamontañas detienen a los líderes de HB por orden del Supremo.

10 de febrero. El etarra Aranzamendi, que se suicidó, apareció en su celda atado de pies y manos.

ETA asesina en Granada a Domingo Puente, empleado civil del Ejército. Siete horas después de este atentado, ETA vuelve a golpear en Madrid al asesinar de un tiro en la nuca al juez del Supremo Rafael Martínez Emperador.

Nuevo atentado en Tolosa. ETA asesina a Patxi Arratibel, empresario que intermedió en el secuestro de Emiliano Revilla y a quien la banda terrorista acusaba de haberse quedado con 60 millones de pesetas del pago del rescate.

17 de febrero. Sexto asesinato de ETA del año. El policía nacional Modesto Rico Pasarín fallece en Bilbao al hacer explosión una bomba colocada bajo el asiento de su coche.

6 de marzo. Un jurado absuelve a Arnaldo Otegi, acusado de matar a tiros a dos ertzainas.

11 de marzo. ETA asesina en San Sebastián de un tiro en la nuca a Javier Gómez Elosegui, psicólogo de la cárcel de Martutene. Uno de los asesinos, Fernando Elejalde, es detenido poco después del atentado. Posteriormente sería hospitalizado tras ser interrogado por la policía.

Discrepancias entre Aznar y Pujol en el debate autonómico en el Senado.

17 de marzo. Mayor Oreja comparece en el Congreso y niega malos tratos al etarra Elejalde. No obstante, destituye al gobernador civil de Guipúzcoa y al comisario de este caso. Atutxa se desmarca del PNV y apoya a Mayor en el caso Elejalde.

20 de marzo. Mario Conde es condenado a seis años de cárcel por apropiarse de 600 millones de pesetas de Banesto.

23 de marzo. Arzalluz define el castellano como la lengua de Franco.

ETA exige 2.000 millones de pesetas por la liberación de Cosme Delclaux.

29 de marzo. El etarra José Zabala aparece muerto de un disparo en el pecho en un monte de Guipúzcoa.

8 de abril. Patronal y sindicatos firman el pacto por la reforma laboral, pacto histórico que da estabilidad en el empleo.

9 de abril. Pujol asegura poder forzar la convocatoria de elecciones generales.

10 de abril. El Supremo ordena la desclasificación de los «papeles del CESID».

22 de abril. La Audiencia Nacional absuelve a Pepe Rei, redactor jefe de *Egin*, de colaboración con ETA. Al tiempo, condena a 30 años al etarra Valentín Lasarte.

24 de abril. ETA asesina en Bilbao a Luis Andrés Samperio Sañudo, inspector de la Policía Judicial.

26 de abril. El Gobierno aprueba la desaparición de los gobernadores civiles tras un siglo de existencia.

27 de abril. Arzalluz confirma que Ardanza no será candidato a lehendakari.

30 de abril. La Casa Real anuncia el compromiso de la infanta Cristina con Iñaki Urdangarín.

3 de mayo. ETA asesina en Zierbana (Vizcaya) de un tiro en la nuca al guardia civil José Manuel García Fernández, mientras cenaba en un restaurante con su esposa.

12 de junio. La Audiencia Nacional absuelve a Ruiz Mateos y otros cuatro directivos de Rumasa.

16 de junio. El PP propone que HB deje de cobrar las subvenciones electorales.

21 de junio. Joaquín Almunia es elegido secretario general del PSOE.

1 de julio. ETA libera a Cosme Delclaux en la localidad vizcaína de Elorrio, tras 231 días de cautiverio.

José Antonio Ortega Lara es liberado por la Guardia Civil en una fábrica de Mondragón, tras 532 días de secuestro. Los cuatro secuestradores son detenidos.

4 de julio. El Tribunal Superior de Justicia del País Vasco ordena retirar el pasaporte y el DNI a Arnaldo Otegi.

10 de julio. ETA secuestra y amenaza con matar al concejal del PP Miguel Ángel Blanco, si no se trasladan sus presos al País Vasco en 48 horas.

11 de julio. El coronel Perote condenado a siete años por la Justicia militar.

El Gobierno no cederá al chantaje de ETA.

12 de julio. Medio millón de personas exige a ETA en Bilbao que deje vivir a Miguel Ángel Blanco. ETA cumple su amenaza y abandona en Lasarte al concejal del PP malherido, con dos disparos en la cabeza. Miguel Ángel murió a las pocas horas.

14 de julio. Tres millones de personas se manifiestan en toda España por el asesinato de Miguel Ángel Blanco.

15 de julio. La Mesa de Madrid acuerda aislar a ETA. El Parlamento Vasco acuerda no participar con HB en ninguna iniciativa.

27 de agosto. Aznar ofrece al PSOE un pacto sobre financiación de partidos y Justicia.

4 de septiembre. El CGPJ pide al fiscal acciones penales contra Liaño y Garzón por el caso Sogecable.

5 de septiembre. Primer atentado mortal de ETA desde el asesinato de Miguel Ángel Blanco. El policía nacional David Villar fallece en Basauri al estallar una bomba colocada en el interior de su vehículo.

19 de octubre. Fraga revalida la mayoría absoluta en las elecciones autonómicas gallegas.

6 de noviembre. Pujol garantiza su apoyo al PP hasta final de año.

15 de noviembre. Aznar pone las bases españolas a disposición de Estados Unidos, en caso de conflicto con Irak.

21 de noviembre. El juez Gómez de Liaño investiga el vídeo sexual del director de *El Mundo*, Pedro J. Ramírez, y lo une al caso GAL.

1 de diciembre. Los 23 miembros de la Mesa Nacional de HB son condenados a siete años de cárcel por el Tribunal Supremo, acusados de colaboración con ETA.

2 de diciembre. España ingresa en la estructura militar de la OTAN.

30 de diciembre. Nuevo choque CiU-PP por la ley del catalán.

1998

9 de enero. ETA asesina al concejal del PP en Zarauz José Ignacio Iruretagoyena.

14 de enero. El fiscal general del Estado, Jesús Cardenal, declara competente a la Justicia española para investigar la desaparición de ciudadanos españoles en Chile.

15 de enero. Se hace público que el IPC de 1997 fue de un histórico 2 por ciento, superando con creces los criterios para acceder al euro.

29 de enero. Nuevo atentado de ETA: la banda asesina a tiros en Sevilla al concejal del PP Alberto Jiménez Becerril y a su esposa, Ascensión García Ortiz.

8 de febrero. El informe Ardanza exige un alto el fuego definitivo de ETA para dialogar.

11 de febrero. El Ministerio de Sanidad retira de la Seguridad Social 869 medicamentos, algunos de uso muy común, para ahorrar 33.500 millones de pesetas.

16 de febrero. La revista *Tiempo* publica una entrevista con Luis María Anson en la que el periodista, director de *ABC*, desvela una operación de acoso mediático contra Felipe González para desalojarlo del poder, en la que estarían implicados varios periodistas y escritores incluidos en el llamado «Sindicato del Crimen».

19 de febrero. El Supremo abre proceso contra el juez Javier Gómez de Liaño por prevaricación en el «caso Sogecable».

27 de febrero. El ex director de la Guardia Civil Luis Roldán es condenado a 28 años de cárcel. Ese mismo día, Mario Conde ingresa en la prisión de Alcalá-Meco para cumplir la condena a cuatro años y medio de cárcel por el «caso Argentia-Trust».

1 de marzo. El Gobierno da por concluidos los traspasos de competencias a vascos y catalanes. El PNV amenaza con romper el pacto con el PP si no hay más transferencias.

17 de marzo. El plan de paz de Ardanza naufraga ante la oposición del PP y PSOE.

25 de marzo. El Tribunal Constitucional mantiene la prisión para los 23 condenados de la Mesa Nacional de HB.

30 de marzo. El etarra Lasarte admite que ayudó a matar a Fernando Múgica y pide al hermano de la víctima, Enrique, que apoye la negociación con ETA.

31 de marzo. El Tribunal Supremo envía a la cárcel al coronel Perote y confirma su expulsión del Ejército.

Aznar nombra por sorpresa embajador de España en Cuba a Eduardo Junco y pone fin a la crisis diplomática con el régimen de Castro abierta hace 16 meses.

2 de abril. Los GRAPO ponen dos bombas en Madrid en la antigua empresa de Publio Cordón.

24 de abril. Borrell se impone a Almunia en las primarias del PSOE.

25 de abril. Un desastre ecológico se cierne sobre el entorno de Doñana, tras la rotura de una presa de las minas de Aznalcóllar que contenía cinco millones de metros cúbicos de agua ácida.

1 de mayo. Borrell asume el liderazgo de la oposición tras el acuerdo alcanzado con Almunia.

3 de mayo. Nace la Europa del euro tras la cumbre de Bruselas.

6 de mayo. ETA asesina en Pamplona a Tomás Caballero, concejal de UPN.

8 de mayo. Nuevo atentado de ETA. La banda terrorista asesina en Vitoria al guardia civil Alfonso Parada Ulloa.

9 de mayo. Aznar acusa al PNV de dialogar con HB y promover la negociación con ETA.

13 de mayo. Aznar vapulea a Borrell en el debate sobre el estado de la Nación.

25 de mayo. Prisiones excarcela al dirigente de HB Jon Idígoras por enfermedad grave.

28 de mayo. La Policía desmantela una parte del entramado financiero de ETA y detiene a diez personas.

4 de junio. La Comisión Europea de Derechos Humanos no acepta la denuncia sobre dispersión de presos etarras.

5 de junio. La Ertzaintza desarticula un comando de ETA en Guernica. En la operación resultó muerta la etarra Ignacia Ceberio y otros 14 presuntos terroristas fueron detenidos.

25 de junio. ETA asesina al concejal del PP en Rentería Manuel Zamarreño, última víctima mortal de la banda terrorista antes de anunciar la tregua que rompería 17 meses más tarde.

10 de julio. El portavoz del Gobierno y colaborador de Aznar durante los últimos 11 años, Miguel Ángel Rodríguez, anuncia su cese a petición propia tras un Consejo de Ministros. Josep Piqué simultaneará el Ministerio de Industria, del que es titular, con la portavocía del Gobierno hasta el fin de la actual legislatura.

15 de julio. El juez Baltasar Garzón cierra el diario *Egin* y su emisora de radio por su conexión con ETA.

20 de julio. Garzón encarcela a ocho directivos del diario *Egin* por pertenencia a ETA.

29 de julio. El Tribunal Supremo condena a Barrionuevo y Vera a 10 años de prisión por el secuestro de Segundo Marey.

31 de julio. Aznar destituye a José Barea, director de la Oficina Presupuestaria.

2 de septiembre. HB crea la coalición electoral Euskal Herritarrok (EH) para concurrir a las autonómicas vascas de octubre.

11 de septiembre. Vera y Barrionuevo ingresan en la cárcel de Guadalajara, arropados por la cúpula del PSOE.

12 de septiembre. PNV, EA y EH suscriben la llamada «Declaración de Estella o Lizarra».

15 de septiembre. El Gobierno vasco avala el Pacto de Lizarra y pide a ETA que deje las armas.

16 de septiembre. ETA anuncia una tregua indefinida.

17 de septiembre. Aznar y Almunia exigen a ETA que consolide la tregua para ensayar nuevas vías de paz.

19 de septiembre. Doce reuniones secretas entre dirigentes del PNV y HB llevaron a la tregua de ETA.

Aznar, a quien el anuncio de tregua de ETA sorprendió de viaje a Perú, regresó hoy a España, cancelando sus compromisos en aquel país.

26 de septiembre. Aznar promete ser generoso si se afianza la tregua de ETA.

2 de octubre. Aznar abrirá el proceso de paz si ETA demuestra que la tregua es definitiva.

13 de octubre. El Gobierno decide un primer traslado de presos de ETA al País Vasco.

18 de octubre. El Gobierno se plantea negociar directamente con ETA una solución para los presos.

22 de octubre. Mayor Oreja invita a volver a los deportados de ETA sin deudas con la justicia.

24 de octubre. Concluye la campaña electoral vasca con duros ataques entre los partidos.

25 de octubre. El PNV vuelve a ganar las elecciones autonómicas.

30 de octubre. Los nacionalistas rebajan sus críticas y admiten las posibilidades autonomistas de la Constitución.

2 de noviembre. La cúpula de ETA forzó el pacto PNV-EH porque estaba segura de que tenía topos en sus filas.

Aznar y Blair se reúnen en Londres y deciden dejar en manos de los jueces la decisión sobre Pinochet.

3 de noviembre. Aznar anuncia el inicio de contactos directos con el entorno de ETA.

6 de noviembre. ETA condiciona el fin de la violencia al pleno reconocimiento de la soberanía vasca.

10 de noviembre. El Supremo sienta en el banquillo al juez Gómez de Liaño acusado de prevaricación por el «caso Sogecable».

12 de noviembre. Pujol descarta la posibilidad de que miembros de su partido entren en el Gobierno del PP.

15 de noviembre. La nueva táctica de EH allana el camino para un Gobierno de PNV y EA.

9 de diciembre. La Justicia británica da vía libre a la extradición a España del ex dictador Augusto Pinochet.

10 de diciembre. Garzón procesa a Pinochet y ordena embargar sus bienes en el extranjero.

16 de diciembre. El Gobierno español apoya el inicio de los bombardeos norteamericanos sobre Irak.

18 de diciembre. Aznar anuncia el traslado de 21 presos etarras a cárceles cercanas al País Vasco.

Barrionuevo y Vera salen de prisión indultados por el Gobierno.

29 de diciembre. Juan José Ibarretxe se convierte en el primer lehendakari apoyado por EH.

1999

1 de enero. Nace el euro.

18 de enero. Primera remodelación del Gobierno Aznar, que afecta a las carteras de Trabajo (Arenas es sustituido por Manuel Pimentel), Cultura y Educación (Esperanza Aguirre pasa a ser presidenta del Senado y la sustituye Mariano Rajoy) y Administraciones Públicas (Rajoy por Ángel Acebes).

20 de enero. Primera entrevista Aznar-Ibarretxe en la Moncloa.

29 de enero. Comienza en Madrid el XIII Congreso Nacional del PP. Javier Arenas pasa a ocupar la secretaría general del PP en lugar de Francisco Álvarez Cascos.

8 de febrero. Se formaliza la dimisión del presidente del Senado, Juan Ignacio Barrero, sustituido por Esperanza Aguirre, la primera mujer que preside una institución parlamentaria en España.

9 de febrero. Aznar y Borrell mantienen una entrevista en la que coinciden en avanzar para la consolidación de una paz «sin precio político», pero Aznar rechaza la propuesta de Borrell de convocar un debate parlamentario sobre el tema.

25 de febrero. Aznar y el primer ministro británico, Tony Blair, rechazan en Madrid la propuesta de financiación de la UE presentada por Alemania, que supone un importante recorte de los fondos estructurales y del Fondo de Cohesión.

9 de marzo. Es capturado el terrorista José Javier Arizkuren, «Kantauri», considerado jefe militar de ETA.

20 de marzo. El presunto miembro del «comando Donosti» José Luis Geresta Mujika es encontrado muerto de un tiro en la sien en una arboleda próxima a Rentería (Guipúzcoa).

23 de abril. Dimite el director general del Fondo Español de Garantía Agraria (FEGA), Nicolás López de Coca, al trascender que varios de sus familiares han recibido 200 millones de pesetas desde 1996 en concepto de ayudas de la UE por los cultivos de lino y cáñamo de su propiedad.

24 de abril. Cumbre de la OTAN en Washington. El presidente Aznar se alinea con el sector de la OTAN partidario de mantener los bombardeos por la crisis de Kosovo.

29 de abril. Jesús Posada, ex presidente de la Junta de Castilla y León, es nombrado nuevo ministro de Agricultura, en sustitución de Loyola de Palacio.

Finaliza en Madrid la cumbre entre España y Marruecos sin solución sobre la renovación del acuerdo pesquero.

16 de mayo. ETA confirma que ha contactado con el Gobierno para una salida negociada al conflicto.

19 de mayo. Única reunión Gobierno-ETA en Zurich, sin resultados.

26 de mayo. La Audiencia de Madrid condena al ex general del CESID Emilio Alonso Manglano y a su ex jefe de operaciones Juan Alberto Perote a seis meses de arresto y ocho años de inhabilitación por un delito continuado de escuchas ilegales telefónicas.

7 de junio. Se confirma que los primeros contactos del Gobierno con miembros de ETA se produjeron el 19 de mayo en Suiza. La delegación gubernamental estaba compuesta por el secretario de Estado de Seguridad, Ricardo Martín Fluxá; el secretario general de presidencia, Javier Zarzalejos, y el asesor presidencial Pedro Arriola.

13 de junio. Las elecciones al Parlamento Europeo concluyen con un triunfo del PP, con una ventaja de casi cuatro puntos sobre el PSOE, que recupera posiciones a costa del hundimiento de IU. El PP, con el 34, 42 por ciento de los votos, gana las elecciones locales en las que el PSOE pasa del 30,83 por ciento de los votos de 1995 al 34,24. IU experimenta un notable retroceso y se queda con el 6,52 por ciento de los sufragios.

Euskal Herritarrok (EH) consigue el mayor triunfo de su historia en el País Vasco y alcanza 183 concejales más.

22 de junio. Aznar y Almunia se enfrentan en el Congreso durante el debate del Estado de la Nación. El PNV aprovecha la ocasión para hacer oficial la ruptura del acuerdo de legislatura con el Gobierno del PP.

5 de julio. Almunia acepta ser candidato a la Presidencia del Gobierno en las próximas elecciones generales de 2000.

20 de julio. El Pleno del Tribunal Constitucional anula la sentencia del Tribunal Supremo que condenó a siete años de cárcel a los 23 miembros de la Mesa Nacional de HB, en prisión desde 1997.

24 de julio. El Comité Federal del PSOE designa a Almunia candidato a la Presidencia del Gobierno.

25 de julio. El rey Juan Carlos y el Príncipe de Asturias, el Presidente del Gobierno y otras personalidades de la política española asisten en Rabat a las honras fúnebres por el rey Hassan II de Marruecos.

10 de agosto. Mario Conde sale en libertad condicional de la prisión de Alcalá-Meco, tras permanecer año y medio en la cárcel condenado por el «caso Argentia-Trust».

16 de agosto. Aznar se convierte en el primer jefe de Gobierno europeo en visitar Marruecos desde la coronación de Mohamed VI. Ambos mandatarios trataron sobre la renegociación del acuerdo pesquero hispano-marroquí.

23 de agosto. Jordi Pujol disuelve el Parlamento catalán y convoca elecciones autonómicas para el 17 de octubre.

4 de septiembre. Aznar anuncia desde Italia que los Presupuestos del Estado para el año 2000 incluirán un fondo de reserva que garantice el pago de las pensiones ante futuras contingencias.

18 de septiembre. Un total de 1.178 alcaldes y concejales nacionalistas del País Vasco, Navarra y País Vasco-francés, reunidos en Bilbao, constituyen Udalbiltza.

29 de septiembre. El PNV abandona el grupo parlamentario del Partido Popular Europeo (PPE) por la «orientación mayoritariamente conservadora» de esa formación.

30 de septiembre. Entrevista Aznar-Ibarretxe en la Moncloa: el presidente del Gobierno rechaza el nuevo foro de diálogo que propone el lehendakari.

4 de octubre. Jacques Chirac, acompañado de su esposa, realiza un viaje oficial de dos días a España, el primero de un presidente francés a nuestro país desde 1913.

El Gobierno aprueba una serie de medidas para impulsar la profesionalización de las Fuerzas Armadas y convertir en voluntario el servicio militar.

15 de octubre. El Tribunal Supremo condena al juez de la Audiencia Nacional Javier Gómez de Liaño a 15 años de inhabilitación especial para el empleo público, con pérdida definitiva de su cargo de juez, y multa de 540.000 pesetas por un delito continuado de prevaricación en la instrucción del «caso Sogecable».

17 de octubre. Pujol logra su sexta victoria consecutiva en las elecciones catalanas.

12 de noviembre. El presidente de Telefónica, Juan Villalonga, anuncia que congelará su opción sobre las acciones de la compañía.

14 de noviembre. El rey Juan Carlos y José María Aznar llegan a Cuba para participar en la IX Cumbre Iberoamericana.

15 de noviembre. Aznar recibe en La Habana a cinco disidentes cubanos y a familiares de presos políticos, en un gesto de apoyo a la democratización de Cuba y pide la liberación de los presos políticos.

22 de noviembre. El Tribunal Supremo rechaza, con el voto unánime de los trece magistrados de la Sala, el auto del juez Baltasar Garzón que vincula al ex presidente del Gobierno Felipe González con los GAL.

28 de noviembre. ETA anuncia el fin de la tregua que decretó de forma unilateral el 16 de septiembre de 1998 y la reactivación de sus comandos a partir del próximo 3 de diciembre.

7 de diciembre. Primer atentado de ETA tras la tregua: un grupo de encapuchados incendia el vehículo particular del matrimonio que regenta el bar de la sede del PSE-PSOE en Rentería.

8 de diciembre. El PNV rompe los acuerdos con el PP para apoyar los Presupuestos Generales del Estado.

12 de diciembre. Arzalluz afirma que apoyaría la independencia del País Vasco si en un eventual referéndum contara con el 51 por ciento de los votos favorables.

2000

12 de enero. El Gobierno británico niega la extradición a España de Pinochet, apoyándose en un informe médico.

16 de enero. Arzalluz es elegido por séptima vez presidente de la Ejecutiva del Partido Nacionalista Vasco por cuatro años más.

17 de enero. Aznar anuncia la disolución de las Cortes Generales y la convocatoria de elecciones generales para el 12 de marzo. También Manuel Chaves firma el decreto de disolución del Parlamento andaluz y la convocatoria de elecciones autonómicas para el mismo día que las generales.

21 de enero. ETA perpetra el primer atentado mortal desde la ruptura de la tregua y mata en Madrid al teniente general del Ejército de Tierra Pedro Antonio Blanco García, con un coche bomba.

El Gobierno vasco suspende el acuerdo parlamentario firmado con EH, en tanto no realice una expresa manifestación de desaprobación del atentado de ETA.

23 de enero. Más de un millón de personas se manifiesta en Madrid en una marcha encabezada por los cuatro presidentes de Gobierno de la democracia para expresar su rechazo a ETA y exigir la unión de los políticos.

27 de enero. El PP vasco suspende sus relaciones con el lehendakari Ibarretxe hasta que éste rompa con EH.

29 de enero. La Policía desmantela el «aparato» de relaciones internacionales de ETA (Saki) y detiene a ocho personas, dos de las cuales son miembros de EH y tres de Gestoras Pro Amnistía.

1 de febrero. Entra en vigor la Ley de Extranjería.

2 de febrero. La Policía francesa detiene en Tarnos (Bayona) al histórico dirigente del «comando Vizcaya» de ETA Juan Carlos Iglesias Chouza, alias «Gadafi», y a Concepción Iglesias Álvarez, presunta enlace del grupo que intentó asesinar al Rey en Mallorca en 1995.

4 de febrero. Villalonga anuncia que extenderá las opciones sobre acciones a todos los trabajadores de Telefónica y ampliará el capital en 3,5 billones de pesetas.

14 de febrero. Intelectuales, artistas y políticos crean la plataforma «¡Basta ya!» que exige el fin de ETA.

19 de febrero. Dimite el ministro de Trabajo y Asuntos Sociales, Manuel Pimentel, tras asumir su responsabilidad política en el supuesto manejo irregular de fondos públicos por el director general de Migraciones Juan Aycart (destituido), cuya esposa era propietaria de una empresa de formación que recibió subvenciones del INEM.

22 de febrero. Mortal coche-bomba de ETA en el campus universitario de Vitoria contra el secretario general del PSE-EE de Álava y portavoz socialista en el Parlamento vasco, Fernando Buesa, y su escolta, el ertzaina Jorge Díez Elorza.

1 de marzo. El rey Mohamed VI llega a Madrid en visita privada. En su primer viaje a España como soberano de Marruecos, el monarca agradeció el afecto demostrado por la Familia Real española a la muerte de su padre, Hassan II.

6 de marzo. Un coche-bomba con 40 kilos de explosivos estalla al paso de un vehículo de la Guardia Civil en el barrio donostiarra de Intxaurrondo. Una agente resultó herida y otro guardia civil y seis civiles resultaron contusionados.

12 de marzo. Elecciones legislativas: El PP supera la mayoría absoluta al obtener 183 escaños, 27 más de los que logró en 1996, mientras que el PSOE retrocede de 141 a 125 diputados y CiU se convierte en tercera fuerza política, con 15 escaños, tras la perdida de votos sufrida por IU, que obtiene 8 escaños frente a los 21 que poseía.

Joaquín Almunia anuncia su dimisión.

Elecciones andaluzas: El PSOE gana por sexta vez consecutiva, después de 18 años de Gobierno, y mantiene intactos los 52 escaños logrados en la pasada legislatura, a tres de la mayoría absoluta.

27 de marzo. El periodista Carlos Herrera recibe en su lugar de trabajo un paquete-bomba, que no llegó a estallar.

29 de marzo. El PP y CC suscriben un Pacto de Legislatura, por el que los nacionalistas canarios apoyarán la investidura de Aznar como presidente del Gobierno y los grandes pactos de Estado, en tanto que el Ejecutivo se compromete a defender los intereses específicos del archipiélago.

30 de marzo. Mario Conde es condenado a 10 años de prisión por apropiación indebida en el «caso Banesto».

5 de abril. Queda constituido el Congreso de los Diputados de la VII Legislatura con un amplio respaldo a Luisa Fernanda Rudi, primera mujer que asciende a la Presidencia de la Cámara. También el Senado celebra sesión constitutiva presidido por Esperanza Aguirre.

7 de abril. La Junta General de Accionistas de Telefónica aprueba el polémico plan de las *stock-options*.

11 de abril. Aznar exige la convocatoria urgente de elecciones en Euskadi como única fórmula para atajar la «grave crisis institucional que está viviendo el País Vasco como consecuencia del Pacto de Lizarra».

13 de abril. José María Fidalgo es elegido nuevo secretario general de CC.OO. (71,7 por ciento de los votos), tras despedirse, el día 12, Antonio Gutiérrez.

16 de abril. El titular de Asuntos Exteriores, Abel Matutes, concluye su mandato al frente de este ministerio y pone fin a 25 años de actividad política.

26 de abril. La Audiencia Nacional condena a 71 años de cárcel al general Rodríguez Galindo y al ex gobernador civil de Guipúzcoa Julen Elgorriaga por el secuestro y asesinato de Lasa y Zabala en 1983.

27 de abril. Aznar anuncia la composición de su nuevo gobierno en el que mantiene a 8 ministros de la anterior legislatura, nombra un ministro portavoz sin cartera y crea un nuevo ministerio, el de Ciencia y Tecnología. Las 16 carteras son: vicepresidente 1º y ministro de la Presidencia: Mariano Rajoy; vicepresidente 2º y Ministro de Economía, Rodrigo Rato; Asuntos Exteriores, Josep Piqué; Justicia, Ángel Acebes; Defensa, Federico Trillo; Interior, Jaime Mayor Oreja; Hacienda, Cristóbal Montoro; Trabajo y Asuntos Sociales, Juan Carlos Aparicio; Fomento, Francisco Álvarez Cascos; Administraciones Públicas, Jesús Posada; Educación, Cultura y Deportes, Pilar del Castillo; Sanidad, Celia Villalobos; Agricultura, Miguel Arias Cañete; Medio Ambiente, Jaime Matas; Ciencia y Tecnología, Anna Birulés y ministro Portavoz, Pío Cabanillas.

7 de mayo. ETA asesina en Andoain (Guipúzcoa) a José Luis López de la Calle, articulista de *El Mundo* y fundador del Foro de Ermua.

12 de mayo. Jon Juaristi es nombrado director de la Biblioteca Nacional y Javier González Ferrari director general de RTVE.

13 de mayo. El PNV suspende indefinidamente Udalbitza en tanto persista la violencia terrorista.

17 de mayo. El PP y el PSOE llegan a un acuerdo para que el socialista Enrique Múgica sea el próximo Defensor del Pueblo.

19 de mayo. El submarino británico *Tireless* atraca en el puerto de Gibraltar para ser reparado de una avería en el sistema de refrigeración de su reactor nuclear.

4 de junio. ETA asesina de un disparo en la cabeza a Jesús María Pedrosa, concejal del PP en Durango (Vizcaya). Es la quinta víctima mortal tras la ruptura de la tregua y el octavo concejal del PP asesinado desde 1995.

13 de junio. El presidente ruso, Vladimir Putin, inicia su primera visita oficial a España, en la que el Rey le ofrece la ayuda española para consolidar el proceso de reformas en Rusia, durante una cena en su honor. Putin se entrevista posteriormente con Aznar.

16 de junio. La CNMV abre una investigación sobre las compras de opciones sobre acciones de Telefónica en 1998 por parte de Juan Villalonga.

12 de julio. Diez personas resultan heridas a consecuencia de la explosión de un coche-bomba colocado por el «comando Madrid» de ETA en la calle del Carmen de Madrid.

14 de julio. El Gobierno da el visto bueno a la tramitación del Plan Hidrológico Nacional y aprueba inversiones hidráulicas por más de tres billones de pesetas para el periodo 2000-2008.

15 de julio. ETA asesina en Málaga al concejal del PP José María Martín Carpena.

16 de julio. Atentado de ETA contra la casa-cuartel de la Guardia Civil en Ágreda (Soria) que causa heridas leves a la esposa de un agente de la Benemérita.

17 de julio. Aznar llega a Argel, primera etapa de su viaje oficial a Argelia y Mauritania. La visita del líder del PP es la primera de un presidente de un país miembro de la UE desde que Abdelaziz Buteflika accedió a la presidencia del país magrebí.

22 de julio. El diputado leonés José Luis Rodríguez Zapatero es elegido secretario general del PSOE durante el XXXV Congreso Federal de su partido, que se celebra en Madrid desde el 21 de este mes. Manuel Chaves es el nuevo presidente del PSOE.

25 de julio. La Audiencia Nacional que investiga el caso KIO decreta el embargo de todos los bienes de Manuel Prado y Colón de Carvajal para asegurar parte de la fianza de 2.000 millones de pesetas que impuso al empresario en concepto de responsabilidad civil.

26 de julio. ETA intenta matar en Durango al único concejal del PP en Abadiño, Agustín Ramos Vallejo.

Juan Villalonga dimite como presidente de Telefónica. Le sustituye César Alierta.

28 de julio. Ibarretxe admite que la apuesta política por el diálogo abierta por el Pacto de Lizarra ha fracasado y se impone una nueva etapa.

29 de julio. El ex gobernador civil de Guipúzcoa Juan María Jáuregui es asesinado por ETA, de dos disparos en la cabeza, en Tolosa.

8 de agosto. ETA asesina en Zumaya, mediante un coche-bomba, al presidente de la patronal guipuzcoana Adegi, José María Korta. Horas después hace estallar otro vehículo en el centro de Madrid, causando once heridos.

9 de agosto. ETA asesina de varios disparos en la cabeza al subteniente del Ejército Francisco Casanova Vicente, en la localidad navarra de Berriozar.

18 de agosto. La Ertzaintza detiene en Vitoria a tres presuntos miembros del «comando Araba» de ETA.

20 de agosto. ETA asesina a dos guardias civiles (Irene Fernández y José Ángel de Jesús) en Sallent de Gállego (Huesca), con una bomba-lapa en su coche patrulla.

29 de agosto. ETA asesina en Zumárraga (Guipúzcoa) a Manuel Indiano, concejal del PP en esa localidad.

8 de septiembre. El Gobierno aprueba el informe del ministro de Justicia, Ángel Acebes, que modifica la ley penal del menor, endurece las penas por actos de violencia callejera, considera atentado contra la autoridad las acciones contra concejales y crea el delito de exaltación y justificación del terrorismo.

9 de septiembre. EH decide no acudir al Parlamento vasco, dejando al Gobierno de Ibarretxe en situación precaria.

13 de septiembre. Rodríguez Zapatero se estrena en el Congreso de los Diputados, después de haber sido elegido secretario general del PSOE, con una dura crítica a Aznar por su pasividad ante la crisis de los carburantes.

15 de septiembre. Detenido en Bidart (Francia) el presunto número uno de ETA y responsable del aparato militar Ignacio Gracia Arregi, «Iñaki de Rentería».

21 de septiembre. ETA asesina al concejal del PP en el ayuntamiento barcelonés de Sant Adrià de Besòs José Luis Ruiz Casado, atentado coincidente con la visita de Aznar a Barcelona.

7 de octubre. Partidos políticos y organizaciones sociales de las comunidades afectadas por el trasvase de las aguas del río Ebro firman en la capital aragonesa la «Declaración de Zaragoza», en la que rechazan el Plan Hidrológico Nacional.

9 de octubre. ETA asesina en Granada, de dos disparos en la cabeza, al fiscal jefe del Tribunal Superior de Justicia en Andalucía, Luis Portero.

10 de octubre. La Internacional Demócrata Cristiana (IDC) expulsa al PNV, uno de sus socios fundadores, tras aprobar una reforma de los estatutos que deja fuera a quienes no forman parte de las organizaciones regionales.

16 de octubre. ETA asesina en su consulta de Sevilla al coronel médico Antonio Muñoz Cariñanos.

20 de octubre. El Consejo de Ministros aprueba la rebaja de las retenciones del IRPF.

22 de octubre. El funcionario de prisiones Máximo Casado Carrera es asesinado por ETA en Vitoria.

27 de octubre. El Primer Ministro británico, Tony Blair, y José María Aznar debaten en Madrid sobre el futuro de la construcción europea.

29 de octubre. La VI Asamblea de Izquierda Unida designa en Madrid a Gaspar Llamazares nuevo coordinador de la formación.

30 de octubre. El magistrado del Tribunal Supremo José Francisco Querol Lombardero, su escolta Jesús Escudero García y el chófer Armando Medina Sánchez fallecen en atentado al estallar un coche-bomba cuando circulaban por un barrio de Madrid.

6 de noviembre. Los empresarios Alberto Cortina y Alberto Alcocer se sientan por primera vez en el banquillo de los acusados por el «caso Urbanor».

8 de noviembre. El Ministerio de Agricultura cierra las fronteras de España a la importación de reses de vacuno procedentes de Francia e Irlanda ante el temor al mal de las «vacas locas».

21 de noviembre. El ex ministro socialista Ernest Lluch es asesinado por ETA en el aparcamiento de su domicilio en Barcelona, de dos disparos en la cabeza.

23 de noviembre. Más de un millón de personas participan en Barcelona en la manifestación de condena por el asesinato de Ernest Lluch.

24 de noviembre. ETA intenta asesinar al ex concejal de UPN en el Ayuntamiento de Pamplona Miguel Ángel Ruiz Langarica. La policía detiene al presunto autor, el terrorista Iñaki Beaumont.

Aznar asegura en Zagreb que no participará en ningún diálogo que «pretenda eludir la exigencia democrática de una rectificación seria, profunda y creíble del nacionalismo vasco que todavía se reconoce en la unidad de fines con ETA».

27 de noviembre. José María Aznar plantea ante el comité nacional del PP la necesidad de llegar a un acuerdo con el PSOE sobre la lucha antiterrorista y la situación política en el País Vasco y propone un pacto de siete puntos que incluye un compromiso político para crear una alternativa de gobierno al PNV. Rodríguez Zapatero rechaza el pacto porque excluye el diálogo con el PNV.

1 de diciembre. El Gobierno concede 1.443 indultos, entre ellos el del juez Javier Gómez de Liaño y tres condenados por el caso Filesa.

5 de diciembre. El Parlamento vasco suspende el sueldo y las subvenciones a los diputados de EH por no asistir a las sesiones de la Cámara.

8 de diciembre. Tras dos semanas de negociaciones, PP y PSOE cierran el pacto contra ETA, que supedita la inclusión del PNV y EA a la renuncia de estas formaciones a la vía soberanista de Lizarra.

9 de diciembre. Ibarretxe rechaza el pacto antiterrorista acordado por PP y PSOE.

11 de diciembre. Gobierno y oposición reciben con valoraciones opuestas el acuerdo alcanzado en la Cumbre europea de Niza. Para el primero, se incrementa el peso específico de España en la UE; para la oposición, es la evidencia de que España no es «uno de los grandes» de Europa.

14 de diciembre. ETA asesina en Terrassa a Francisco Cano, fontanero y concejal del PP en Viladecavalls.

20 de diciembre. Dos etarras matan en Barcelona al guardia urbano Juan Manuel Gervilla, quien les sorprendió cuando empujaban un coche averiado y cargado de dinamita.

29 de diciembre. El precio de la vivienda cierra el año con una subida del 12,5 por ciento, la mayor de la década.

2001

12 de enero. Jordi Pujol anuncia una próxima remodelación del Gobierno catalán con el nombramiento de Artur Mas como *conseller en cap*.

5 de febrero. Los Consejos de Administración de Endesa e Iberdrola rompen por unanimidad el acuerdo de fusión al no aceptar las condiciones impuestas por el Gobierno.

12 de febrero. José María Aznar se entrevista en Egipto con Yasser Arafat, durante una visita oficial al país árabe. En El Cairo, Aznar y Mubarak hablan sobre el conflicto de Oriente Medio.

14 de febrero. Aznar se entrevista en Jerusalén con el primer ministro de Israel, Ariel Sharon, y con el Jefe del Ejecutivo en funciones, Ehud Barak.

20 de febrero. Ibarretxe anuncia elecciones anticipadas en el País Vasco para el 13 de mayo.

22 de febrero. ETA asesina a dos trabajadores en San Sebastián, un atentado perpetrado con un coche-bomba contra el edil del PSE-EE de Ordizia (Guipúzcoa) Iñaki Dubrueil, que también resultó herido por la explosión.

23 de febrero. La nueva Ley de Extranjería que entra hoy en vigor es acompañada de movilizaciones de inmigrantes en toda España, en un intento de que su puesta en marcha no suponga la expulsión de las personas sin documentación en regla.

26 de febrero. El cocinero de la Comandancia de Marina en San Sebastián, Ramón Díaz García, muere al estallar una bomba-lapa, colocada por ETA en los bajos de su vehículo.

27 de febrero. Aznar realiza una minicrisis gubernamental para que Mayor Oreja sea el candidato del PP en las próximas elecciones vascas. Le sustituye al frente de Interior Mariano Rajoy; Juan José Lucas, hasta ahora presidente de la Junta de Castilla y León, es nombrado ministro de la Presidencia. Le sustituye en Valladolid Juan Vicente Herrera.

Estalla el escándalo de Bartolín. El ex concejal del PP en la Carolina (Jaén) Bartolomé Rubia es condenado a una multa de 270.000 pesetas al considerarse probado que simuló ser secuestrado por ETA.

2 de marzo. El Consejo de Ministros aprueba la Reforma Laboral mediante un Real Decreto.

9 de marzo. Un coche-bomba hace explosión en Hernani (Guipúzcoa) y provoca la muerte del ertzaina Iñaki Totorika Vega.

El Consejo de Ministros aprueba un Real Decreto que adelanta al 31 de diciembre de este año el final del Servicio Militar obligatorio.

17 de marzo. Un mosso d'esquadra muere y tres resultan heridos a consecuencia de la explosión de un coche-bomba en una urbanización de Rosas (Gerona).

Los líderes del PNV, Xavier Arzalluz, y de EA, Begoña Erratzi, firman en San Sebastián un acuerdo de coalición de cara a las elecciones autonómicas del 13 de mayo.

20 de marzo. Froilán Elespe Inciarte, concejal del PSE-EE y teniente de alcalde de Lasarte, es asesinado por ETA de dos disparos en la cabeza en esta localidad guipuzcoana.

31 de marzo. Jordi Pujol anuncia que no optará a renovar su cargo en 2003 y apuesta por Artur Mas como su sucesor.

4 de abril. Garzón ilegaliza EKIN al considerarlo parte de ETA.

25 de abril. Los ministros de pesca de la UE constatan la imposibilidad de lograr un acuerdo con Marruecos y abren la vía para la reestructuración de las flotas española y portuguesa.

6 de mayo. ETA asesina en Zaragoza al senador y presidente del PP de Aragón, Manuel Jiménez Abad.

11 de mayo. Estalla en Madrid un coche-bomba situado por ETA en pleno barrio de Salamanca: trece heridos, dos guardias jurados del BBVA, uno de ellos grave.

13 de mayo. La coalición PNV-EA gana las elecciones vascas.

15 de mayo. El periodista Gorka Landáburu sufre graves heridas al estallarle un paquete-bomba enviado por ETA.

20 de mayo. El presidente del PNV, Xavier Arzalluz, anuncia su retirada progresiva de la política en un plazo de dos o tres años y nombra a Ibarretxe como líder del nacionalismo.

24 de mayo. ETA asesina al director financiero del *Diario Vasco*, Santiago Oleaga Elejabarrieta, en San Sebastián.

12 de junio. El presidente de Estados Unidos, George Bush, visita por primera vez España. Aznar y Bush firman una declaración conjunta en la que se reafirma la «estrecha amistad» entre ambos países.

El Tribunal Constitucional da la razón al Gobierno frente al Supremo en la forma de aplicar el indulto a Javier Gómez de Liaño, es decir, supondrá su reintegro en la carrera judicial.

15 de junio. La CNMV decide intervenir la agencia de valores Gescartera Dinero.

26 de junio. Se celebra el debate sobre el Estado de la Nación, en el que Aznar ofrece 15 grandes acuerdos a José Luis Rodríguez Zapatero, que se estrenaba como orador en esta especial sesión. El líder socialista hizo un discurso moderado y exento de polémica. Una encuesta del CIS dio ganador a Zapatero en este enfrentamiento dialéctico.

29 de junio. El diplomático Jorge Dezcallar es nombrado nuevo director del CESID y será el primer civil que dirige los servicios de inteligencia del Estado.

10 de julio. ETA asesina en Madrid al policía Luis Ortiz de la Rosa, con un coche bomba. Otras 12 personas resultan heridas.

12 de julio. Juan José Ibarretxe es investido lehendakari por mayoría simple de 35 votos en el debate del Parlamento vasco.

14 de julio. El jefe de la Unidad de Inspección de la Ertzaintza en Guipúzcoa, Mikel Uribe Aurkia, es asesinado de varios disparos por ETA en Leaburu (Tolosa) diez horas después de que una bomba-lapa terminara con la vida de José Javier Múgica Astibia, concejal de UPN en Leiza (Navarra).

18 de julio. La juez de la Audiencia Nacional Teresa Palacios imputa en el caso Gescartera a la presidenta de esta agencia de valores Pilar Giménez Reyna y a su consejero delegado, José Manuel Pichel, un alto cargo de la Fundación ONCE que representaba a la organización de ciegos en el consejo de Gescartera Dinero.

20 de julio. El secretario de Estado de Hacienda, Enrique Giménez Reyna, dimite por razones familiares después de destaparse el escándalo de Gescartera, presidida por su hermana Pilar, tras dejar un agujero de 13.000 millones de pesetas.

24 de julio. La presunta etarra Olaia Castresana Landeber fallece al estallarle un artefacto que manipulaba en un apartamento de Torrevieja (Alicante).

26 de agosto. El precio medio de la vivienda libre subió un 15,5 por ciento en el segundo trimestre de este año, respecto al año anterior, y alcanzó las 171.430 pesetas por metro cuadrado construido.

8 de septiembre. José María Aznar presenta en Italia un programa de liberalización de la UE. El presidente español no descarta una remodelación en su Gobierno antes del inicio de la Presidencia española de la UE, el próximo 1 de enero.

9 de septiembre. El ministro de Asuntos Exteriores, Josep Piqué, afirma que «España merece más de Marruecos» y, pese a aceptar que existen «responsabilidades compartidas» sobre los últimos desencuentros entre ambos países, insiste en que el origen del tráfico ilegal de inmigrantes «está en las costas de Marruecos».

11 de septiembre. Aznar suspende su primera gira por los países bálticos y regresa inmediatamente a Madrid desde Tallín (Estonia) para incorporarse al gabinete de crisis constituido en España por los atentados terroristas de Estados Unidos.

14 de septiembre. El Gobierno no considera necesario someter a la autorización previa de las Cortes una posible participación española en una respuesta de Estados Unidos a los atentados del 11-S, aunque anuncia que mantendrá la misma línea de comunicación que ha tenido hasta ahora con los grupos parlamentarios.

15 de septiembre. Aznar reitera a Estados Unidos la determinación del Ejecutivo español de «luchar juntos y derrotar juntos a los terroristas».

19 de septiembre. La presidenta de la CNMV, Pilar Valiente, presenta la dimisión al considerar que la «institución no puede seguir sometida al acoso que ha sufrido a raíz del caso Gescartera».

20 de septiembre. El Gobierno autoriza a Estados Unidos el uso de instalaciones de apoyo ubicadas en territorio español, tras haber recibido la correspondiente solicitud realizada por el Ejecutivo estadounidense.

7 de octubre. José María Aznar califica de «ejercicio de legítima defensa» el ataque de Estados Unidos al régimen integrista talibán de Afganistán.

21 de octubre. Manuel Fraga revalida la mayoría absoluta por cuarta vez consecutiva en las elecciones autonómicas gallegas.

31 de octubre. La Policía Nacional desmantela la cúpula de Gestoras Pro Amnistía en una operación dirigida por el juez Garzón, que ha imputado a los 13 detenidos un presunto delito de pertenencia a ETA y ha ordenado el bloqueo de 22 cuentas bancarias.

2 de noviembre. El Departamento de Estado de Estados Unidos incluye por primera vez a ETA en el grupo de bandas criminales a las que se les va a bloquear las cuentas bancarias en el marco de la lucha contra el terrorismo a nivel mundial.

6 de noviembre. Hace explosión en la calle madrileña de Corazón de María un coche-bomba cargado con 25 kilos de dinamita con la intención de asesinar al secretario general de Política Científica, Juan Junquera, y que causa 95 heridos.

7 de noviembre. ETA asesina en Getxo (Vizcaya) al juez José María Lidón.

La huelga contra la Reforma de la Enseñanza Superior paraliza las universidades públicas, con un seguimiento del 90 por ciento.

La Comisión de investigación exime al Gobierno de responsabilidades políticas en el caso Gescartera.

21 de noviembre. José María Aznar es elegido en México, por unanimidad, presidente de la Internacional Demócrata Cristiana (IDC).

23 de noviembre. ETA asesina a los ertzainas Ana Arostégi y su compañero Javier Mijangos, en Beasain (Guipúzcoa).

El Rey y Aznar asisten en Lima a la inauguración de la XI Cumbre Iberoamericana.

28 de noviembre. José María Aznar se entrevista en la Casa Blanca con Bush y le ofrece apoyo militar para luchar contra el terrorismo internacional, aunque descarta el envío de tropas españolas a Afganistán. Bush, a cambio, ofrece a Aznar la colaboración de su país contra ETA.

1 de diciembre. Miles de personas se manifiestan en Madrid para apoyar la marcha contra la Ley de Universidades que se celebra en toda España.

España enviará a Afganistán 700 soldados para participar en la fuerza internacional que garantizará la seguridad del Gobierno provisional.

19 de diciembre. Garzón ilegaliza a las Gestoras Pro Amnistía por ser parte integrante del entramado de ETA.

2002

1 de enero. España asume por tercera vez la presidencia de la UE. Euforia y colas en el primer día de circulación del euro.

Aznar ofrece a Pujol que CiU entre a formar parte del Gobierno central.

22 de enero. La Audiencia de Madrid absuelve a los ex ministros de Interior José Barrionuevo y José Luis Corcuera y condena a siete años de cárcel al secretario de Estado para la Seguridad Rafael Vera por el caso de los fondos reservados.

26 de enero. Aznar es elegido por quinta vez presidente del PP en el XIV Congreso nacional del PP y reitera que no aspirará de nuevo a la jefatura del Ejecutivo ni a la presidencia del partido.

19 de febrero. Eduardo Madina, dirigente de las Juventudes Socialistas de Euskadi, pierde la pierna izquierda al estallar una bomba-lapa adosada a su vehículo, en Sestao.

Amplio acuerdo entre PP y PSOE para aislar el entorno de ETA y garantizar la seguridad de los concejales vascos.

28 de febrero. La peseta desaparece y es sustituida por el euro como única moneda española.

21 de marzo. Dos activistas de ETA matan de un tiro por la espalda al único concejal socialista de Orio, Juan Priede Pérez, jubilado.

19 de abril. El Gobierno aprueba el proyecto de Ley de Partidos Políticos y la Reforma del IRPF de 2003.

3 de mayo. El ministro británico de Exteriores, Jack Straw, dice en Gibraltar que su país no firmará jamás un pacto con España que suponga la cesión del control del Peñón.

8 de mayo. Los presidentes de PRISA y Telefónica, Jesús de Polanco y César Alierta, respectivamente, acuerdan integrar sus dos plataformas de televisión digital.

El Consejo General del Poder Judicial reintegra a Javier Gómez de Liaño en la carrera judicial al ser indultado por el Gobierno del delito de prevaricación por el «caso Sogecable».

11 de mayo. José María Aznar lamenta no haber abordado antes la reforma de la Ley de Partidos para ilegalizar a Batasuna y acusa a Ibarretxe de dividir a a la sociedad vasca con el referéndum.

13 de mayo. Comisiones Obreras y UGT dan por cerradas las negociaciones sobre la Reforma de la Protección por Desempleo con el Ministerio de Trabajo, sin descartar la huelga general.

22 de mayo. José María Aznar advierte a los sindicatos que convocar una huelga general es un despropósito y daña la imagen de España.

23 de mayo. CC.OO. y UGT convocan un paro general de 24 horas para el 20 de junio en contra de la reforma del desempleo.

24 de mayo. Tras la convocatoria de la huelga general, el Gobierno aprueba por Real Decreto Ley la reforma del Desempleo.

25 de mayo. Aznar justifica el Decreto de reforma del Desempleo y acusa de irresponsable al PSOE por apoyar la huelga.

15 de junio. Arzalluz afirma que ha llegado el tiempo de movilizarse por la independencia de Euskadi.

20 de junio. Huelga general. El Gobierno cifra el seguimiento en un 16 por ciento y los sindicatos en un 84 por ciento.

21 de junio. Comienzan el Consejo Europeo de Sevilla y el Foro Social o contracumbre.

22 de junio. Marcha antiglobalización en Sevilla.

29 de junio. Entra en vigor la nueva Ley de Partidos Políticos.

5 de julio. Garzón ordena el bloqueo «previo al embargo preventivo» de las cuentas bancarias de Batasuna.

9 de julio. Remodelación del Gobierno. Los cinco nuevos ministros son: Ana de Palacio (Exteriores); José María Michavila (Justicia); Eduardo Zaplana (Trabajo y Asuntos Sociales); Javier Arenas (Administraciones Públicas) y Ana Pastor (Sanidad). Tendrán un nuevo cometido Mariano Rajoy (cambia Interior por Presidencia, al tiempo que asume la portavocía del Gabinete y mantiene la Vicepresidencia Primera del Ejecutivo); Josep Piqué (de Exteriores a Ciencia y Tecnología) y Ángel Acebes (de Justicia a Interior). Abandonan el Gobierno Juan José Lucas, Jesús Posada, Juan Carlos Aparicio, Celia Villalobos, Anna Birulés y Pío Cabanillas.

El Presidente de la Comunidad de Madrid, Alberto Ruiz Gallardón encabezará la candidatura del PP a la alcaldía de Madrid, en 2003. Esperanza Aguirre será la candidata por el PP a la Comunidad.

11 de julio. Protesta del Gobierno por la instalación en la isla de Perejil, enclave español al norte de Ceuta, de dos tiendas de campaña y dos banderas del Reino de Marruecos.

12 de julio. Dos patrulleras de la Armada y una de la Guardia Civil permanecerán frente a Perejil mientras son reforzadas las dotaciones militares permanentes en todos los territorios de la zona, tras observar movimientos marroquíes en Chafarinas.

El Pleno del Parlamento vasco aprueba el dictamen en el que se aboga por la autodeterminación y un nuevo pacto político con el Estado.

15 de julio. Debate sobre el estado de la Nación.

17 de julio. El Ejército español, en una operación relámpago, desaloja al destacamento marroquí que había ocupado el islote de Perejil.

19 de julio. Ana Palacio y Colin Powell mantienen conversaciones para resolver la crisis de Perejil.

José Antonio Sánchez sustituye a Javier González Ferrari en la Dirección General de RTVE.

20 de julio. España y Marruecos alcanzan un acuerdo sobre Perejil que supone la vuelta al *statu quo* anterior a la ocupación marroquí.

4 de agosto. Una niña de seis años, hija de un guardia civil, y Cecilio Gallego mueren y otras 34 personas resultan heridas a consecuencia de la explosión de un coche-bomba colocado por ETA frente al cuartel de la Guardia Civil en Santa Pola (Alicante).

5 de agosto. El Gobierno activa la ilegalización de Batasuna por no condenar el atentado de ETA en Santa Pola.

26 de agosto. Se aprueba en el Congreso, en sesión extraordinaria, con 295 votos a favor, 10 en contra y 29 abstenciones, la propuesta de ilegalización de Batasuna. Por su parte, Garzón ordena el cierre de los locales de la formación política en Euskadi y Navarra e impide a la organización convocar actos públicos durante tres años, recibir subvenciones o presentarse a elecciones.

27 de agosto. La Ertzaintza clausura las sedes de Batasuna en las tres capitales vascas, mientras la Policía Nacional y la Guardia Civil cierra los locales de la organización en Navarra.

5 de septiembre. Se casa en el monasterio de San Lorenzo de El Escorial (Madrid) Ana Aznar, hija del presidente del Gobierno, con el ex secretario general del PPE y banquero Alejandro Agag.

8 de septiembre. Aznar anuncia menos impuestos y más seguridad como ejes de la campaña del PP para las elecciones locales de 2003, al clausurar la convención de candidatos.

10 de septiembre. Aznar expresa telefónicamente al presidente Bush la solidaridad con Estados Unidos en la lucha antiterrorista y el deseo de un consenso en la ONU sobre Irak.

20 de septiembre. Las Juntas Generales de Álava disuelven el grupo parlamentario de Batasuna.

23 de septiembre. Mueren en Basurto (Bilbao) dos presuntos etarras al estallarles la bomba que manipulaban en un coche.

24 de septiembre. Fallece el cabo de la Guardia Civil Juan Carlos Beiro al estallar una bomba oculta en una pancarta que ETA accionó a distancia, en Leiza (Navarra).

25 de septiembre. El Comité Federal del PSOE apoya por unanimidad la candidatura de José Luis Rodríguez Zapatero a la Presidencia del Gobierno en las elecciones generales de 2004.

27 de septiembre. Ibarretxe da a conocer en el Parlamento vasco un proyecto para convertir a Euskadi en un Estado Libre asociado a España y anuncia que podría celebrarse un referéndum para su aprobación antes del final de la legislatura.

2 de octubre. La Mesa de las Juntas Generales de Vizcaya decide no disolver Batasuna, como reclamaba el auto del juez Garzón, al no encontrar fundamento jurídico que lo justifique.

5 de octubre. Multitudinaria manifestación en Madrid en contra del «decretazo», respaldada por los líderes del PSOE e IU.

7 de octubre. El Gobierno rebaja las exigencias del «decretazo» y acepta la mayoría de las reivindicaciones sindicales, salvo el PER.

8 de octubre. La Audiencia Nacional confirma la suspensión de las actividades de Batasuna.

11 de octubre. El Gobierno aprueba el proyecto de reforma del sistema de financiación local, cuya principal novedad es la supresión del IAE.

17 de octubre. Dimite el encargado de negocios de la embajada de España en Bagdad, Fernando Valderrama, por discrepancias con el Gobierno respecto al contencioso iraquí.

28 de octubre. El presidente de Irán, Mohamed Jatami, realiza una visita oficial a España, marcada por el estricto protocolo hacia las mujeres.

4 de noviembre. Las parejas homosexuales podrán vivir en las casas cuartel de la Guardia Civil.

7 de noviembre. Ana Botella, esposa de José María Aznar, estudia dar el salto a la política activa como candidata en la lista del PP que encabeza Gallardón para la alcaldía de Madrid.

13 de noviembre. El petrolero *Prestige* en peligro de hundirse frente a las costas de Finisterre (La Coruña).

19 de noviembre. El *Prestige* se parte en dos y se hunde a 233 kilómetros de las islas Cíes, con más de 70.000 toneladas de combustible en sus bodegas.

21 de noviembre. Garzón imputa un delito de pertenencia a banda armada a 22 dirigentes de Batasuna.

23 de noviembre. Más de 400 kilómetros de costa española afectados por la marea negra a causa del vertido del *Prestige*.

Aparece con un disparo el cadáver del etarra Félix Ramón Gil Ostoaga, recientemente excarcelado. Los primeros informes avalan la teoría de un suicidio.

29 de noviembre. El Gobierno autoriza la fusión de las plataformas Vía Digital y Canal Satélite Digital.

5 de diciembre. ETA critica en un comunicado la propuesta de Ibarretxe de libre asociación con España, ya que supone «la guerra» y «seguir bajo el dominio de España».

9 de diciembre. Aznar reconoce en TVE que es posible que se haya llegado tarde ante la mayor catástrofe ecológica que ha sufrido España.

11 de diciembre. España y Marruecos acuerdan normalizar sus relaciones, pero no fijan el regreso de sus respectivos embajadores.

17 de diciembre. ETA asesina en Madrid al guardia civil Antonio Molina Martín y hiere de gravedad a otro agente, en un tiroteo con un comando etarra.

2003

1 de enero. Suben los precios. El nuevo año arranca con sensibles incrementos en los precios de teléfono, luz, transporte público, gasolina, vivienda, taxis, gas y envíos postales.

2 de enero. El fuel vertido por el *Prestige* alcanza la costa francesa.

4 de enero. La vivienda subió un 14,7 por ciento el último año, el mayor incremento desde 1989.

15 de enero. La inflación se dispara al 4 por ciento en el primer año del euro.

18 de enero. El debate sobre la unidad de España abre la carrera hacia las elecciones municipales y autonómicas del 25 de mayo.

30 de enero. Ana Palacio y el rey de Marruecos, Mohamed VI, acuerdan en Rabat el fin de la crisis entre ambos países, con el regreso de los embajadores a sus respectivas sedes, tras quince meses de enfrentamientos.

Líderes de cinco países de la UE (Gran Bretaña, Italia, España, Portugal y Dinamarca) y tres países aspirantes a la adhesión (Polonia, Hungría y República Checa) suscriben una carta de apoyo a Bush en sus intenciones de invadir Irak, lo que provoca una nueva división en Europa.

1 de febrero. La mayoría de los españoles se muestra contraria a la postura del Gobierno de Aznar sobre Irak.

2 de febrero. Aznar afirma que tiene pruebas de que el régimen de Sadam Hussein es también una amenaza real para España.

8 de febrero. ETA asesina a Joseba Pagazaurtundua, jefe de la policía autonómica vasca en Andoain (Guipúzcoa), destacado militante socialista y miembro de la plataforma «¡Basta Ya!».

11 de febrero. La oposición en bloque pide a Aznar que se oponga a los planes de Bush en Irak.

13 de febrero. El Gobierno reconoce que el fuel del *Prestige* ha afectado a 700 playas y 3.000 kilómetros de costa.

14 de febrero. Aznar anuncia que su Gobierno apoya sin reservas la posición de Washington sobre Irak.

15 de febrero. Más de tres millones de españoles se alzan en todo el país contra el Gobierno por su postura ante la crisis de Irak. Aznar anuncia que, a pesar de todo, mantiene su apoyo a Bush.

18 de febrero. Segundo debate parlamentario en el Congreso de los Diputados sobre Irak, en el que Aznar pide apoyo a sus tesis. Zapatero rechaza apoyarle.

20 de febrero. El juez de la Audiencia Nacional Juan del Olmo cierra el diario *Egunkaria* y detiene a 10 de sus directivos por complicidad con ETA.

22 de febrero. Cumbre Estados Unidos-España en Tejas. Aznar y Bush perfilan la estrategia para dar la última oportunidad al Consejo de Seguridad de la ONU a fin de que adopte una nueva resolución sobre Irak que bendiga la invasión de los aliados.

24 de febrero. España se une a Estados Unidos en una resolución que da vía libre a la guerra con Irak. La oposición acusa a Aznar de romper la unidad europea.

26 de febrero. Chirac y Aznar, reunidos en París, chocan en público sobre sus divergentes posturas sobre la guerra de Irak. Chirac le recuerda que no hay motivos para invadir Irak.

28 de febrero. Tony Blair visita oficialmente España. Aznar y Blair ratifican su plena sintonía en la crisis de Irak y coinciden en apuntar que Sadam es una amenaza que exige una respuesta inmediata.

España comunica a la OTAN que está dispuesta a colaborar en la defensa de Turquía con fuerzas militares, en caso de posibles represalias de Irak.

3 de marzo. Elvira Rodríguez sustituye a Jaime Matas al frente del Ministerio de Medio Ambiente. Matas abandona el ministerio para presentarse candidato al Gobierno de Baleares.

4 de marzo. Todos los diputados del PP respaldan en la votación secreta del Congreso la posición del Ejecutivo sobre la guerra de Irak. Aznar llama a Zapatero «compañero de viaje de Sadam» y éste le responde: «Déjenos en paz, señor Aznar».

12 de marzo. El Constitucional convalida la Ley de Partidos Políticos que permitirá ilegalizar a Batasuna.

16 de marzo. Bush, Blair y Aznar, acompañados por el primer ministro portugués, Durao Barroso, celebran la cumbre de las Azores.

El Tribunal Supremo ilegaliza a Batasuna por unanimidad.

18 de marzo. Aznar anuncia en el Congreso que España entrará en guerra contra Irak en los próximos días

20 de marzo. Cientos de miles de personas salen a las calles en toda España exigiendo la dimisión de Aznar al conocerse el primer ataque que precede a la invasión de Irak.

22 de marzo. Comienza la operación «Conmoción y pavor». Estados Unidos desata un infierno de fuego sobre Bagdad antes de que sus soldados lleguen a la capital.

Manifestaciones de protesta en las bases de Rota, Morón, Torrejón, Bétera, San Javier, Asturias y Zaragoza.

7 de abril. Un misil iraquí acaba con la vida del periodista de *El Mundo* Julio Anguita Parrado, hijo del político y ex líder comunista Julio Anguita.

8 de abril. Muere el cámara español de Telecinco José Couso tras ser alcanzado por un obús norteamericano cuando se hallaba en su habitación del hotel Palestina de Bagdad.

23 de abril. El Supremo ordena disolver el grupo Batasuna en el Parlamento vasco.

24 de abril. Ibarretxe desafía al Supremo y defiende la continuidad de Batasuna en la Cámara vasca.

28 de abril. Entran en vigor los juicios rápidos, en lo que puede considerarse un día histórico para la Justicia española.

29 de abril. La policía desmantela la plataforma Udalbitza Kursaal (asamblea de electos de Batasuna).

Aznar advierte en Bilbao que el nacionalismo dejará al País Vasco fuera de Europa.

2 de mayo. Bush anuncia el fin de la guerra de Irak, mientras Ana Palacio y Colin Powell, reunidos en Madrid, instan a israelíes y palestinos a que aceleren sus pasos hacia la paz.

7 de mayo. El Parlamento vasco se niega a disolver a Batasuna.

9 de mayo. El Tribunal Constitucional refrenda la anulación por el Supremo de las listas electorales ligadas a Batasuna.

16 de mayo. El terrorismo islámico busca por primera vez objetivos españoles: un atentado suicida contra la Casa de España en Casablanca (Marruecos) causa 41 muertos, dos de ellos empresarios españoles.

25 de mayo. El PSOE es el partido más votado en las autonómicas, con 200.000 votos más que el PP. El PP, por su parte, consigue en las municipales 23.277 municipios, 365 más que el PSOE. En las autonómicas, la izquierda consigue Madrid, aunque, posteriormente, la traición de dos de sus diputados, obligaría a repetir unas elecciones que ganaría el PP. En resumen, el PP gobernará en siete comunidades autónomas y el PSOE en seis.

26 de mayo. Mueren 62 militares españoles al estrellarse el avión en que regresaban a España de una misión en Afganistán. El aparato, un Yakolev-42 ucranio que había sido alquilado por España, se estrelló en Turquía.

30 de mayo. ETA asesina en Sangüesa (Navarra) a dos policías nacionales y un tercero resulta gravemente herido, al estallar una bomba lapa colocada en el vehículo de los funcionarios.

Aznar y Zapatero reafirman su compromiso para acabar con ETA.

5 de junio. La Unión Europea incluye a Batasuna en la lista de organizaciones terroristas.

10 de junio. La fuga de dos diputados socialistas impide que Simancas forme gobierno en Madrid.

12 de junio. Fidel Castro acusa a Aznar de ser el principal responsable de las sanciones adoptadas por la UE contra Cuba y le califica de «payaso» e «idiota», además de señalar que es un «führercito con bigote». El líder cubano dejó abierta la puerta para la ruptura de relaciones con España.

30 de junio. Aznar descalifica a Zapatero por su falta de liderazgo en el debate sobre el estado de la Nación y el líder socialista le acusa de mentir.

16 de julio. Aznar y el presidente de Brasil, Luiz Inácio «Lula» da Silva, sellaron en Madrid, durante la primera visita oficial del líder brasileño, un acuerdo para establecer una alianza estratégica entre ambos países, que eleva las relaciones hispano-brasileñas al nivel de las que España mantiene con Argentina y México.

17 de julio. El presidente de Argentina, Néstor Kirchner, de visita oficial a España, acusó en Madrid a los empresarios españoles de aprovecharse de la Argentina de Menem. Reunido con Aznar, el líder argentino repitió los mismos argumentos y recibió el apoyo de Aznar para ayudar a su país a salir de la crisis.

25 de julio. Mariano Rajoy hace un llamamiento a toda la sociedad para combatir el «plan Ibarretxe».

29 de julio. El PSOE defiende la reforma de los estatutos de autonomía en su modelo de Estado.

5 de agosto. Aznar acusa al PSOE de querer que haya féretros españoles en Irak.

19 de agosto. Manuel Martín Oar se convierte en el primer militar español muerto en Irak.

30 de agosto. Aznar propone a Rajoy como su sucesor. El jefe del Ejecutivo anunció el nombre en una comida en la Moncloa a la que asistieron Rato, Mayor Oreja, Arenas y Rajoy. Aznar y su sucesor se desplazaron a Quintos de Mora (Toledo) para analizar las futuras estrategias. El candidato del PP dejará el Gobierno y asumirá la Secretaría General del PP.

2 de septiembre. La Junta directiva del PP refrenda el nombramiento de Rajoy.

3 de septiembre. Aznar realiza su séptima remodelación de Gobierno, tras la salida de Rajoy del Ejecutivo. Las vacantes dejadas por Rajoy (Vicepresidencia Primera, Ministerio de la Presidencia y Portavocía) han servido para que Rodrigo Rato ascienda a vicepresidente primero; para que Javier Arenas ascienda a vicepresidente segundo y a ministro de la Presidencia y Eduardo Zaplana también asciende al unir la Portavocía a la cartera de Trabajo. La remodelación de Aznar se completa con el nombramiento de Julia García-Valdecasas, delegada del Gobierno en Cataluña, como ministra de Administraciones Públicas, en sustitución de Arenas, y el ascenso de Juan Costa de secretario de Estado de Comercio a ministro de Ciencia y Tecnología, en sustitución de Josep Piqué, que abandona el cargo para presentarse como candidato del PP a las elecciones catalanas de noviembre.

6 de septiembre. Aznar y el primer ministro francés, Jean-Pierre Raffarin, chocan en todos los temas clave para el futuro de la Unión Europea, durante la celebración del Foro Ambrosetti. El presidente español defendió la inclusión de referencias al cristianismo en la Constitución europea.

11 de septiembre. Aznar y Chirac, reunidos en la finca toledana de Quintos de Mora, confrontaron sus posiciones divergentes a lo largo de una entrevista de más de dos horas.

22 de septiembre. Aznar también discrepa con Kofi Annan, Secretario General de la ONU, sobre cómo acabar con el terrorismo, durante la Conferencia Internacional sobre terrorismo.

26 de septiembre. El lehendakari Juan José Ibarretxe presenta en el Parlamento vasco su plan soberanista, que prevé el reconocimiento oficial de la nacionalidad vasca, un poder judicial propio y libertad para tener relaciones con la UE y otros organismos internacionales. Además, plantea un referéndum soberanista para 2005, en ausencia de violencia, aunque lo veten las Cortes. El Gobierno responde que lo evitará con la ley en la mano.

28 de septiembre. Arzalluz afirma que la alternativa al «plan Ibarretxe» es la independencia.

2 de octubre. Aznar y Schröder liman asperezas en su reunión de Berlín, pero mantienen las diferencias sobre el futuro de la Unión Europea.

4 de octubre. Aznar exige en Roma, en la apertura de la Conferencia Intergubernamental, una explicación sobre la alteración de poder de la UE, que perjudica a España. París y Berlín amenazan con consecuencias en el reparto de fondos si se veta la Constitución.

6 de octubre. El AVE Madrid-Lleida arranca con nueve meses de retraso y 147 millones de euros de coste añadido.

Aznar pide ayuda a la CEOE para cerrar el paso al «plan Ibarretxe». El presidente de la patronal, José María Cuevas, afirma que «no pasaría nada si se suspendiese la autonomía en defensa de la unidad».

El Dalai Lama visita España sin que ninguna autoridad le reciba.

9 de octubre. Asesinado en Bagdad el agente del servicio secreto español José Antonio Bernal.

Arranca la campaña para las elecciones del 25 de octubre en la Comunidad de Madrid sin debate entre los candidatos. Más de cuatro millones de madrileños están llamados a las urnas para solucionar la crisis planteada por los tránsfugas Tamayo y Sáez.

12 de octubre. Polémico Desfile de las Fuerzas Armadas en Madrid. IU protesta por la presencia de la bandera de Estados Unidos en la parada militar, mientras que Rodríguez Zapatero ocupa el centro de las críticas al no levantarse al paso de la misma.

13 de octubre. España acepta negociar el nuevo reparto de poder en la Unión Europea.

Exteriores decide agrupar a su personal en Bagdad ante el riesgo de atentados.

20 de octubre. Aznar pide a las Fuerzas Armadas que estén listas para iniciar acciones «anticipatorias».

Álava amenaza con romper la unidad de Euskadi si Ibarretxe sigue adelante con su plan soberanista.

24 de octubre. La Conferencia de Donantes de Madrid consigue recaudar 13.000 millones de dólares para Irak.

26 de octubre. El PP recupera la mayoría absoluta que perdió el 25-M en las elecciones a la Comunidad de Madrid.

29 de octubre. La UE destaca el vigor de la economía española y alerta sobre los precios de la vivienda.

1 de noviembre. El príncipe Felipe de Borbón anuncia su boda con la periodista de TVE Letizia Ortiz.

4 de noviembre. Aznar y Schröder aproximan posiciones sobre la defensa europea pero no sobre el reparto de poder, durante la cumbre hispano-alemana celebrada en Berlín. Tras la reunión, España firmó la compra de 24 helicópteros Tigre, de fabricación franco-alemana.

La Cámara vasca tramita el «Plan Ibarretxe» como un proyecto de ley.

Turquía rompe las negociaciones con Estados Unidos para enviar tropas a Irak.

13 de noviembre. El Gobierno impugna el «plan Ibarretxe» en el Tribunal Constitucional.

Zapatero se compromete ante Maragall a apoyar la reforma del Estatuto de Cataluña.

16 de noviembre. CiU gana las elecciones catalanas, al conseguir 46 diputados, frente a los 42 conseguidos por el PSC, aunque la llave de la gobernabilidad la tiene ERC, que pasa de los 12 escaños que tenía a 23. ICV-EUiA pasa de los cinco escaños conseguidos en 1999 a 9.

21 de noviembre. El príncipe Felipe y Letizia Ortiz se casarán el próximo 22 de mayo en la catedral de la Almudena de Madrid.

24 de noviembre. José María Aznar reconoce en Londres «errores en la gestión de la posguerra» de Irak, tras entrevistarse con el primer ministro británico, Tony Blair.

25 de noviembre. El ministro de Trabajo, Eduardo Zaplana, anuncia la subida de las pensiones de viudedad a cuatro meses de las elecciones generales.

26 de noviembre. Aznar alerta a los catalanes del peligro que supone un Gobierno con Esquerra.

27 de noviembre. El PP prohíbe por ley a las autonomías subir las pensiones. Andalucía y Cataluña no acatan la medida y anuncian que acudirán al Constitucional.

Bush viaja por sorpresa a Irak para celebrar con sus tropas el Día de Acción de Gracias.

28 de noviembre. El Gobierno amenaza con la cárcel a Ibarretxe si convoca un referéndum. El Consejo de Ministros crea dos nuevos delitos contra el plan del lehendakari.

El desencuentro entre España y la UE bloquea el debate final de la Constitución europea.

Andalucía desafía al Gobierno y sube por decreto las pensiones más bajas.

29 de noviembre. Siete agentes del servicio secreto español mueren en una emboscada en el sur de Bagdad.

Zapatero rechaza la reforma penal contra el «plan Ibarretxe» propuesta por el Gobierno.

3 de diciembre. El Presidente del Parlamento vasco, Juan María Atutxa, el vicepresidente primero del Parlamento, Gorka Knörr (EA), y la secretaria segunda, Kontxi Bilbao (IU), declaran durante 12 horas ante la juez del Tribunal Superior vasco Nekane Bolado, instructora de la causa de desobediencia en la que están imputados los tres por negarse a disolver el grupo parlamentario de la ilegalizada Batasuna. Todos ellos volvieron a sostener en sus declaraciones que carecen de atribuciones para disolver el grupo de Sozialista Abertzaleak.

4 de diciembre. El Pleno del Tribunal Constitucional acordó abrir un trámite de audiencia por un plazo común de 10 días para que el Gobierno vasco y la Mesa de la Cámara de Vitoria, así como el Gobierno central, formulen alegaciones sobre la impugnación del «plan Ibarretxe». La apertura de este trámite pone de relieve la división en el seno del Tribunal acerca de la admisibilidad de la impugnación del Gobierno.

5 de diciembre. ERC obtiene la presidencia del Parlamento de Cataluña y CiU la menor representación de su historia. Ernest Benach, de ERC, es el nuevo presidente del Parlament.

6 de diciembre. El Rey pide prudencia y consenso para preservar los valores de la Constitución en la sesión solemne celebrada en el Congreso para conmemorar el 25 aniversario de la Carta Magna.

7 de diciembre. El PSC y ERC alcanzan un pacto para que Pasqual Maragall sea el próximo presidente de la Generalitat de Catalunya.

Aznar se opone a la reforma del Senado porque reforzaría a los nacionalistas.

11 de diciembre. IVC se suma al pacto entre el PSC y ERC para cambiar Cataluña en cuatro años. El nuevo Gobierno catalán lanzará un plan de 500 medidas de fuerte contenido social.

12 de diciembre. El Gobierno ve inconstitucional el programa de PSC-ERC-IVC e ilegal la «consulta general que prevé» y avisa que la reforma penal también puede afectar a Maragall.

13 de diciembre. Fracasa la cumbre de la Unión Europea y la Constitución queda bloqueada. Chirac y Schröder culpan a España y Polonia, que reclamaban más poder en la UE, y amenazan con crear un núcleo duro.

14 de diciembre. Estados Unidos captura a Sadam Hussein, escondido en un zulo cerca de su ciudad natal de Tikrit.

15 de diciembre. Pasqual Maragall tiende la mano del consenso al PP catalán y asegura que hará una consulta «dentro de la legalidad» si se bloquea el Estatuto. En su discurso de investidura, el nuevo president plantea una «nueva relación con España».

Índice onomástico

Abascal, Adriana: 56, 59.
Abelló, Juan: 175.
Abril, Luis: 152.
Abril Martorell, Fernando: 152.
Acebes Paniagua, Ángel Jesús: 42, 44, 47, 48, 102, 125, 128, 130, 131, 134, 142, 240, 254, 255, 295.
Agag, Alejandro: 30, 69, 71, 72, 73, 74, 75, 83, 104, 105, 133, 165, 174, 283.
Aguiar, Ernesto: 315.
Aguilar Rivero, Rosa: 326.
Aguirre Gil de Biedma, Esperanza: 79, 129, 158, 176, 189, 214, 215, 216, 324, 327, 328, 330, 331.
Alarcó, María Ángeles (*Gela*): 10, 197.
Albright, Madeleine: 271, 272.
Alcocer, Alberto: 72, 128, 174, 197.
Alierta Uzuel, César: 148, 149, 150, 151, 152, 153, 184.
Allende Gossens, Salvador: 302.
Almodóvar, Pedro: 215.
Almunia Amaan, Joaquín: 50, 87, 99, 101, 313, 315, 316.
Aloni, Taysir: 276.
Alonso Manglano, Emilio: 276.
Álvarez Areces, Isidoro: 175.
Álvarez Cascos, Francisco: 11, 12, 23, 42, 78, 90-95, 101, 102, 109, 113, 114, 121, 130,132, 140, 141, 143, 161, 163, 164, 166, 179, 180, 319.
Álvarez del Manzano López del Hierro, José María: 29, 175.
Alzaga Villaamil, Óscar: 92.
Amusátegui de la Cierva, José María: 178.
Anasagasti Olabeaga, Iñaki: 119, 228, 229.
Andréu, Pedro María: 33, 34, 36.
Anguita González, Julio: 90, 99, 164, 165, 316.
Anguita Parrado, Julio: 164, 165, 266.
Anson Oliart, Luis María: 139, 145, 146, 147, 158, 161, 163.
Antich Oliver, Francesc: 41, 326.
Antich Valero, José: 162.
Antza, Mikel: 236.
Aparicio Pérez, Juan Carlos: 114, 130, 134, 199, 200, 201.
Arafat, Yasir: 304.
Aragonés Mendiguchía, Carlos: 13, 26, 27, 72, 74, 93, 112, 115, 169, 179.
Arana Goiri, Sabino: 86.
Ardanza Garro, José Antonio: 228, 230, 251.
Areilza Martínez de Rodas, José María de: 92.
Arenas Bocanegra, Javier: 14, 15, 40, 44, 45, 46, 48, 49, 51, 87, 91, 92, 93, 112, 113, 114, 115, 129, 130, 131, 133, 135, 152, 158, 167, 168, 185, 196.
Argala, José Miguel Beñarán Ordeñana, *llamado*: 212.
Arias, Inocencio F.: 285, 286.
Arias Cañete, Miguel: 29, 130, 207, 208.
Arias-Salgado Montalvo, Rafael: 122, 140, 155, 180, 289.

Arístegui San Román, Gustavo de: 104.
Arriola Ríos, Pedro: 15, 131, 168, 169, 235, 236.
Arzalluz Antia, Xabier: 110, 227, 228, 229, 231, 242, 243, 249, 250, 251, 258, 336.
Asensio Pizarro, Antonio: 144, 145, 160.
Astarloa, Ignacio: 240.
Atta, Mohamed: 259.
Atutxa Mendiola, Juan María: 247.
Aycart Andrés, Juan Francisco: 135.
Azcárraga, Emilio: 56, 59, 139.
Aznar Acedo, Manuel: 86, 163.
Aznar Botella, Alonso: 29, 60, 85.
Aznar Botella, Ana: 30, 69, 70-75, 83, 85, 128, 163, 165, 166, 174, 176, 283, 286.
Aznar Botella, José María: 29, 75, 83, 85, 286.
Aznar López, Manuel: 16.
Aznar Zubigaray, Manuel: 86, 228.

Badiola, Juan José: 207.
Baker, James: 290.
Balbás, José Luis: 329.
Ballesteros, Alejandro: 74.
Baraka, Abdesalam: 31, 288.
Barbacid, mariano: 206.
Barberá, Rita: 15.
Barea Tejeiro, José: 180.
Baroja Nessi, Pío: 212.
Barreiros, Mari Luz: 144.
Barrero Valverde, Juan Ignacio: 129, 133.
Barroso, Durao: 311.
Barrionuevo Peña, José: 316.
Bejín, Menajem: 303.
Belloch Julbe, Juan Alberto: 145, 246.
Belloch Julbe, Santiago: 145.
Benaissa, Mohamed: 37, 289, 292, 293, 294.
Benegas Haddal, José María (*Txiki*): 224.
Benito, Rodolfo: 199.
Berlusconi, Silvio: 73, 75, 146, 160, 199, 256, 283, 284.
Bernal Gómez, José Antonio: 266, 267, 274.
Bernaldo de Quirós, Lorenzo: 181.
Bernstein, Carl: 277.
Bin Laden, Osama: 246, 254, 259, 262, 273, 274, 276, 277, 280, 308, 309.
Birulés Bertrán, Anna: 130, 143, 154, 155, 156.
Blair, Tony: 23, 43, 64, 88, 199, 274, 282, 283, 284, 297, 311, 315.
Blanco, Miguel Ángel: 229.
Blanco, Pedro Antonio: 231, 243.
Blanco López, José: 158.
Blesa de la Parra, Miguel: 54, 55, 327.
Blix, Hans: 309.
Bono Martínez, José: 133, 244, 313, 324.
Borbón Grecia, Felipe de: 69, 70, 146.
Borrell Fontelles, Josep: 50, 99, 101, 186, 313, 315.
Botella Serrano, Ana: 9, 10, 20, 23, 24, 26, 27, 28, 29, 30, 31, 46, 51, 55, 60, 67, 71, 72,
75, 76, 77, 78, 79, 83, 84, 85, 86, 87, 90, 108, 111, 134, 136, 165, 167, 175, 218.
Botín Sanz de Sautuola y García de los Ríos, Emilio: 178, 293.
Botín-Sanz de Sautuola y O'Shea, Ana Patricia: 146.
Bringas, almirante: 38.
Brufau Niubó, Antoni: 194.
Buesa Blanco, Fernando: 242, 243.
Burgos, Tomás: 74.
Burton, Helms: 299.
Bush, George H.: 271.
Bush, George W.: 23, 43, 60, 61, 62, 71, 85, 88, 98, 164, 166, 261, 265, 266, 268, 269,
270, 271, 272, 273, 274, 277, 281, 282, 283, 285, 293, 302, 303, 305-311, 312,
321, 334, 336.
Bush, Jeb: 272.
Bush, Laura: 60.

Cabanillas Alonso, Pío: 105, 130, 133, 136, 157, 159, 160, 167, 197, 199, 202.
Caldera Sánchez-Capitán, Jesús: 196.
Calderón Fernández, Javier: 276.
Calero, Juan Ramón: 11, 12.
Calvo-Sotelo Bustelo, Leopoldo: 25, 66, 67, 178, 233.
Camacho, Antonio: 195, 197.
Cámara, Antonio: 26, 27.
Camps, Gerardo: 74, 182.
Camps Ortiz, Francisco: 182, 325.
Cánovas del Castillo, Antonio: 101.
Cañellas Balcells, Gabriel: 333.
Cardenal Fernández, Jesús: 239.
Carod-Rovira, Josep Lluís: 214, 306, 330-332.
Carpio, Maximino: 181.
Caruana, Jaime: 181.
Casanova, Francisco: 244.
Castellanos Borrego, Jaime: 144, 148, 149.
Castillo Vera, Pilar del: 63, 121, 134, 136, 216, 217, 218, 222.
Castro, Fidel: 67, 297, 298, 299, 300.
Cavaco, Francisco: 328.
Cavalli, Roberto: 74.
Ceberio, Jesús: 161.
Cebrián Echarri, Juan Luis: 141, 161.
Chacón, Carme: 216.
Chaves González, Manuel: 99, 112, 113, 225, 326.
Chávez Frías, Hugo: 177, 300.
Chirac, Jacques: 88, 199, 269, 283, 284, 289.
Chozas, Juan: 105, 185.
Cisneros Laborda, Gabriel: 120.
Clinton, Bill: 60, 71, 166, 265, 302, 310, 311, 315.
Coderch Planas, José: 298, 299.
Conde Conde, Mario: 14, 98, 127, 128, 161, 182, 197.
Corcóstegui, Ángel: 178.
Corsini Freese, Miguel: 180.
Cortézar, Guillermo: 298.
Cortés Elvira, Rafael: 75.
Cortés Martín, Miguel Ángel: 13, 26, 27, 115, 215.
Cortés Muñoz, Luis Eduardo: 229.
Cortina, Alberto: 72, 74, 128, 174, 184, 197.
Cortina, Alfonso: 151, 152.
Costa Climent, Juan: 134, 143, 153, 154, 156, 181.
Cotino Ferrer, Juan Gabriel: 125.
Couso Permuy, José: 266.
Cue, Elena: 74.
Cuevas, José María: 181.
Cuiña, José: 13, 318.
Cumplido, Estanislao (*Estanis*): 23.

Dancausa, Concha: 328.
Delclaux, Cosme: 242.
Dezcallar de Mazarredo, Jorge: 276.
Díaz Moreno, Fernando: 124, 184.
Díaz Polanco, Javier: 146, 152.
Díez Moreno, Fernando: 38.
Duhalde, Eduardo: 191.
Durán, Miguel: 160.
Duque, Pedro: 153, 154.
Duran Lleida, Josep Antoni: 10, 119, 227, 232.

Egíbar, Joseba: 228, 248, 251.
Elorriaga, Gabriel: 74, 105, 222.
Escrivá de Balaguer, José María: 89.
Etxebarría, Jokin: 236, 237.

Feito, José Luis: 181.
Feo Zarandieta, Julio: 73.
Fernández Armesto, Juan: 105.
Fernández Balboa, Elvira (esposa de Rajoy): 45, 46, 109, 126.
Fernández Bermejo, Mariano: 238.
Fernández Iradi, Ibon (*Susper*): 253.
Fernández Ordóñez, Francisco: 117.
Fernández Rojas, Matilde: 330.
Fernández Tapias, Fernando: 176.
Fernández-Cuesta Luca de Tena, Nemesio: 105.

Fernández-Miranda Lozana, Enrique: 189.
Fidalgo Velilla, José María: 197, 199, 200, 202.
Figar, Lucía: 74.
Floriano, Carlos: 325.
Folgado Blanco, José: 181, 182.
Forges, Antonio Fraguas, *llamado*: 89.
Fox, Vicente: 268, 269.
Fraga Iribarne, Manuel: 10, 12, 13, 15, 21, 22, 23, 48, 50, 80, 87, 91, 92, 93, 94, 112, 173, 209, 300, 319.
Franco Bahamonde, Francisco: 112, 178, 289, 299.
Franco Estadella, Antonio: 161.
Frutos, Francisco: 316.
Fuentes Gómez de Salazar, Eduardo: 35.
Fujimori Fujimori, Alberto: 177.
Fuster, Valentín: 206.

Gabilondo Pujol, Iñaki: 141.
Gaddafi, Anwar al-: 280, 281.
Galeote Quecedo, Gerardo: 73.
Galindo, Enrique Rodríguez: 128.
Gallego, José: 89.
Garaikoetxea Urriza, Karlos: 229, 230.
García, Ángel (padre Ángel, de Mensajeros por la Paz): 77, 78.
García Abadillo, Casimiro: 100.
García Badell, Regino: 328.
García Castellón, Manuel: 254.
García Durán, Manuel: 59.
García Escudero, Pío: 93.
García Ortiz, Ascensión (esposa del concejal Jiménez Ortiz): 126.
García Tizón, Arturo: 11.
García-Abadillo, Casimiro: 200.
García-Valdecasas Salgado, Julia: 134.
Garralda, Jaime: 77.
Garzón Real, Baltasar: 148, 177, 246, 248, 276, 277, 301, 302.
Giménez-Reyna, Enrique: 195, 196.
Giménez-Reyna, Pilar: 195.
Giscard d'Estaing, Valéry: 118, 283, 284.
Gómez Gómez, Amalia: 114.
Gil Peral, Miguel: 27.
Gil y Gil, Jesús: 160.
Gil-Robles Quiñones, José María: 135.
Gimeno, Javier: 150.
Goiricelaya, Jone: 236.
Gómez de Liaño Botella, Javier: 141, 144.
Gómez del Prado, Enrique: 7.
Gómez Gómez, Amalia: 135.
González, Cayetano: 150, 151.
González, Francisco: 174, 184.
González, Jaime: 196.
González Ferrari, Javier: 157, 158, 159, 163, 167.
González González, Ignacio: 189.
González Márquez, Felipe: 14, 16, 21, 22, 23, 25, 27, 28, 29, 50, 59, 60, 64, 65, 66, 67,68, 70, 73, 76, 83, 88, 90, 98, 99, 117, 127, 145, 147, 164, 180, 222, 225, 233, 242, 271, 290, 291, 292, 298, 303, 304, 312, 313, 315, 316.
González Pons, Esteban: 183.
Gore, Al: 298.
Gorostiaga, Jokin: 257.
Grandes Pascual, Luis de: 133, 229.
Guerra González, Alfonso: 89, 225.
Guindos, Luis de: 172, 181, 185, 192, 193.
Gutiérrez Mellado, Manuel: 25.

Hassan II de Marruecos: 287, 289, 290, 291, 296.
Hernández Mancha, Antonio: 11, 21, 50, 91, 181, 182, 183, 272.
Hernando, Francisco: 238.
Hernando, Rafael: 93.
Herrera, Carlos: 243.
Herrero, Blas: 146.
Herrero, Luis: 162, 163, 165.
Herrero Tejedor, Fernando: 162.
Herrero y Rodríguez de Miñón, Miguel: 11, 21, 91.
Hormaechea, Juan: 89, 90.
Huguet, José María: 315.
Huntington, Samuel P.: 309.

Hussein, Sadam: 263, 265, 267, 269, 270, 274, 275, 277, 278, 279, 280, 281, 307, 309, 310.

Ibarretxe Markuartu, Juan José: 49, 99, 159, 227, 228, 231, 242, 243, 248, 249, 250, 257.
Iglesias González, María Antonia: 149.
Iglesias Ricou, Marcelino: 326.
Indiano, Manuel: 244.
Irala, Xavier de: 175, 184.
Isla, Pablo: 184.

Jáuregui, Fernando: 76, 91.
Jáuregui, Juan María: 244.
Jiménez Becerril, Alberto: 126.
Jiménez García-Herrera, Trinidad: 290.
Jiménez Losantos, Federico: 142, 164.
Josu Ternera, José Antonio Urrutikoetxea, *llamado*: 234.
Juan Carlos I, rey de España: 35, 37, 38, 48, 66, 67, 68, 69, 74, 122, 127, 133, 165, 166, 287, 288, 291, 292, 294, 299, 305, 320.
Juan Pablo II, papa: 67.

Kelly, David: 282.
Keynes, John Maynard: 183.
Kirchner, Néstor: 65, 301.
Kohl, Helmut: 60.
Korta, José María: 244.

León, Javier: 22.
Livingstone, Ken (Ken *el Rojo*): 282.
Llamazares Trigo, Gaspar: 99, 312, 323.
Lluch Martín, Ernest: 244.
Lombao, Bernardino: 63, 89.
López Valdivielso, Santiago: 125.
López Aguilar, Juan Fernando: 240.
López de Lacalle, José Luis: 243.
López Garrido, Diego: 240.
López-Amor García, Fernando: 139, 150, 151, 157, 159.
Lorenzo, Rafael de: 38.
Lucas Jiménez, Juan José: 12, 13, 20, 21, 22, 23, 94, 121.

Madrazo, Javier: 229, 252.
Mahoma: 260.
Maragall Mira, Pasqual: 213, 224, 231, 316, 321, 331, 332.
Maravall Herrero, José María: 214.
Marey, Segundo: 97, 316.
Marimón, Ramón: 155.
Mariñas Lage, Luis: 76, 163, 174.
Mariscal de Gante Mirón, Margarita: 105, 128, 129, 136, 239, 255.
Martí Fluxá, Ricardo: 235, 236.
Martín Carpena, José María: 244.
Martín Ferrand, Manuel: 142.
Martín Marín, Pedro Antonio: 108, 140, 150, 160, 162, 166.
Martín Oar, Manuel: 266, 275.
Martín Villa, Rodolfo: 120, 184, 187, 191, 192, 319.
Martínez, Teófila: 15.
Martínez Arias, Alberto: 38.
Martínez Sieso, José Joaquín: 326, 327.
Mas Canosa, Jorge: 298.
Mas Gavarró, Artur: 226, 331.
Matas Morrón, Jaume: 41, 130, 131, 319, 322, 326.
Mato, Ana: 93.
Matutes Juan, Abel: 109, 117, 182, 184, 270, 271, 299, 300.
Mayor Oreja, Jaime: 9, 11, 41, 42, 43, 44, 45, 46, 49, 51, 70, 102, 109, 125, 131, 136, 150, 151, 158, 226, 227, 228, 230, 232, 234, 235, 236, 242, 243, 311, 314, 331.
Méndez Rodríguez, Cándido: 197, 199, 202.
Menéndez, Manuel Ángel: 7.
Merced Monge, Mercedes de la: 93, 142.
Meroño, Pedro: 194.
Michavila Núñez, José María: 131, 136, 238.
Miranda, Félix: 276.
Miró Moreno, Pilar: 133.

Mohamed VI de Marruecos: 35, 287, 288, 289, 290, 291, 292, 294, 295.
Mol, John de: 147.
Molina, José Manuel de: 325.
Molins Amat, Joaquim: 10, 229.
Moneo, Sandra: 105.
Montaner Amorós, Margarita (esposa de Piqué): 109.
Montoro Romero, Cristóbal: 130, 134, 137, 172, 180, 181, 185, 196.
Monzón, Javier: 184.
Moragas, Jorge: 104.
Moratinos, Miguel Ángel: 304.
Morenés Eulate, Pedro: 125.
Moreno, José Manuel: 104.
Moreno Barberá, Antonio: 33, 35.
Morera, María Victoria: 118.
Múgica Herzog, Enrique: 320.
Muñoz Grandes, Agustín: 35.

Nadal, Miquel: 288, 289.
Nasarre Goicoechea, Alfonso: 163.
Nasarre Goicoechea, Eugenio: 163.
Navarro, Pilar de (madre de Juan Villalonga): 54, 55.
Nieto, Juan José: 149, 150.
Nixon, Richard M.: 277.

Oliart Saussol, Alberto: 122.
Olivia (guardesa de Ana Palacio): 293.
Omar, mullah: 277.
Onega, Fernando: 76.
Oreja Aguirre, Marcelino: 182.
Oriol Ybarra, Iñigo: 191.
Ortega Gaona, Amancio: 175.
Ortega Lara, José Antonio: 229, 242.
Ortega y Gaset, José: 96.
Ortiz Rocasolano, Leticia: 69, 70, 146, 306.
Ortiz Úrculo, Juan: 127.
Osorio García, Alfonso: 21.
Otegi, Arnaldo: 229, 241.

Paessler, Tania: 75.
Pagazaortundúa, Joseba: 252.
Palacio Vallelersundi, Ana: 32, 33, 37, 118, 131, 270, 285, 286, 292, 293, 294, 297.
Palacio Vallelersundi, Loyola de: 15, 42, 102, 108, 118, 129, 130, 293.
Palacios, Gorka: 233.
Palacios, Teresa: 177.
Pardo de Santayana, Agustín: 34.
Pastor Julián, Ana: 134, 206, 207, 209, 210, 211.
Pastor Ridruejo, Félix: 84, 131.
Pastrana, Andrés: 300.
Patten, Cris: 293.
Peces-Barba Martínez, Gregorio: 330.
Pedrosa, José María: 244.
Peñalba, Belén: 236, 237.
Pérez, Pedro: 139, 176.
Pérez Aranda, Beatriz: 163.
Pérez Escolar, Rafael: 178.
Pérez Modrego, Severino: 54, 55.
Pérez Rodríguez, Florentino: 48, 119, 120, 140, 142, 175, 176.
Pérez Rubalcaba, Alfredo: 26, 216, 240, 245.
Peridis, José María Pérez González, *llamado*: 89, 179.
Perote, Juan Alberto: 127.
Pichel, José Manuel: 195.
Pimentel Siles, Manuel: 57, 92, 114, 130, 134, 135.
Pinochet, Augusto: 246.
Piqué Camps, Josep: 40, 41, 94, 109, 110, 111, 112, 116, 117, 130, 131, 136, 143, 144, 155, 156, 160, 166, 167, 180, 270, 271, 272, 288, 292, 296, 297, 330, 331, 332.
Pisonero, Elena: 108.
Pizarro, Manuel: 181, 184, 187, 192.
Polanco Barreiros, Isabel de: 146.
Polanco Gutiérrez, Jesús de: 48, 55, 65, 66, 139, 141, 142, 143, 144, 145, 146, 147, 148, 153, 160, 167.
Pompidou, Georges: 101.
Posada Moreno, Jesús: 13, 20, 22, 94, 107, 108, 124, 130.

Povedano (fotógrafo): 61.
Powell, Colin: 33, 272, 277, 293.
Pozo, Raúl del: 88, 165.
Prodi, Romano: 88, 186, 293.
Pujol Soley, Jordi: 10, 23, 24, 99, 120, 221, 222, 223, 224, 225, 226, 232, 313, 330, 332, 336.
Putin, Vladimir: 270.

Quadra Salcedo, Miguel de la: 62.

Rabanera Rivacoba, Ramón: 327.
Rajoy Brey, Mariano: 9, 10, 11, 13, 14, 15, 31, 33, 40, 41, 42, 44, 45, 46, 47, 49, 51, 63, 70, 87, 93, 94, 102, 103, 109, 110, 112, 121, 125, 126, 129, 130, 131, 134, 139, 142, 144, 156, 161, 167, 168, 171, 172, 174, 209, 211, 215, 216, 221, 224, 228, 244, 273, 307, 311, 313, 319, 325, 331, 332.
Ramallo García, Luis Jacinto: 197.
Ramírez, Pedro J.: 56, 57, 100, 116, 122, 139, 145, 147, 150, 161, 162, 163, 164, 165, 166, 201, 236.
Rato Figaredo, Ramón de: 197.
Rato Figaredo, Rodrigo de: 9, 10, 12, 23, 33, 42, 44, 45, 49, 51, 53, 54, 55, 57, 58, 59, 70, 87, 90, 94, 102, 108, 111, 112, 115, 116, 117, 121, 132, 133, 139, 140, 151, 152, 153, 155, 156, 158, 171, 172, 173, 174, 178, 179, 180, 181, 184, 185, 188, 190, 191, 193, 194, 195, 196, 197, 199, 200, 202, 216, 222, 311, 314.
Rato, familia: 10.
Reagan, Ronald: 271.
Recarte, Alberto: 181.
Redondo, Onésimo: 89.
Redondo Terreros, Nicolás: 232, 242, 243.
Revilla, Niguel Ángel: 326.
Rey, Julio: 89.
Rice, Condolezza: 61, 277.
Ridruejo, Mónica: 139, 157, 159.
Rigol Roig, Joan: 120.
Robaina, Roberto: 300.
Robles Fraga, José María: 105.
Robles Orozco, Gonzalo: 189.
Roca Junyent, Miquel: 119, 120, 222, 224.
Rodríguez, Ángel: 276.
Rodríguez, Miguel Ángel: 9, 13, 24, 25, 26, 27, 28, 75, 76, 80, 94, 145, 160, 162, 163, 166, 334.
Rodríguez Herrer, María Elvira: 131, 134, 181, 319, 320.
Rodríguez Ibarra, Juan Carlos: 89, 133, 321, 325.
Rodríguez Zapatero, José Luis: 34, 64, 66, 71, 99, 101, 113, 142, 158, 165, 170, 173, 183, 189, 196, 198, 231, 238, 239, 241, 244, 245, 250, 270, 274, 276, 290, 303, 305, 307, 312, 313, 314, 315, 316, 317, 320, 321, 323, 326, 328, 329, 331, 332.
Rojo, Javier: 327.
Roldán Ibáñez, Luis: 127, 197.
Romay Beccaría, José Manuel: 136, 180, 205, 206.
Romero, Carmen: 25, 28, 29, 76, 77.
Romero de Tejada, Ricardo: 97, 329.
Rosa, Javier de la: 14, 98, 127, 128, 160, 197.
Rosell Lastortras, Joan: 111.
Rubio Martínez, Mariano: 197.
Rudi Úbeda, Luisa Fernanda: 15, 305.
Ruiz de Gauna Peláez, Juan: 150.
Ruiz de la Prada, Agatha: 57, 164.
Ruiz Gallardón, José María: 79.
Ruiz-Gallardón Jiménez, Alberto: 29, 42, 44, 77, 78, 79, 87, 102, 114, 158, 175, 176, 182, 228, 324, 327.
Rumsfeld, Donald: 277, 310.

Sáenz de Buruaga, Ernesto: 150, 151, 162, 163.
Sáez, María Teresa: 97, 176, 327, 330.
Sagasta, Práxedes Mateo: 102.
San Sebastián, Isabel: 150, 151.

Sánchez Domínguez, José Antonio: 157, 158, 159.
Sánchez Llibre, Josep: 10, 195, 224.
Sánchez Sánchez, Milagros (secretaria de Aznar): 133.
Sannum, Eva: 69.
Sarkozy, Nicolás: 253, 254.
Sastre, Inés: 74.
Scheffer, Jap de Hoop: 293.
Schröder, Gérard: 199, 269, 283, 284, 315.
Segurado, José Antonio: 92.
Serra Rexach, Eduardo: 107, 111, 122, 136.
Serra Serra, Narcís: 24, 90.
Serrano, Enrique: 24, 26, 27.
Shakespeare, William: 123.
Shamir, Ytzhak: 303.
Sharon, Ariel: 261, 303, 304.
Simancas Simancas, Rafael: 97, 158, 175, 327, 328, 330.
Siza, Álvaro: 219.
Slim, Carlos: 65.
Sofía de Grecia, reina de España: 66, 67, 68, 69, 74, 166, 267, 287.
Solabarrieta, Esther: 119.
Solana Madariaga, Javier: 33.
Solchaga Catalán, Carlos: 180.
Straw, Jack: 296.
Suárez González, Adolfo: 25, 66, 67, 88, 104, 298, 324.
Suárez Illana, Adolfo: 74, 104, 105, 133, 233, 324, 325.
Suárez Pertierra, Gustavo: 122.

Tamayo, Eduardo: 97, 176, 327, 328, 329, 330.
Tierno Galván, Enrique: 80.
Timmermans, Alfredo: 47, 48, 93, 110, 115, 167.
Tocino Biscolarasaga, Isabel: 11, 12, 15, 22, 50, 92, 122, 129, 136, 180, 319.
Toledo Manrique, Alejandro: 177.
Tomé, Baudilio: 336.
Tomey, Francisco: 333.
Trías Vidal de Llobatera, Xavier: 221, 222, 226.
Trillo-Figueroa Martínez-Conde, Federico: 11, 12, 23, 31, 32, 33, 35, 35, 36, 38, 39, 40, 42, 114, 120, 121, 122, 123, 124, 164, 268, 273, 275, 276, 278.
Txomin, Domingo Iturbe Abasolo, *llamado*: 212.

Ugarte, Javier: 38.
Unamuno Jugo, Miguel de: 31, 212.
Urbano, Pilar: 277.
Urdaci, Alfredo: 169.
Uriarte, Juan María: 236.
Urrusolo Sistiaga, Luis: 237.

Valderrama, Fernando: 278.
Valenzuela, Curri: 163.
Valiente, Pilar: 195, 196.
Van den Ende, Joop: 147.
Vera Fernández-Huidobro, Rafael: 316.
Verstrynge, Jorge: 92.
Vicandi, Isabel: 118.
Vieira de Mello, Sergio: 275.
Vilarasau Salat, Josep: 55, 56.
Villalobos Talero, Celia: 15, 130, 131, 168, 205, 206, 207, 208, 209.
Villalonga Navarro, Juan: 54, 55, 56, 58, 59, 116, 145, 147, 150, 152, 161, 162, 164, 166, 168, 176, 184, 197.
Villar Mir, Miguel: 193.
Vitorino, Antonio: 255, 256.

Weber, Max: 204.
Westendorp Plaza, Carlos: 328.
Woodward, Bob: 277.

Yanke, Germán: 162.
Yáñez Barnuevo, Luis: 225.
Ybarra Churruca, Emilio: 55, 56, 98, 176, 177.
Yussufi, Abderramán: 33, 290, 291.

Zaplana Hernández-Soro, Eduardo: 41, 42, 44, 131, 132, 152, 161, 167, 172, 185, 201, 202, 325.
Zarzalejos Nieto, Javier: 47, 93, 125, 169, 235, 236, 240, 244, 245.
Zarzalejos Nieto, José Antonio: 47, 162, 163.

Este libro se imprimió en
Brosmac, S. L.
Móstoles (Madrid)